涌幢小品

[明]朱国祯 撰　王根林 校点

下

卷之十七

罗　先　生

念庵先生，年六十，门人欲为寿，以书辞之曰："今世风俗，凡男妇稍有可资，逢四、五十谓之满十，则多援显贵礼际以侈大之。为之交游亲友者，亦皆曰：某将满十，不可无仪也。则又醵金以为之寿，至乞言于名家，与名家之以言相假者，又必过为文饰以传之，而其名益张。凡此，皆数十年以来所甚重，数十年以前无有是也。夫满十而不容无言，交游亲友知之矣，然在人亦有宜不宜者。某今年十月十有四日，幸满六十。回思先人保抱维持之艰，与夫顾惜教诲之专，诚不意遽至于今，至于今年且六十，不可谓非寿矣。而先人所以望之子，与子所以自待以终其身者，反之丝毫无有也。故凡满十而悲伤益甚者，惟洪先为最。以悲伤负罪之人，而纳宾客之礼际与其言，是非忘哀而为乐乎？自洪先有知以来，以生日未能奉一觞于先人以为报也。故未尝受妻子之奉以自为乐。平日不敢自为乐，一旦而纳宾客之礼际与其言以为乐，非君子所取也。非君子所取者，君子所不行，惟执事亮之。且古者六七十之养于学校者，尊其行也，故养之以乞言。又其老也，则宪老而不敢乞言，惧其劳也。是安其老者将以乞言，未尝以言侈大之也，不敢少增其劳，未尝以饮食烦之也。不肖空生无比数固矣，概以古昔，其不敢又若此。是以先期力疾以辞，不然，将扫迹一楼，是绝其承教于君子也，惟执事亮之。"

念庵之高祖曰庆同，号善庵，以孤子出继，承家难之后，卓能自立，有奇行厚德。然则念庵取号必本于此。乃小说谓念庵之父为知州，过一庵中，接流尸葬之，生子名洪先，号念庵。考其尊公讳循，字遵善，号□□，弘治己未进士，刑部主事、副使，归隐不出，未尝为知州。

遵善公当会试时，身故贫，一日，亡其囊中鬻褐，同舍唐鹏内不自安，物色其人，绐访得之。比入座，唐故戏探其囊，出褐示曰："是不类君家物耶？"罗目逆曰："汝毋戏言。"唐又持褐相辨，则趋出向其人曰："唐谇语也。"唐归，怒曰："君失褐不取，何也？"曰："吾失褐，不甚损，彼张恶名，尚得为士人乎？"唐始逊谢不及。尝如白河泛商舟，泊襄阳，旅舍有来奔者，佯若不谕意，促之出曰："此非子宜留也。"其人吐实，则忿怒脱走。出栈道邮亭，亭长告曰："恶地不可留也。"时已昏黑，不得已居之。夜半户开，月色中美女婷婷，来坐榻上，意其奔也，不之答，遂熟寝。少顷，从者作魔语，起问之，已为鬼物所侵。返视户，户固扃也。明日以告亭长，亭长曰："此妖杀人多矣，而莫能动公，公福德未可量也。"

唐　先　生

荆川先生出入，仅一小航船，敝甚，不蔽风雨，中仅五尺，伛偻而坐，凡三四年自如。一日，泊陈波铺，家人取路旁碎砖，铺人出噪曰："此官墙砖，安得盗之！"纠众为难，中有识先生者，乃得免。后以病就医无锡，友人见船敝，以小楼船易之。至耦塘，遇豪仆舟，舟牵挂其尾篷，仆怒甚，挟牵夫，以砖石击先生舟。先生自出逊谢，以名帖投之，皆不省，痛挟且骂而去。先生因作《知命说》，谓："航者，吾分也；楼船，非吾分也。据其分，航可免侮；非其分，楼船不免。据其分，三四年可；不则，一日固不可。"有味哉此言，可以深思自省矣。

陈后冈卒没后，贫甚，有赙金数百两，先生收之为经营，而岁归之息，又以田租时周其乏。其子渐能读书，言于督学雷古和，进之学宫。噫！只此一节，先生之过人远矣。

先生以乡贤事答学中书云："乡贤之祀，关闾巷万口公论，关国家彰瘅大典，非势位可得而干，非子孙可得而私。若可以势位干，则鲁国之祭乡先生于社者，当太牢于三桓，而不当太牢于一栖栖伐树削迹之人矣。若子孙可得而私，则三桓之有力皆当奉其祖父，以从祭于社与祭于大烝矣。孔子之作《春秋》以垂不朽，当大书特书叔纥之名于郑侨、吴札之上矣。故曰：称天以诔之，称天以谥之，此臣子事其君亲，如事天之心，而不敢以一毫之私与焉者也。此之谓古道也，仆不能自谋，而能为人谋乎？草草亮之。"

乡贤一说，大率出于有力子孙遮掩门户及无耻生员舖醊之徒共成之，绝无足为重轻。罗念庵以吉水乡祠驳杂，所祀非类，耻其父与之同列。一日，入城拜宫墙，奉其主以归，此仁人孝子事亲如天之心，亦事死如生之心也。乡党自好者，未死时必不肯与乡里无赖为伍，死而魂气有知，何独不然乎？既作答学中书，因漫记其说于后。

万文恭语王文肃云："吾师唐荆川，刻身练名节，习于世故，实万倍不敏。乃师用才高，不能无见锋锷，而不敏仅仅藏拙自守，默而图寡过已尔。"此语最公道，然为文恭易，为荆川难。

先生以郎中差往蓟州阅视土兵，时总督则思质王司马也。先生自以学达天人，才兼文武，又前辈也，出山任事，目中已无司马。司马自以名位已重，主眷甚隆，又世家也，乘时立业，视先生为下僚老儒，其不相得，固宜。及司马受祸，弇州兄弟以一卒不练之旨，归怨先生。然世庙实以边徼怀怒，托此为词，而司马亦不欲以"练兵"二字闻于朝。何者？恐各镇征兵藉口日减，力所不能支也。

吴　先　生

先生讳昂，字德翼，海盐人。六岁而孤，性端颖，嗜书，闻海宁祝先生萃者，履方笃行，以员外郎予告，家居教授，往从之学，四方学者多从之。公短褐草鞋，从一老苍头，负书走数十百里。及其门，就江滨濯足，更儒衣冠以进。谒者以告，祝先生大惊曰："此非可以常人目也。"既见，拜而请曰："昂，鲁人，窃慕先生，不敢请，愿受高足弟子学。"先生曰："生来晚，书舍尽满，无所置生。唯室旁一牛棚，幸无牛，生宁得居乎？"公曰："唯，唯。无不可。"于是祝先生益大奇吴生，令人扫除涂墍，使可居。公遂解衣，杂涂人共作，不日就舍。时祝先生持教最严，常映户以察群弟子。公在群弟子中最苦，外被一敝袍，而衷一败絮袄。又时时见老苍头寒，则解而更相衣。甚或周走于室中，跳踊以敌寒威。而日夜诵不辍,其精悍深造,盖纨绮群弟子所不及也。岁暮,辞祝先生归,怏怏有赧色。先生曰:"吴生去,不来矣。彼仅谓束脯不备也,小礼不大妨,执是中止,而令业不得成耳。"乃赍米二石,布二匹,遣赠吴生为岁计事,且要明年当复来。公曰:"吾事先生,如此其浅鲜耳。先生为是者,徒心察昂也。不以此时力学依先生,异日者悔何从乎?"除夕,家庭啐酒爆竹事已,即徒步诣祝先生。比明,祝氏诸族人,少长济济,拜元旦庆,而吴生俨然在列。祝先生大骇曰:"而安得至乎?"公曰:"先生所以爱昂者备矣,士感知己,可奈何?"由是愤厉激发,日镂心铅椠,学大成。后举进士,官福建右布政。归,混迹农渔,意甚适。人或侮之,亦不较。一日,驾舴艋入郡城,会郡中两措大南行,触其舟。两措大怒,邀公葺。盖公素貌侵,又眇其一目,布衣毡帽,局促舟中,舟中又无繁华供具,逆揣其为农庄人,欲道辱之。公曰:"二少年秀士耶?老农误触舟,不足辱,藉令舟坏,当代为葺。但老农囊无钱,能携至西门汤别驾家,当贷以供费。"如其言往,汤别驾一见曰:"呀!公玄遁久矣,何以至此?"因顾两生曰:"此海盐吴老先生,君知之乎?"两生微有惭色。坐定,公具以告。别驾曰:"泛舟于河,两相触,即两不相慎也,偏责公不可。如知公先达,渠又宁敢责乎?"公曰:"两君子初不胜恚,幸宽之至此。又敢祈宥,请以白金二钱,为榜人油麻之费。"于是两生憿然汗下,惶遽告退。公愈益恭,必欲致其金而去。明日,两生扶服谢过不已,公慰遣之。祝先生死,吴公奔赴丧次,寝苫枕块,擗踊号哭,如子于父,人尤多之。

沈镜宇先生

先生虽出鼎族,而清约简素,无异寒士。官礼部,高中玄为尚书,大作气势,以事诘某主事甚厉。先生遣一吏白曰:"沈郎中在外说道以为不可。"高矍然,立延入谢过。久次丞光禄,告归,入京俟补,张太岳在事,见谒刺,曰:"何处有沈光禄?"仅与尚宝。寻晋卿南中,见时态日异,告归不出。

方在告,予正馆其叔氏家。每考试入城,见先生从水次步至鸿禧寺,可二里许。幅巾旧衣履,遇者不知其京卿也。尝乘小舟过昇山,一人挽纤,一人把楫,遇农船纤挂,不能去,自顶席扉揭之。适与予舟相值,拱手一笑而已。

先生父巽州翁,醇诚正直,号称宿儒。余备馆宾,相见必谈旧人、旧规、旧事,余间能酬答,则大喜,谓诸子曰:"这先生尽可与谈。"比余通籍,见一贵人用此法,亦借此以讽。贵人笑曰:"安用及此?"深悟德之短长,在无意口角上见之,可不慎与?

翁既宿儒,试多居首,独厄于秋闱。嘉靖戊午,宗师以《奚冠冠素》为题,翁举古制冠名实之。镜宇先生只轻轻点缀,翁阅甚怒,至欲与杖。其馆宾进曰:"案发而殿,未晚也。"乃得止。比发,则翁居劣等,先生名在第三,意不自得,弃去。时去贡期甚近,亦不顾也。镜宇即是年中式,次年成进士,是时沈氏阙科第已十年矣。

翁颖敏绝人,幼时,父老以历日授使读,一览,暗诵不差一字。殁时年八十余,三子、三孙,皆贵。又三十年,诸孙梓其时论二十一篇,古质宏雅,兼理学经济有之。余得为序,了一生景仰与其家三代交情心事矣。

许 敬 庵 先 生

余非知学者,亦非能讲者,惟念许先生同乡前辈,且仆起功名之会,恬愉得丧之涂,因往见之。和气蔼然,令人心服,遂礼为师。先生密嘱曰:"我湖翰林甚多,德业未见光显,子勉之。"余闻汗下,由今思之,负愧多矣。

师尝深辟轮回之说,余曰:"刑罚所不加者多矣,即无此事,犹当设出儆戒人,况实有而辟之,辟之,则其说益长矣。"师欣然笑曰:"此等议论尽好,然不可以训。"

一日,与师坐舟中,谈升沉事。余率尔问曰:"先生以铨部转金事,闻报时,意下如何?"曰:"也有两日不自在。"徐曰:"若在今日则否。"余曰:"先生前句是真话,即是圣贤话,后句倒多了。"同坐者相顾愕然,师颜色自如,曰:"正是学问相长处。"

一日,会讲岘山寺,请吴养晦先生为主。先生,师之乡同年也,年老而贫。日午未至,师候之,出入寺门数次。立堤上远望,见小舟,必问其仆曰:"是否?"久之,彷徨曰:"吴兄在舟中,冷矣,饿矣。"既至,亲下堤扶掖,欢甚。问途中安否,礼置上座,极恭。时列坐者甚众。或言妖书事,语侵郭宗伯,几至攘臂相竞。师厉声曰:"不必谭,此等事决非读书人所为。"语次,一座帖然,因此益服师之才情,盖精神管摄有在言语机锋之外者。

李见罗出狱戍闽,道上仍督府威仪。既至福州城外,师出见,劳问垂涕。顷之,正色曰:"蒙圣恩得出,犹是罪人,当贬损思过,奈何一路震耀,此岂待罪之体?"见罗艴然曰:"迂阔。"而师气色益和。丁敬宇今日改亭。先生,令句容,清勤爱民如子。入觐,当留为御史,故张太岳门生也,谒见朝房。张亦素闻其名,问句容后事如何。对曰:"得复任五年,方可尽行其志。"张厉声曰:"迂阔!"夫复任一节,诚不可行,然却是先生真心真话,所当奖重;而许师之言,乃人臣正理正法,皆不免迂阔之诮,何耶?

敬宇在南中,勤于事,与余最相得。每顾而叹曰:"早用十年,干许多勾当,今老且惫矣。"唐张嘉贞曰:"昔马周起徒步,谒人主,血气方壮,太宗用之,能尽其才。甫五十而没,向使用少晚,则无及。陛下不以臣不肖,必用之,要及其时,后衰无能为也。且百年寿谁为至者?"此言出于人臣,为干进,用人者于此细思,则汲汲引进与爱惜保全之意当油然而生矣。

钱澹庵先生

先生刚直孤介,深于理学,尤长经济。晚年登第,仅以武选郎罢归,盖同官某构于大司马杨虞坡,杨信而逐之也。家居坦然,勤于农事,至亲操畚锸。诸子皆有文章,丙子年,长君负□□时名,三试皆第一。俄暴疾卒,先生年六十八矣,瞠视不能言动,亦不思饮食,如木偶然,惟目睛尚动,气休休出入而已。幼子士完新入学,应遗才试,往武林,来别亦不能应。比放榜,士完中式报至,先生跃起,焚香拜谢,平复如初，又二十年乃没。士完即吾友继修，今为山东制府，缜密清和，盖世其家学者也。

先生少贫，茅鹿门先生见而奇之，以从女归焉，生三子。先生过同年陆布政纶，女童杜氏递茶，归谓茅曰："杜女唇红，生子必贵。"遂请于陆纳之，果育继修，茅爱而乳之，愈于所生。为聘沈巽洲先生之女，先生甚重其婿，女亦贤孝，相敬如宾。可见贵人出世，际遇不凡。茅夫人三子，或夭或贫，继修极力拯之，不使失所。茅真贤妇人，终亦食报。而两先生具只眼，得子得婿，俱非偶然者矣。

先生学问识力，极见推于许敬庵。先生殁，而许先生志之最详。末云："论学确为孔门嫡派，而陶熔变化，力亦有所未全。故或刚而近于激，或大而失于疏，或处家庭乡党，有偏蔽不该洽之处。"先辈秉笔公直如此。许先生固不可及，而钱先生之贤益显。今之谀墓者，岂非无善可称，故无病可见，一概以游词塞责与。

先生试于督学林公，当受饩，同试生邵铁以廪居劣等，先生正补其缺，抗言于林，谓"邵生文劣行优，宜饩如故"，林色动，允之。

李临川沈继山二先生

沈先生伉直，不为人所附。侨居湖城，余亦畏之，不敢见。李先生其同年也，一日，与余会慈感寺中，谓余："此有意思人，既在湖，不可不见。"余即随往，言次颇合。两先生有山水宴集，必拉余入会。沈先生庄雅修饰，颇学晋人风流，语杂诙谐；李先生严重浑朴，好负手独行，而于风致亦不减沈。尝遥指私谓余曰："这老子只可管钱谷，做布政。"李回首嘻曰："莫说你定不能。"又一日，背指曰："这老者面冷须张，乃近妇人纳妾，妾见此嘴脸，如何喜他？"李回头厉声曰："他偏肯喜你。"沈拍手大笑。比沈先生七十，共游麟湖沈氏园亭。席中谭及名伎薛五，李津津色喜，沈愈谑愈喜，竟席极欢。此一段景象，令人追思，何能已已。

己酉十一月，同李先生如嘉禾访沈先生。舟晓行，将至东门，有马孝廉船暗中与官舟相触，食器有碎者。官舟去，马舟适值李先生舟,牵之求偿。泊于岸,余舟亦相并,先生呼余同坐,见碎器陈于舟侧,亦不为意。俄沈使至,下舟尽踢碎者于水。马之舟人奉主命擒去捶之,纳于鹢首中。孝廉二人,怒目龂龂,若不可解。先生呼曰:"本官舟所触,我舟无与。我是李某。"以名帖投之,亦不省。俄沈使至者渐多,沈先生亦至,乃出其人还之,默默移舟去。沈先生止自让其仆,不以为意也。

沈先生赴潘氏昆山之宴,竟日夕不倦。次早过余舟催行,从容问曰:"外间谓我何如?"余曰:"谓公口太狠,好骂人。"先生怃然曰:"信有之,是我本色,我亦自知其非,然不可改也。"余问故,因慷慨曰:"人要做成一片段,若刓方为圆,敛噪而默,人将谓沈继山要做尚书。尚书宁不做,此片段不可改也。"后入朝,与孙太宰大竞。孙一日过之,好言请曰:"愿与解开。"正色曰:"公解可,我解决不可。"竟被攻而去,此亦前舟中之意也。余既重其义,又感其情,廉顽立懦,自是有数人物。而议谥犹未之及,毋亦见其貌未得其情,泥于同而未稽于独与?

李先生初授新涂县令,萧公廪方为御史,有名,过之,先生来谒,未即见,先生曰:"柱史至县界,则令为主,公为客;令来谒,则公为主,我为客,不得迟迟。"萧颇愠曰:"偏只知县多口。"既见,色甚厉。后会曾见台谈及言状,曾曰:"此贤令,未可轻议。"萧后再过,李再见,深引过谢之。前辈风度如此。

李先生有口号云:"朝里有官做不了,世间有利取不了,架上有书读不了,闲是闲非争不了,不如频频收拾身心好。"此语极有省悟处。唐子畏一世歌云:"世上钱多赚不尽,朝里官多做不了。"即此意也,得李先生而始详。

沈先生好古书画珍玩,李先生独否,颇好吟咏,亦尽有致。家贫,止一敝舟出入。或劝易之,不应。所雇乳母,适其夫至,留宿有娠,大恚曰:"吾何面目见主翁!"缢死舟中,先生怜而葬之,并弃其舟。一日,借它舟过余,颇华壮,余目之良久。先生笑曰:"我已添得此舟矣。"余曰:"未然,必定有说。"坐定吐实,为泫然久之。所云"仁心为质"者,于李先生见之。

丁石台吴平山二先生

丁先生狷介方正，素师事黄博士晴川。榜登乡书，下第归，复延晴川于家，事之如旧。晴川绳趋尺步，动以礼法督诸生，呼必称名，稍不如意，长跪呵责，未尝以孝廉假借，先生尤斤斤率先。博士自南徐归，贫甚，廪之终身，没则赡其妻。先生既卒，子元荐缘其志，周给至今，且二十三年不少息。吴先生敦朴，自孝廉时，出则授徒，归则力耕，置田百亩，下潦每潦于水。丁先生有祖业颇饶，辛未同第，时相过从，亦最相契。闻吴贫，周之，不肯受，曰："大丈夫不能自食，乃仰给于人。"丁先生惘然自失，曰："我乃不知吴公。"吴以《春秋》魁其经，时总裁为张江陵，本房则王太仓两相公也。江陵将引入吏部，会丁丑分试，吴以次得与阅文，最精勤，所取多名士，为主考蒲州相公所称。江陵疑之，会居平亦自落落，乃止。后竟得脱党祸，出守江州，改扬州。孤子行一意，众嫉之。坐墨罢归，家去太仓仅二百里，素以文字义气相知，岁必一往，馈飱十石，绵百两，太仓亦喜曰："吴生衣食我也。"既罢，复往，拒不见，饷亦不受。吴向门再拜恸哭，弃其米绵而去。然修岁事不废，凡数年，吴邑邑抱恨殊甚。后余过太仓谭及，百口明其不然。相公喜，谓其子猴山曰："平涵非妄言者。"其冬，吴复往引见，出不意，跪泣问故，告以实，乃就坐受馈，欢好如初。吴归，余适游其园，引入，垂涕曰："非公，谁为我剖此心者！"

先　　辈

直道厚道，先后一也，而先辈得之最多。一则气运醇庞，一则学问博洽，或师传，或庭训，其渊源又自有素。彼行之以为固然，初非分外稀奇事。有谈及称颂者，面即发赤，且怫然不悦。盖其意以为窥我浅，待我薄，且原无要名立誉之心故也。有此心，故其神常清，其理常直，其气常壮，历平陂夷险，略不为挫折。子孙亦有所承藉，得守其家法，衍其余庆。人徒见子孙富贵，以为才且贤，而不知精神命脉，乃祖宗积而培之，非偶然者。噫！不独因此见人品，抑可以观世道矣。

彭泽舣舟记

邹南皋先生，癸巳五月端阳前一日，至彭泽，母夫人舟泊大江，相去十余里，先生坐后舟。泊邑城，取夫，会郡丞署篆他之，邑簿尉相次来谒。先生惧母舟野泊，欲亟得夫，辞簿尉不见，渠不无少望去。其夫见而星散，走入山，自卯至午，计无复之。乃持尺牍呼尉至，而厉词诘之。须臾，夫集舟行，家童喜，谓"不厉词则不惧，不惧则夫不集而舟不行"。先生退而深自惭悔，呼尉至，以好语慰劳之。遗《祥刑要览》一册，然尤悔不能已。因自讼曰："惟桑惟梓，必恭敬止。彭泽，吾桑梓地，奈何以尉而遂忘恭敬心乎？生平以理性为主，兹词暴气粗，恐不可令知者见。且不过谓尉可欺耳，万一尉有如陶彭泽其人者，束带以去，遂为世戮，人怒可轻视哉！"或曰："圣贤处此何居？"曰："圣贤宁从容以俟，不忍以一事而戾中和。"因记之以昭过，谓不如是，与家童有喜心者何异？

断 维

王塘南先生服阕北上，舟至仪真。时两岸巨舟辏集，日且暮，风忽起，舟人系维于巨舟之尾。巨舟人断其维，先生舟飘入风浪中几覆。舟人皆号泣，先生危坐不为动。久之，复挽他巨舟得维焉。晨起，舟人欲白有司，究断维者。先生曰："舟幸安矣，不必问也。"

槎 捧

罗近溪自盱江赴讲学之会，舟触石败，溺漩涡中，众度不能救，呼号而已。俄一槎冲至足下，捧若盂，空中有神语曰："莫浸杀此。"先生得出，整冠大笑曰："洗得清清净净，更好。"江西讲会，莫多于吉安。在郡有青原、白鹭之会，安福有复古、复真、复礼、道东之会，庐陵有宣化、永福二卿之会,吉水有龙华、玄潭之会,泰和有粹和之会,万安有云兴之会,永丰有一峰书院之会。又有智度、敬业诸小会,时时举行。地多溪涧水,学者每揭裳而济。一生素滑稽,见渔舟方随流撒网,呼曰:"鬼头渔父,网如张盖手如梭。"舟中应声曰:"兽面书生,口若悬河心若漆。"众大骇,且怒,拏舟将追之。渔父长啸放舟,倏忽不见,啸声彻林木,隐隐数里不绝。或疑为仙也,题曰:"渔父何迁次,孙登事有无。直从烟水去,已绝洞庭湖。"

修民敬

郭原平,会稽人,以孝义著称。常于县南郭凤埭助人引船,遇有斗者,为吏所录,众皆逃散,惟原平独住,吏执以送县。县令新到,未相谙悉,将加严罚。原平解衣就罪,义无一言。左右大小咸稽颡请救,然后得免。由来不谒官长,自此以后,乃修民敬。余之缺敬于官长久矣,遇事安能免罚,故凛凛自防,不得少越。

往役

苏州曹太守新构官衙,欲藻绘,需诸画史。有侮沈石田先生者,阴入其姓名,出片纸摄之。先生谓摄者曰:"无恐老母,第留某所当画者。"旦夕赴事,不敢后。或曰:"此贱役,谒贵游可以免。"先生曰:"义当往役,非辱也。"遂潜往讫工,终亦不见曹而还。无何,曹入觐,铨曹问曰:"亦知沈先生无恙否?"则漫应曰:"无恙。"已而见相国李西涯,复问曰:"君来,沈先生有书乎?"则错愕对曰:"有而未至,当附诸从事来耳。"时吴少宰匏庵方在詹府,曹仓皇走谒,问:"谁为沈先生者?其人能作何状?"吴乃具语之故,曰:"此其人,名重朝端,五侯七贵不足齿也。"曹曰:"然则奈何?"吴曰:"仆多其画,可代之缄而致之。第言沈先生适病,不能为书耳。"曹乃遍谪过吏卒,敕之曰:"归也,必无至郡斋而先诣沈先生。"比其诣也,则从容出肃曰:"闾阎渺小,何至辱枉尊重乎?"曹乃折节为礼,索田家餐,饭之而去。先生则至郡阙一投谒为谢,卒亦不蒲伏庭阶也。

笃　　行

　　叶广彬,字大宜,号月窗,少聪慧,日记万言。为举子业甚精,以亲老,兄为诸生,遂辍业,治田园杂事。然诵读自如,经史百家,下及阴阳、算术,无不淹贯。貌最谨朴,若无能者,见人疾言遽色,应之益恭。或有詈者,即走匿帷中,戒家人急闭户,毋外窥。俟其人去,乃听出。家大小皆笑其怯,恬然安之。父贾闽清,邑有谢生贷百金,计息当倍,而谢生亡,父怜其孤,悉蠲予之。后次子往征,尽得其数,分半归公,公曰:"父蠲之,子受之耶?违亲获利,其失多矣。"坚不受。事父母甚孝,妻没,尚未艾,竟不再娶。有郑十者,尝贷金不偿,更贷其子,复不偿,往征有谩语,心不能无少望,欲讼之官。已思曰:"彼贫,故负金,急征,且鬻田宅,是祸之也。"检券还之,郑与妻子泣且拜曰:"我无以谢公,闻公未孙,此乡有九天一气真人祠,其神灵甚。我夫妇朔望为公祷,以此谢公。"逾年,生台山先生。乙巳大歉,贸粟于福安,馆人利其金,锁卧室,招矿夫三人,令杀公。漏初起,忽邑尉至,其家警夜达旦。晨发,邻人密告曰:"公知夜来危乎?所共饭矿夫磨刀霍霍者,意在公也。"笑曰:"有命。"晚年结社谈诗,自题《月窗》曰:"天光清浅夜如练,桂影高底月下明。坐向中宵犹白昼,却疑月窟在灵扃。"又曰:"小构幽窗与月通,清辉莹彻此心同。仰天不语无人会,坐对明蟾独省躬。"喜熟寝,一日,其子桂山问曰:"寝安乎?"曰:"安,殆将还造化矣。"又曰:"世人谓将死有鬼物,甚妄,我但觉气尽,如五谷黄熟自归。又天堂地狱亦杳茫,纵有之,吾行可质鬼神,非所惧,慎勿效世俗供佛饭僧荐福也。"因自诵曰:"八十年来识更真,深知言行切修身。谨言慎行无些过,细数吾乡有几人。"已复泣下,子曰:"怛化乎?"曰:"非也。吾今安坐待往,思吾父母没时病苦,故悲耳。"遂起拜天地祖先,复卧,语音尚琅琅,而耳鼻渐冷。又闻堂上客语,亟索衣,欲起迓,忽曰:"吾逝矣。"遂终,年八十二。居家俭素,课仆力耕,躬自饭牛,至老犹然。一日,为牛触僵仆,子奎谓:"大人何不自爱,作此细事?"公曰："百里奚饭牛而牛肥，此细事邪？汝试使仆往，牛必饥，牛饥则无以耕，是废农也，可不慎欤？"

高　　行

关中贡士樊天叙，字敦夫，有行谊。其妻背而去之，故有一侍婢，即日遣之。诸子念公起居，踞请再娶，峻拒之曰："余德非曾、闵，恐贻家累。"由是终身独居。许敬庵先生时为督学，吊以诗曰："丈人高行冠乡闾，闭户长安只著书。恬处萧斋同野衲，懒随尘鞅谢公车。希踪古道贫逾力，问学吾门老更虚。奄尔少微星殒殁，令人洒泪满襟裾。"

辞　　钱

张真，绛人，以贾之上郡。有僧行乞，辍所食食之，再乞再食之，三乞三食之，同人笑以为此细事，宁足博名高？真曰："吾食有余而彼不足，损有余，补不足，天道也。"僧因附耳语，极知公长者，尝掘地得钱如困窌，不晓所从来，以畀公。固辞，僧谢曰："奈何以小人之心度君子之腹。"久之，钱主迹盗，多所连染，真独得免。尝贷里人杨氏子百金，杨氏子病殆矣，举子母还之，辞曰："余藐焉畴依，持此何为？"不听，内诸其箧而去。南游云间，晨泻盥水于地，水入壁隙中如注，发视之，有钱一罂，遽掩之。子与行，举进士，官重庆太守。

引　　发

孙文曜侨居檇李，值岛寇，瘗死者以千百计。一日，邻人避乱相遇，夺其资，解与之，戒速去，毋返顾，则寇逼跬步间矣。投于河，若有人引发，缘芦苇委曲出之。出而邻人已中三刀死矣，复取资以归。

不食官米

朱蕴奇，字子节，西安右护卫人。家贫甚，僦屋而居，妻子织网巾为生。读书古东岳庙，尝并日而食，晏如也。听讲宝庆寺，寒暑不辍。一日，其子因差徭下狱，会天雨，四日不食，气息淹淹待尽矣。时岳庙有大户收粮米者，黄冠怜之，因取其米少许，为粥以食。蕴奇知其故，心计以为此官米，何可窃也？曰："死即死耳，岂可以临死改节。"竟不食，而亦不明言其故。同舍生素诮蕴奇迂矫，至此始深服其节操，以为不可及。因出其食食之，蕴奇曰："此可食也。"由是始得不死。而刘孝廉必达闻而义之，因白于卫官，始出其子于狱。当路诸公及士大夫有高其节而周之者，必择而后受，一毫不肯妄取。先是，尝之市途，有遗网巾二顶，其子拾之，蕴奇曰："彼之失，犹我之失也。使我失此二巾，则举家悬磬矣。"即命其子追而还之，其人感之甚，欲分一为谢，蕴奇竟却不受。年五十一卒，盖己酉八月十八日也。今侍御杨鹤令长安，为屋三楹居之，扁曰高士。

酌 水

嵇竹城，元夫。川南太史之子也。以简傲，忤嘉禾节推坐死。高中玄当国，出太史门，营解得免。召入京，中玄执手示六卿云："此座主之子，天下奇才也。"趣者辐辏，却之不应，商人以万金求请，亦不应。高失位，随至芦沟桥，检囊中仅三十金，付之。归，贫甚，岁暮大雪，坐涯次酌水。给谏李临川时家居，谓侍儿曰："此时嵇必大困。"载酒炽炭，棹舟从之，共醉，赠赀而归。未几，卒，诗集传于世。

真 我

沈涵，扬州府兴化县人。家贫，尝言："吾有真我，而假我者从我以丐衣食，一徇其请，则真我者丧矣。故我于饥寒疾病，乃至风火倏至,一以真我御之。"时大粟烈,或挟之炙于日中,谢曰:"与吾妻同宅幽阴,而我曝日以自偏。以为不义,而不可为也。"后生卒以饥冻垂毙,友人裹粮候之,至,曰:"噫!涵死矣。"

儒宗可儿

胡孔范,南昌人,倡理学,称儒宗。闻宁庶人厚招游士,避入匡庐。庶人反,有客过,言兵威甚盛,大署宾客官职。公方饭,怒以箸击客,折其齿。子儒,方数岁,仰曰:"客欲作贼,何不打杀!"公摩其顶,大叫曰:"可儿,可儿。"儒亦以明经世其家。

占　　地

谢述,字维正,崇仁县人。好行善,能让人。邻有侵其界者,辄自宽曰:"占得地,占不得天。"尝窒塘为基,乡人裹粮而赴,日以千计,曾莫详其姓名,三日而基成。年七十五卒,子孙日蕃,多显者。

散　家　财

元季金华倪子贵,以世乱悉散家财。里中有王仲和者骤富,子贵自书券,以田卖与之,不取直。所亲或以为讶,笑曰:"子贵田有送处,仲和无处送也。"仲和果败。

陈湖道士

沈万三秀之富,得之吴贾人陆氏。陆富甲江左,秀出其门,甚见信用。一日,叹曰:"老矣,积而不散,以酿祸也。"尽以与秀,弃为道士,筑室陈湖之上,曰开云观,居之,竟以寿终。

万三宅在周庄,所藏有玛瑙酒壶,其质通明,类水晶,中有葡萄一枝,如墨点,因号月下葡萄。籍没后,为吴江某甲所得,以赠吏梅元衡，元衡死，其物不知所在。天顺间，邑人李铭教童子为业。一夕，于市中见沟渠有光，私识之，诘旦往发，获此壶。有刘姓者曰："若持此献镇守张太监，可得金嘉兴一郡盐钞。"李喜诺，遂与之夤缘，果获所图，计利三千金，刘分其三之一。李领钞渡江，舟覆，皆湿毁，太守杨继宗追捕前钞，瘐死狱中。刘废产与偿。怀璧其罪，信非虚语。

道化恶人

大梁张勰，靖康之乱，家破，航海致富，居婺州，谢故业，为德于乡。畜岁经赣吉境上，天大雪，失道，夜投何人家，栋宇闳丽如王侯第。卧未安，闻牖外嘈嘈语且泣，杂五方之声。起窥之，则数十女子群处一室，累然若囚系。旦私问于邻，邻人吐舌曰："君何从见邪？主人翁岁岁剽掠子女，鬻之远郡，累资且巨万矣。亟闭口勿语，且并祸我。"张上谒请见，徐以利害祸福晓譬之。初愕不答，久乃领解。比复过其门，有指以语张者曰："是翁去岁遇异人，遂尽舍故业，所掠皆护致付其父母，畏事自守，一乡以安。"叹咤不休，不知乃张也，张亦不自言而去。

忤子心动

万安县刘遇，号良溪，布衣，有淳德。里人陈雪筠之子忤，而避于野。忽心动，就父所邀良溪，泣曰："吾已不容于天地，理固宜死，奈吾父何？公，仁人也，愿以为托。"良溪诺之。明日，子果暴死，治其丧。数年，雪筠死，亦如之，人服其义。

竹轩

徐本，字以道，姑苏人，籍京师。尝出入杨文贞公之门，及见诸老，能道前朝典故。气棘棘，好面折人过。徐天全兄呼之，本殊不相假，言辄中其肺腑，曰："吾史笔也。"一时名德如叶水东、岳蒙泉辈皆礼为上宾。素习家礼,士大夫家有事敛殡,请之必往,然非礼致,不轻造访,访亦不俟茶而出。独嗜书,每得一书,手自披对,缺板脱字,则界乌丝栏纸,乞善书者补之。笑谓人曰:"吾犹老鼠搬生姜,劳无用也。"年八十余乃卒。其自号曰竹轩,所辑有《竹轩诗》一卷。

偿　金

海门县崔镤以税金五百两付熔工,工欺其无券而负焉,镤废产以偿。时王端毅公为守,廉其状,命讼工,对曰:"镤家已破,若讼熔工,是又破一家也。"公叹赏不已。熔工闻且愧,且德其庇己也,遂偿强半。子润,孙昆,曾孙桐,世贵。桐,解元及第,官编修,少詹事,学士。

全　税　金

赵伦,字序之,号五溪,高平人,好义而饶。县令使总输边赋三千金,盗夜入索金,固不与,曰:"公家财,小民膏血,吾不忍数千户重累也。"盗怒,拟以刃,死拒如初,刺杀之,尽其私藏,而赋金扃深处得全。令丞亲临吊祭。妻李氏尚少,厉志教二子,家日起。二子:伯积、仲科,俱官典膳。孙三,次轼,进士,给事中。

致　寓　物

何炫,号介庵,榆林人。其父输粟塞下得官,疾革时,指橐金相目曰:"此王威宁寓物也,致之,死不恨。"殓甫毕,炫以骑橐载如滑,王骇曰:"今世乃有尔父与尔为子者!"分千金与之,不受。王后起总制,乃檄炫,将以相报,避不就。王终念之,隐己功,署其名,授百户,炫竟与从子,人两贤之。已贾于广陵,为德日益甚,终武略将军。子城,字叔防,举嘉靖壬辰进士,庶吉士,坚举应天乡试,皆出吕仲木之门。

免　　祸

　　章叔良,文懿公曾祖也。洪武初,创造黄册。时叔良充里长,县簿陈,管册迟误,被逮赴京,册局里书各逃窜,叔良独携十金,追至三河舟中赆之。陈曰:"汝同事相周患难,可无补报乎?"叔良悄然曰:"此一都里书意也。"因得免其以黄册迟误坐永军者三十六家。又国初令邑各里造军衣,既毕,叔良计令以余布缝各衣襟,仍书管造姓名,同事诧之。及解至京,高皇帝验视余布,独叔良者一挈领而见,得免侵欺之罪,且赏以钞。今县中各都皆有永军籍,独本都无者,叔良之先见也。

　　陆应期,大同人。正德初,贾齐、鲁间,同舟者四三辈,不知舟人皆盗也,数因事谩骂之,应期独否,又时时推饮食劳苦焉。一日,舟人迟迟不肯进,若有所待,同舟者谇欲加鞭,顷之盗发。会天大暑,舟人拥应期坐树下,剖瓜啖之,且相诫曰:"公长者,愿毋犯。"执同舟者,榜挞甚楚,劫其赀一空。比去,应期槖械识如故。居平好行德,人皆义之。

与　　伞

　　慈人冯景茂,尝下乡督农。中途遇骤雨,有一妇哀求附伞,冯曰:"吾虽不忍尔沾湿,然嫌疑当远。"委伞与之,而自跳入民舍。后乃于其地割田一方,立石亭,使行旅雨暍有所休荫,题曰休休亭。夜梦神语之曰:"尔有阴德,与尔三银带。"后生子彰,武昌同知;孙安,江都知县;曾孙震,御史。亭在县东五里之八都。

报　　谢

　　王士良,中都人。有友相与甚密,友之子流客忘归,垂死,捐槖付士良曰:"与吾子无益,且重之祸也。"语毕即瞑。哭而收之,人无知者。他日，子归，即举以付，子复散尽，又数数周之不倦。士良不善持筹，生计萧索。一子钝甚，忽能读书，入国学，谒选，得县丞，为上官所知，委差赢得千金。父尚在，资以老，忽道士入门语曰："某托致谢，已有以报。"则友之姓名也。长兴沈姓者，资数千金，为县守库，生一子，将婚，族弟代为之守，竟启柜窃官帑八百余金去。觉而罪及守者，易产代偿。其窃资者，越一二年事寝，才出盗金置田百余亩。晚亦得一子，爱之甚，托子县之豪家，并所置产，因而寄籍焉。子即婚于豪，有违言，挈妻以逃，而其产竟为豪所得。

有蒋姓者，欺其寡嫂。一日，广所居，占半焉。方择日安梁，嫂额手呼天，忽大风，龙挟云雾入其门，蒋亲遇见，仆地，龙爪柱掀出，坠田中，节节皆断。余方馆温氏，闻而往视，咸奇骇，以为有天。

酱　杨

赵某者，顺天人，本杨姓，粥酱为业，人呼为酱杨。天顺初，迎銮之役，武官胄士争乘势纳赂，以冒官赏，至累千数百。人或以语某，某摇手谢曰："我粗人，无食肉相，财帛非所惜，恐反蹈祸机耳。"不越岁，冒官者事败，尽革职任，或遭贬窜。人始曰："赵某不若也。"某尤好意气，其女夫刑部朱主事铎，贫而有守，某每遗钱谷以助其廉。朱病卒，子又死，某膳其女，俾不失节。暨某寿终，其子敏，又赡其女弟以居。

步　皇　城

蔡通，府军卫籍。既老而代，每步行匝皇城，见其砖石垝坏，默数之，自某门至某门，凡损几千几百有几，佣善书人具奏疏，赴通政司上之，请命工修葺。事下工部，寝弗行。越数年，复然，又寝之。又数年，欲复奏，其子谏之不可，其妻呵止之。索佣书钱不得，乃潜脱银簪具疏，竟上之。项郎中文泰恶其渎也，送法司讯治。既赎罪，费家赀数两。其妻若子交怨不置，通已老病，遂郁悒以死。当具疏时，通素不识字，习读其章，对客口诵，累数百言，尺寸一二，无少遗失。及遭沮抑，辄叹曰："朝廷养士，岁糜官禄数十万，孰肯计及此者！"或以为此细事恶足计，则应曰："自某年至某年，已加损若干数矣。久而不治，必大坏极弊，所费何可胜计哉！"呜呼！通所见诚小，譬之以管窥天，天虽小，乃真见也。以庶人计此，亦不为细。彼所谓有官禄者，不能触类而长，计直而事，而顾笑且抑之，至于参送，独何心哉！

清计簿

余昌，字鼎盛，乐清人，性孝友。潘公潢时为令，察而重之，躬礼其庐。因请昌清计簿，条飞诡以千数，民大悦，而豪右皆怒，中以危法，久之始释。以寿终。潘公闻而咨嗟，为文吊之。

处士

前朝湖州出一吴甘泉玩，富而躬处士之行，学问渊源，气魄甚大。近日苏州出一徐声远应雷，贫而固处士之节，学问清彻，力量不小。卓哉两人，千古厪见，皆非游大人以成名者。次则王子幻，游必择人，皆有终始。有一人背而疏之，终不出口，亦一妙人，可敬！

山游

苏州黄勉之省曾，风流儒雅，卓越罕群。嘉靖十七年，当试春官，适田汝成过吴门，与谈西湖之胜，便辍装不果北上，来游西湖，盘桓累月。勉之自号五岳山人，其自称于人，亦曰山人。田尝戏之曰："子诚山人也。癖耽山水，不顾功名，可谓山兴；瘦骨轻躯，乘危涉险，不烦筇策，上下如飞，可谓山足；目击清辉，便觉醉饱，饭才一溢，饮可旷旬，可谓山腹；谈说形胜，穷状奥妙，含腴咀隽，歌咏随之，若易牙调味，口欲流涎，可谓山舌；解意苍头，追随不倦，搜奇剔隐，以报主人，可谓山仆。备此五者，而谓之山人，不亦宜乎！"坐客为之大笑。此虽戏言，然人于五者无一庶几焉，而漫曰游山，必非真赏。

截 头 尾

一山人多酒过骂人，辄自命曰："浮云富贵。"余曰："且与汝细讲圣人言语，切不可截了头尾轻用。只如此句，上有'不义'二字，故他是浮云；下有'于我'二字，故我可浮云。他若富贵而义，则彼是卿云，又对待者是我，我者，孔夫子也。不是孔夫子，亦何可浮云？"其人嘿然，第曰道学先生。

酒 禁

古人多设酒禁，即太祖初年有之，并禁种糯，以绝其源。胡大海方用兵处州，其子犯禁，众皆请赦，曰："宁大海反，吾号令不可违。"遂手刃之，其严如此。盖深虑军食，不得不禁，禁又不得不严。今承平日久，酒日多日佳，糯米之直贵于粳米，而世家子弟，向号醇谨有法度者，多事豪饮，以夜为昼，种秫亦倍往时。余恐数十年后，必复有严此禁者，似亦循环之理也。

头 脑 酒

凡冬月客到，以肉及杂味置大碗中，注热酒递客，名曰头脑酒，盖以辟寒风也。考旧制，自冬至后至立春，殿前将军甲士皆赐头脑酒，祖宗之体恤人情如此。想宫中进膳后出视朝，遍用之近侍，推己及人，无内外贵贱一也。景泰初年，以大官不充，罢之，而百官及民间用之不改。

瑞州敖宗伯铣与吴宗伯山姻家相近。敖豪饮大嚼，吴方初度，具冠服过，觞之，及门，已苦饥矣。吴戏出句，欲敖对就，方具酒。句云："暖日宜看胸背花。"敖应声曰："寒朝最爱头脑酒。"一笑，共饮极欢。

醉龙虎

于定国饮至数石不乱,尚矣。此后谢玄饮至一石,人指之曰醉虎。蔡邕饮至一石,人名之曰醉龙。今之子弟有饮至一石者,当何名?曰醉狗耳。

清欢

陶渊明日用铜钵煮粥,为二食具。遇发火,则再拜曰:"非有是火,何以充腹。"得太守送酒,多以春秫水杂投之,曰:"少延清欢。"

醉后诗文

恩州王兴宗,字友开,跅弛不羁,豪于诗酒,诗文必醉乃能为之,愈酒言愈奇,无酒不能作寻常语。得濮州学正,怀檄饮市中,醉而遗之。将行,亲友祖送,始言其故,众咸咋愕。王曰:"命焉尔。"毫不为动。至元二十九年,突谒御史中丞张养浩,哆吻奋髯,状似武人,张素闻其名,奇之,握手如平生,辟为掾。无何,暴卒。王初谒选时,有权臣擅政,乘醉突入省,攘袂叫呼,或旋庭中,或箕踞,当路闻者,掩耳闭目走,目为狂子。

趣击贼

嘉靖庚戌,虏十万骑入云中。总兵张达、副总兵林椿皆骁勇善战,御史胡宗宪夜饮醉,趣二将击贼。达谓有伏兵,夜出不利,请待旦乃发。胡大怒,将劾之。达不得已,以二百骑夜出,至红寺堡,大虏围之数重,与椿皆力战死,败所去制府二百里。胡上书为二将请恤典,而匿其发纵状。给事中禹遂劾总督郭宗皋、巡抚陈耀,俱逮问,陈死杖下,郭戍陕西靖虏卫。

新挂教范

林桐，字茂材，海外人，有襟度。然遇酒即狂肆，大醉后，或著蓑效古牛、鳖、鼻、囚诸饮，或舞虾蟆、鹳鹭，渔唱巫歌，欢座不休。一日，乘醉造王处士瓒宅，见所顿寿具，大骂曰："此恶物，吾仇也。平生恨见之，何为置此？"怒呼斧破之，瓒急移置以避。后以上舍生除章贡司训，生徒方群谒，见其醉，悬木杪，皆却退。桐以手招曰："休避，休避。请看新挂教范。"士皆惊讶。后值不饮时，敛襟危坐，议论英发，且持廉仗义，始知重之。丘深庵尝譬之为水，秋则漫山平谷，折木崩岸；入冬则成川为渊，供饮利溉。

绘图私谥

唐桂芳，歙人，以教官家居，扁其居曰三峰精舍。有当道若旧交来见，酒酣，必大噱，起舞。太守李公讷喜之，绘为图。尝私谥渊明为"酒圣陶先生"，王无功为"酒贤"，自称"酒狂"。凡岁时令节，以图像祭享，设酒浆，陈俎豆，举觞浮之，不至沉醉不止。或披衣哭泣，歌笑自放。识者谓有托而逃，盖佯狂云。

酒趣

酒中之趣，高人辄逃以自名，曰酒圣、酒仙、醉乡侯，尚矣！唐汝阳王琎自称"酿王兼曲部尚书"，甚佳。近日废辽府载阳王孙豪俊能诗，自称"曲部尚书"，因以名集，尤佳。余量仅中下，而嗜甚，妄得此名。今年老，减且十七八。诗不能工，颇好典籍，又遁居农庄，称曰"秫子监学正"，可乎？

大　嚄

张万里，字广陵，闽人。嗜酒，辄骂其坐人，醉吐街市中，且行且吐，群犬辄随之。张目叱曰："勿争，吾且尽吐所有。"市人大嚄。万里敏于文，久不第，得官经历，致仕。

八　崖

周廷用，字子贤，华容人。饮酒终日不醉，放口论人浅深，略不旁顾。才禀超拔，文笔烂然。所著有《八崖集》，八崖，其地山名，临江，有奇石。

酒　喻

林楷春，漳浦人，以翰林编修，出为副使，督学浙中，于补考，拔陶石匮祭酒，人称其精鉴，升参政罢归。能饮酒，所至命觞登览，飘然格外。同年顾公养谦开府辽东，致书以酒德为言，戏报曰："昔人以酒为兵，兵可千日不用，不可一日不备；酒可千日不饮，不可一饮不醉。美哉此言，可与论酒矣。弟落落无成，正可寻醉乡耳。而脾气虚弱，溏泄为灾，欲效郑公一饮三百杯，竟不可得，安得使酒乎？乃知器自有限，此禄亦不易也。顾饮中友故相往复如此，归家日与同好痛饮。"老无子，后举子，数岁而殇。悲吒成血疾，疾时令人奏管弦，倚而欹枕听之。迨亟，问以后事，皆不言，独引声歌刘长卿《上阳宫》诗，声若金石，两手交舞，其达生如此。

浃　洽

刘俊，深州人。在官终日闭门，不通一谒。有善客至，时或对饮，惟蔬菜汤饼而已。必求尽醉，指大樽曰："吾兴在是，非浃洽不可。"奖善疾恶,皆越常格,率意而行,卓诡绝众,以致仕终于家。

饮　　会

王遵岩云:"亲戚常人之会,俱已辞绝;惟士夫之会,不得不应,恐其以为立异相拒而起怨谤也。"然细思之,身不惜而将好性命陪伴人口,语可笑。余自通籍后,即辞绝士夫会,而好与亲戚常人饮。欲免怨谤,其可得乎?

贵 人 持 斋

一大贵人奉六斋,嫌味薄,怒捶厨人。乃以腥汁合作清澹色素品和之,贵人甘甚,诧曰:"奉斋何不佳,而人乃嗜荤?"贵人之侄,余主其家。一日饭素,亦怒甚吓,厨人凡易十余品皆不称,余笑曰:"何不开斋?"其人一笑而止。

心　　口

今之修斋诵经者,每每有佛口蛇心之说,余初以为疑,后试之,良验。盖世之矫诬者多矣,天且勿畏,而况于人?乃知其言有味。却均一蛇心也,有托之佛者,有托之儒者,有托之玄者。总之,以善门为标,行其恶机、杀机,逞志而纵欲。要之,善门原大,作恶藏机者到底赖之,存此根核,故愈见其大。人能为蛇,蛇亦复能为人。仁人,心也,此天地生生之机也。

卷之十八

精 经 史

罗泰，字宗让，闽人，学精《易》、《春秋》及史传，隐居教授，不乐仕进。永乐间，南京尹闻其名，聘为考试官，亦辞不往，曰："吾志善一乡足矣，彼都人士也，安敢与知去取。"

国初，南城县萧泗，其父兄皆仕宦，泗独为农，而通经术，多读古书，时称曰布衣学士。此名甚佳，如在今日，便以隐士求征辟矣。

陆彭南，字去邪，号象翁，明《毛诗》。不仕，文章劲健，与陆伯灵齐名。伯灵字子敬，皆松江人。尝讲论，戏曰："君谈《诗》，何敢思无邪？"象翁应声曰："子读《礼》，胡为毋不敬。"人称敏妙。

士 夫 守 礼

宋时士大夫家守礼法。客造门，肃威仪，俯首拱而趋以迓，至门，左右立，三揖，至阶，揖如初，乃升。及位，又揖者三。每揖，皆致词相称慰庆赞，周旋俯仰，辞气甚恭。元人入主中国，此法遂废。为士者辫发短衣，效其言语衣服，以自附于上，冀获速仕。然有志之士，犹私自确守不变，而金华、广信、建宁尤多。既守礼法，便不屑仕。一意读书敦古，而儒术反盛。太祖龙飞，诸君子悉搜出，佐大运，而宋郑王为冠。噫！岂偶然哉！

啖 助 解 义

《春秋》胡传中数引啖助，啖字从口字。叔佐，赵州人，爱《公》、《穀》二家，以左氏解义多谬，其书乃出于孔氏门人。且《论语》孔子所引，率前世人老彭、伯夷等，类非同时，而言"左丘明耻之，丘亦耻之"。丘明者，盖如史佚狐之云。又左氏传《国语》，属缀不伦，序事乖剌，非一人所为。盖左氏集诸国史以释《春秋》，后人谓左氏便著丘明也。

史　　名

《尔雅翼》云：史者，示往知来者也。梼杌之为物，能逆知来事，故以名史。

班　　史

班固作《西汉书》百篇未成，明帝初，有人上书，言固私改史记，诏收固下京兆狱。固弟超上书，具列固著述意。会郡亦上固所为《汉书》，天子奇之，除兰台令，使成前书。唐天宝初，郑虔，荥阳人，为协律郎，缀当世事，著书八十篇。有窥其稿者，上书告虔私撰国史，虔苍黄焚之，坐谪十年。玄宗爱其才，欲置左右，特更立广文馆，以虔为博士，子美有诗，广文之名起此。虔追译故书，得四十篇，苏源明名其书为《会粹》。班、郑皆良史才，以未奉明旨得罪。至宋秦桧，则禁私史。国朝原无此禁，亦不明许人著，所谓中道而立，能者从之，圣意远矣。

唐 史 记

有以一研示孙之翰者，索三十千，孙曰："何异而然？"曰："石润，呵之水流。"孙曰："一日得一担，才直得三钱。"此语欠雅，只云"得水不难"便了。公有《唐史记》七十五卷，取入秘府中。间谓褚遂良不潜刘洎，太子瑛之废由张说，张巡之败由房琯，李光弼不当图史思明，宣宗有小善而无大略，皆旧史不及。白首乃成，未以示人，文潞公执政就索，止录《姚崇论》与之。后苏内翰与李廌书云："录示孙之翰《唐论》,仆不识之翰,见此书,凛然得其为人。"

宋　　史

《宋史》列传,李纲至上下卷,犹可言也,李全亦如之,无乃太甚乎? 三百年文物辱于胡元之手,真可浩叹! 永乐中,编修周叙以为言,诏允自修,竟不克成。余初为史官,亦欲手笔削,另立一书,而不果。今老矣,无可望矣。

元修宋、辽、金三史,吉水贡士周以立上书争之,谓辽与本朝不相涉,其事首已具《五代史》,虽不论可也。所当论者,宋与金而已。本朝平金在先,而事体轻;平宋在后,而事体重。宋之为宋,媲汉、唐而有光;金之为金,比元魏而犹歉。宜有分别,附金于宋书。奏不省。揭徯斯深是之,而夷臣自相为力主之,揭不能违也。

不列监修官

钱若水,字澹成,又字长卿。宋太祖晏驾,若水监修《实录》。有驯犬号叫不食,诏遣使送陵寝,参知政事欲若水书其事,遗之诗曰:"白麟朱雁且勿书,劝君书之惩浮俗。"若水不从。后奏若水成书,不列监修官吕端名,以为掠美。若水援唐故事,有《实录》不书监修官名,众不能屈。

史　难　信

世言伯道无儿,谓无天道。夫避难时,子侄不两全,弃子抱侄,犹曰"念兄无后,不得已弃之"。然子能脱缚走,至暮追及,独不可并携去乎? 又再缚之而去,则天性灭矣。其无子固宜。余谓此史臣描写太过,伯道决不狠戾至此。甚矣,史之难信,观者不可不辨也。

信 大 节

无垢居士言,读书考古人行事,既已信其大节,若小疵,当缺而勿论,盖其间往往有曲折,人不能尽知者。如欧阳文忠公志王文正公墓,言寇准从公求使相,寇公正直闻天下,岂向人求官者?若此类,宜慎言之。余谓世间如此类甚多,若宋子京为晏临菑门下士,晏公罢相,制有"广营产以殖货,多役兵而殖利"等语,亦未必遂真也。

袭 影

古书中尽有袭影处,只如瞽瞍二字,从目从耳。《真源赋》便云:"舜巣米平阳,为父舐目,目以光明。"

儒禅演语

禅语演为寒山诗,儒语演为《击壤集》,此圣人平易近民,觉世唤醒之妙用也。

训 注

秦延君注"尧典"二字,至十余万言,此训注之最繁者,如何传得?

字 法

《尚书·尧典》连用六"哉"字,成汤祷旱连用七"与"字,《哀公问政》章连用九"也"字,此欧公《醉翁亭记》与苏公《酒经》所自昉也。

通典有本

杜祐《通典》，今行于世凡三百篇。其先，刘秩摭百家伴《周官》法为《政典》三十五篇，房琯称才过刘向，祐以为未尽，因广其阙，号《通典》。然则刘秩开创之功，不可少也。

房绾用刘秩而败，秩，子玄之第四子也。安禄山反，杨国忠欲夺哥舒翰潼关兵权，秩上言："翰兵天下成败所系，不可忽。"房琯见而称之。其时兵势不敌，二人亦无如之何也。

撰　记

唐永徽以前，左右史惟对仗承旨，仗下谋议不得闻。唐武后时，平章姚璹以帝王谟训不可阙起居，仗下所言军国政要，宰相自撰，号《时政记》，以付史馆，从之。璹字令璋，思廉之孙。

平贼作记，始于裴肃。肃为浙东观察使，剧贼栗锽诱山越为乱，肃引州兵破之，作记一篇，上于德宗。生三子，仲子即裴休也。休为相，奏宰相论政上前，知印者次为《时政记》，所论非一，详己辞，略他议，事有所缺，史氏莫得详。请宰相人自为记，合付史官。诏可。裴家父子，可谓详于记者矣。

文　选

《文选》所收，多浓郁，《兰亭》简旷，自所不取。或曰"天朗气清"似秋，或曰"丝竹管弦"四言两意，诸公又曲为辨，俱揣摩之见。

《文选》五臣注，吕向字子回，泾州人，玄宗朝官主客郎中，以李善注为繁，自与吕延济、刘良、张铣、李周翰等更为解，今称为六臣云。

韩　　文

　　韩昌黎之文，本之于经，而得法于《孟子》。昌黎授之皇甫持正，持正授之来无择，无择授之孙可之，可之没，其法中绝。后王临川得之独深，而边幅稍狭。可之有集在秘阁，武宗时稍录于人间。

　　文公《佛骨表》，自是事君忠爱之言，从福田利益上说，事暗君道理当如此。岭外与大颠往来，亦人情之常，何劳诸公苦苦逼拶。此际惟考亭最妙，考亭极重韩公，注经书外便注韩文。故文公决当从祀，而议者异同，今且不复讲矣。

　　攻佛者惟昌黎一篇，浅浅说去，差关其口，故佛子辈恨之，至今晓晓若不共天。其余极口恣笔，自谓工矣，味之，翻是赞叹夸张，却不为恨。

　　退之肥而寡髯，韩熙载小面美髯。熙载亦谥曰文，后人题像，遂误以为昌黎。

　　潮州韩文公像，状如浮图，此后人因公辟佛，而故以此挫之，以实大颠之说。郭青螺为守，易以木主，最是。

苏　　文

　　东坡文字，至近日推尊极矣。在宋则朱考亭比之淫声美色，盖以程伊川对头，故作此语，觉着成心。至叶少蕴何人，而亦痛诋，且引欧阳文忠为证，其谁信之？

　　东坡身上事，件件爽快；只"程颐奸邪"四字，见之便欲气死。

浙　　文

　　浙之文章，莫替于宋，都被四川、江西夺去。至国朝，金、处诸公开先，王新建大振。此外，如郑澹泉、茅鹿门、王敬所、唐一庵、张甬川、许云村、徐子与、蔡白石、吴泉亭、田汝成、徐文长，或以理学，或以诗文,皆号成家。而近日,余汉城、孙月峰,亦铮铮独上。又如冯具区文集,尽简质可读。屠纬真天才骏发,法度不足,入目斐微,久嚼少味。至如于忠肃、胡端敏之奏议,虽不以文名,而大手笔、大议论,足盖天下矣。澹泉之史笔,何减孟坚;鹿门之叙事,庶几龙门。余尝执此说,为人所笑。要之,后世必有能评之者。

焚 枕 文

梅溪江天祥与张姓者为仇,勒众拒捕,一郡大骇,欲请兵行剿。唐一庵先生言于当事,与之约,就狱拟死长系,免其家,凡再三往。江信先生至诚,出就缚,无何倍约,竟斩之,灭其家。先生私抚枕哭之,作《焚枕文》谢过,有云"我负伯仁"。伯仁者,江之字也。江虽死,其名得先生而传,死贤于生,可谓知所从者。至先生仁心,又活郡中数万人,子孙必兴。今尚式微,殆天之未定者与?

叙 文 首 尾

王文恪公作《丙辰同年会叙》曰:首某人,殿某人,此南宫之次。又曰某某,此胪传之次。又曰某某,此私会齿坐之次。甚得体。今则科名以殿为耻,齿坐以首为耻矣。公是年典试,会元陈澜、状元朱希周,皆苏州人,在今必疑私其乡人,生口舌。

启 戏

侯总戎名一元。归家买田,于文定公作中,皆潴水不耕,讼于官。文定公作启戏之:"伏以龙韬虎略,方图秉耒之耕;雀角鼠牙,遽速穿墉之讼。堪为捧腹,未足介怀。恭惟大将军戏下,望振百蛮,威宣九塞。拂衣玉帐,敛攘夷安夏之才;袖手青山,为问舍求田之计。本觅禾麻之野,翻成烟水之乡。汪汪千顷之波,惟见浴凫而飞鹭;闵闵三农之望,虚闻佩犊而带牛。已悬罄于橐中,尚辍耕于陇上。反劳讼牒,致见比追。陶令尹之西畴,孤舟可棹;王将军之武库,束矢何充。曾无批亢之能,可效弄丸之解。料无负三尺之法律,亦何伤八面之威风。聊陈奉慰之辞,自释作中之愧。"

文字简古

国朝诸集,大约流畅者为多;其号称简古,惟崔仲凫文集盛行,次则桑民怿有集数卷。序金文靖前、后《北征录》,凡四百余言。中谓宣王淮北之伐谓定师,师定者理。高祖平城之役为漫师,师漫者挫。隋唐高丽之行谓荒师,在淫主则乱,在英主则挫。宋太宗收复幽州,谓之棘师,棘则不支。我太祖为涤世之师,太宗为继武之师。其题朱清花园堂诗中二句云:"可怪名花真势利,东家倾覆西家去。"大有情致,今之不为名花者寡矣。

文冗长

文之长短疏密,各有体制。皇甫湜为裴度作福先寺碑,至三千言,其冗长亦已甚矣。事未必真,盖后人欲夸润笔之多,而曰字三缣,何遇我薄,则其态可知已。凡读古事,当以时论以理推。

《楚志繇》,至四千余字,《广东志序》,则二千四百八十四字。

文照顾

叙事文虽细碎,极要照顾。如贼得主人,胁之曰,必曰事我富贵可得。而《唐书·张兴传》作史思明语曰:"将军壮士,能屈节,当受高爵。""屈节"二字,岂像思明口中语耶?景文之病,大都如此,不直替易生拗而已。

有作李太白祠碑,而甚訾老杜曰:"同于遇主,自足枋榆。避地三川,依人转侧。卑栖待哺,不异鹡鸰。猥云忧国忧民,许身稷、契。浸假而当一官,受一事,即啁啾奚益焉?"夫文字中毁桀誉尧已非,况骂尧以誉舜乎？

《嘉鱼城记》曰："上则洞庭，下则彭蠡。苻萑为警，县当其锋，犹孤注也。"考县境俯临洞庭，而去彭蠡，尚隔武昌、黄州、蕲州、九江，凡千五百里矣。

《造桥记》曰："上控衡皖，西绾浔阳彭蠡之口。"盖不啻数千里矣。古人作文，约大而小；今之作文，推小而大。烦简亦如之，此所以分也。

三品以上身后文字，于其卒，皆曰"上闻震悼"，甚至封君亦用此语。上果震悼否？其人果堪震悼否？

某公作某尚书墓志，所引前后诸大臣凡二十余人，皆称其字。夫前人有名者，尊之称其号，或字曰某某先生，盖举世所共知共晓者，以为重。然不过间一及之，或引证，或点缀，以尽文之变。其他庸庸者，即贵至三公，数至千百人，何足有无，而人亦安知某之为某也？

文 淫 妖

布衣王彝，字宗常，有操行，为文本经术。会稽杨维桢以文主盟四海，彝独薄之曰："文不明道，而徒以色态惑人、媚人，所谓淫于文者也。"作《文妖》数百言诋之。洪武初，召修《元史》。

文 奇 字

林钎，字克相，闽人，与郑善夫同时。钎为文好用奇字，令人不识。然字非素习，第临文检古书，日稍久，或指以问钎，钎亦不识也。官至御史。武林近时有虞淳熙，字德园，亦如之，官吏部郎，隐西湖不出。

序 文 之 多

沈清峰《太史文集》可二十卷，宏雅可颂，每卷有序，凡二十四篇。

河下皂隶

一达官遇王敬美曰:"尊兄文字佳天下,毕竟何如?"漫应曰:"河下皂隶耳。"盖谓随便答应,没甚紧要关系也。其言似过,却亦切时病。

忏悔

王弇州云:"志表之类,虽称谀墓,尚是仁人孝子一念。至于后进少年,偶得一二隽语,便欲据西京,超大历;官评仅考中下,辄称韩冯翊、黄颍川。老而不死,多作诳语,畏入地狱。"观此则公之忏悔已甚,而近日诸家文集,当有以自振矣。

换字

近日名家文字,多用换字法。其计无复之,则曰俚之;黾勉曰闵免,尤甚曰邮甚,新妇曰新负,異曰异,须臾曰须摇,赤帜曰赤志。又以殊字代死字,古称殊死乃斩首,分为二也。奉母改作奉妣,妣指已死者而言。

塑像藏稿

陆鲁望建祠堂,塑己像。咸淳中,有盛氏子醉仆其像于水,腹中皆生平诗文亲稿。

千字文

《千字文》,周兴嗣所作。周字思纂,世居姑孰,宿逆旅,夜有人谓曰:"子文学迈世,初当见识贵臣,继被知英主。"齐昌隆中,谢朏雅善兴嗣，荐于武帝。法帖中有王羲之所草《千字文》，文帝患其不伦，命兴嗣以韵语属之，一夕成文，本末烂然。

百千万姓编

今《百家姓》以为出于宋，故首以"赵钱孙李"，尊国姓也。我朝《千家姓》，亦以"朱奉天运"起文。然宋嘉祐中亦有《千姓编》，雁门邵思撰。汉颍川太守聊氏复有《万姓谱》，我郡凌氏因衍《万姓统谱》。

志录集

《夷坚志》，原四百二十卷，今行者五十一卷，盖病其烦芜而芟之，分门别类，非全帙也。如《博物志》，止存十卷，此皆可惜。

牛僧孺撰《玄怪录》，杨用修改为《幽怪录》，因世庙时重玄字，用修不敢不避。其实只一书，且非刻之误也。

李任道编《云馆二星集》，以新安朱弁与宇文虚中同载，虚中仕金，而朱以死自守，朱见之不乐，自为诗题其后曰："绝域山川饱所经，客蓬岁晚任飘零。词源未得窥三峡，使节何容比二星。萝茑施松惭弱质，兼葭倚玉怪殊形。齐名李杜吾安敢，千载公言有汗青。"朱自金还，仅转奉议郎。所著有《曲洧旧闻》三卷，其余尚十余种。

刘敞字原父，有《公是集》；弟刘攽，字贡父，有《公非集》。尝曰："是其所是易，非其所非难。"

书名先取

《玉海》一百卷，乃王应麟所集。王盖取文天祥为状元，亦名儒也。考之南宋张融有文集数十卷行于世，自名为《玉海》，玉以比德，海崇上善也。凡佳名，率古人先之矣。

书已先做

　　近年新安谢生改《三国志》为《季汉书》，尊昭烈以继东西汉之后。然先年吴中有德园吴先生者，挺庵宪副之父，以岁贡受子封，不仕，孝友饶文学，亦窜定《三国志》，订正统，名曰《续后汉书》。可见好事都有人先做去，其曰"季"，不若"续"为妥。

　　俞羡长山人刻《类函》百卷，其书盛行。然世庙时原有此书，乃郑虚舟山人奉赵康王命纂之，累年书成。而郑卒于清源，其子献之得厚赏，不知视今书何如？岂青出于蓝而青于蓝耶？俞，吴江人；郑，太仓人。

　　《红线》杂剧，乃吴中梁辰鱼伯龙所演，今时所用。不知胡懋礼已先之，更胜于梁。胡，南京人。

古板不可改

　　刻书，以宋板为据，无可议矣。俞羡长云："宋板亦有误者。"余问故，曰："以古书证之，如引五经、诸子字眼不对，即其误也。今以经、子宋板改定，则全美。"余曰："古人引经、子，原不求字字相对，恐未可遽坐以误。"俞嘿然。余谓刻书最害事，仍讹习舛，犹可言也；以意更改，害将何极！

碧云騢

　　宋有《碧云騢》一书，宛陵梅圣俞所撰。碧云騢者，厩马，庄宪太后临朝，以赐荆王，王恶其旋毛，太后乃留之上闲，遂为御马第一。以其色碧如霞片，故名之。圣俞书意，言旋毛世所丑而见贵，以刺范文正、文彦博诸公官虽贵而行可丑也。其毁文正尤甚，言文正附会范仲尹，遂改姓名相从，尽取其家资。及仲尹既败，家破，略不抚恤。又媚宰相贾昌朝，至呼其夫人为婆婆。大都皆不根语。一曰魏泰所作。

正 杨

杨用修博学，有《丹铅录》诸书，便有《正杨》，又有《正正杨》，辩则辩矣，然古人古事古字，此书如彼，彼书如此，原散见杂出，各不相同，见其一未见其二，哄然相驳，不免被前人暗笑。

文人喜憎

近代文集及著书，若杂志中间，必有所喜而褒者，又必有所恶而疵者，皆非公心、公论，察语下自见。文集自王阳明、唐荆川而前，少此破绽，杂志则自古往往有之。惟吾乡陈楝塘先生《见闻纪训》，李临川先生《见闻杂纪》，绝无此弊。

字义字起

箆篣，韵书四豪篣字下注云：箆篣，竹名。而不详其说。按《异物志》，南方思牢国产竹，可砺指甲。《竹谱》云：可挫爪。是也。崔鶠诗曰："时一出轻芒，皑皑落微雪。"又李商隐《射鱼曲》曰："思劳弩箭磨青石，绣额蛮渠三虎力。"是知亦可作箭。新州有此种，制成琴样，为砺甲之具。用之颇久则微滑，当以酸浆渍之，过信宿，则涩复初。又作涩勒，东坡有诗云："倦看涩勒暗蛮村。"

诗韵如廻、回，游、遊等字，皆不可同押。

字书云：汉都洛阳，以火德王，为水克火，改为雒，此自无疑。杨用修引《春秋》会雒戎，并《左传》皆作雒字以驳，是则然矣。然《春秋左传》之板，岂刻西汉前者乎？至五代时方有刻本，安得不从雒也？

古"法"字作"灋"，《尔雅翼》云：从水，言其平如水；从廌去者，廌之所去，法之所取。廌，神羊，触不直者，咋不正者，即豸也。御史冠廌，亦曰执法。

《元命苞苻》曰：刑者，侀也。《说文》曰：刀守井也。饮者陷井，刀以守之,割其情也。

仓颉制字,八厶为公。盖分厶即公,非私外有公也。古人取义最简而直。

《乐记》:獶杂子女。郑注曰:獶当为优。孔颖达曰:獶杂谓狝猴也。谓舞戏之时,状如狝猴,间杂男子妇女,无分别也。然则倡優之優,当作獶字。一曰:優者,借也。谓饰他人面目、形色、声气也。

贞元中,宣武兵变,执城将另之。注:另,古瓦翻,即剐字也。剐,一作呙。

赋鹏二字,为壮年谪官不永者言也,今皆概用。如此类甚多,临文者忽诸。

唐人云:於字必字无艸,今於字草作亐。

禮为礼,處为处,與为与,皆《说文》本字。棄为弃,饑为飢,亦正文也。

凡无妻无夫,通谓之寡。寡夫曰茕,寡妇曰嫠。《孟子》:老而无妻为鳏。今人从之,未有用茕者。

《大学》曰:失诸正鹄。《小尔雅》云:射有张布,谓之侯。侯中者,谓之鹄。鹄中者,谓之正,正方二尺。正中者谓之槷,槷方六寸。今之解者,俱合正鹄为一,不知正与鹄乃有分也。

索与绳,一也,大曰索,小曰绳。空棺谓之榇,盛尸谓之柩。自换字之法行,扶柩悉改为扶榇。而长年用帆樯所呼为力索者,亦以为欠新,改写作力绳。榇则何尸,而绳则何力耶?

《方言》:凡葬无坟者,谓之墓,有坟者谓之茔。《檀弓》:古者墓而不坟也。邯郸淳《曹娥碑》:丘墓起坟。盖言丘其平墓而为高坟也。后世以坟墓混为一,遂疑其重复,改为立墓起坟,非也。

韩文"步有新船",不知者改为涉,朱子《考异》已著其谬。盖南方谓水际曰步,音义与浦通。孔戣墓志:蕃舶至步,有下碇税,即以韩文证韩文可也。柳子厚《铁炉步》至云:江之浒,凡舟可縻而上下曰步。《水经》:赣水西岸有盘石,曰石头津,步之处也。又云:东北径王步,盖齐王之渚步也。又云:鹦鹉洲对岸有炭步。今河南有县名城步。《青箱杂记》:岭南谓村市曰墟,水津曰步,罾步即渔人施罾处也。张勃《吴录》：地名有龟步、鱼步，扬州有瓜步。罗含《湘中记》有灵妃步。《金陵图志》有邀笛步，王徽之邀桓伊吹笛处。温庭筠诗：妾在金陵步，门前朱雀航。《树萱录》载《台城故妓》诗曰：那堪回首处，江步野棠飞。东坡诗云：萧然三家步，横此万斛舟。元成原常有《寄紫步刘子彬》云：紫步于今无士马，沧溟何处有神仙。字又作埠，今人呼船侩曰埠头。律文：私充牙行埠头。

山之取义，不独高峻而已。今人称蚕作茧曰"上山"，佛寺曰"山门"，曰"开山"，灯曰"鳌山"，夥曰"合山"。江边人伐荻，曰"上山去"。盖多而丛聚，亦谓之山也。又祝万寿曰"山呼"。

牛僧孺以拍板为乐句，韩愈、皇甫湜大赏之，其名遂震。

假父之称，起于唐。李锜择善射者为一军，曰挽硬弓；随身胡奚杂类虬须者为一军，曰蕃落健儿。禀赐十倍，使号锜为假父。

子双生曰孌，又曰孖。

窜名二字起《新唐书·归登传》。

捉笔二字起《唐书·刘璪传》，又见《刘祎之传》。

唐突二字起于《南史·陆厥传》。

仆邀一作禄蔌。

债帅二字起《唐书·高瑀传》。时裴度、韦处厚为相，用瑀为忠武节度使，士相告曰："裴、韦作相，天下无债帅。"

胜国二字起于张养浩《游龙洞山记》。

《后赤壁赋》结语七字，同李翱《解江灵》，止改一"启"字曰"开"。

弇州《卮言》深诮钜斗二字，乃近时有称名公集古文，题曰钜文，此又斗之流亚也。

棘字之义，一曰荆棘，为棘刺之棘明矣。曰棘闱者，盖取警急呵厉之意，如云事棘，又如两两束湿不可放松之谓，非谓主司畏哗，围之以棘，限出入，而遂以名也。今之衙门四墙，何处无棘？岂独春秋二闱哉？前朝云锁棘，放棘，甚无谓。国朝曰入帘、撤帘，帘之中曰帘内、帘外。帘远地则堂高，其事愈重，而意愈深矣。

汉文帝以日易月，原三十六日，唐玄宗始变为二十七日，君臣同之。

唐之留守不许出城,此是何意？今之亲王亦如之,同于囚矣。

纂书进御览,起于唐韦处厚。

度僧道取资,起于裴冕。

诸王驸马期以上亲不得任京官,起于魏少游。

布帛以济西北,始于韩滉。

《五君咏》起于张说咏苏瓌以感动其子颋,进言玄宗,得召还。其后祖之,至咏五十,何太滥也！

冥服襈袷,起于黎幹,亦古尸服之义也。

列侯不世袭,始于唐；亲王不世袭,始于宋。

走马楼起于许敬宗,号曰"连楼",令伎走马其上。

以茶市马,始于唐贞元回纥入朝。

燎松丸墨,起于唐王方翼。方翼少孤,母李被逐,居凤泉里,执苦养母,以墨致富,后为名臣。

砚,一名墨海。黄帝得玉一纽,治为墨海,篆曰"帝鸿氏之砚"。然则砚墨之来久矣。

《老学庵》谓杨文公"游岱之魂"一句,出《河东记》韦齐休事。然骆宾王代父老请中宗封禅文云："就木残魂,游岱宗而戴跃",又在《河东》前矣。

王文公父名益,故《字说》无益字。苏东坡祖名序,故为人作序皆用"叙"字。又以为未妥,改作引,而谓字序曰字说。张芝叟父名盖,故表中云：此乃伏遇皇帝陛下。今人或效之,非也。

《孟子》曰："恶,是何言也！"恶字,盖齐鲁间发语不然之辞,乃方言之祖也。

广西方言,近楚者多正音,与中州同。近粤者多蛮音,与高、廉同。其俗字颇多,皆鄙野依附。如夼,音稳,大坐稳也。喬,音矮,不高故矮也。奀,亦音矮,不长故矮也。奀,音勒,不大故瘦也。嵓,音磡,山石之岩窟也。閂,音檛,门横关也。氽,音酉,人在水上也。氼,音魅,人没入水下也。𠲖,和諴反,言隐身忽出以惊人也。𢶉,音翳,毛口故翳也。丼,束敢反,以石投水有声也。自范成大帅静江时已有之。见《桂海虞衡志》。今又有𡸁、𡽺之类,殆难研究。

俗语有五荤三厌之说,厌字殊不解。后读《孙真人歌》,谓天厌雁，地厌狗，水厌乌鱼。雁有夫妇之伦，狗有扈主之谊，乌鱼有君臣忠敬之心，故不忍食。

名　　义

弓有缘者谓之弓，无缘者谓之弭。缘盖缴缠而成，弭即今之角弓。《左传》曰"左执鞭弭"是也。

肉倍好谓之璧，好倍肉谓之瑗，肉好若一谓之环。肉者，边也；好者，孔也。以边孔大小及相等分三者之名。卤，中尊也，尊之不大不小者。

鸟罟为罗，兔曰罝，麋曰罞，彘曰羉，鱼曰罛，又曰罬。缁帛全幅长八尺者曰旐，又以帛续旐末为燕尾者曰旆，载旄于竿头者曰旌，有旂曰旂，剥鸟皮毛置之竿头曰旞，以白练为旐曰旟。

一染曰縓，今之红也。再曰赪，三曰纁。

山上有水曰垺，石崇金垺，盖布钱于大道之上也。石山上有土谓之崔嵬，土山上有石谓之砠。山有穴曰岫。山大而高曰崧，小而高曰岑，锐而高曰峤，卑而大曰扈，小而众曰岿。小山曰岌，大山曰峘，属者曰峄，独者曰甸，上平曰章，中央平曰隆。山有脊而长者曰冈，地自生起曰丘，大阜曰陵，未及上顶旁陂曰翠微。山顶有冢者曰崒，又曰厜㕒，一曰巉岩。山如堂者曰厂，如堤防者曰盛，长而狭者曰峦。山形如累两甗者曰隒。山绝曰陉，多小石曰礅，多大石曰礐，多草木曰岵，无草木曰峐。山篓无所通曰溪，堤防曰坟，莫大于河坟。人力所作，绝高者谓之京。

厓内为墺，外为隈。岸上平地去水稍远者为浒，重厓为岸浚。厓，水边也。不通之水为氿，别通于谷者为溦。泉见一杯为瀿。滥泉正出，正出，涌出也。沃泉县出，县出，从上溜下也。仇泉穴出，穴出，仄出也。河水决而复入者为灉，河之有灉，犹江之有汜也。水有沙堆出者为溑，源深出于底下者为濆。水决之泽为汧，汧水不流。大波为澜，小波为沦。水草交曰湄，潜行为泳。

水注川为溪，注溪曰谷，注谷曰沟，注沟曰浍，注浍曰渎。逆流而上曰溯洄，顺流而下曰溯游，横绝其流而直渡曰乱。水中可居者洲，小洲曰渚，小渚曰沚，小沚曰坻，人所为为潏。

世言四通五达之衢，非也。四达谓之衢，五达谓之康，六达谓之庄，九达谓之逵。

水草交曰湄，湄，眉也，如眉临目也。

字 义 异 同

孝宗初即位，礼部尚书周洪谟上疏，言御制各寺观碑记，及遣祭谕祭各王府并大臣文字，代言之臣，多有用字讹谬者，宜令改正，以示将来。又近日撰先帝谥议，有阴寓诋毁之意，宜逮治万安等罪，以为人臣欺罔不忠之戒。上命九卿同翰林院会议，以为洪谟所奏止是指摘文字一二异同，非有关于朝廷大经、大法。使其言皆是，亦何补于治？况言多纰缪，徒为烦渎。洪谟曰："御制《大学碑》云，在宫城之艮隅，宫城当改作都城。"议以为自古帝王所居之城，或曰皇城，或曰帝城，或曰宫城，或曰禁城。随人所称，初无分别。今国子监在皇城东北，碑文所言宫城，即皇城也，不必再改。洪谟曰："御制《灵济宫碑》云，在宫城之西，当改作皇城之西；民庶苍惶，当改惶为黄。"议以为宫城之西，即皇城之西也。《古韵》惶字注云：惑也，恐也，遽也。又苍惶亦作苍黄。然则苍惶、苍黄，古人通用。洪谟曰："御制《东岳庙碑》云，辅神之贵者，皆肖像如其生。古昔圣贤，曾生人世，可言肖像如其生；今东岳辅神，非曾生人世者，当改为如其式。"议以为此类贵神，世传皆有姓名、貌像，故碑言如是。今洪谟欲改为如其式，不知有何式可肖？洪谟曰："御制《灵明显佑宫碑》云，禁城艮隅海子滨，古者，天子所居谓之禁，禁城指皇城言，禁城艮隅则是在皇城内艮隅，非皇城外艮隅也。今显佑宫实在都城坎位，不在禁城艮隅。"议以为本宫在皇城之北少东，非正北也。洪谟乃谓在坎位，是自谬耳。洪谟曰："御制《大慈延福宫碑》云，卜吉址于城东，城指都城言，城之东是在城外。今延福宫在都城朝阳门内，不可言城东。"议以为本宫正在皇城之东，非差也。洪谟曰："《敕谕百官》云，文恬武嬉，出唐韩愈《平淮西碑》

文。按《韵府群玉》当作熙字。"议以为韩愈盖言当时太平日久,将相偷安嬉戏,以致淮西反叛,用嬉字为优。洪谟曰:"御制《龙纹春景诗》云,省耕岁岁来东阡,韵书云:路南北曰阡,东西曰陌。今误以为东阡。万里郊圻晴皥皥,古云城外百里为郊,邦畿千里为圻,万里郊圻,是尽天下四海皆为郊圻矣。"议以为《礼部韵》注云:路皆曰阡。韩文亦有东阡西陌。又圻字与畿字同,《周礼·夏官》畿内方千里曰国畿,国畿之外又有九畿,曰侯、甸、男、采、卫、蛮、夷、镇、番。每畿东西南北各五百里。则所云东阡、万里郊畿皆是。洪谟曰:"御制《祭赵府仪宾崔端》文,营魂不爽,《祭都御史李侃》文,灵其不爽。按韵书,爽者,明也,又差也。今言魂灵不爽,则是魂灵不明。"议以为不爽正不差之意。《诗·小雅·蓼萧》篇云:其德不爽。韩愈《祭竹林神》文云:神无爽其聪明。祭文盖取诸此。洪谟又言:"《中庸》合外内之道,及《金縢》《曲礼》传注,输字、巽字俱宜改。"议以为合内外与合外内,文义皆通。其输字、巽字,官板原是纾字、异字,恐近时书坊私刻错写,合行改正。洪谟又谓:"先帝谥议游豫绝稀,于田猎为诋毁然。"议以为《论语》"子绝四"注云:绝,无之尽者。盖绝稀即绝无也。谥议实是称颂先帝圣德,殊无诋毁之意。况谥议系礼部掌行,当时百官集议,洪谟何不明言改正?今既进呈,乃妄行陈奏,希恩于己,嫁祸于人。上曰:"御制文字,既考据不差,周洪谟偏执浅见,妄肆诋毁,本当重治,姑贷之,仍罚俸两月。"

事　起

请封孔子之后,起于梅福。

请韩文公配享太学,自皮日休始。日休推崇文中子以及愈,开伊洛关闽之源,其功不小。

纸鸢起于韩信,后人用之,引丝而上,令儿张口以引内热。

汉制,总群官为厅曰省,分务而专治曰寺。

凿石崖为佛像,起于魏高宗。时与昙曜于武州塞山壁开五所,镌像各一,高者七十尺,次六十尺。奇伟冠绝。

考亭常平义仓法，虽师汉人意，然其法实始于绍兴庚子年乐清人陈光庭之集义仓。

将领亲兵，起于韩魏公。因好水川之败，诸将战死，麾下无救者，遂疏请自总管以下各置亲兵有差，将赴敌死，全队俱斩，故战比有功，西虏臣服。今之家丁即此意，边将皆赖其力。列郡施药，亦起于韩魏公。

署书始于李斯。

郡国立学设助教，博士学生以次减，始于北魏高允。

五五连坐，起于北魏之高祐。祐，允之从弟也。

唐时陈藏器著《本草拾遗》，谓人肉可治羸疾，自是民间以父母疾，多割股以进。

天子为臣下立碑，始唐太宗之于魏徵。题碑额，始唐玄宗之于韩思复。

糊名易书，起于唐。而李揆相肃宗，大陈书庭中，曰："上选士，务得才，可尽所欲言。"由是士论归美。宋之制科用此例，故得人最盛。

去任官，百姓脱靴，起于唐崔戎，历今遂为故事，即贪酷吏亦用此法。然必有名者方悬樵楼，亦直道之未泯也。

功臣赐号，始于唐德宗。奉天之役，虚诞褒嘉，苟悦强臣，以代爵禄。宋神宗时罢之。至国朝，文武并用，名实相称，居然华衮可光金石矣。

活板自宋庆历间布衣毕升始。

铁斛起于周文襄公，后朝廷下所在通行。贤者作法，不肖者守之，何问君臣之有？

名　姓　字　号

箕子名胥余。庄周字休。仲雍字孰哉，解者曰：雍，孰食也。梁武帝法名曰羯磨。苏子瞻一字和仲。严光本姓庄，新野人，汉时避帝讳，改庄曰严。其妻，梅福季女，福又有女，嫁徐道晖。壶关三老，姓令狐，名茂。

蔡邕父名棱，母袁氏，袁公妹，曜卿姑也。今传奇作秦氏。

晋牛金之子，逃患改为牢，又改为寮，岂因通琅琊妃事觉被罪，而子为此计耶？

幸姓甚少，《晋书》有《幸灵传》。近时广昌有幸节妇，生员李邦植之妻。

元次山之祖曰元亨，字利贞，全用《易》四字，可异。弃官隐居，年七十六卒，门人私谥曰太先生，用一字，又可异。

唐张俭之兄曰太师，官至太仆卿，典羽林兵三十年，未尝有过。古之命名者，不以国，不以官，不以山川。今以极品之官为名，殆不可晓。

以古人之名为名，不知者勿论，乃知而故用之，如吴郡陆氏兄弟，厥字韩卿，绛字魏卿，襄字师卿，其义何居？襄原名衰，字赵卿，因奏事者误字，遂改之，改而又用，尤可笑。

苗晋卿十子：发、丕、坚、粲、垂、向、昌、稷、望、咸，皆与帝王圣贤同，其僭窃者不必言矣。同后稷、文、武二王亦不避，可异。

范希文少孤，从母适长山朱氏，即从其姓。考之《名说》，节度集庆军始更名，还其姓。

暨陶，字粹翁，崇安人，元丰五年进士。初定陶第一，胪唱者以洎音呼其姓，迄不应，乃以次名递升唱第。苏颂云："当以入声呼之。"陶乃出。可见姓之平险亦能误人进身之高下矣。

刘静修云：近世士夫多为顽钝椎鲁，人所不足之称以自号。其说有二，一以矫俗，一附于老氏，后人多效之。然又有自道心事，如近日陶石篑之称歇，乃真歇也。

桀一称大牺，谓多力，能推动之，故以为号。要见绰号之名已起于桀矣。

称　　谓

五代时称朋友曰周旋人。杨彪称其妻曰乡里。

白乐天称刘伶为酒仙，称韦苏州为诗仙。茅鹿门称韩信、苏东坡为兵仙、文仙。

范文正称御史为端公,盖取台端之义。今用以称首揆,盖端揆之义。

黄幹,考亭先生之婿也。先生行状出其手,余见其手笔,止称门人。

农 丈 人

余汉城寅,慈溪人,以古文自负,称曰农丈人,因以名集。考之张东沙致仕归,力农倍收,自署曰上农夫。张于余为同郡先辈,余盖后起效之者。

名 字 互 重

吾郡蔡侍郎名汝楠,字子木;而沈大中丞名子木,字汝楠。沈视蔡为后辈,犹相及,居相去仅三十里,决非有意,其偶合也,亦自可异。

二 王 改 名

正统中,翰林编修有王振,司礼大监亦曰王振。振既陷驾土木,王编修耻其同名,请改曰恂,从之。时方有兵事,升恂大理寺丞,镇云南,寻召入为庶子。成化中,编修有王臣,江南买办妖人亦曰王臣。臣既伏诛,王编修亦耻之,因奏臣名初误,犯七世祖讳,乞改名舜功。有旨:王臣名乃其父所命,何得犯其祖讳?吏部看详以闻。于是尚书尹旻等劾:臣名本父命,且授职贴黄已定,辄欲更易,非惟有违父命,抑且烦渎圣聪,当治其罪。有旨:王臣无故搅,本当治罪,姑宥之。看来前之见许,必以直陈,而后则托言祖讳,文致参驳,不知是阁中所票,抑宪宗英明,自能检察耶?今则一概批允矣。

呼　　名

　　《四友斋》一则云，赵大周在内阁日，如杨虞坡冢宰、王南岷都宪，大周皆直呼其名。或以为言，大周曰："昔微生亩谓孔子曰：丘何事栖栖者欤？无乃为佞乎？当时人亦称孔子之名，则我岂得为薄待二人哉？"尝观《双槐岁抄》云，王忠肃自总督两广，入为太宰，马恭襄昂代公总督，后恭襄入为大司马，忠肃犹呼其名，恭襄未尝不敬诺也。乃知此事前辈常有之，不以为异。

　　杨虞坡为兵部尚书，赵大周方以南吏部郎中升南光禄少卿。嘉靖四十五年十月，虞坡改吏部尚书，此时大周以侍郎家居。其年穆庙登极，次年吏部题请录用诸臣，大周与焉，起礼部侍郎，寻掌国子监事，则虞坡已一品，九年考满矣。此时相见，恐无呼名之体。三年九月，大周以尚书入阁；十二月，虞坡致仕，相去仅三月。若大周即恃阁臣体貌，公然呼名，勿论虞坡不受，而大周乃狂诞俗人，何以为大周？明年，大周致仕，与虞坡再不相值矣。何元朗与大周相善，极意推尊，不知此语从何处得来，录之登刻？夫听言当以理观，著书立言，何可草草。王盐山呼名之说，亦未必真。一说曰马家、崔家者，近是。

　　朋友间直呼其名，见于微生高。此亦前辈施之后辈，若等夷尔我之间，恐无此体。故曰：君前臣名，父前子名，非君父之前，自不得概施。乡党中直以名呼，闻北方若江右与近地新安有之。然对人而言，取其简便易明，非坐次彼我直致如此。故称谓间老翁之类，诚厌人听，必欲称名，非君父不可。或以行，或以字，古之人已行之矣。惟文字必称名，庶后人观者易晓，故曰"临文不讳"。

　　大周起自谪所，改南吏部郎。时周简肃延为南吏部尚书，谒见，周置席于左，赵拂衣迳出，大言曰："我不知吏部尊如是。"杜门不出，闻之当路，改南光禄少卿，始来谒周。周辞不见，赵亦不再往。堂属自有体，安得有所挟，一切紊乱。夫是非曲直可以抗论，即天子不避，而行坐随侍之间，即布衣亦有定分，何况堂官？大周此举，吾未敢以为是也。

南小九卿,除国学外,凡遇大九卿,皆先下轿俟之。至,亦下轿,街次对揖,俟大九卿上轿乃上。大周既转南光禄少卿,相遇不下,对举手而已。至今独光禄用此例,余则否。

街 次 对 揖

　　南中下轿对揖之礼,想在前朝,一时相知者偶尔为之,后遂为例,最可笑,最可厌。六科易马,直前而拱,自成化年间给事中王让始,因此得与公会。海忠介至南,独不然,只轿上举手。然惟海一人行之,诸公不尽尔也。总之,南中优闲,日夕聚会讲论,而又路遥,得一遇一揖为快。要未知大体何如,从时、从众可矣。

卷之十九

祀　神　第　一

太祖最虔祀事，《到任须知册》以祀神为第一事。各神俱存本号，而后代泛加之称，悉皆撤去，为之一清。其不入祀典，而民间通祀者听。前代有毁淫祠者，而太祖有举无废，盖重之也。御制《册序》云：五经四书，有志之士，固已讲习。即继曰：此书粗俗，实为官之要机。盖严事神明，推崇经术，其圣不自圣如此。

大　社　取　土

洪武四年五月，立大社庙于中都，命工部取五方之土筑之。应天、河南进黄土，浙江、福建、广东、西进赤土，江西、湖广、陕西进白土，山东进青土，北平进黑土。天下郡县计三百余处，每土百斤为率，仍取之名山高爽之地。世传张士诚筑王府基，取三兴土为之，嘉兴、长兴、宜兴。与此相似。然张以便身，太祖以事神。筑基之土必多，太祖以百斤为限，此兴亡所由异也。

朝　天　宫

两京皆有朝天宫，事天礼神，并写习仪之所。南建于太祖，即冶城旧址。景阳楼在其左，二门外纤道屈曲，最可喜。北则宣宗八年，始卜筑于阜城门之内。宫成，有景星之瑞。其规制宏邃胜于南，而雅秀则不及。嘉靖中，陶真人请重修，辉映益加于前矣。

城　隍

北京都城隍庙中有石刻"北平府"三大字，此国初旧物。一老卒云：其石长可丈六尺，下有"城隍庙"三字。既建北京，埋而露其顶，埋矣又露，不知何意。仪门塑十三省城隍，皆立像，左右相对，其香火甚盛。每岁顺天府官致祭，府尹可以配都城隍，则布政可以配省城隍，势位略均。而一坐一立，何居？岂幽明少异，而仪门所塑，或者后人附益，非经礼部考订者耶？

再思在外府州县皆有城隍庙，并不闻有各省城隍庙，即如江西城隍为灌婴，亦相传旧说，前朝及国朝亦未尝祀之为省城隍也。然则都城隍者，乃都城之城隍耳。岂如都御史、都指挥之云乎？其位次亦可辨矣。

洪武二年，应天、开封、临濠、太平四府，滁、和二州，城隍皆封王，正一品；各府封公，正二品；州为侯，正三品；县为伯，正四品。应天衮冕，十有二章；开封等五府州及各府九旒九章；州县七旒七章。王矣，公侯伯矣，仍递其品，章服各异，似不可晓。岂幽明各异，独加崇重与？

景　惠　殿

太医署中故有三皇小像，医令以便宜奉事。世庙从侍医之请，作景惠殿，令大臣春秋主祀事。殷棠川士儋为尚书，用侍郎王希烈议，上疏谓：三皇继天立极，而列医师之中，于礼不协，请撤祠，进历代医师于一堂，院使以少牢行礼。报可。

帝　王　庙

历代帝王庙，塑像精巧如生。光武恂恂有儒者气象，余多雄武可畏。嘉靖中，房患甚棘，修撰姚涞，题黜元世祖之祀，其言曰："虐浮于犬戎，狡深于刘石，贪剧于契丹，暴过于女直。"给事中陈棐亦主此说，上疏坚请。且谓太祖存其像祀,乃开国诸文臣刘基等中元进士,受其豢养之恩,强假元以帝统,谬与元以帝祀,以掩其初仕元之失。又谓北虏方横,祀胡虏之君,何以禁胡虏之侵?看来元世祖大有好处。赵氏子孙不杀一人,旧臣多所录用,即文丞相,逃真州,再就擒,延至数年,以星变方就僇。其余善政,种种可录。岂非夷狄之圣主与?太祖祀之帝王庙,又立庙于北平,岁时致祭,追顺帝之谥,封崇礼而归之。每曰:"朕元布衣。"又曰:"朕父母为元百姓,受其养育。"吁!此岂腐儒所能窥哉!二公弹不得太祖,便弹刘中丞。嗟乎!仕于元者,岂独一中丞?中丞亦何恋于元?而世宗方议礼,大有改革,又愤虏横,议行,所谓先圣后圣,其揆一也。

尧庙规制

帝尧庙在平阳府汾水西,后徙于东南。唐显庆中,徙府城南,有地七百亩,屋四百间。中为文思殿,前为宾穆门,左祀老子,右祀楚霸王,后祀玉皇,总曰光泽宫。正统中,左布政石璞、郡守万观,以左右二祠不合经典,撤去之。左祀舜,右祀禹。易玉皇阁为执中阁,颜尧殿曰广运,门曰俊德、协和,舜殿曰重华,门曰玄德,禹殿曰文命,门曰祗德。增屋五十二,廊六十八,合为三圣庙。已更执中阁为殿,而于尧殿前为阁,颜曰光天,最为雄邑。于是规制大备,冠于西垂。然前人祀老子,犹曰孔子尝问礼,西入流沙,不甚悖也。至霸王入秦,坑卒纵火,一猛悍武夫,而与老子分东西,且上配帝尧,不已甚乎!石公之改,正足洗千古之陋。方议兴工,一夕大风拔木,积庑下,皆栋梁材也,人咸神之。

孔　庙

两京孔庙,各见志书中。万历二十八年,始易以琉璃,从司业傅新德之奏也。曲阜庙创于鲁哀公十七年,汉、魏、唐、宋,代有修饰。至金皇统、大定间,制乃大备。元凡三修。本朝洪武初,改建国学于鸡鸣山下，即六代乐游苑，故亦战场也。分为二，东则小教场，西则学基。学舍隙地种菜，佐饮食之用。五年，文庙成，上视学释菜。七年，诏司府州县卫学，通祀孔子，衍圣公赐诰，如一品法。颁大成乐器于天下，舞用八佾。永乐十四年，撤其旧而新之。以后累朝登极，遣官致祭。成化中，加笾豆十二重，建正殿，恢为九间，楼阁门庑皆廓其制。弘治十二年，庙灾，学士李杰祭告，发帑金十五万，守臣重修。十七年，告成，大学士李东阳致祭。庚子春，余得恭谒，檐下皆盘龙云花石柱，壮丽精致，目所未见。入庙，清肃庄严，远非佛宫可拟。相传费至三十万。万历己卯，抚臣赵贤重修。甲午，抚按郑汝璧、连标等，复开瓮城重门，以辟神路。

祭用常服

历代忠臣庙皆府尹致祭，凡祭必用祭服，独此用常服。想当时请旨未下，府官草草行事，遂以为例，今当改正者。

不领祠祭

京师诸祭旨领于祠祭，惟坝上马房别自建祠。以元旦、冬至圣节，遣内侍主祭。光禄寺具品物，不领于祠官。

许庙祭田

许远，字令威，世居盐官洛溪里。许之后有名忠者，藏其谱，今见存。并新其庙额，祭银八两，后减三之二，及括祭田，故所优以轻折者，并罢去之。万历十二年，忠诉于县令陈某，为请于两台，得复。

蜾矶

芜湖江心有矶，矶上有祠，祠孙夫人，曰蜾矶，甚有神灵。孙夫人至此矶,闻先主崩摧,哭自沉。又曰:孙、刘有郤,夫人归吴,舟次矶下,不忍见仲谋,遂殁于此。夫人真烈丈夫也。蜀既不传,吴亦遂讳,宜其为神,血食万世。郭青螺榷芜税,并塑先主像,改曰蜀望台。

萨法官

建阳县横山王庙甚灵验,递岁乡人祭赛,必用童男女,否则疫疠随起。宋绍兴间,萨守坚入闽至建阳,是夜,横山王托梦朱文公曰:"庙人为蟒蛇所踞,递年祭祀,渠实享之。今萨法官欲罪我而重谴之,徽惠先生一言为救。"文公梦中问之曰:"法官安在?"曰:"寓关王庙施药。"次日往庙中,果有一道士,诘其姓名,曰萨某也。文公具白其事,萨曰:"先生说关节耶?姑免究。"比归,则庙已烬矣,惟有一大圆石镇其中,今人呼为飞来石。是夜,文公又梦曰:"业蒙救矣,亡以为谢,此去护国寺,风气甚聚,可为宅兆。君其世世获福,宜急图之。"后文公议建学其间,即今学基是也。

苻神

苻坚死于新平佛寺,见梦于寺主摩诃曰:"改为吾宫,则已;不则,尽杀居者。"果死疫相继。因共改寺为庙,遂无复疾疫。正月二日,民竞祠以太牢,号曰苻家神。

飞天神

嘉州开元观,后周所创,本名弘明观。隋大业末,方建大殿,殿西塑飞天神王像,坐高二丈余,坐二鬼之上,初,道士吕元藻数夕梦神从空直入,其形接天,遂为此像。隋末多事,不果就,然灵应则多矣。太和中,杜元颖镇成都,时南诏侵沐源川,分道而来,掩我不备,欲取嘉州。去州四十里,寇忽大惊奔溃,州境稍安。有得夷人觇候者,乃言:本欲径取嘉州,忽旗帜遍山,兵士罗立。有三五人,金甲持斧,长二三丈，声如雷霆，坐二鬼之上，麾兵士直进，蛮遂惊溃而去。是日，蛮酋死者三人，始知为飞天神阴兵也。自是郡中祈祷无虚日。有人将下峡，乞福于神。瞿塘水泛，波涛甚恶，同行之舟皆损失，其人甚惧。见神人立于岸，如飞天之状，使二鬼入水扶舟，舟得无恙，开元观之名益著。观在层冈之上，下眺城邑，俯视江山，二水回潆，众峰环抱，为郡中之胜。旧有高阁临崖，崇楼切汉，制度宏巧，远近称之。久而摧坏，官收其材用之，余者为马厩。有门扉，制古，且坚，无丝毫朽蠹。置之木栈之旁，既而有光，炯然可鉴，以其为怪，弃而不用。迁于紫极宫玄元殿内，有小赤蛇蟠缀门楣之上，累日不去，涉旬之外，不知所之。

钟葵

钟馗之义，《笔丛》言之最详，且不止尧钟葵而已。隋时又有乔钟葵为大将军，大约辟邪之神。隋唐以前，往往取佛僧鬼神为名。葵、馗音同，杂出。俗画钟馗戴软角巾，便有开元进士之说。

猿仙神

韩苑洛为浙江佥事，王镇守谮之，被逮。时山东鲁桥有庙曰猿仙神者，能预言人祸福。官校孙百户等谒神，且布施。神一见，即曰："汝辈非拿韩佥事者乎？"众曰："诺。"神曰："韩大好官、好人，浙江民以青天呼之，王镇守无天理也。我近日来自京，科道部寺，无一人不惜其枉。世界如翻饼，时当不久，此人异日当大用，尔辈可小心待之！"众应曰："不敢。"神怒曰："张某狡猾无状，不念尔六岁鳖膊子儿乎？"张股栗叩头，盖张年六十余始得是儿，项短，而遇韩无礼，故神言之。张大惊，挟其曹致贺，自是待韩愈恭，而张某尤甚。

霍庙池冰

御史阎睿行边，经祈连，暮宿山下。夜分闻金鼓声，比晓，雪满地。询诸左右，曰："山径冰滑，霏雪，马不可度。"山后有霍将军庙，入庙祀之。庙下有池出冰，若榴梨瓜果状，众咸奇之。

舞阳侯

樊哙，原武康县人，从母李，嫁于沛，遂为沛人。今县有舞阳侯庙，甚灵应。

卫公生日

安吉州李卫公庙，初在孝丰玉磬山阳上方寺前。宋乾元年间，风雨暴作，庙移于山之东，即今址也。熙宁甲寅，陨石于庙之东。嘉定己卯，陨石于右庑下。元泰定乙丑，陨于左偏，栋宇像设，一无所损，若避之者。成化辛丑，复陨于后殿，损桷之楣。弘治初，岁大旱，邑令舆神祷雨，雨随舆至，须臾沾渥。癸亥夏旱，且酷热，祷于神，神额有汗如珠，拭之复汗，雨亦随应。初神微时，射猎霍山，投宿朱门，遂有乘龙行雨之事。则神之灵异，其来也远矣。每八月十八日，相传谓公生日。众先期醵金，置酒酬宴，演扮先代人物，鼓吹歌唱之声，昼夜不绝，谓之李王会。

河神

金龙大王，姓谢，名绪，晋太傅安裔。金兵方炽，神以戚畹，愤不乐仕，隐金龙山椒，筑望云亭自娱。咸淳中，浙大饥，捐家赀，饭馁人，所全活甚众。元兵入临安，掳太后、少主去，义不臣虏，赴江死。尸僵不坏，乡人义而瘗之祖庙侧。大明兵起，神示梦：当佑圣主。时傅友德与元左丞李二战徐州吕梁洪，士卒见空中有披甲者来助战，虏大溃，遂著灵应。永乐间，凿会通渠，舟楫过洪，祷亡不应，于是建祠洪上。隆庆间，大司空潘季驯督漕河，河塞不流，司空为文责神，河塞如故。会司空有书史以事过洪，天将暮，遇伍伯，擒以见神。神坐庙内，诘问书史曰："若官人，胡得无礼？河流塞，亦天数也，岂吾为此厉民？为语司空，吾已得请于帝，河将以某日通矣。若掌书不敬，当罚。"书史诉不得，受朴去，以告司空。已而河果以某日通，于是司空祗事神益虔。

石　　像

晋天福以前，有巧工来自雪川，见有石浮于水，叹曰："石岂真能浮乎？是必神使之然也。"其夕，梦一老人揖而前曰："吾楚历阳侯范增也。大功不成，邑郁而死，未有主我祠者。附石以告君，君能留意，必有以报。"遂取以为石像，奉香火惟虔。烟随风飞，直至兰溪县，止于苎峰之巅。邦人归向，聚木石而成庙，题曰"福祐括苍"。王淮诗云："关中失鹿人争逐，一去鸿门不可寻。千古英雄死遗恨，封侯庙食更何心。"合第十四卷陈孚之诗读之，亦可悲矣。

荷　　石

邵仁安，睦之清溪人。贞观初，与弟仁应俱隐蟠山，诵《道德经》，深得其奥，没而为神。有巫何氏，虚谭祸福惑人，神甚恶之。现形，以一木荷二大石，重各万斤，至山之巅，折所荷之木，植于地，枝叶生焉。巫者惊走，人名其树曰"虬锡"，立庙以祀。庙前有池，岁旱致祷，水涌沸山上，二石云起，有蛇出于池，入庙升屋，雨随大注。山下一小儿，失已三日，途遇老人，呼曰："随我，闭目，勿得开！"从之，闻风雨声甚厉。少顷，抚其背，曰："至矣。"开视，果其家曲巷中也。

老 父 指 路

孙明，潍州昌邑人。李瓒据益都，明被兵掠至鸿沟，去家三十里。年始十岁，兵以其童也，易之。明夜遁，怅怅乱行。有老父教之曰："儿但从吾指以往，即至家矣。"明如其言，走固堤盐场中，草深灭顶，而豺狼左右嗥，明竟得还。父母亦避兵方归，举灯索明不得，相向哭。灯忽作花，复自相慰曰："我儿其返乎？不然，此花何征也？"言未讫，忽闻叩门声，启视之，明也，急挽以入。初，父止生明，明之子孙，逾四十人。孙惟中，字伯庸，有孝行，庐墓，通书史，居家严肃。三子，长尚志，入国朝，为礼部主事。

神鬼所护

赵尚书豜，祥符县人，有异质，善赏识臧否。正统中，钱塘于肃愍公谦巡抚河南，时公谢政家居。于数造其庐，以前辈礼，事之甚恭。一日，公执于手，啮之出血，于即悟，泣拜请教，公不答。顷于出，其孙怪问曰："大人何啮于手？"公怃然曰："于好官，惜不得令终耳。"公先为郎署时，一人犯大辟，死狱中，出其尸，实闭气诈死也。越四十年，为司寇，其人复犯法。公一见，呼其姓名曰："汝非曩死狱中者邪？"讯之，伏辜，人以为神。公在襁褓，母避乱，抱匿林莽间。有虎至，母惧，置公于地，虎熟视而去。暑夕寝篸舍中，群狐采麻叶作扇扇之，欢呼曰："赵尚书方苦热，吾辈敢惮劳邪？"公闻之，益励志读书。

顾度，昆山人，有孝行。坐事亡命，走西南夷万山中。经辰水、麻合山、乌江、紫梢蛮洞，几死，常有神人护之。自播州转入丁山，山神夜来与语，貌甚伟，曰："吾姓褚。"导如巴中，巴人以为神，相与敬事之。居九年赦归，时洪武三十年也。将渡江，又有戴笠者，若云："江不可渡。"是日大风，渡者皆死，独得免。永乐中以人才征，不就。

诗 镇

我湖慈感寺前桥曰潮音，水清彻。有蚌浮水面，吐珠，人皆见之。每风雨，即有蛟龙来攫。永乐中，夏忠靖治水至湖，宿寺中。夜有神，黑衣白里，率一美女来见，公不为动。徐诉曰："久窟于此，岁被邻豪欲夺吾女，若得大人一字为镇，即彼慑伏，永不敢动。"公书一诗与之，中有"蚌倾心"之句，神拜领而去。未几，公至吴淞江，有金甲神来诉曰:"聘一邻女已久,无赖赚大人手笔,抵塞不肯嫁,请改判。"公张目视之,金甲神甚怖,冉冉而退。公因悟曰:"是矣,慈感蚌珠之仇也。"牒于海神。次日,大风雨震电,有一蛟死于钱溪之北。文皇方有侦卒报知,及还朝,问状,对曰:"此皆陛下威德,百神效灵听命,臣何敢与焉?"上甚悦。杨文贞请录付史馆,上不许。万历己亥,余游太和至荆州,文贞六代孙,现为兵使者,对余言如此。

刘忠宣免难

忠宣公少随其父广居官广西,归至赤沙湖,误堕水。风悍,帆满急,舟行已远,浮沉水中。遇渔舟掠出,送至舟,已半日矣。癸未会试,场屋火,攀垣数四,皆为后人拽下,喘喘待死。俄若有人推之上者,遂逾垣。旁一人衣之白袍,问其名居,不答;标衣号于市,亦无应者。

陆庄简风火

庄简公馆于陶氏,夜梦三神舁火器至前曰:"祝融将有所儆,以公在,薄其罚。"语毕,焰起。公又力恳,曰:"第及三舍,不旁延也。"翌日,果爇三楹。尝渡江,遇疾风,舟几覆。公肃衣冠自讼,须臾,若有物曳舟者,抵浅洲免焉。自是遂戒牲庖。

济风救难

刘佐,中部县人。生五岁,值岁凶,民有鬻美衣于市者,大母以升米易之,佐问:"易以何为?"大母曰:"将衣汝。"佐曰:"今米与衣孰重?亡米,死矣,衣何用?"诸大母大奇之。奉母暨诸弟北上,渡江,风,佐年十五,号且祷曰:"吾愿代吾母暨诸弟死。"风益急,佐将投于水,舟人执之。已,风止复济。正德丁卯,乡荐解元邵升,未冠登科,有俊才,刘瑾从孙女妻焉。庚午秋,瑾败,有司逮升,急奔佐,匿之。阅数月,佐又匿之他所。或止之,曰:"邵君托我者,以我能活之也。邵故不与瑾事,我知之。夫不权其是非之原,而轻背其友,岂仁者乎?"卒脱昇于难。

刘瑾为侄女求婚,时有戊辰探花戴大宾、丁卯陕西解元邵升,皆未娶,谀者争以二人姓名进。瑾曰:"吾关中人,归邵生其可。"苦辞不得,升因闭户绝人事。瑾诛,众以升无所与事,免诛,斥为民。升字晋夫,才调超逸,能诗,绝不以得丧撄心。年仅四十四卒,众皆惜之。戴尤早夭,均犯忌才之厄矣。

神人救厄

金峰胡公宥,新安人,甲戌进士,能文章。诸生时,下帷,呕血甚剧,梦黄冠假艮背之旨,疾乃瘳。每神其术,秘不语人。尝自城南夜归,灯火相接,及门,阒无一人。舟覆彭城,赖居人出之溺。公问故,则神人凤戒,谓贤者有厄,宜亟持勾缚以救。见屠者将解牛,市而豢之,守冢,及公卒于黔,牛不食死。

初生时,母毛孺人梦车驾临其第。方以臬司入觐,岁在癸未。会廷议相寿工,有荐公习圭测者,受命往视,屡赐御膳。车驾之幸,其在此乎?同时往者,南司寇陈道基、通参梁子琦请改,而礼书徐学谟不从,止。

辞请威灵

徐楚,淳安人,为辰州太守。甲寅,疫疠大作,公亦昏愦。恍惚觉身着金绯坐殿上,两楹间幡幢飘摇,署曰威灵,几前大鼎爇香,黄冠在前,问曰:"此何地?我何在此?"对曰:"此城隍庙也,郡人请公生为之。"公怒曰:"谁为此议,我肯向汝作土偶耶?"道士忽不见,幡幢殿宇,一时都没。翌日,士民苦旱祈雨,执牒请公署名。公曰:"有如梦,我当应祷。"才出署,大雨如注,三日夜不绝,疫疠顿苏。先是,公以内艰归,过山东闸,有高孝廉争舟怒骂,复举大石掷公,几中额,且曰:

"异日见我廷谒毋悔乎？"公笑而谢之。后至辰州，高乃补沅陵令，辰之附郭邑也，大为跼蹐。高顿颡愧泣，公怡然答曰："乃公吞云梦者八九，愿勿复言。"为云南副使。周庞者，广西人，有所亲人周岐岳选蒙化卫经历，死矣，庞谓其子曰："滇广万里，谁知而父死者？以文凭假我，我之官，所得与而共之。"庞竟赴蒙化，恣意贪墨。居一年，而岐岳家有七人来。庞恐事泄，饮之酒，夜尽扑杀之，燔其尸。有宋经历者，故识岐岳，密以告公。公佯檄庞往事邻县，而擒其妻子，讯即服，捕庞，置极典，滇人称为神明。子应簧，己丑进士，参政。

黄 冠 授 药

刘绎，字斗山，代州人也，成化丁未进士。理辽东粮储，逆瑾恶之，械至京，枷午门前。枷重法严，凡枷者，十余日多死。公枷月余不死，时同郡王沈庵以死侍侧不去。有黄冠者至，遗家人一丸药，曰："日剥一分食之，尽则难脱。"公是日亦梦仙人自霄而下，内药口中，觉来尚有香气。监守者俱言有老人送药，忽不见。语喧，闻上达九重，太宰张西麓彩乘此异言之瑾，得释为民。张又言宜起用以示公道，遂授监察御史，朝野称为铁汉。后升卫辉知府、长芦都转运使。此一铁汉，厄于瑾，救于仙，而又见知于瑾。后之见知，则又黄冠误之也，故官不甚显。

神 示

任汝亮，猗氏人，进士，户部主事。督饷彭城，渡河，登舟失足，坠没，陪仆自投下援之，亦不复见。日向昃，舟人骇而噪，有顷，与陪仆忽跃而出，神色晏然。或问公溺时状，曰："若有巨木载者。"舟人以缆度水，深百丈，骇以为神。知泉州府，泉州苦旱，郡人占九鲤湖神，神示之：须二千石至而雨。公方入武夷，缙绅有以梦告者，疾行，左右言支干不利，公策其马曰："农夫闵闵望岁，所言不可以过今日。脱有灾，太守任之。"至果大雨。又三月，牧儿入山中，经一峡，见石理若文字,隐起。拭藓读之,云:"巨雷辟石,神泉涌出。见者神强,食之无疾。以传以颂,良二千石。"郡人争来观,有疾一歃立愈。会内计,中蜚语,左迁,知兴国州,泉亦先涸。

神 儆

蒲州高岳,为黎平太守。黠夷以岳西人,不习土风,聚而掠供张物尝之。岳乃与杖,械系,复夺去。传檄将吏,悉收斩以徇,夷众啮指无敢犯。尝闭户卧,漏下已三十刻,有红光夺目,迹之,贲烛自然。默筹,兵犹火也,神其以示儆乎?部署材官粟马厉兵,寝戈擐甲,钦钦如对敌垒,众窃怪之。已而,旁郡夷戕杀官长以叛,台檄岳调孟兵讨贼。孟兵盖获之后,剽轻敢战,寻罢不用。兵恚曰:"是谩我,使仆仆道路,士辱兵顿,不则受贼贿耳。"将甘心于罢者。鼓噪,蹋邸而入,左右无人色,辟匿。岳坐堂上,以一吏侍,胥之入,意气自如,徐呼而前:"以尔讨贼,乃自为贼耶?吾贳尔,缚贼自效。"众顿首,愿受约束,倍日并行,卒获渠魁还报。

断 狱

归震川先生令长兴,好谭文,于听讼非所长。有乡豪与媳奸,为仆所见,挥刀杀之。知事不可掩,入室取一婢杀之,提二首赴县,告以获之奸所,欲脱己罪。偶大雨,沮城外。其夕,先生梦城隍神告以杀死本末。先生辰坐堂上,其人携二首奔入。未及言,先生大呼曰:"贼贼!汝杀人如是如是。"遂伏罪。众咸以为神,自后无敢欺者。

却 羡

吴猷,新喻人,任兖州府通判。库吏杨福以羡金千余两私猷取之,猷不取。后十年,其子总税赴京。舟至芜湖焦矶,触石破,赋金沉于江者五日。诘旦,家僮狂叫曰:"我焦矶神也!汝父猷,不取兖藏金,今所沉者称是。盍以长缰系铁钩曳取之？必获。"亟如神言,果获。同事者乞神,效之,仅出空橐焉。

王　春　元

王命,河间饶阳人。滹沱大溢,水及城,不浸者数版。有妇人呼于市曰:"必王春元祭之。"时饶有两王春元,问主名,指曰:"君也。"杀牲为文,登城望祭,祭毕而水落,迄不为灾。或问以故,妇曰:"渠,东斗星也。"翌日复问其妇,懵然不复忆矣。人咸异之。后为凤翔知县,洁己爱民。秋禾正茂,忽有虫如蚕而微小,色正黑,缘苗食之,遍四境皆然。百姓奔告,即为文,率众祷于神。诘朝而虫迹如扫,竟亦莫知所往,士民为图颂之。尝以治邑劳瘁成危病,医药罔效。夜梦梓潼神告之曰:"服补心丹乃愈。"觉以语医,医言非对证药。已之,既复梦如前,即和而服之,遂愈。

青　衣　持　檄

严天祥,朝邑人,为绛县知县。恒以役至夏县,道经傅说祠侧,严必入拜,徘徊瞻顾,有旷世相感之思焉。一日,复过,属有急,不得入拜,憩其侧短亭中坐。见二青衣持檄伏堂下白云:"傅丞相要公。"严谢不往,顾左右赐使者食。左右实无所见,以为严作鬼语,然不敢诘,第应曰:"食使者矣。"严乃语二青衣:"还报傅公,异日俟我为御史乃往。"言讫就寝。顷之寤,呼左右,大惊汗出,述梦中事。左右白云:"自未寝时有之,非梦也。"严默然,诫左右勿泄。及甫为御史,辄郁郁不乐卒,其后从人始言之。

易　　榜

绵俗尚祷,有白牛庙者,民竞夸诩其妖,以为神。戴鳌为监司行部,见之,曰:"此必伯牛庙之讹也。"遂命易其榜,禁民无得淫祀其中。

众初以非其神,欢之,后获断碣于堧地,果立以祀伯牛者,遂皆服公明见。

焚　　像

陆钶为贵州副使,尝行一山谷中,鼓角不鸣,军皆衔枚疾走,怪之。左右对以猫王神最灵,人辄避不敢犯。公毅然曰:"有是哉?"入而见其像累累,令军人持一像以行。及下车,军且以像俯地,呼而请罪。公曰:"是何惑人之深也!"焚之,无能为妖。

心　计　得　情

戚南玄贤为归安知县,民尝夜被盗。未曙,戚谒庙出,河侧闻舟中密语云:"某之盗,藏某所,不识有司能觉否?"天且明,遣人获盗赃来,具如所闻,被盗家犹未知也。素有心计,善剂算,能持小物,得人情实。有萧总管祠甚灵,且厉,豪右欲诅有司,辄先赛庙,庙壮丽特甚。一日过之,值赛期,入庙中,列赛者阶下,谕以祸福。恐其不解,譬之曰:"天久不雨,若能祷神得雨则善;不尔,庙且毁,罪不赦也。"舁木偶道桥上,竟不雨,沉之水。又数日,舟行,忽木偶自水跃起,舟中侍人失色走曰:"萧总管来,萧总管来!"戚笑曰:"是未之焚也。"命系舟侧,顾岸旁有社祠,别遣黠隶易服入祠,戒之曰:"伺水中人出,械以来。"已而果然。盖诸赛者贿没人所为也,遂焚之。

井　　神

贵溪县仁福乡圣井,相传宋初,有郭巫祈雨井上,忽坠所吹白牛角,巫投取之,遂坠井。初不觉,既而见水中有楼台俨然,一老翁中坐,侍卫森列,置所坠角于牖间。巫进请角,翁谓曰:"旱乃天数,非吾独专。小民不修诚动天,而昼夜聒井何为?故夺汝角。"巫恳请不已,谓后不复敢聒井,翁命还之。巫得出,衣巾不濡。后再旱,巫违前诫,吹角井上,角复坠井,巫取之,溺不复出。逾五日,尸出山前潭水上,僵坐不仆。渔者推赴长流,且视坐如前,如是者数四,尸竟不去,亦不朽败。是夕,见梦于乡人曰:"吾郭巫也。向再入井,见龙,龙谓数入冥间,不令出,既因命我掌祠,出尸以见异。我尝为乡人效劳者,今神有后命,而数数苦我,奈何!"乡人往验之,信,为立祠,凡有祷则应。

竹　　神

陈湋为闽录事,死之明年,妻哭之曰:"君平生以刚直称,今以谗死逾年,何寂然耶?"是夕,见梦于妻曰:"吾不知死,闻卿言,方悟。吾当报仇,然公署非可卒入,卿为我诉冤,吾当随之。"明日,妻往诉至县,遇一仇吏于桥上,击其首,即仆而死。及入,凡吏尝害公者,以次十死八九,惟二吏奔至临江得免。王埜、蔡襄有记。神墓前忽有竹二根,从树柯中出,众以为异,因为盖竹神祠。

石　鹿　神

青州石鹿山,临海有神庙甚灵。刺史王神念以祈祷惑众,毁庙坏像。栋上有一大蛇,长丈余,役夫扑打,不能得,走入海水。时阴子春为东莞太守,梦人通名请见,云:"有人见苦,破坏宅舍,无所托,钦君厚德,欲憩此境。"子春密记,经二日知其事,甚惊,以为前所梦神。因办牲醑,请召安置一处。数日复梦朱衣人陈谢云:"得君厚惠,当以一州陈谢。"子春心喜,供事弥勤。果以功授南青州刺史,又迁都督秦、梁二州。神信有灵,逐于神念,祠于子春,辟之于人,遇合乖违,各有缘分。

保　障　为　神

吴江县黎里秦氏,世素封,行善,多以赀得官。其始祖乾,当宋季之乱,集乡兵自保,寇不敢犯,依以全者甚众。诏授护民太尉,没而为神,祀之至今。考五季之末,民间聚兵保乡党者,率称太保,故有"遍地太保"之称。宋末则称太尉,非实授职衔也。中间有豪杰,有强梁。江左以来,豪杰最著者,程忠壮公,次则秦公。观其能荫及后人,则当日行事大略可知已。

石吞为神

琼州临高县西十里有昆邪山,建武二年,村民王氏者二人,长曰祈,次曰律,与乡人王居杰猎于山,憩石上。祈为石所吞啖,居杰三引刀不解。祈被吞未尽间,忽作声曰:"我为昆耶天神,隐此石室,已后可以纯白三牲一祀我。"言讫,遂没入石中,不复见。宋靖康间,逆酋王文满煽乱,率众环攻临高,民受荼毒,无能御者。吏民乃祷之于昆耶神,须臾,蜂虿弥空,肆毒行螫,群盗奔溃,民赖以安,益神其祐。

神灯庙

姚江有神灯,每岁春月初,昏无风雨,远望火光数点,起自大黄山东岳庙前。已而跨江南北,散漫数十百点,多至万亿,灿然若繁星,明灭聚散,参差不定,渐移而西。至夜分,隐隐向白山没。俗传,三月既望为岳神诞辰,此其下降之征,然读书龙山上者言,不特春季为然,凡遇天气郁蒸,往往有之。第卑处不见,如登山绝顶,见江南遍屋皆赤,即环山半亦是。甚有人坐树下,倏缀树如旒,至集人衣裙,拂之不去。西门桑神庙,俗呼桑九郡王,并祠其子周舍、史舍。周生时馆谷外邑,归而经其姊家,严氏姊为具鸡黍,周怒:"何为以骨饲我?"众曰:"肉也。"姊家实以祠神,竟不食,归告其妻,趣具汤沐,"吾将去为桑郡王子",浴竟而逝。史名自张,髫年从学舍归,途遇一丈夫,须髯甚伟,曰:"竖子!而非史氏子,乃郡王桑氏子也。"史惊惧,归告其母。夕发寒热,语语若神授,竟死。传邑人十月间具旗伞鼓乐,舁桑神及二舍,迎于途,至桑巷祠而返,岁以为常。

丹台记

　　蒋焘,字仰仁,其先宋侍郎堂守苏,遂占籍长洲。父原用,娶武功伯徐有贞女而生公。原用登进士,出知乐亭,殁于官,焘尚孕于母,未育。既育旅邸,七阅月,母始扶榇归。少颖悟,五岁,母口授小学,即成诵。十一善属文,时出惊人语,选隶学宫。十四应都试金陵,文誉驰公卿间。又三岁而卒。当未卒时,常梦上帝召为《丹台记》,以母老辞,不得,录而秘之。姊婿刘炌入其斋,得所为《辞帝文》,以语母,母恶之,抵于地,然竟不免也。初母在蓐,恍惚见道流三人入房,顷刻间失其一,即免身,常以为异征。及卒后,母甚悲,著《哭子诗》十三首,闻者莫不陨泪。母又梦焘来,言"我之帝所甚乐"。母问其死状,焘曰:"儿死,从首上以往。儿虽死,不灭不散也。"至嘉靖中,陆詹事深死三日而苏,既苏,语其子楫曰:"取笔记我语。我病渐时,不见若辈,觉身坐厅事,有黄衣二人跽于庭云:'奉大王命召公。'余方欲置对,忽身已坐舆上,黄衣前导,随者数十人,皆旧隶仆故者,余心甚骇。舆北行如飞,至一城,黄衣跽请曰:'当去舆从步。'顷刻间,已失舆,两人挟而走,足不着地。至一城,黄衣又跽请曰:'请改服。'不觉已易衣矣。又良久,抵一城,甚高,楼橹皆如京城制,可十余里。至阙门,门数重,大殿巍然,有王者冕旒坐殿上。一黄衣先入,唱曰:'奉命追松江陆深已至。'王起坐曰:'人之。'余从东阶庑下北面立,王南面,字呼余曰:'子渊识我否?'余曰:'殿下莫非当年蒋焘耶?'盖余为诸生时相习耳。从者呼之曰:'奈何犯我王讳?'王曰:'此我故人,无迫之。'王曰:'子渊,尔官应居一品,寿应登八十。以犯三大罪、十二小罪,故官降三品,寿减一纪。'是年,余方六十八岁,闻是语,骇曰:'深得无死耶?'王曰:'非死何以至此?'因命吏取詹事簿籍来。须臾,吏持簿至。余阅之,见平生所言所行,无一不记。其末以朱书总核其罪。余因丐王:'幸念夙昔,使得毕其寿命。'王曰:'此非寡人所得专也,主在帝。寡人为故人受罪,姑假以两旬,俾治后事,其毋为子孙计。'命黄衣送之出。已出门,复呼入曰:'若兹来也,于地狱无睹,何以警世?'传黄衣,又导观诸狱,景象甚惨,目不忍视,狼狈而走。至街衢,所见冠盖往来如长安道上,皆朝士久没者。咸下车,与叙寒暄而别。出城,从高原上行。久之,甚昏黑,忽见一灯微明。既近,则其尸卧于床,心恶之,黄衣推之使附,乃苏。"又两旬,而黄衣复至,詹事遂长往矣。

神 惠 记

叶先生朝荣,号见山,少师台山公之父也。中年得奇病,病不知所由来,亦无他苦,第不能睡。每睡欲合眼,则背蓬蓬然动,始如斗大,渐缩至背心,仅如钱孔,则涌起醒矣。以此三年不成寐,遂骨立。延医诊之,医不能名其病,第见其骨立,则以为损也。用参苓诸药补之,愈补愈甚,且将就木。父忧之,遍访名医,得十人,莫适与也。则具十人者名,祝于乡祠女神刘夫人者,枚举而筊之。良者阳筊,否则阴。十筊皆阴,大惊:"吾儿殆哉,其不可药矣。不然,何十医而无一良也。"家人相对涕泣,计无所出。先生忽见一人,星冠道服,自空下,拊而告曰:"君何病,服越鞠丸愈矣。"遂翛然去。异之,以询医,医曰:"方诚有之,平平无奇耳,安能愈君?君病久恍惚,何言神也。"问:"方载何书?"曰:"在《丹溪心法》。"问:"何疗?"曰:"疗郁。"先生瞿然曰:"得之矣。往余再丧妻,四丧子,复丧妹,最后丧母。骨肉之痛连绵不绝,哭泣悲伤,五衷菀结。今兹之病,由郁生也,神告我矣。"遂合一剂服之,即成寐;再服,则通宵安寝;三日,而起矣。友人来问病者,皆大惊,谓:"君遇茅山道士授还魂丹耶?何起之骤也?"遂醵钱,具饼饵酒果罗庭中,为拜答神贶。时已甲夜矣,忽炉中有火,荧荧如炬,光照一室,友人皆见之。先生喜,占一联曰:"危而安,方识神功广大;微之显,莫言阴教虚无。"更十年,读书三山。忽一夜,前神复至,语曰:"君何尚留此?其亟归,谋避倭。"时倭已远去,乡人安居无恙,殊不以为然。第念:"神曩者救于垂绝,今岂我诞耶?"因五鼓就道,徒步疾走二百里,以夜分抵家。明发即欲行,而家人及父皆不信,以告乡人,乡人咸揶揄,谓其呆。不得已,留二日,竟强父絜家去止东城。未十日,倭以风便突至,乡人不及避,诛杀惨毒,至有一家无噍类者,而吾家幸完。居东城数载，倭难平，与家人浮海归故居。业登舟矣，神复来告不利，意虽信之，而难于易舟。适有友人王散轩者亦以避倭浮海归，劝附其舟，先生从之。方有所待，未即解缆，而前舟先发。不数里，飓风作，覆其舟。舟中人皆葬鱼腹，遂得俱免。惟神救者三，皆大难大厄，心思意想，所不能及。

先生弱冠时，肄业三山之开元寺。社友十余人过之，送于寺门。至钟楼下，一老人年可九十余，野服倚柱，立挽而语曰："在相法，君当刑四子。"时犹未娶，心恶之。又曰："无恤也。子虽晚，当贵。"已又曰："功名竟有，迍邅耳。"时方年少气锐，谓一第可立取，闻此愈怫然，趣出。老人复笑挽曰："更有一言，门下多贤士。"诸所言皆忤，默然怪之。他友人意其善相人也，问焉，俱不答。再访之，去矣。询之僧，僧曰："无有也。"越一岁，先生始婚，连产俱不育。己未，少师生，先生年四十五矣。为诸生，累举不第，试多前列，而不及饩。乙丑，京口姜先生试首，年已五十一，心念已老，即饩无益，力让次者，姜先生不可，乃受饩。戊辰，穆皇登极，诏选士充太学，遂得与焉。畿试复不第，久乃谒除，得九江别驾。鬼啸于斋中，不为动。斋故战场也，芟而辟之，产五色芝。满六载，移守养利州。州治深入蛮夷中，拮据三载，欲归不得，卒于官。老人所谓"迍邅"，岂不信哉？方滞学宫，家贫，岁常就塾，弟子有声庠序者至二百余人，登科第者累累不绝。在官时，延接诸生，教以经义，多成名。而瑞昌科甲厄且七十年，署邑试士，首拔李汝祥，其年遂举于乡，"门下之多贤"亦不虚也。而当守养利时，少师亦举进士，官翰林。细思老人邂逅数言，尽平生无一谬者。曩己卯岁，以摄郡代太守入计，遇善风鉴者，谓先生有道骨，当遇异人，验矣。

神　　术

贺朝用，绵竹人，少遇异人，授神术，百不失一，然深秘之，一假于相。有官将赴滇，别其署事州判温君而栗，温请曰："先生远行，何以教我？"应曰："祖公万福，但三日后，州前有小变，当流血。"温大骇，徐曰："勿忧，非州事也。"越三日，番人节拐争于州前，果刲刃焉。幕景东时,滇南大旱,巡抚见吾陈公甚忧,召之相,君曰:"须董太守至,乃可言之。"陈曰:"吾为一省主,顾不如郡守邪?"对曰:"不然。方今旱灾,惟云南一府,公之所辖广矣,何可占?"陈然之,促太守至。熟视之,曰:"喜可贺矣。本月二十一日戌时,云当合,有微雨;三更,雷大鸣,黎明雨如注,非三寸不止。"至期,言无一不酬。陈大奇之,以书荐于刘巡按。刘见之曰:"吾雅不好星相,无已,姑视我子。"察之曰:"甚佳,名列贤书第几。"已而果然。其术多如此。后以任事,为人所嫉,构下狱,叹曰:"数也。"遂自引决。先谓妻曰:"子亦不免。"殁后,妻亦从之。

蒋侯授矛

刘白川景韶,在军中梦建业蒋侯从空授以丈八蛇矛,盘舞如飞。其卒也,梦蒋侯以天乐来迎。凡文臣立军功,神相之,要非偶然者。

朱书

邢如约,临邑人,有度量。俗忌三足蟾,见者不祥。邢幼从群儿之塔庄,获蟾,掣搦良久,释之,卒不为祟。一日,雷电风雨,昼暝,有神人长十余丈,冠黄金,朱衣白简,鬼物从之百数,麾幢鼓角,震耀耳目。邢匿床下,神人曰:"当生者生,当死者死,君何藏之深也?"示之符雕篆字,隐隐见若"富贵寿考,大昌厥后"者,稽首谢。历三日,流黄气满室中,朱书龙蛇状盈几,不可识。夏日与友之宿安店,月明熟卧,忽有声若雷,从地起,友人坠榻下,邢卧自如。

假神

平湖金员,字汝规,为人朴而迂。家颇裕,人有称贷,无不与。人既不复还,彼亦不复取,坐是家益落。一日,其孙病,求护于所谓朱八官神者。抵暮,有贼数人打门而入,则自称朱八官至矣。见其灯烛荧煌,则以为朱八官神灵显应若此。贼入卧内,挈取衣被,其妻以为神恶其衣之秽也,则呼曰:"朱八官,我衣非洁净者,不须挈去。"及贼倒囊箧,运粮米,心窃疑之。比去,家一空,始知其为贼矣。年八十四,已见曾玄孙,行动饮食如壮者,其寿盖未量也。天其或者有以补之。

假　　妖

王海日华,少时,邑中迎春,里儿皆欢呼出观,独安坐读书不辍。母岑太夫人谓曰:"若亦暂往观乎?"答曰:"观春何若观书?"太夫人喜曰:"儿是也,吾言误矣。"年十一,从里师钱希宠学,初习对句,月余习诗,又两月余习文。数月之后,同学中诸生尽出其下。钱叹异之,曰:"岁终,吾无以教尔矣。"县令呵殿到塾,同学皆废业拥观,独据案朗诵若无睹。钱奇之,戏谓曰:"尔独不顾,令即谓尔倨傲,呵责及尔,且奈何?"答曰:"令亦人耳,视之奚为?我方诵书,恐彼亦何词呵责?"钱因语父竹轩公曰:"公子德器如是,断非凡儿。"十四岁时,读书龙泉山寺。旧有妖祟,富家子数人豪侠自负,莫之信,素侮寺僧。移入,信宿妖作,多有伤者。寺僧因复张皇其事,众皆失气,狼狈走归。公独留,居如常,妖亦旋止。僧咸以为异,假妖试之,每夜分,辄登屋号啸,或投瓦石,撼卧榻;或乘风雨雷电之夕,奋击门障。僧从壁隙中窥之,方檠灯端坐,神气自若。辄私相叹异,然益多方试之,月余技殚。因从容问曰:"向妖祟,诸人皆被伤,君能独无恐乎?"答曰:"吾何恐?"僧曰:"诸人去后,君更有所见乎?"答曰:"吾何见。"僧曰:"此妖,但触犯之,必露怪状求胜,君安得独无所见?"公笑曰:"吾见数沙弥为祟耳。"诸僧色动,疑觉其事,因佯谓曰:"此岂吾寺中亡过诸师兄为祟耶?"公笑曰:"非是,乃见在诸师弟耳。"僧曰:"君岂亲见吾侪为之?但臆说耳。"华曰:"吾虽非亲见,然非尔辈亲为,何以知吾之必有见也?"寺僧因具言其情,且笑且谢曰:"实以此试君。君,天人也,异时福德何可量!"

精　　爽

　　梁观,字大用,分巡潮州,廉介刚果,决狱如神。会天时久旱,观斋沐祷神,雨下如注,没于官。潮人哀思之,塑像于韩山书院祀之。观虽没,其精爽不迷,有祈辄应。同庠谢孚为御史时,领兵平百家畲于潮。夜宿行台,每夕,户镭无风自击,孚坦然不之疑。一日晨兴,守门隶卒不来请钥,孚怪问之,守者曰:"昨夜明公衣内衣,往来中道,提钥,将门尽开,若有沉思者。时月色濛濛,某等于窗隙见之。第无命,不敢出耳。"孚知其为观之神也,恐隶卒惊,绐之曰:"是我,是我,一时失记矣。"至夕,镭击如故,孚乃默曰:"某奉命来靖一方,以大用平日之志,当加阴相,使公私皆美,何作此态以相恐?"又默戏之曰:"大用博我奠耳。"声遂息。明日,具牲醴,即书院以祭。其后凡有捷,前夕,必梦与之欢笑如生。

　　马骙,解州人,与其兄主燕医张圮馆。圮卒而无子,为买地以葬,仍以居授其媪。后为松江同知,背疽几危。一夕,梦圮来视疾,明日寻愈,人以为圮之冥祐。圮初为行人,使蜀,馆称多怪,人莫敢居。径入,因夜坐观书。忽壁上如人持梃而击者三,观书如故,不为动。居父忧,庐中磬不扣自鸣,灯下见鹹影如斗,亦处之如常,祟弗能干。自松归,渡江,会大风陡作,舟师震惧,无人色,从容仰天祝曰:"吾平生或欺君虐民,舟当沉;否则,风亦当息。"俄而风恬浪妥,须臾数百里矣。

　　陆道判,嘉禾人。洪武初,薄游姑苏,得一废宅,先是居者多祟,遂以微价售于陆。始居之,张灯夜坐堂中,有二女笑语于前,陆知为怪,叱问之,二女曰:"妾乃大青、小青也。"言讫跃出,陆急飞剑击之,若中其臂,没。早视剑处,庭下有大小冬青二树,因斧之,其声铮铮。启下一石版,版数罂,满贮黄白,陆遂用饶富。后赘沈氏生万三,为江南富族之甲。已皆籍没于官。

　　李瀚,沁水人,为乐亭知县。邑门外有古木数十章作祟,吏兹土者多病死,人为危之。公一日毁台斩木,得朽骨若干,令野瘗焉,竟亦无他。后为南京户部尚书。

熊翀,光州人。少年业南园,同事十余人,忽睹绝色女立松树上,众皆错愕,翀略不为动。女寻灭,遂以刀刮树皮,书曰:"作怪风雷灭,成形斧锯分。"明日夜半,雷劈之。后官南户部尚书卒。武宗时已得恩典,世庙立,梦称臣南京户部尚书熊翀见。明日咨大臣,称其丰表峻越。贾阁老南坞以先朝名大臣对,再赐祭。不但慑鬼魅,且声灵通帝座矣。

孙继先,盂县人,以御史忧居。尝乘马之里社,逢路人,指公前有绯衣妇人却行去,曰:"孙御史来,吾不敢过盂县界。"公驰马即之,入于牛群,迄不见。明年,民病脖瘴,自山以西,死者数十万,独盂不被疫,人以此甚奇之。

高唐州驿舍,夜有鬼物自空中过,车马人畜之声一一可辨,亦曰海市。

避　正　人

兰溪北隅明远楼,左偏一区,穹窿其颠。周密四傍,垩之以白,窍其前,若圜月形。障以纸,天光照映,虚明莹彻,常若月在其所而无亏也。扁为"月区"。文懿公游其上,倦而假寐,有二鬼来睏,惊曰:"章大人在此,奈何?"其一欲避去,一曰:"奉命洒扫,俟北斗使者摄狱,如何可违。"方逡巡未决,公隐隐闻之,曲肱未动。久之,声渐远,乃起归家。数日,门人王觉言医士梦一鬼,两股流血,泣曰:"不避正人,为主者所挞,乞药傅创。"公笑曰:"正人亦何须避。"

役　　鬼

王弻,字良辅,秦州人。游学延安北,遂为龙沙宣慰司奏差龙沙,即世谓察罕脑儿者也。弻以刚正忤上官去,隐于医。至正二年,吉巫王万里与从子尚贤卖卜龙沙市。冬十一月,弻往谒焉,忿其语侵坐,折辱之,万里恚甚,驱鬼物惧弻。弻夜坐,读《金縢》篇,忽闻窗外悲啸声,启户视之,空庭月明无有也。翼日,昼哭于门,且称冤。弼召视鬼者,厌之弗能胜。弼乃祝曰:"岂予药杀尔邪?苟非予,当白尔冤。"鬼曰:"儿阅人多,唯翁可托,故来诉翁,非有他也。翁若果白儿冤,宜集寿俊十人为之征。"弼曰:"可。"人既集,鬼曰:"儿,周氏女也,居大同丰州之黑河。父和卿,母张氏,生时月在庚,故小字为月西。年十六,母疾,父召王万里占之,因识其人。母死百有五日,当重纪至元三年秋九月丙辰,父醉卧,兄樵未还。儿偶步墙阴,万里以儿所生时日禁咒之,儿昏迷瞪视,不能语。万里负至柳林,反接于树,先剃其发,缠以彩丝;次穴胸割心若肝暨眼、舌、耳、鼻、爪、指之属,粉而为丸,纳诸匏中。复束纸作人形,以咒劫制,使为奴。稍怠,举针刺之,蹙额而长号。昨以翁见辱,乃遣报翁,儿心弗忍也。翁尚怜之,勿使衔冤九泉,儿誓与翁结为父子。在坐诸父慎毋泄,泄则祸将及。"言讫,哭愈悲。弼共十人者皆洒涕,条书月西辞,联署其名,潜白于县。县审之如初,急逮万里叔侄鞫之。始犹撑拒,月西与之相反覆,甚苦,且请录其行橐,遂获符章、印尺、长针、短钉诸物。万里乃引伏云:"万里,庐陵人。售术至兴元,逢刘炼师,授以采生法,大概如月西言。万里弗之信,刘于囊间解五色帛,中贮发如弹丸,指曰:此咸宁李延奴,大历二年春二月,为吾所录。尔能归钱七十五缗,当令给侍左右。万里欣然诺。刘禹步焚符祝之,延奴空中言曰:师命我何之?刘曰:尔当从王先生游。先生,仁人也,殊无苦。万里如约,酬钱,并尽受其术。复经房州,遇邝生者,与语意合,又获奉元耿顽童奴之。其归钱数如刘。今与月西为三人矣。刘戒万里,终身勿近牛犬肉,近忘之,因啖牛心炙,事遂败,尚复何言!"县移文丰州,追和卿为左验。和卿颇疑之,杂处稠人内,弼阳问:"谁为尔父?"月西从壁隙呼曰:"黑衣而蒲冠者是也。"和卿恸,月西亦恸。恸已,历叩家事,慰劳如平生。官为具成案,上大府。万里瘐死于狱。部使者虑囚,召月西置对,弗答,吏骂曰:"狱由尔兴,今反不语邪?"月西曰:"杀我者既伏辜矣,喋喋将何为?"尚贤竟以贳免。初,弼诉县归,亲宾持壶觞乐之。忽闻对泣声,弼询之,鬼曰:"我耿顽童、李延奴也。月西冤已伸,翁宁不悯我二人邪?"弼难之。顽童曰:"月西与翁约为父子,而吾独非翁儿女邪?何相遇厚薄之不齐也？"弼不得已，再往县入牒。官逮顽童父德宝、延奴父福保，至其所验之，皆如和卿。而邝与刘不具里居，竟莫致云。自是三鬼留弼家，昼相随行，夜同弼卧起。虽不见形，其声琅然。弼因从容问曰："卫门当有神，尔曷从入？"月西曰："无之，但见绘像悬户上耳。"曰："吾欲爇象泉赐尔何如？"曰："无所用也。"曰："尔之精气能久存于世乎？"曰："数至则散矣。"二僧见弼，一华衣，一衣弊，服华衣者居右，月西曰："尔为某恶行，萌某邪心，尚敢据人上乎？彼服虽弊，终为端人耳。"命易其位，僧失色起去。顽童善歌，遇弼饮，则唱汉《东山》及他乐府为寿。弼连以酒醑地，顽童辄醉，应对皆失伦。客戏以醴代之，顽童怒曰："几蜇吾喉吻，何物小子，恶剧至此！"哓哓然，数其阴事不止。客惭而遁。月西尤号黠慧，时与弼诸子相谑，言辞多滑稽。诸子或理屈，向有声处击之，月西大笑曰："鬼无形，兄何必然！徒见其不知也。"凡八阅月，始寂寂无闻。洪武四年，有司异其能，荐入京师，赐衣一袭，遣归。

鬼道姓名

贾节妇陆氏，徐州人，举人王邻女弟。颇解文事，夜读史，至舜诛四凶，心疑之，曰："何物四凶，乃敢尔耶？"忽窗外有四鬼物，各道姓名，以应曰："某等在此。"启户视之，寂无所见，媪遂得怖疾而终，年八十余矣。

鬼报恩

青州益都尉某华人，云初在乡，累举不捷。居郊野，一夕，有盗雨中穿窬而入，谓盗曰："汝冒雨穴壁，必不得已。"盗曰："我营卒也，因博输，不敢归，乃来相扰。"尉曰："吾有绢二匹。"取赠之，盗谢去，复诣营，请于军尉，得不治罪。后将就试，卒忽出灯下，曰："某前蒙恩，誓必报，今不幸殁于军。"既而赴举试，前盗以所试题送出，三场皆然，悉不差谬，果获高荐，至南省亦然。已而登第，卒又见曰："若遇益都尉，不可不受，有数人负命者在彼。至时，某亦当往相助。"后果尉是邑。到官未几，有告群盗聚某村林中者，尉率众往捕，会马踬，独尉与一厅吏先至其地。群盗望见，皆俯伏就执。

鬼　　怪

元末，有罗文节者，庐陵人。以掾吏督造至乐安，憩廨中，或告以鬼物所凭，不可居，笑曰："恶有是？"酣饮而卧。漏下十刻，月色微明，见一丈夫，长而青，立与檐齐。奋起执之曰："尔来矣，尔来矣。"应时而灭。比明，视之，并廨有大树甚茂，人祀为神，曰："怪在尔矣。"历数其罪，用竹楔钉之，树枯，怪亦随止。后官至泸州同知，年八十。官虽不显，而生平劲挺不可夺，乃知鬼所畏者正人，不必尽达官也。

冥　　狱

邵溥，字公清，康节先生之孙。绍兴二十年，为眉州守郡。有贵客，素以持郡县长短，通赇谢为业。二千石来者，多委曲结奉。邵虽外尽，而凡以事请，辄不答，客衔之。会转运副使吴某从襄阳来，多以襄人自随。分属州取奉，邵独不与。客知吴已怒，乃诬邵过恶数十条以唉。吴大喜，立奏之，未得报，即逮邵系狱成都。狱司理参军韩汴懦，吴择深刻吏佥判杨均鞫之。眉州都监邓安民，以谨力得邵意，主仓庾之出入，首录置狱，十数日掠死。其家乞收葬，不许，裸其尸验之。邵惧，每问即承，如是半月许，眉之吏民连系数百，死者且十余辈。提点刑狱缙云周彦约绾，知其冤，亟自嘉州亲诣疏决，邵乃得出。阅实其罪，无有也，但得其小酒馈游客及用官纸札数过多等。方具狱，杨即死，狱吏数人继亡。明年，邵坐贬三官，归犍为之西山。其社眉山士人史某正燕处，人邀迎出门，从者百余，绣衫花帽，驭卒控大马，甚神骏，上马绝驰，目不容启。到一甲第，朱门三重，洞开，从中以入。史欲趋至客次，驭者不可，径造厅事。座上绯绿数十，皆揖。史东向辞曰："身是布衣，安得对尊客如此？"其一人曰："今日之事，公为政,何必辞?"吏前白曰:"帝召公治邓安民狱,今来也,俟君登科毕,即奉迎矣。"史不获已,就坐,欠伸而悟,不为家人言,密书之。又明年,赴廷试,过荆南,时吴适帅荆,得疾,亲见鬼物往来其前,避正室不敢居,无几而死。史还至夔峡,小疾,语同舟者曰:"吾当死,幸报吾家。令取去年秋所书观之可知也。"是夕果卒。又二年,所谓贵客者,暴亡于成都驿舍。又明年十一月,邵见安民露首持文书来白曰:"安民冤已得伸,阴狱已具,须公来证之,公无罪也。"挥麈尾,请书名。已而复进曰:"有名无押字,不可用。"邵又花书之,始去。邵知不免,盛具延亲宾乐饮。逾六日,正食间,觉肠中微痛,却医药,具衣冠待尽,中夜卒。溥得家学之传,洛党被祸,伊川没时,人皆避匿,吊不敢往,志不敢作。溥独素衣白马会葬,盖真知道者。

冥　司　牌

　　张才,少与郑生者善。尝梦冥司遣一卒持牌,书才及郑名,摄之。既至,主者检其籍曰:"张某犹有二年,郑某系狱。"阅数日,郑果物故,才寻举乡荐。又梦至一冥府,守者名呼才曰:"叶落凋相公请见。"居顷之,一人青衣丝绦,自内出,从者曰:"是叶落凋相公。"语才曰:"尔寿止三十二,缘心地好,增算倍之。"才趋前谢,游遨阛阓间,忽仆马拥从甚都,其乘舆者,乌纱幞头,绯衣金带。叶策一骞从,见才旁立,遂步拥向神曰:"此张某。"神揖才如叶语,且云:"已改注禄籍。"神去,叶留后,速才归,才曰:"乘舆者为谁?"叶曰:"天下都城隍。"语既而别,才觉,流汗被体。后才以子琳贵,弃其涞水学谕归,年已六十。又四年卒,果符前梦。

卷之二十

关 云 长

自古忠义雄勇士,不得志,冤死、兵死者何限,独云长之神最灵最久。思之不得其解,姑妄揣之。圣人继天立极,每每神道设教。圣人不生,则神自设教。云长必明神转世,姑托此幻躯,著姓名,结兄弟,驰骋干戈扰攘之场,耸动人耳目,著之史册中。俄然兵解以去,而神乃愈烈。要知气运薄,故寥寥二千年间,圣人不生,生亦扼于有位,于是有神焉,出没隐见其间,以待圣人之生,以补圣化之所不足。我太祖则大圣人出世矣,犹谓佛教暗助王化。而俗传云长为伽蓝神,理诚有之,不可得而拟议也。

《三国志》:云长谥曰壮缪。想其义,谓壮于出兵,缪于料敌云耳,众以穆穆之义解之。夫以穆为褒词耶? 不足重;以缪为贬词耶? 不足轻。大抵英雄不能违时,时命大缪,则云长取曹仁而不足,且有陆逊拟其后;时命大顺,则石勒取王浚而有余。孙纬以劲兵邀,极罢,不能得之掌股间也。

山西盐池在解州,云长所产处也。相传黄帝执蚩尤于中冀,戮之,肢体身首异处,而名其地曰解。其血化为卤,遂成池。宋崇宁中,池水数溃,张静虚摄云长之神治之,池盐如故。云长见像于廷,于是加封拓祠。祠最伟,神亦最灵。池长百二十里,阔七里,周垣守之。每大雨,辄能败盐,必祷于神而止。蚩尤以其血为万世利,而云长周旋,永此利源,同于煮海,奇矣,奇矣!

塞理庵达严事云长,每事必告。居皖,梦侯语之为我公祖已守平阳,解在部中。后起总督蓟辽,税珰高淮张甚,祷更力,阴得济,其请内帑亦然。累世信卜,叩之奇验。尝与联和至百韵,后为一小令来赠。末云:"再挥戈蓟北,重整旧江山。"果验。

岳 武 穆

安陆州故有岳武穆祠,为十八景之一。世宗龙飞,升州为承天府,营造宫殿,祠遂湮废。万历中,守备杜正茂创于城西,辟土,下有积石甚多,取为周垣之用,恰相当。最后得一石碑,出而洗之,光泽可照。远望之,中有人影甚多。其一奇伟丰腴,簇拥而过,如此经日,众欢呼,以为武穆露形也。入夜,役卒守之,见一伟丈夫跃出,骑白马,冉冉乘云而上,从者数百。遥见天门开,一人衮冕迓之而入,守者惊伏,不敢出声。比明,碑上题一诗云:"北伐随明主,南征拜上公。黄龙已尽醉,长侍大明宫。"俄震雷,大雨洗去,一秀士录之。余官南雍,其人入监,出以示余。味之,则武穆已转世为英国,酬此愿矣。大约明神再生,必有奇迹,终以兵解。故英国卒终于土木,客有言"英国面白而肥,与魏公徐鹏举相类"。徐之生,梦武穆到家,云"当受汝家供养"。则武穆在我朝,殆再转世矣。

岳王墓木皆南向,同知马伟取桧柏干为二植墓前,名"分尸桧"。正德八年,都指挥李隆范铜为桧、桧妻王氏、万俟卨三像,反接跪墓前。万历中,兵使者范涞增张俊像,抚臣王汝训沉张俊、王氏两像于湖,移秦、万二像跪祠前。

余葬先君子于皋亭山之麓,其山故元伯颜取宋屯兵之处也。步村中,一蒙师唐姓者,年八十余,自言其家驻此六世矣,大王父犹及见宋末事。方伯颜兵至下屯,其夕月明,忽大风雷震电,伯颜知有异,起立帐外,勒兵防变。见四山旌旗闪烁,皆作"精忠"字面,伯颜曰:"是矣,此岳公护本国,现灵异也。"亟宰牲为文致祭曰:"王系心本朝,此是大忠大义,敢不仰体?但气数如此,王虽有心,不能违天。若旦日宋以三千人来战,即敛兵北归;如只力竭讲和,亦不能舍囊中物而为口舌所动也。"祭讫,风雷皆止。明日,天皎洁如故,宋无一兵,且纳款。伯颜入城,又亲诣王庙致祭,宋遂以亡。余闻其言,洒然有异。方往来此中,将寻归骨处,伴先君子,因欲买地立庙,合云长公祀之,题曰关岳庙,而老废未能也。

武穆七世孙仲明，洪武初，自固始徙于汴。少负清节，隐居不仕，庐墓九年，朝廷三召不起，赐号纯孝先生。所著有《遗安集》。

文　文　山

文丞相，梦至天庭，坐不孝之罪。於戏！忠孝不两全已豫兆之矣。

丞相嗜象弈，以其危险制胜奇绝者命名。自玉屑金鼎至单骑见虏为四十局。玉屑，盖公所居之山也。吉州泰和县赣江滨黄土潭，有神物栖其间。岁亢旱，民祷辄应。公生，潭沙清浅，公殁，潭近居民梦神归，驺从甚盛，乃公也。自是潭深墨如旧。两任赣州提刑，江水泛溢，勤王召募，溢尤日甚。又暑月喜溪浴，与弈者周子善于水面以意为枰，行弈决胜负，愈久愈乐，忘日早莫，或取酒炙就饮啖。荆南草窃成汭亦类此。盖神有正有怪，自不同也。

丞相兵败于吉之空坑，有石大如数间屋，忽然自山顶落，当路径，元兵望而大惊，稍却，公乃得脱去。邹㵯等以余兵拒战，死伤涂地。今《宋史》丞相传云："空坑之战，得赵孟溁绐元兵以免。"盖史作于元之盛时，极诬陋，至云丞相求为黄冠，欺妄尤甚。同时仗义效力者，萧文琬父子、梁克中尤最，俱遗漏不书。而全子仁骄淫不事事，无智略，死为人所逼，乃反立传，史家之谬如此。

赵孟𫖯，宋之宗室，年十七，及胄举，文天祥辟为参谋。天祥北去，居吴，依亲友以居。越十年为道士，名道渊，居松江北道堂。又五年为僧，名顺昌。因自号三教遗逸，改道堂为本一庵。临终手辞以诀，有曰"文山之客，千古忠贞"。

丞相若不市死，便非事体，便无收拾，此正天之所以成人美也。于少保更赖得一刀，乃知左右之赞，与徐、石不杀于谦，今日无名之语为有功。

黄冠归故乡，是何意？实欲出来举兵复宋。盖宁败，宁多杀人，而此志不肯息也。留梦炎之言，已观其深矣。

文 陆 二 事

　　福唐刘汝钧贻书括苍吴思齐子善,论文丞相事。初自江西起兵时,崎岖山谷,购募义徒、耕氓、洞丁,造辕门、请甲仗,不啻数万。而尹玉实为骁将,大衣冠指挢,众皆诣阙,感泣,求效死。已而当国,二揆交沮用兵,师无宣谕,卒无犒赏,盘桓月余,仅令守姑苏一路。张彦提重兵居毗陵,且有叛志,尹玉竟以绝太湖吊桥,首尾不救而溺死。未几,独松告急,朝廷四诏,政府六书,趣援根本。一日一夜,仓皇就道。及至行都,而独松随以破陷。复令驻兵余杭,守余杭,守独松,朝议不一,众心离散。会有尹京之命,余庆遽夺其印不予。汉辅遁,德刚遁,北军入城,与权陈宜中又绝江遁,乃即日拜枢使,又拜首揆,补宜中处,且令往军前讲解,毅然请行。及被囚以北,中道奔进,收集亡散,无兵无粮,天下大势去矣。正闰交驰,真伪更作,是不一姓。当世之为大臣元老者,视易姓如阅传邮,况当沧海横流之际,而彼乃以异姓未深得朝廷事权,欲只手障之,至死不屈,微、箕二子且有愧色于宗国矣。其书大略如此。又淮阴龚开所作《文陆二丞相传》云:"方唐末五代之季,藩镇跋扈,武臣骄矜,君臣父子之义不明,而土地甲兵之强,类无不欲黄屋左纛自为者。先宋知其然,一旦践大位,即罢诸节度兵符,遽用儒臣为通判。其权虽分,其势遂弱。石晋所割境土,终不能复。迨乎宣和衰乱,北兵南下,急若建瓴,曾不得乘一障,设一候,而遂至奔亡不守。后宋再造东南,区区山湖之间,内政不修,惟恃夫江淮为外藩。久之且南北夹攻,而沛蔡之藩篱自撤,荆襄受围,鄂渚交警,巴蜀侵陷,广西之烽燧亦不绝。此其国势垂尽,受兵处多,殆如囊中探丸,围中逐鹿,无复有潜藏隐伏地矣。所可幸者,天下学士大夫,二三百年祖宗培养作成之泽,薰蒸者久,忠臣义子,或死节,或死事,盖无愧焉。卒之,文国瑞、陆秀夫,前后死国,精忠激烈。诚有在于天地,而不在于古今者。於戏!吴、晋、陈、隋之变,岂复有一人若是哉!"龚开者,字圣予,少尝与秀夫同居广陵幕府。及世已改,多往来京师,家益贫,故人宾客候问日至,立则沮洳,坐无几席。一子名浚,每俯伏榻上，就其背按纸，作《唐马图》，风鬃雾鬣，豪骭兰筋，备尽诸态。一持出，人辄以数十金易得之，藉是故不饥，然竟无所求于人而死。志节既峻，仪观甚伟，文章议论甚高古，殆亦不愧秀夫者。

崖山旧有石勒云："元大将张弘范灭宋于此。"嘉靖中，督学陈垲磨去之，改曰"宋少帝及其臣陆秀夫死国于此"，并篆文丞相《正气歌》，立碑于五坡岭。吾友区海目有诗云："崖无灭宋字，涛有撼胡声。"垲字山甫，号宅平，绍兴人，官参政。严分宜恶之，嗾其党杨以诚劾退之，居林下四十年，卒年八十有七，子孙蕃盛。一说作林泮，泮，闽人，官尚书。区字用孺，高明人，官中允。

张世杰已溺死，诸军棺敛，焚尸岛上。其中胆大如斗，更焚不化，众皆号恸。须臾，云中见金甲神人，大声曰："太上以我驱驰，关系不小，以多方措置恢复矣。"由是军心皆不移，葬之香山之赤坎村。陆秀夫挽以诗曰："曾闻海上铁斗胆，犹见云中金甲神。"盖《说郛》之说如此。然崖山之败，秀夫负祥兴帝入海，世杰知事不济，夺舟先去，行收兵，欲再立赵氏后。遇杨太后，告之故，太后大恸死，世杰葬之海滨，欲投占城，飓风溺死，则在秀夫赴海之后矣。二说再详。然谓世杰葬阳江之赤坎村，则阳江无此村。陈白沙因阳江令何昌之说，封墓立祠，作心贺卷赠之，盖诳白沙也。君子可欺以方，信矣！

于　少　保

于肃愍改谥忠肃，抚臣傅孟春题请，大宗伯于文定公慎行题易，乃万历十八年事，而其说则发于王凤洲。至吾兄凤翔入台，题褒忠功，于是于之后以杭州右卫指挥改锦衣，其孙即升都督功臣者。胡总督宗宪也，得世袭卫指挥。

傅公疏未入，少宗伯黄公凤翔梦一伟男子持书来，有"空山孤魂"之句，觉而心恶之。诘晨接傅疏，乃知于公生气，凛凛犹存。

我朝虏叩京城大掠者二。己巳之变，于忠肃以大司马即为总督，帅石亨等御城外，有请即从，不必覆奏。军中诸将受成，绝无牵制，故能力战却虏。有建言者请重将权，景皇批答曰："于谦总督即将权也。"其专任如此。庚戌之变，丁大司马坐于内，恇怯无谋；杨少司马赴于外，权非独擅；仇将军以劲兵要功，不敢战，又不受节制；而严少师又阴持于内，虽有韩、白，无如之何矣。

己巳之变，辟迁都，主固守，人犹能之。惟人心摇动，极危险，只一二月间，聚兵教战阵城外者，已二十二万。则守城与各处把截之人，又岂下数十万？分布经略，齐力奋击，此其才真所谓多多益善者。却房后，陈循挠于内，罗通闹于旁，处之泰如，二人亦心服不敢动，其气象何如？罗之才不减忠肃，然复辟之举，史云自陈曾与密谋不报，一云石亨来邀不从。要之，忠肃之祸，循亦谪戍，则罗非曹石之党明甚。而多此一疏，遂添蛇足。

南城东朝之事，诚不能为忠肃解。然景皇刚决雄猜，固不肯遣使，忠肃和颜进曰："群臣之请，亦借以纾边患耳。"帝始曰："从汝，从汝。"朋友相处，要识性，避其所短，况君臣之间，又如此性格乎？阮浪之狱，得不上侵，沂邸之养，得近太后，焉知非公委曲调停以至此。柔事景皇，如扰龙驯虎，中间备极苦心，哑子吞黄连，自知不可告人者。故西市之变，皇太后惊惋，英皇自追悔曰："好个于谦！"宪皇既立，昭雪赠谥。夫以二圣英明，不以为怨，而更以为德，孜孜不忘，则其始终心事与默运之功，鉴在帝心久矣。公既不言，外人又不知，二圣更难发明。一腔热血洒地，知之者其天乎？后人责备，更又何惜。

当时君臣相信，可谓至矣。然荐一徐有贞为祭酒，不可得，至叩头谢罪。而谓黄竑邪说可以力阻乎？辞免宫傅，心良苦矣。

于坟祈梦灵异，人人能言。闻太仓相公以子病往祈，忠肃见梦曰："公是当朝宰相，奈何问我？"太仓曰："非为朝事。余一生清苦认真，不作亏心事，而儿病如此，是何罪业？"忠肃曰："公记得峇一单名帖，失活二十七人之命否？"太仓默然，醒来终自狐疑。盖海商漂至，巡兵执以为盗，众皆怜之，请于太仓往解，不应；又请一单名帖投兵道，终不听，一舟二十七人，不胜拷，皆死。太仓矜名节，于此守之最坚。故虽知其冤，终不为救。然力可为而不为，则神固已存案作罪过矣。

责　　备

责颜鲁公者,以不从方镇之议,以不能高飞远举避祸为先;责岳武穆者,以金牌还师,以枢密请还兵柄;责于忠肃者,以南宫之锢,东朝之易;责苏武者,以胡中生子;责方孝孺者,以全身远害;责许衡者,以仕元;责文信国者,以黄冠归故乡;责狄梁公者,以失身女主。此等事,存而勿论可也。

苏子卿娶胡妇生子,是天之哀忠臣而不绝其后也。不然,安国死,子卿为馁鬼矣。

张南轩责诸葛瞻不能力谏去黄皓,又不能奉身而退,冀主一悟,兵败身死,仅贤于卖国者。嗟嗟! 贤者乃为此言。

海忠介实际

海忠介在系,自分必死,人亦无以更生期之者。世庙宾天,外廷未知,颇有密询得者,提牢主事知状,夜设盛馔款之。忠介饱啖,饮酒逾常度。主事曰:"先生今日何欢之甚?"对曰:"欲作饱死鬼耳。"故事,明日西市,前夕必与酒饭一顿,海自分伸颈无疑。主事告曰:"莫误,莫误,"宫车云云,"先生旦夕出此门进用耳。"公问曰:"果否?"曰:"果矣。"即大恸,投体,肴酒尽呕出,狼藉满地,绝而复苏。扶归禁处,哭终夜不辍。又明日成服,衰麻徒跣,呼天若丧考妣。噫! 到此然后知公真忠,一片心肠,有贯彻千古者。人须于此处勘得忠臣心事,方有实际。忠臣亦必有此心事,方垂千古。其他居官之劲正清苦,又其余事也。

忠介父翰为秀才,母谢氏,年二十七而寡,忠介仅四岁。家贫,谢矢志教育,有戏谑,必严词正色诲之,忠介卒为名臣。谢例应旌表,忌忠介者竟沮止之,忠介终亦不自请也。

死水拱立

高宗南渡,有卢臣忠者,字信臣,黟县人。侍行,上骤欲用之,命相者视之,曰:"有膺无背,官止此矣。"后扈跸至建康,虏骑迫溺水中。后数日,上求臣忠所在,左右记其处以对,使没取之,拱立如生。赐水银以敛,赠谏议大夫,与两子官。

忠魂助战

逆亮南侵,有统制魏俊、王方死于瓜州之战。我太宗渡江,见梦助战,立庙府城祀之。嗟乎!异代忠臣能识天命如此。

江涛得完

顾圭,上虞人,少负奇气。方国珍来寇,集乡兵与战曹娥江,败死。里人瘗尸于江岸,其冢为风涛荡折,而冢独完。越七月,其孤谋反葬,启视,面如生。次日,其地尽为江矣。

魏公有孙

韩魏公之孙浩,知潍州,金人来寇,力战死之,此史所未载。

袁氏全家死难

袁柳庄之父号菊村,其先有袁天与者,以进士死德祐之难,全家俱覆,凡十七人,仅一孤救免,又百余年而有柳庄云。

孝　童

　　河南人杨牢,字松年,有至行。李甘方未显,以书荐于尹曰:"执事之部孝童杨牢,父茂卿从田氏府,赵军反,杀田氏,茂卿死。牢之兄蜀三往索父丧,虑死不果至,牢自洛阳走常山二千里,号伏叛垒,委发羸骸,有可怜状,仇意感解,以尸还之。单缞冬月往来太行间,冻肤皲瘃,衔哀雨血,行路稠人为牢泣,归责其子,以牢勉之。牢为儿践操如此。未闻执事及门喑而书显之,岂树风扶教意耶? 且乡人能啮疽刳胜,急亲之病,皆一时决耳,犹蒙表其闾,脱之谣。上有大礼,则差问以粟帛金。河北骄叛,万师不能攘,而牢徒步请尸仇手,与夫含腐忍疮者孰多? 牢绝乳即能诗,洛阳儿曹壮于牢者皆出其下。闻牢之赎丧,潞帅偿其费。其葬也,滑帅赙之财。斯执事之事,他人既篡之矣,即有称牢于上者,执事能无恨其后乎?"其激昂自任类此。甘举贤良方正,沮郑注,贬封州司马卒。牢后亦擢进士第。

代　父　饮　鸩

　　贾直言代父饮鸩死,既而毒自左足洞出,乃苏。事闻,减父死,并直言流南海。嗟嗟! 如此孝子,不免行戍,唐代宗之赏罚可知矣。直言后为绛郡太守,自言始饮鸩时,岑岑然,觉毒沿五内,至肢节,其痛渝于钻灼,通体不可名状。既苏,每遇天阴,则又甚焉。轸盖及足胫,色皆如墨,其旁攻出六孔,脓液紫淤臭败,逆抢人鼻,达数十步外。惟饮啖无减平昔,故得不死。嗟嗟! 如此孝子,天有神丹,何不悉除其苦,使之优游仕路耶?

青　天　歌　叹

　　吕升,字德升,淮安人。事父百岁翁,至孝。幼失母,遂不入私室,与父同寝,务悦其心。父年高,齿不任坚,每食尽肉一斤,升率妻子供饪，必极精烂。父出入，必呼升随，或适旁近舍，升不随行，则不往，若婴儿不能顷刻离其母然。父年益高，便液不时，升承顺益谨，夜尝四五起。遭元兵火，升负父避鸬鹚山，出觇贼，为所获。知其孝子也，善视之，与食饮，不入口，辄泣下，贼亦怜之。令歌，升为《青天歌》《浩浩歌》，歌已辄泣。夜令击刁斗，升为《思父叹》。贼感动，纵之归。升夜行昼伏，凡三昼夜，还家扣户，侍者以为鬼物，久之启视，乃升也，相视大哭。出其足，故剩一握。升园有美杏，父所嗜，乡豪窃之，并夺其地。升为文诉城隍，神即谴豪疽发背，曰："还孝子地乃已。"豪妻子匍匐叩门还地，疽即愈。

船灰涂颈

王泰，永嘉人，宋提刑允初之后。幼失怙恃，鞠于伯父。丁未冬，元兵至，伯父被执，求财物不得，将杀之。泰年十五，匿丛薄中，跃出，绐兵曰："儿知瘗物所。"伯父遂得释而遁。兵监掘数穴皆无，乃涕泣告兵曰："儿实不知，恐伯父被害，故出，愿以身代伯父死。"兵怒斩之，仆地。兵既去，伯父哀而视之，则颈骨已断，而喉尚在。遂捧其首合于颈，适人家有修船泊灰，因取以涂其疮，试以水滴其口，稍能咽。至暮，以扉舁至家，越七日始苏。言曰："方斩时，若风泠然过颈。良久，热痛闷晕，若有数人过，指曰：'此子甚孝，且不当死。'即令一人以药傅其颈，冷若冰雪，痛遂止。"凡八越月，其创始合，而首竟偏。

祷泉灌田

张杏孙，慈利县人。以孝称，乡人皆重之，争讼者不诣公府而诣孝子。里有麀鹿泉，乡人素赖其利。岁大旱，泉竭，诣孝子请祷。孝子沐浴拜泉，泉初出如缕，众喜曰："泉至矣。"复再拜，沛然如初，所灌方数十里，岁以大熟，人益信其诚。孝子通《尚书》，以授其子兑，成进士，有闻于时。

和盗诗

泰和邓学诗,性至孝。元季,母子俱为盗所获,盗魁知其儒者,哀之,与酒食,口占一诗,命之和,约和免死。盗诗曰:"头戴血淋漓,负母沿街走。遇我慈悲人,与汝一杯酒。我亦有佳儿,雪色同冰藕。亦欲如汝贤,未知天从否?"应口和曰:"铁马从西来,满城人惊走。我母年七十,两足如醉酒。白刃加我身,一命悬丝藕。感公恩如天,未知能报否?"寇喜,道之出城,得远去。学诗后以荐为校职,考终。嗟嗟!此盗可应举做官。

梅高报母

梅应发,居阊门市中。母尝有病,医药弗疗,刳股为羹以进,母啖之,疾已。他日,母复疾,危甚,应发露立,北面稽首,以香然顶灼臂,叩天乞减己年以益母寿。是夕,天阴曀,俄顷,云开,尽见北斗之六星,惟一星尚没。顷之,云复合。及还至母所,见母拥衾坐床上,言有白衣者六人,以水灌洒,遂霍然而苏。诘旦,母平复如常,年八十余而卒。

成化末,武城县生员高谨之母为人殴死,谨父得重贿,焚其尸,谨哭不已。父乃讼于朝,章下按察司,行东昌府验问。知府杨能纳贿,颐指证佐,言谨母实自经死。上状,副使许进与按察使石渠无所可否,谨遂走阙下,击登闻鼓,奏上,并言渠亦受赂。既入,因自刎不殊。锦衣卫执以闻,命刑部郎中吴钦往会抚按暨三司官杂治,得其死之本末,逮渠等下镇抚司重鞫,杀人者始伏其辜。刑部论能受赇听嘱,罪当徒。渠失入人罪,以为长官得减当杖。狱上,有旨,能降四级,调除边任,渠等罪皆准拟,时渠已考察闲住矣。

未尽之禄

彭方伯应时父南坡,早卒,配萧氏,哭之哀。一日,南坡附舍人儿语及生前事，历历券合，谕萧曰："未尽之禄，当以贻汝，年八十四，仲儿某年当举子。"后一一不爽。萧双瞽，一日用针，豁然。盖方伯孝养，天祐之也。方伯，泰和人。

见 星 斗

淮安卫人王铉年七十，久丧双目。嘉靖丁丑，暑夜纳凉，仰见星斗，起而稽颡。旬日，两目燎然如童子。其人心田明洁，人或不能偿债，则焚其约。少事父母至孝，年至一百三岁，犹强健善饭。一日，无疾而终，人以为孝义之报云。同时有不孝子，目瞽复明，方自诧可比于铉，忽雷震死。

孝 愤

王仰，湖广崇阳县人，余己丑同年也，除广东肇庆府新兴县知县。有仆王效真等三人同衙役作弊，入觐后，事发，怒甚。会调闽县，未果治，而时时恚骂。新兴有鸡爪兰花，盖断肠草之类，食根立死，叶则少延数刻。时三人窃藏之，声言事急自尽。王履闽任，夜深，食于外，三人捣药汁入豆芽菜中，夜半死。根究，三人服罪。其子王廷试请于官，面质三人于城隍庙。藏父剑，击杀之，立毙。廷试仅弱冠，孝愤所激，挥刃若有神助，众咸奇之。事闻，得温旨：真孝子，可传后。而王露机不即治，又不即逐之。此与元嘉逆劭之事同。

万里寻亲

赵廷瑞，云南大理府太和县人。少读书，能文章，补弟子员，数省试不第，弃去。故习青囊，所历名山水，必指画风气融结、聚散、向背之略，或验或不验。将游中州，且访异人，于是囊一瓢，浮家而出。由贵阳入蜀，久之，溯江下荆州，谒武当，北转许、邓，渡河、洛、漳、洺，以次于燕。又久之，无所遇，所过帝王陵寝及古今将相、名贤、学士家墓兆,必规度验,或六七复。东游泰山,过阙里,南窥凤阳,达于金陵。过浙,访天台石梁及钱塘西湖之间。从侯二谷、陈敬亭两方伯游,两方伯挟其书,至湖访茅鹿门宪副。时为万历乙亥也,年已六十。其在江湖间,亦十有三祀矣。问其家世,曰:"离家时,儿重华仅七龄,母与姊妹及苍头辈殆六七口,存亡不可知。"鹿门赠以诗曰:"近获陈琳江上檄,知君家世傍昆明。丁年数卷青囊出,白首一瓢沧海情。万里关山花外梦,王孙芳草客中程。夜依南斗看天象,已卜使星马上迎。"别去五载,犹栖迟东海,并匿锡山道中。所遗妻已没,重华壮且冠,年二十一,日夜欷歔,而号不自已。葬其母,嫁姊与妹,请路邮于郡太守而出。众危言沮之,华哭而题壁曰:"少小违亲十五年,思亲不见日凄然。从今即与家人诀,不睹亲颜誓不还。"华复自忖曰:"吾少不谙父貌,即道逢之,不识也。"榜其背曰:"万里寻亲。"又恐父东西南北之踪无所定也,别为缮写里系及父年貌数千纸,所历州郡都会之次,辄遍榜之宫观街市间。已而,又曰:"闻武当之山名天下,吾父好名山,当或过之。"且闻山之神故灵,于是逾汉沔而西,祷之武当,盖万历戊寅十二月二十有二日也。紫霄宫道士间携之过太子岩,岩之阴有字曰:"嘉靖四十四年十二月二十二日,云南大理府人赵廷瑞朝山至此。"华读之,哭且恸,道士谓曰:"若父曩年驻此,若今过之,复同月日,可以卜相逢之兆矣。"于是华亦尾而书之曰:"万历六年十二月二十二日,云南大理府赵廷瑞之子重华踪父至此。"由南阳颍寿,东涉淮泗,溯金陵,又卒无所遇。谋曰:"今且渡江矣,闻三茅峰冠江以南,吾且祷之。"祷讫,宿观音寺。梦玄帝钩帘坐,华哭而前诉云云。帝呼谓曰:"汝父犹未死。"如是者三,觉而爽然。从丹阳过毗陵,被盗攫其赀去,所遗者,独前请郡太守路邮耳。窘甚,且行且乞。次横林观音寺,忽一老僧杖锡而前,双眉覆面,前谓曰:"孺子何从来?"华曰:"吾云南人,吾父出访中州诸名山,不归者十有七载。吾是以万里裹粮,踪父至此,而犹未获也。不幸为盗所窘,且奈何?"僧曰:"汝胸所囊者何?"曰:"路邮。"辄出以示僧。僧笑曰:"汝父犹未死,客无锡南禅寺中,汝第往。"又顾嘱他道人导之,老僧忽不见。明日,偕道人过南禅寺,遇一老翁,华心疑属父,而犹未敢请。伏地曰:"吾云南人,吾云南人。"

翁亦绝不识华貌,且以为故乡人也,于是携之,同道士南向坐。华泫然曰:"吾父离家游中州,故万里踪访,以至于此。翁得无即吾父已乎?"笑而应曰:"吾离家已十七载,所遗儿,比仅七龄,存亡不可知,焉能到此?"华于是前携而哭,并出所囊路邮示。翁读之,始惊曰:"吾即尔父也。"且前问母及姊妹以下,华随一一口画始末,父子乃相携哭而拜,闻者无不泣下,转相告过寺刺本末,共为啧啧太息,不能已。

庐　　墓

国朝有三世庐墓者,芮城李锦,字尚细;锦子泽,字公溥;泽子柄,字子权。锦与泽父母各三年,俱岁贡。锦卒庐所,柄为生员,亦卒庐所,泽听选卒于家。可悲,可悲!人言"三世读书必发",李三世矣,又纯孝如此,不知子孙何如?

工 人 孝 义

潘生者,富阳人,世业农。幼丧父,独与两弟奉母居。间出与人执塓甓,治筐筥,又为善工。大德间,江南大饥,人民道殣者相望。自度无所得食,曰:"吾终无以给母,则母子俱死。等死,盍若用吾强壮,少延母旦夕活乎?"即以母属两弟,自佣回鹘人,乃告母曰:"儿当佣钱塘数月,得钱米活家,且自活,母勿忧。"既,回鹘人得转卖辽东大家军户,遣代戍虎北口。会有诏,江淮子女流徙者众,禁人毋得转掠,饥民使悉还乡土,遂从辽东经过。道遇一女子,鸦鬟尾行,问之,则曰:"淮产也。昨因饥,父母弃我,转徙数家。今主家使我归,君南人,倘挟我得同归乎?"于是日操瓢道乞,夜泊茆苇中。虽颠沛流落,亲粘日久,曾无一语少及乱。渡淮曰:"我家通州,今近矣。君盍送我到庄乎?"因及女子上堂见父母,皆涕泣,起相抱持。诘门外同来者何人,即引生更衣,具酒炙乐。饮酒半,执盏跪曰:"吾女幸完骨肉,归见乡里,免罹霜露盗贼,君力也。今吾女犹处子,君谊声暴淮楚间。且君去家久,母不知存亡。岁丁荐饥,乡闾必离析,庐舍必墟莽,虽有兄弟,亦恐不能自存活。吾家尚薄有园田,给饘粥。吾女,实君箕帚妾也,君必无归。"生则毅然谢曰:"吾何敢以若女为利哉?吾虽贱,不读书,且义不敢取;况吾母固衰耄,度尚可活。万一母死,两弟倘或有一存,今遂不归,是吾遽死吾母也,吾又何忍即安此土乎?"遂告归。母死者盖三载,两弟亦死。生追制服,复食其故技于乡以终。

节妇给粟养子

宋制:凡节妇死者,给粟养其子。此制甚妙,今之有司可仿行之。

二沈妻

吴人沈思道,妻孙氏;沈树田,妻宣氏,两家居近有交。沈孙夫妇相爱;树田暴戾,无人理。宣归见父母,父母对之泣,宣曰:"此不足伤大人心,儿自是命也。"树田死,宣哭极哀;沈思道亦死,孙送夫丧过河下,见宣以死相要,同日自缢。宣有救者复苏,而孙竟死。后三年,宣父母谋嫁之,宣觉,亦缢死。嗟乎!孙死宜矣,树田何面目见其妻乎?然树田病时,宣进药,翻之,曰:"若毒我。"则死为厉鬼,骂妇又未可知。要之,鬼必灵于人也。

媵奴死节

真奴,黄岩县人,媵钟氏嫁于苻松仅十三日,松死,松遗腹子也,母解氏尚存。钟有异志,奴窃知之,告于松之从父讽之。钟怒不省,因泣告于解氏曰:"安人不幸至此,真奴虽欲奉以终身,势不可得,惟求他日见安人与安人之子于地下而已。"言讫,血泪俱下。是夜,沐浴,缢死松柩上。闻者咸惊叹泣下,众议葬之,以从其夫。钟不顾,竟焚其尸以去。同时邑中有阿菊者,从陈氏嫁于郭崇文,生一子,而郭死,陈改嫁,菊夜窃其子归于郭,谢方石为立传。

节妇涌江

嘉定州王宪明妻张氏,少寡守志。万历十三年,扫夫墓,舟覆嘉陵江,失其尸。丙戌五月五日涌出江上,去沉之日八月矣,肌发如生,见者惊叹,立祠祀之。

母丧不嫁

节女都从夫家上起见,惟元时容城县王氏女以母丧,感念不嫁终身,获旌命。此外更有真学清净而不嫁者,又一种间气也。

大饥甘饿

芮城李氏,二女,成化甲辰岁大饥,父卒乏食。二女年已笄,箱中犹有妆具,人劝其出鬻,二女惭,不肯出,伏于箱,饥死。

伏毒食醋

康对山先生子栗先娶王渼陂女,生一子,并死。继妻杨氏,未几,栗亦死,杨服砒霜,以醋汤三碗下之,盖食醋则药不可解也。毒发,容貌安舒,略无仓卒。奇,奇!栗有才志,又得良妇死节,天之待康先生不薄矣。

守节自信

安吉州节妇都氏归于陈,孀居,矢志无他。庭下故有井,或曰:"弗利居者,且不便客,塞之宜。"都曰:"井,地道也,何与人客不便,孰与同室妇女河汲不便乎?"门为邻树所蔽,术者曰:"伐之则贵气弗阏,斯利举子。"都曰:"吾闻穷达在天,力学在人,顾尤之邻木耶?"子良谟登第,官参政,所称栋塘先生者也。都旌表,赠安人,子孙繁盛,且优文学,天之报之正未有艾也。

节妇胆识

近地吴节妇,沈之鎏之妻。沈以溺死,嗣子汶,家政甚整,业日拓。汶有俊才,早贡为博士。有郎廷瓒者,贷金十,鬻妻以偿。吴闻,亟还金赎之。盗入室,吴厉声曰:"我沈门老节妇,刀不去手,犯即自刺。"盗骇愕散去。其胆识岳岳,真女中奇男子也。

求见不得

章丘逯经生之妻于氏守节不出门,门内草生,如无人之境。尝三日不举火,邻人馈之米盐,却不受。邻人报县,县馈粟一石,方得活。嘉靖间,长清知县武金过县,武故遗腹子,闻而谒之,求一见终不可得,曰:"孀居以来,誓不见男子,官非男子乎?"武拜门外,叹息而去。节妇卓矣,若邻人与武,亦可谓知义者哉!

芝 竹

王土,昆山人,能读书。妇陆氏,方娶后,其墓园枯竹更青。凡三年,三生芝草,皆双茎。比四年,芝不生。土病死,妇从死,以烈妇称,此嘉靖初年事。瑞芝之生,恒于寿考富贵康宁,而于烈妇见之,此可观天道矣。

三尸绕门

成化间,海康吴金童,携其妻庄氏及一女避贼于新会,寓刘铭家,佣以自给。庄有姿色,铭屡诱之不从,谋之乡人梁狗,同其夫渔于海,推下水死。越三日,庄氏寻之海滨,得尸,手足皆缚,乃夫也。归家,携女赴水，抱夫尸而没，时年二十有二。翌日，三尸随流绕铭之门，去而复还。乡人惊讶感伤，共殡祭之，然未知铭之杀也。久之，事渐露，犹畏铭强暴，未敢发。士夫各为诗歌，闻于官，得实，磔杀之。审录员外郎奏闻，旌表，其处立祠。

双　　烈

曹桐丘镁，长子禭，生而痼，不谙男女事。故聘钱皓女，未敢娶，以情辞钱，钱不听，乃先以婢沈氏侍帷中尝之，终不谙。复申之，钱解盟别聘。女私闻，自经死。未几，禭死，沈氏亦守终身，桐丘公为立后，至万历三十五年，疏闻，并旌。

桐丘公之祖，原吴之自出，育于曹，故一姓曹，祖殁葬吴墓。余高祖民畏公，吴甥也，贫甚，殁亦葬吴墓。吴讼之官，亲友和息，归价数金而止，盖先民之忠厚乃尔。其地辛、丙、巽三水俱会，桐丘公先发庶吉士、主事、佥事，归年九十余卒。善绘画，有清名。长子禭痼病，钱、沈双烈，华其后。余家迟发，余亦庶吉士、检讨、司业、祭酒。长子缚，病亦如之。媳沈氏，仪郎惺予公之女。归十年而缚殁，沈犹处子也。贤孝能自立，异日必继前烈，但余拙宦不愧吴。吴分嗣子田九百亩，余仅得十一，而嗣子尚有待。又自念多病，恐旦夕霜露，且文翰无一长，何况绘事，其负愧多矣。

愍 贞 哀 感

万历己酉，夏五月，夜半，延建水大出，漂尸蔽江。人从卧榻中流出，尽无衣。一女尸年可十五六，一手掩目，一手掩阴，若不欲人见者。余友董考功应举，瘗而谥曰愍贞，愍言灾，贞言操也。

哀感孺人杨氏，祈玉妻，鄞人。夫死，守节。玉好鲤鱼，每忌日必设鲤。一年，河枯无鱼，杨悲恸不已。忽渔父持鲤至，以一金易之。祭毕食胙，得原金于鱼腹中，人大异之，呼为哀感孺人。

丐妇投桥

正德五年，崇德石门东桥上有丐妇，色丽甚。盖荒年，夫负母与妻行丐而至者。观者甚众，妇丑之，候姑与夫乞市上，跃入水死。不知何里人及姓氏也，哀哉！

义　门

会稽平水云门之间有裘氏义门，自齐梁以来，七百余年无异爨。宋大中祥符四年，奏旌其门闾。是时，裘氏义居已十有九世，阖门三百口，其族长曰承询。至嘉泰初，又五六世，盖二十四五世矣，犹如故。乡人谓尝有馈瓜者，族长集小儿十三岁以下者百余人，使自取之，各相推逊，以长幼持去。其习为廉逊如此。于时犹共一厅，颇宏壮，有孙威敏公题字存焉。其后族老季光以所藏今昔留题诗刻石，傅惇作序。至元末，始毁于兵，而族亦且渐陵替，非其旧矣。

周德威，后唐名将也。其五世孙愉避乱，自河南徙居上虞。至宋有名承诏者，十世同居，凡四百余人。赵抃帅越，闻于朝，旌门免徭役。

隆庆年间，潞安府长治县民仇火、仇墒等，一门合食，六世同居。一世仇鹗，二世仇朴，三世仇勋，四世仇堦等，五世仇承教等，六世仇崇儒等，男女数百，悉听其长约束。巡按贺一桂题请旌表。

连江杨氏，六世同居，旌义门。有讳崇者承其后，尤孝谨。子孙互相乳哺，家鸡化之，互哺其子。初年七十余口，季年倍之，用俭以裕。构宅三十六年无哭声，仅一老妇人殁，崇率子弟拜祷，须臾，死妇复活，活十二年卒。家无丧者四十八年矣。崇卒，年九十一。卒时，里有鼓乐声，有梦请公为福宁地主者。连江令章武闻其义，去七十里，行至其家。视崇，崇在田。子孙儿童出见，武赐杨梅食之，群儿班立序唉惟谨，虽至少者不紊，武叹美而去。

义　　友

陈东已死，弃其尸，其友李猷偶寻妇翁，诣行在所，知状，哭且祈曰："少阳以忠谏死，劲节英气，当不与草木同腐。吾欲收葬而莫能得，少阳有灵，其启我心。"越一日，得尸；又一日，得其元如生，合而敛之，归葬。猷字嘉仲，鄞县人。

义　　姻

宋张泊典相州，部民张某杀一家六人，诣县自陈。县上州，泊诘其故，曰："某之姻某，贫困，常纳息于某家，少负必被诟辱。我熟见而心不平，思为姻家报仇，幸毕其志。然所恨七口而遗其一，使有噍类。私仇已报，愿就公法。"泊曰："杀一家宁无党乎？"对曰："某既出身就死，肯复连及同谋？"又曰："汝何不亡命？"对曰："姻家即其邻，若不获盗，彼岂得安？"曰："汝不即死，何就缧绁？"曰："我若灭口，谁当辩吾姻之不与谋，又孰与暴其事于天下？等死，死义，可乎？"泊曰："吾将闻上免汝。"曰："杀人一家，安敢苟活？且先王以杀止杀，若杀人者不诛，是杀人终无已。岂愿以一身乱天下法哉？速死为幸。"泊嗟叹久之，卒按法诛。河朔间无不传其事者。

义　　仆

我朝有义仆阿寄，李温陵发挥，谓在我辈之上。近阅《谐史》，记杨忠一则，似又在阿寄之上。盖寄只勤劳知礼，而忠奋刀挽幼主于流宕之后，即犯死亦不顾，尤为奇特。《阿寄传》见田汝成集中。杨忠，宋时人。《谐史》，宋沈俶撰，所记似皆实事，而名曰"谐"，岂真谐耶？抑别有所寄也？

金养者，王华仆也。嘉靖中，倭寇至，华族女妇数十人前遁，贼望见，逐之，众大窘。养麾之曰："主第走，养能捍之。"即扼桥格贼，白刃如林,独以孤梃出入死斗。良久始仆,而主人远矣。王氏既免,思养功,欲祠之,而竟不果云。

王环者,曾石塘铣之仆也。方临西市,作诗曰:"袁公本为百年计,晁错翻罹七国危。"功虽未就,其志可哀。环,沧州人,本回回种,虬髯铁面,负膂力,善骑射。曾闻其勇,致之幕下,俾教射。被逮时,泣谓其下曰:"上怒甚,死自吾分。顾吾妻子奈何流落边鄙,为沟中瘠乎?"环闻亦泣曰:"公无忧也,某力能致之归。"曾既被刑,妻子安置城固,环乃以小车载夫人与其二子从间道去。环日则具汤粥,夜则露宿邸舍外,间关数千里不懈。后遇赦,归维扬,酬之金帛,不顾而去。环能书,给事陆锦衣家,陆遇之厚,改给事朱锦衣家,以寿终。

孙明,丁尚书汝夔之仆也。尚书坐虏阑入诛,仲子懋正谪戍辽阳,明从焉。居半岁,懋正死,无何妻复死,遗一子方五月。明日夕涕泣,抱儿往村媪丐乳,或市牛羊酪哺之。每监司行部至,辄哭诉冤状,泪尽继之以血。当事者怜之,为脱其籍,得归。间关数千里,昼负儿,且行且泣乞,宁己不食,不令儿馁也;夜宿,辄择温燥与同卧起也,间月始得达家。事儿如事主,仍追理其遗产为族戚干没者,白之官。出入具一尺籍,及长,悉以付之,仍孑然一奴也。儿名继志,得为邑庠生,明以老寿终。

张礼,刘养正之仆也。养正方与宁庶人密谋,礼心忧之,常于屏处哭谏,不听。有方士言长生者馆养正所,养正北面礼信之。夜定,仆走其所,叩头,言愿有请。其人曰:"若岂欲方术乎?"对曰:"非也。"因流涕言:"今吾主与宁藩通,异日必及祸,祸不小。而诸人无能为言者,今独信先生。窃观于往来,为主所礼敬,无逾先生者。殆天以先生悟吾主也,愿先生为一言,毋附宁。"其人乃大惊,晨起去,不知所之。后养正死狱中,礼收尸葬之,为木主,怀以归。寻簿录养正家,礼愿从,吏逐之去,曰:"我主母乃行,我家人安得去?"徒跣京师,馈其妻狱中。妻死,奉尸归,合养正葬。岁辄上冢,哭而祀之。

真州袁山人服麟,有仆名志,失其姓。山人好饮酒,性跅弛,慕为方外游,及诸秘戏幻术。年二十余,妻死,遂终身不娶,游行郡国,辄以志从。岁丁酉之夏,山人逃暑金山,与所亲纪生者饮而醉。夜且阑矣，二人各踞石临江如厕，山人恍惚间若有鬼物挽之入水。纪生见，急呼志："汝主溺矣！"志仓皇奔水滨，审其已溺，遽自投下。纪生急呼其仆善水者，助之拯。其仆胡卢曰："入则俱毙耳，胡拯为？"仅褰裳水际，垂手左右，援之不及也。志既入江，挟得其主，尽力持之不舍，沉而复浮者数四。自分必死，适为旋湍所激，回至崖侧，与纪仆手相值。纪仆援得之，大呼主来救。于是四人者猿臂而出，出则山人死矣。志哭之恸，谋经纪其丧。寺僧闻变，皆来集。无何，山人蹶然而起，都忘如醉梦中，体亦无苦。时五月十有三日也。翌日，二人平复如常，众俱叹异之。工部郎谢在杭在真州，故与山人善，亲得其详，作传。

书仆书佣

王弇州书室中，一老仆，能解公意。公欲取某书，某卷、某叶、某字，一脱声，即检出待用，若有夙因。余官南雍，常熟陈抱冲禹谟，为助教，其书满家，亦有一仆如弇州。乃知文人必有助，即仆隶，天亦饶之。荆川先生有书佣胡贸，作《胡贸棺记》。

书佣胡贸，龙游人。父兄故书贾，贸少，乏资，不能贾，而以善锥书，往来诸书肆及士人家。余不自揆，尝取《左氏》历代诸史及诸大家文字，所谓汗牛塞栋者，稍删次之，以从简约。既披阅点窜竟，则以付贸，使裁焉。始或篇而离之，或句而离之，甚者或字而离之；其既也，篇而联之，句而联之，又字而联之；或联而复离，离而复联，错综经纬，要于各归其类而止。盖其事甚湆且碎，非特他书佣往往束手，虽士人细心读书者，亦多不能为此。贸于文义不甚解晓，而独能为此，盖其天窍使然。余之于书，不能及古人蚕丝牛毛之万一；而贸所为，则蚕丝牛毛之事也。嗟乎！书契之不能还于结绳，书契又繁而不能还于简也，固也。然余所以编书之意远矣，非贸则余事无与成。然贸非余则其精技亦无所用，岂亦所谓各致其能也哉？贸平生无他嗜，而独好酒。佣书所得钱，无少多，皆尽于酒。所佣书家，不问佣钱，必问酒能厌否？贸无妻与子，佣书数十年，居身无一坯之瓦，一醉之外，皆不复知也。其颛若此，宜其天窍之亦有所发也。余年近五十，兀兀如病僧，益知捐书之乐，视向所为披阅点窜若雠我者，盖始以为甘而味之也甚深，则觉其苦而绝之也必过，其势然也。余既不复一有所披阅点窜，贸虽尚以佣书糊口诸士人家，而其精技亦虚闲而无所用，然则古所谓不能自为才者然，独士之遇世然哉！此余与贸之相与始终，可以莞然而一笑者也。余既不复有所披阅点窜，世事又已一切无所与，则置二杉棺以待长休。贸无妻与子，无一钱之蓄，死而有棺无棺不可知，念其为我从事久也，亦以一棺畀之，而书此以为之券云。呜呼！百余年后，其书或行于世，而又或偶有好之者，慨然追论其故所删次之人，则余之勤因以不没，而贸乃无以自见，是余专贸之功也。余之书此，亦以还功于贸也。虽然，余既以披阅点窜为雠，而岂欲后人又以披阅点窜知余也哉？然则贸之硁硁勤苦，从事于割截离合，而一付之无何有之乡也，与一醉亦无以异也，其亦何憾之有。

仆惜字纸

冯南江恩，有仆冯勤。其父佣者也，素多病。日者谓其短造，甚忧之。问一道士，何以延年？道士曰："若为佣，不能积德，惟勤洒扫，惜字纸，乃可延耳。"佣乃市箕帚，遍历所居村巷，凡有秽恶，悉为扫除；见一字，则取置于筒，至暮焚之，岁以为常。寿至九十七，无疾而终。

卷之二十一

父　子

古谓父子不同舟,盖思风涛一旦并命绝嗣也,与老子压石磨、缚大绳观井同。

《续博物志》以鲧为颛帝之子。

夷狄禽兽知母不知父,都邑之士知尊祢,大夫知尊祖,诸侯及太祖,天子及始祖。

吕向生父岌客远方不还,少丧母,失墓所在。将葬,巫者求得之,不知父在亡,招魂合诸墓。后有传父犹在者,访索累年,不获。他日朝还,道见一老人,物色问之,果父也。下马抱父足号恸,行人为流涕。玄宗闻咨叹,官岌朝散大夫,赐锦彩,给内教坊乐工,娱怿其心。

程大中先生自撰墓志。子六人,长应昌,次天锡,皆幼亡。次明道,又次伊川两先生。次韩奴,蛮奴,皆夭。女二,席延年、李正臣其婿。

父子与庆成宴

嘉靖四年郊祀庆成宴,大学士杨廷和子慎、左司马姚镆子涞皆为修撰,大司马金献民子皋为检讨,皆父子与宴,为盛事。三公官高有名,而皆有子,其子爵位清华而皆不甚显,可见际遇极盛者,亦造化所忌,与而不必尽与也,况下此者乎?

三及第子

父为显官而子赐及第者,程襄毅信子敏政、谢文正迁子丕,皆至侍郎；白恭敏圭子钺至尚书。当时庆成宴亦必并与，特非同时耳。至子为显官而班于父之上者，往往有之。子居津要而父为卑官末秩，忘在得之戒者，尤不可胜数也。

两翰林父

翰林父为官者甚多，乃余年友吴曙谷阁学父一龙岁选知高邮州，方严有品格。林兼宇宗伯父烺章，乡进士，官参议，温裕有才情。庚子外察，阁学方为编修，以使事抵州署，长跪促归。阁学子有举乡书者，宗伯子铭鼎，会魁，莱州太守。

同居异室

吕文穆公父母以口舌相戾，遂异处，交誓不复嫁娶。吕既贵，泣请同居，然终异室而处。

学士少年牧豕

曾学士棨，少不得于父。父督之货豕，豕突蹇其足，又息不丰，逐之。学士即牧，手书策不弃，遂擢大魁，事父至孝。

贤母

陆天全完为冢宰，母夫人叶氏贻书，以物禁太盛为戒。陆败籍没，叶亦逮诏狱，神色怡然。后出狱，死于长安官舍，人咸智而伤之。叶之幼也，庭有积水，一儿溺焉，女伴曳之，愈沉，叶夺而纵之，儿遂起，识者谓有司马公之风。

冯南江父子忠孝，人人知之。然当被逮考掠时，讹言汹汹，欲籍其家，家人奔溃。其母吴氏挈孙行可入京，沥血为疏奏曰："儿戆无状，万有余罪。但妾临年，不忍见子刑戮，愿身赎孤以延嗣息。"事虽不报，而行可卒申其说，末减戍雷，犹得补考绩，封吴太孺人。世庙英明，宁可溷请，盖亦深鉴慈德而默以旌之矣。御史归，遂葺慈训堂以居。今御史父子有祠，而于太孺人竟何如也？

我郡守栗公祁，号东阳，东昌夏津人。余年十二，以童子试，望见之，白皙丰下，岳岳有神，清操振绝。公生一二岁，孤，母萧年二十二，抚之，贫甚。一夜风雨大至，抱儿起坐，壁坏压焉。邻妇举火照之，颓槛覆砾，室中之物皆齑粉，母子被发裂裳，体肤皆无恙，遂持长斋以报神贶。后公为山西参政，殁，萧尚在。教二孙时中、用中，有才名，世其家。

栗饮量甚洪，过吾里董宗伯宅，巨觥犹未洽，睨海斗，可容三斤。侍者持以前，戏曰："此泰大，不能任。"宗伯即以寿，平饮自如。将毕，又曰："不可再。"凡三进，乃怡。就坐，邑饮而别，然公颜色不变，若未尝饮者。迁官抵苏州，一面檠乃衙中物，母夫人见之惊，令役持还。

李及泉颐母夫人张氏有贤行。怀妊时，流贼入境，往山穴避之。适其兄遇于涂，曰："彼穴人众，不可居。余家近地可避。"遂从之去。甫入而寇至。寇退，往视前一穴，则石崩，百十人皆齑粉矣。及泉守我湖，有名，余出其门。后官右都御史治河，闻命不怿，到官即殁，盖有先兆也。

少宗伯张玉阳，名一桂。既卒，母太安人刘氏治家，斩斩有法，裕于宗伯存时。诸孙皆成立为诸生，年九十一卒。

严　　母

韩莲峰，名绍宗，为宪副。母张氏，严甚。莲峰为刑部郎中，配阎氏，亦两封至宜人矣。张氏命阎与嫂负水，莲峰归而见之，命二隶人为代。张怒，持杖迎出，将击之。以杖指莲峰骂曰："汝有皂隶，可令代，无则不吃水耶？"莲峰笑曰："媳妇身强有力，岂不堪负？嫂子薄弱，且有妊，是以代之。"张怒乃解。张生莲峰数月而孤，后上其事旌之，即韩苑洛之祖母也。

贤继母

平湖沈晴峰修撰,生三岁,母俞卒,鞠于后母张,甚有恩意,忘其为俞母出也。少善病,忽剧,梦一妇携之去,曰:"若真吾子。"有髯翁夺之归,乃苏。以质大母,具言被服容止,则俞母也。于是始知所出,而张母抚之益厚。公荐乡书,俞母复见梦。为史官,事张母甚孝。张母至欲全以产付公,令毕父丧及己身后事,而后分所生子,相守二十余年乃卒。盖继母之极贤,而俞母得安地下,修撰得报父,若前后母亦近世最难得者。修撰有文学,以科场事见纠,调外,不复出。有《赍园集》,为时所称。

三柄臣母

柄臣之母,其因子享荣华,不必言矣。然先殁而犹蒙子之休者,在昔为宇文护母阎氏、贾似道母胡氏;有后殁而蒙子之辱者,在今为张江陵母赵氏。其余大臣非无存者,然气焰岂敢埒三臣之盛?宇文之母先陷于齐,赎归;贾之母先为婢,有娠,寄于其寮,故不得与张母比。要之,天下大福无得全者,又可见天道矣。

钱袁二母

钱钺,杭州府昌化县人,以都御史更抚山东、河南、贵州三省。继娶曹氏,钺以正德二年卒。前在贵州裁抑中人恨甚,言于刘瑾曰:"钱钺显宦,积赀钜万。"瑾信之,构河南禄粮事,籍其家,无所得,毁屋及墓,勒民倍直,阖境骚然。执曹氏以下凡五十六人以北,严寒,困顿几死。械系久,狱不可成,诸大臣争之。司寇山阴王鉴坐免官,竟分戍固原、庄浪、肃州三处。曹过涿州,病痢,剧甚,诸子仓皇号泣,治后事。忽遇异人授真人养脏丸,一服即愈。再渝年,为正德庚午,会赦得释,家人亡者过半。行抵关,瑾诛。诏罪状瑾,以都御史钱钺受害为言。于是还其封诰及故籍物,任子应福,亦录用为福州推官,孝养备至。至嘉靖十五年卒,年九十一,子六人。一妇人,更盛衰之际,中遭奇祸,卒以免,晚更荣华寿考。吁！亦奇矣,必有大过人者矣。

袁文荣以会元及第,受世宗眷遇,拜相,可谓盛矣。然素性跌宕,未几,以病乞归,道卒,无子,时为嘉靖甲子。其夫人管氏携嗣子扶柩归,独持家秉加愁。嗣子夭,复再立。事其伯及抚弟侄有恩,事继姑张甚恭。张没,临葬,病不能送,柩重不可举,管舆疾至,乃举。又赈贫饲饥,所行义事甚多。万历丁酉卒,年七十九,去文荣殁凡三十四年。然则文荣乃袁氏一枝奇卉,而夫人则袁之根干也。人生在自立,何必分男女哉！

兄　　弟

张九龄之弟九章、九皋,性孝友。尝泛海,兄弟异舟,风涛大作,中夜漂泊,自分俱没。诘旦并在津亭,余舟鲜有存者。皋至御史中丞、南康郡开国公,章经略节度使。诸子俱显贵,魏公浚亦其后云。

安福彭文宪公时以少保赠太师,超六资,同时三从弟文思公华以少宰乞归,不允,特升太子少保、礼部尚书,又乞归,乃允。先朝之优礼儒臣乃尔。彭氏一门得二,盛矣,盛矣！文思父贯,佥事;弟礼,左副都御史。文思入馆时,文宪正司教习。

文思过邑城,座客有持败箧故券证以争产不已,公以齿,坐独下。独抗声曰:"若券果出革除年庚辰,当以建文三年书,今称洪武三十三年,赝可知矣。"一座皆服。

宋南渡时,屠姓兄弟二人,自陈留随行,一居鄞,一居嘉禾,代豪富。国初籍没,有一公者,赘杨氏得免。未几,杨亦被籍,复以异姓免。数传为康僖公,同时居鄞为康惠公,子孙皆有冠冕。今乍浦教场,广袤约三里,相传为屠旧居。

康僖公长子应埙,辛未进士,历参政。踔厉慷慨,甚有时誉。后家居过自贬约,多靳恤,佳客过从,不设饮食,虽子孙亦琐琐不忍予,与居官时若两人。或谏之,曰:"吾恶夫拥赀而身安逸乐,厚自奉养,以余沥媚人者。"

刘李有兄

刘忠愍公球，既没，权贵人犹衔之不置，将采危语倾其家。公之伯兄理，号益轩，奋曰："是不可坐待也！"即日戒行李，诣阙白其情，且踵权贵门，直以事告，其人亦惭而止。后其子与忠愍子皆至大官。

李崆峒先生之兄曰孟和，字子育，号北野。为儒不成，能殖财，第宅田园，壮丽膏沃。崆峒触瑾下狱，事急，家人俱逃散。公大出赀，往来宾客，游说万端，卒脱于死。公好气慷慨，性友爱，喜施，盖奇人也。年七十五卒，子女各四，□□，丙子举人。九孙，用恒、用谦、用观，皆有文名。

忤兄请罪

方献夫之父遂，全州学正。遗腹生献夫，后以大礼拜相，五十即致仕。尝笞其家奴，忤兄茂夫意，至置酒长跪请罪。

敬兄之怒

严凤号溪亭，归安人，以御史归家。族兄某老而贫，迎养，凡宴客必令兄递盏，自执箸以从。一日，进箸稍迟，兄反顾，怒批其颊，欣然受而应之，终席尽欢。既醉，送兄归卧而后出。日未明，已候榻前，问昨饮畅否？卧安否？每诫家人曰："事有误，我容得。大爹容不得，挞汝矣！"以寿终，恸哭，葬之尽礼。

兄弟贤贵

苏、松二府同时兄弟并贵且贤者，太仓王阁学文肃公，弟太常少卿和石，名鼎爵；王凤洲尚书，弟南太常少卿麟洲，名世懋；云间陆尚书文简公，弟佥都御史阜南，名树德，称一时盛事。更有异者，兄皆极贵，弟皆京堂四品，又皆先卒。而三家子姓登第者，二王各一人，皆长公出；陆二人，兄弟分出。三家三代共十人，两解元、两会元、两会魁、两榜眼，尤奇之奇。

起家工部

苏州皇甫氏兄弟涍，字子安；濂，字子约；汸，字子循，皆起家工部，止于部郎佥事。其父录，亦以工部改礼部，官太守。我湖竹墩沈氏兄弟，子木，字汝楠；子来，字汝修；傲煇，字仲亨；傲炌，字叔永，亦皆工部。子木官至右都，傲炌见南京兵部侍郎，与傲煇皆右都之子。两家初任、授官相同，进士同，而沈氏官最显，且贤。堪舆家传其所居地前后宛如"工"字，地之能印人如此，理或有之。

三 仲

席书号元山，正德庚戌进士。由户部主事、方伯中丞以议礼，至大学士少保，谥文襄。季弟春丁丑进士，号虚山，庶吉士御史，以兄贵，改检讨，进少宗伯。季弟象，号梅山，甲戌进士，给事，贬死，赠光禄少卿。蜀中以三席比三苏。文襄幼时，梦涪江涨落，见沙砾之碑，其文曰："三仲连芳。"果应其兆。近年蜀中有三黄，则予同年。黄慎轩辉，官少詹事；弟缜轩炜，官按察使；弟烨，举人。楚中有三袁，则丙戌会元袁玉蟠宗道，官左庶子；弟季修宏道，官吏部主事；弟小修中道，丙辰进士，皆奇才也。

兄弟年远甲科

同胞兄弟登甲科者最多，然其年皆不甚远。惟庐陵习先生孔教，嘉靖戊午解元、隆庆戊辰进士，官礼部侍郎。卒且三十余年，而其弟孔化，以万历戊午举乡试，去其兄刚一甲子，明年进士。其父亮封编修,兄弟相去若隔异代。虽曰幼子,然其父之高寿,亦可知已。

兄给得归

上海人钊铣坐法被系京师,其弟钝阴祈守者代兄,令得一见家人,归死。钝既代,而铣归,给其父母云:"已得赦归,钝以客死。"钝系而兄不至,士大夫皆知其冤,为馈饮食。久之,赦归,扣门,家人惊以为鬼。母泣曰:"儿馁欲求食,吾自祭汝,勿怖吾也。"钝哭,历历具言不死状,乃纳之。铣闻逸去。钝生二子,玉、玙。玙进士,建宁太守。玉子兖,汀州通判;兖子兆元,怀庆推官。

义姊

陆浚明以直谏谪远恶地,妻没,二子幼,时令严,当速往。其姊嫁□氏,舍其家以来,为育之。至长,浚明自永新令谢事,姊乃归,吴人义之,以比鲁之义姑,姊遂以称之。浚明事如母终身。

妇人知兵

上源驿之变,以李克用雄武,即宜发兵剪朱全忠矣,然竟以刘氏言而止。盖左右勇士多死于难,其气已竭,且孤军无后继,势不可轻用,欲而不能,非能而不欲。刘氏亦姑托辞,真女丈夫也。太原被围,克用欲走,刘氏谏止,亦与此同。自来妇人知兵,无若刘氏。

女将

女人有军功者尽多,然无若顾琛之母孔氏。孔年已百余岁,晋安帝隆安初,王廞吴中作乱,以女为贞烈将军,悉以女人为官属。及孙恩乱,东土饥荒,人相食,孔氏散家粮以赈邑里,活者甚众,生子皆以孔为名。

孝烈将军，隋炀帝时人，姓魏氏，本处子，名木兰，亳之谯人也。时方征辽募兵，孝烈痛父耄羸，弟妹皆稚呆，慨然代行。服甲胄，鞬橐操戈，跃马而往，历一纪，阅十有八战，人莫识之。后凯还，天子嘉其功，除尚书不受，恳奏省视。及还谯，释其戎服，衣其旧裳，同行者骇之。咸谓："自有生民以来，盖未之见也。"遂以事闻于朝，召赴阙。帝方恣酒色，奇之，欲纳诸宫中。对曰："臣无媲君之礼。"以死誓拒，迫不已，遂自尽。帝惊悯，追赠将军，谥孝烈。土人立庙，岁以四月八日致祭，盖其生辰云。

妇 人 有 须

李光弼之母李氏，封韩国太夫人。有须数十，长五寸，为妇人奇贵征。光弼姓李，而母亦姓李者，盖父原契丹，赐姓故也。

闽林文恪母黄太夫人，亦有须寸许。黄有奇术，立柱下卜吉凶，其术莫知所自来。立柱以晴日，向日月趺坐，徐伸两手加额，默视，引右肘于鼻端，凝视久之，渐见小如一发，吉；大，则凶。卒之年，谓诸子曰："今年不佳，吾立柱几如股矣。"果卒，年八十一。

弘治六年五月丙寅朔，湖广应山县民张本华之妻崔氏，生须长三寸。

贤 夫 人

胡端敏之夫人李氏，不妒，亦不自识其贵。有问："汝夫历几官，今何品列？"应曰："丈夫自知之，妇人焉用识此。"以寿考终。

乔刘二妾

乔白岩太宰卒，妾二人缢死。刘白川尚书有二妾，亦如之。两公其以情感耶？抑选得贞烈人而后娶，故若此耶？亦奇。

长 爪 妾

翠娥秀,娼家女也。以处子适松江管军副万户薛彻都为小妻。都卒,谨护其爪,不肯嫁,卒完其志。年逾八十,爪长尺余,卒。

喑 妾

严澄,字道彻,文靖公之仲子也。年三十无子,纳妾二人,皆陋。一日,过姻家,见侍女年且及笄,而尚未蓄发。询其故,主人以素喑,"即蓄发,孰收之"?澄恻然。谓:"第使蓄发,吾将以为妾。"其人以为戏,未信。复为申约,卒娶之。文靖闻之,喜曰:"儿合天道,必有后。"后三妾皆生子。澄素持白衣陀罗尼,且坚守不杀戒。凡举子,多重胞之征,人皆异之。安小范又云:"三妾,一喑,一聋。"

姊妹继娶

古人娶妻,多以姊妹为媵。唐、宋甚稀,或先娶死,而续其妹者。入国朝益稀。惟濮阳李伯承先芳,元配盛卒,继任氏,即以妹助籓焉,号曰仲任、季任。仲任卒,继许氏,又卒,乃以季任为内主。伯承豪宕,为尚宝少卿,能诗文,无子,年八十四卒。

妒后化龙

梁武帝郗后以妒忌,化蟒入梦,帝为忏礼,得复为好女子来谢。释家及小说往往见之。今梁皇忏是也。而《南史》谓其化龙,入于后宫,通梦于帝。或见形,光彩照灼,帝体将不安,龙辄激水腾涌于露井上。旧殿衣服委积,常置银鹿卢金瓶,灌百味祀之,故帝终不立后。其说小异。或先为怪如史所称,而后得度,未可知也。

妒　　妇

邹观光,字孚如,楚人。有才名,为南京光禄少卿。余起家南司业,自幸得一见请益。比至问之,则送客江东门,暴没舆中,甚骇之。一日,刘司成座中谭及,吭慨,且曰:"邹精神甚旺,而厄于妒妇。"尝一日相遇涂中,拉归寓所,从容谈笑甚适。呼进午饭,其妻内捶一婢,声彻客座,邹已失色。刘逡巡辞归,邹又固留。捶久不止,声愈厉,其婢气垂尽。刘踽踽告辞,邹面如土,竟出门而去。未数日变闻,盖妒妇之为害如此,亦可怜也。

正德八年,刑部主事陈良翰妻程氏杖杀女婢,解尸置木柜中。他日复缚一婢,欲刃其胸,婢脱走得免。东厂廉得其事,并良翰俱下锦衣卫狱,拷讯得实。都察院覆议,程氏穷凶极惨,比拟故杀律斩;良翰纵妻为恶,谪戍边卫。

俗语谓法马为乏子,"乏"者,"法"字之讹也,谓兑架为天平,由来尚矣。吴中有天平山,山石林立,皆剑拔,甚锐而匀,真奇观也。学宪范长白得之,曲折筑园奇巧,夫妻时游其间。妻徐氏,能诗而妒,范遂无子,情甚笃,苏州人为之语曰:"范长白夫妻上天平乏子。"闻者大笑。长白名允临,能文章,精书法,名与董思白相亚。年尚壮,闻已得子,可塞苏州人之口。

爇　　衣

叶朝宠,貌魁伟,能读书,福清人。初娶魏,再娶林。林悍甚,与魏子新不相能。新去之三山,林复与妯娌日阋争宠,不能禁也。一日,林忽语其所善:"吾夜梦一绯衣神人持炬火爇我,我避之不能,觉而体犹痛,此何祥也?"次日,林就爨下炊,火飞出,焚其衣,衣带结不可解。仓皇以水沃之,愈沃愈扬,遍体糜烂生蛆,臭秽难近,竟死。

妻妾投缳

钱首曾，号瞿轩，常熟人。嘉靖庚戌进士，为兵部郎中。遇妻妾严，舍中风烈，所挂蒲织稍触损，皆惶惧，投缳死。事闻世庙，下法司，廉其事。无他，且在署，得不坐。后娶一室，不受绳束，或骂詈，即反唇。托郊行，约友人纂取之去。

妾祸

吴中张献翼夺军人蒋贵妻王二为妾，嬖之。张夜宴，五鼓就寝，蒋操刀伏山石中，先杀张及王，并门客七人，手提灯自厕逃。遇一妇人，不见也，妇人愕立如揸，溺其身去。次日就擒，投河而死。张为人多怪，携卧具宿府县狱中各二夕，自为犯人。使奴持大杖痛笞之，三下不见血者，反与杖。自称朝奉，人称亦如之方喜。

家庭之累

君子每处家庭不幸事，真可怜。瞿洞观，有道人也。娶徐司空凤竹之女，悍甚，忤其姑李夫人，至愤死。洞观逐居别室。司空讼于官，十余年，洞观卒不屈，上书以死自誓，且许再嫁，乃得免。同时严中翰治亦有此苦，欲离异，文靖公以妇翁相与厚，命姑忍。公没后，乃行其志。中翰以贵公子能文章，被服儒素，外处休邕，而中多邑郁。以此，近日士大夫有为子所累者尤多，真是不可解之业冤。余妇甚拙，不我扰；二子不甚学问，性颇因循。此一节犹有可虑，偶感书此自幸，且励二子，毋荼毒老人为也。

人有有志为善，而兄父不见亮，反挟子弟之势横行者。如云间张状元瀛海，讳以诚，刻意自立。父兄不佳，里中有来诉者，稍进正言，便受荼毒，无如之何。后凡来诉者，告云："汝只去诅张状元死，如死了，父兄无可恃，汝辈庶得免累。"果万历乙卯暴殁，去登上第仅十五年。真可怜，真可怜！乃若子弟奴仆为政，而我辈不能禁，则己必有过焉。奴仆犹可言，子弟之穷凶极恶者，圣贤豪杰亦不能化也，而况我辈乎！

善处侄仇

宋王之望之父纲，襄州谷城县人。家饶，好行善。其侄任气好酒，与无赖子为仇，时相斗。呼无赖子与钱十万，使市布房陵。众皆争，谓一去必不来，不答。无赖子得钱，醉酒蒲博，数日尽，遂遁去。争者咎之，纲曰："吾非不知，此人得钱而改化为良善，益莫大焉。今其逃，与吾侄无杯酒之衅，是以百千去之，所以两全也。"靖康之乱，襄、汉被祸尤酷，独王氏仅存，之望贵显，则积善之报也。

子　孙

齐神武子侄多夷灭，独清河王岳，谦约畏慎，故其孙士廉以文行昌显。梁武子孙亦多夷灭，惟昭明太子孝友下士，故其子岳阳王詧，立国江陵，传数世，其后名德相闻，与唐终始。萧瑀、萧俛等，俱贵盛，八叶宰相，孰谓无天道乎？

谢玄立功于晋，盛矣，而子奂不慧；殷景仁辅宋文帝为宗臣，卓矣，而子道矜亦不慧。奂子灵运有俊才，至不保身。道矜之后，更无闻者。

桓玄虽灭，其子诞，字天生，年数岁，流窜太阳蛮中。多智谋，为群蛮所宗，属于魏，为太都督、襄阳公，卒，谥曰刚。子晖袭爵，卒，弟叔兴袭，立功，传者数世。

桓冲尽忠王室，史传亟称之。即刘裕起义，亦全一孙示报。乃冲存时，朝议用谢輶为江州刺史，冲怒，奏輶文武无堪，遂自领州事。吁！横亦甚矣。盖将门之习，即忠顺亦不能尽革也。桓彝儒者以忠死，而诸子皆以武显，卒至灭门，可惜，可惜！

王猛子永，起义佐苻丕死；永弟休，休子宪，仕魏为并州刺史、北海公，卒年八十九，世世显重。太原王氏本田齐之后，田氏称王家，子孙因以为氏。

王安石生性执拗，已自不幸，又生出儿子不才，放泼短命，受了多少谤议，多少悲哀。范文正之子最多最贤，西夏用兵，即一有病，儿子得其力不小。宋璟四子皆不肖。韩休五子皆贤，幼滉亦至宰相。天之待人，其亦偏有轻重耶？

安石子雱为待制卒，有兴化尉胡滋妻，宗室女也，自言梦中人衣金紫，云："王待制来为夫人儿。"妻寻产子。安石闻之，自京师至金陵迹访。与夫人常坐于船帘下，见船过辄问："得非胡尉之船乎？"既而得之，举家悲喜，亟抚视泣涕，遗之金帛，不可胜数。邀与俱还金陵，滋言有捕盗功，应诣铨求赏。介甫使人为营致，除京官，留金陵且年余，欲得此儿，其母不可，乃遣之。

安石女嫁蔡卞，知书能诗。蔡凡事先与谋，然后行。及拜相，优人戏曰："右丞今日大拜，皆是夫人裙带。"蔡嘻而不言，后卒以败名。荆公生子女皆聪俊，其败类流祸乃尔，真间气之钟也。

宋学士之祸。孙慎，字子畏，以洪武十三年庚申岁十月二十八日死，年二十七。次子璲，字仲珩，以是年十二月八日死，年三十七，一子。璲之子怿，从祖父子性以丧归。长子瓒，字仲珪，与怿同学士赴贬所。学士次年五月殁于夔，瓒以洪武十九年丙寅四月十日，殁于茂州安远驿旁之蓬簌，惟怿以孤童治丧。三子慎先死，恺、恂继之，幼子怀，以卒之年始生。嗟哉！学士事圣主而不克终，三世颠沛流离至此，亦可怜矣。

毛东塘长子□，号白山。长厚质直，中怀泾渭，多识典故，善别人物。子世卿，举乡试，不少见喜色，终太保之世，无盛满之咎，睚眦之隙，皆其力也。太保颇疵其短智，罗念庵在座，解曰："公胡责细行而忘大节？"太保惊问状，曰："《礼》不云乎，不敢失色失言于人。而使人曰：幸哉有子。此孝子之大节也。"太保竦然，为起谢。

刘庄襄公冢孙守蒙，深理学。当荫文资，让其叔溧。又军功荫锦衣千户，让其弟守孚。试在高等当既，让族叔沾。人曰："泰伯三让，孔子称为至德。守蒙似之。"

大学士刘珝之子锐荫尚宝卿兼翰林博士，历官四十年，进阶三品，加一品服，致仕。岁给夫四名，俸米六石。此真奇事。锐，八岁受荫，召至文华殿，拜起如成人。门限高，杨邃庵提携过之。终太常，著述甚富。

多　　子

庆成王钟镒，谥荣惠，晋恭王之曾孙也。弘治五年八月，山西巡抚杨澄等奏王子女至九十四人，恐其中有收养异姓之弊。且为子镇国将军奇㵟等增年，冒支禄米，乞下礼部议处。并乞限各郡王以下妾媵之数。礼部查勘覆奏，谓王子女俱王妃、夫人并宫人室女所生，别无违碍。其冒支禄米，法宜追征还官。得旨，王子女既无违碍，其支勿论。冒支禄米，不必追征，准作以后年分该支之数。法司原奏，有不许滥收子女事例，仍行各王府知会。自郡王以下，妾媵多少之数，再会官定议以闻。礼部复会议覆奏，谓郡王自正妃外，妾媵不得过四人，各将军不得过三人，中尉不得过二人。从之，著为令。王后生子至百人，俱成长，又皆隆准。自封长子外，余九十九人并封镇国将军。今本府数至二千余人，他府有止二三十人者。

汉张仓，子百人。赵王彭祖，子七十二人。唐棣王琰，子五十五人。荣王琬，子五十八人。延王玢，子三十六人。皆玄宗之孙。而玄宗亦有子三十人。宋徽宗，子三十八人。张耆，四十二人。杜子征，一百四十人。冯盎，三十人。

宋初李仙哲，一曰后周人。真州人，任本州刺史。生男女六十九人。缘江十余里，第宅相连。仙哲鸣筋道从，往来其间，子孙来见者，披簿以审。

宗室谋㙦所辑《异林》，中有多男一款，备矣。尚有未尽者，故摘出如左，犹之乎千一也。其三十人以下，皆不书。

无　　子

三代以后，帝王无子者，在末季如汉之平、哀，宋之光、理，不必言。莫贤于宋仁宗,而无子;尤莫贤于我孝宗,虽有武宗,犹之乎无也。当是大菩萨转世,不以此为有无重轻。至大臣贤而无子者,多不具述。以余目所经见,李九我阁学,为南吏部侍郎,年渝五十,尚未有子。丁改亭起南大理丞,切切劝纳妾,其夫人立屏后,听之甚愠,改亭知状,再三,至大言:"唤一老媪出见我,我自有说。"既出,语之曰:"说与奶奶知道,你老爷会元及第,官至少宰,无后,它日官生,却被侄儿受用。你老爷精神尚王,急急纳宠,必定生子。既生子,于奶奶只隔一胎,却是老爷亲骨血。抚养成人,就是奶奶亲生一般。日后祭享,大家并坐入口。若是侄儿,先与老爷也隔一重,何况奶奶?"其言切至,老媪闻之亦下泪。夫人悟,纳妾,生二子。后孙月峰尚书以参赞至,改亭亦依此法言之,孙不应。后渐厌,拒不复见。改亭固求见,则自后门潜出,避之。盖孙方续娶,应接不暇。其自言曰:"释迦不以罗候传,仲尼不以伯鱼显。"终不立嗣。

乞养子

此类甚多,以余所见,隆庆戊辰进士司汝霖,本张姓,汶上县开河里人。生而明秀,方数岁,失母。江陵人司镗,以督运至,与其父林游甚欢。见而奇之,使属对,受命如响,遂乞为子。教之,年二十二,登第,历文选郎中、太常卿、副都,抚八闽,镗与妻罗两受貤封。三年之丧毕,奉使过开河里,行求宗党,得其叔父宗鲁。考问家姓,乃奏复故姓,名汝济,卒年五十三。没之日,援笔为书,以授诸子曰:"开府非卑僚,半百亦长世。惟生我之劬劳,吾惭负于天地。"盖悔之也。夫童子能属对,则已有知矣。既第,齿录科录,本生父母,何以皆不书?考其日月,镗夫妇没在万历五六年间。初入吏部时,其复姓,其移封,最初即可举行,何以迟迟至万历十五六年间始复?而移封一节,全不讲及?谓昧所自来,则世无此事;谓为司老所制,则察其气韵,非受制之人,亦无可制之理。于心于例,皆所未安。意者,江陵当国时,以同邑嫌于自外,不敢题;江陵没后,以事久嫌干揿眼,不欲题。比题复,则官高不及报满罢免,惭负以殁,始见真心。嗟乎!聪明伶俐人,三十年驱驰热路,何暇议及。犹幸京卿稍间,得复本姓,不全然作它家堂下人耳。

附异林记二则

田常专齐国之政,选国中女子长七尺以上者为后宫,有子七十余人。靖郭君田婴有子四十余人,其贱妾有子名文,是为孟尝君。出《史记》。陈成子有数十妇,生男百余人。《史记·索隐》。中山靖王,乐酒好内,有子百二十人。《汉书》。晋永嘉之乱,吐谷浑始度陇西,止于枹罕,有子六十人。《十六国春秋》。姚弋仲有子四十二人。《后秦记》。左卫率胡藩,南昌人,有子六十人,多不遵法度,坐罪,徙远州。《宋书》。陵阳子仲服远志二十年,有子三十人。陈宣帝四十二男,太子则陈后主。其封王者三十三人,除始兴逆诛,岳阳死隋难,余皆令终。鄱阳王恢有男女百人,男封侯者三十九人,女封主者三十八人。陈尚书仆射王冲,历仕二梁,年七十八,卒有子三十人,并至通官。俱《南史》。赵宋时,侍中张耆家多姬媵,开窗直厩舍,先使马合牝牡,纵内人窥之,从而幸御,罔不成孕,有子四十二人。

并产

哀牢国之先有妇人曰沙壹,触沉木而孕,一产十子。最幼者才武而黠,是曰九隆,诸兄共推以为王。其时哀牢山下复有夫妇产十女者,因而妻之。殷王祖甲,一产二子,曰嚻、曰良。许僖公一产二女,曰妭、曰茂。楚大夫唐勒一产而双,男曰贞夫,女曰琼华。吴回之子陆终,娶于鬼方氏,曰女嬇,孕而不粥。三年启其左胁,而产六子,一为昆吾,二为参胡,三为彭祖,四为云郐人,五为曹姓,六为芈姓。汉永宁元年,南昌有妇人一产四子,唐檀以为京师有兵气。唐淮南程幹妻茅氏,连八年,孪生一十六子。宋郯城民有二十一子,而双生者七胎。南齐王融、王琛,同是四月二日孪生,后以四月二日同刑死。南唐时,金陵人康国辅娶司马氏,一产三男,唐主以为人瑞,皆封将军,其后蕃衍，号千秋康氏。宋会川尹氏伯仲以嘉熙三年正月朔日孪生，至元泰定丁卯，享年九十，皆聪明强健。方国珍之妇一产一男二女。景泰三年，宛平县民福祥妻一产三男，诏人予月米三年。天顺中，扬州民妇一产五儿，体貌相似，无夭者。成化中，曲阜人孟麟、孟凤皆孪生，麟官陕西布政使，凤官刑部尚书。德州人王楠、王杨亦孪生，楠官南鸿胪卿，杨官右布政使。嘉靖六年，河间民李公实妻陈一产七女。嘉靖戊午，举人顾合璧、顾联璧，其父四举胎，生八子。万历戊申仲冬乙巳，福州军苏九郎妻邓，一产两男两女。

卷之二十二

放生序铭

唐乾元二年诏诸道置放生池,颜鲁公手书序铭,其词略云:"去杀流惠,好生止辟。率土之滨,临江是宅。实胜如来,畴庸允格。真卿勒铭,敢告凡百。"今阁皂山放生池见存鲁公墨帖,亦载此铭。

赞词有本

世传米元章《孔子赞》曰:"孔子孔子,大哉孔子。孔子而前,未见孔子。孔子而后,更无孔子。孔子孔子,大哉孔子!"盖本于舒元舆《玉箸篆志》论李斯、李阳冰之书,其词曰:"斯去千年,冰生唐时。冰复去矣,后来者谁?后千年有人,谁能待之;后千年无人,篆止于斯。呜呼主人,为吾宝之。"米盖化其意而近滑稽,只因达巷党人一赞敷演出来,秦太虚所不能,苏子瞻所不为者。

谢太傅赞

方秋崖有《晋谢太傅赞》云:"丝竹云林,妓女冥壑,此亦一安石;鬼蜮老奸,风鹤劲敌,此亦一安石。盖太虚之云无心,而空谷之响无迹。要未易窥敌手之棋,而訾折齿之屐也。"此赞得实得韵,乃安石千古知己。

笠屐图赞

王文恪公作《东坡笠屐图赞》,极佳。其辞曰:"长公天仙,谪堕人界。人界不容，公气逾迈。斥之杭州，吾因以游。投之赤壁，吾因以适。琼厓儋耳，鲸波污漫。乘桴之游，平生奇观。金莲玉带，曰维东坡。戴笠著屐，亦维东坡。出入诸黎，负瓢行歌。十悖百卞，其如予何，其如予何！"

无庵赞颂

孟无庵珙，任荆湖制帅，创书院以处流寓之士。每日见客，虽数十百人，一一接谈。凡有投献，并入袖中，客退，以所受文书令馆客逐一朗读而谛听之。可行者付出，不可行者赆之行。尝自作《无庵赞》云："老拙爱游戏，忙里放痴憨。正当恁么时，无处见无庵。混沌庵之基，太朴庵之梁。太始庵之柱，太极庵之坊。两仪庵之户，三才庵之房。四象庵之壁，八卦庵之窗。白云庵之顶，清风庵之墙。谁人运斤斧，大匠曰羲皇。明月为伴侣，万古其如常。欲知吾富贵，秋水接天长。水云不到处，一片玉壶光。"临终又颂曰："有生必有灭，无庵无可说。踢倒玉昆仑，夜半红日出。"君子曰："无庵之诗，超悟如此。是岂寻常，进乎道矣。"

恒岳图赞

千岩竞秀，中有虚堂，穿棂拂槛，白云茫茫。云为堂幕，堂为云囊。无心出岫，来往徜徉。白云堂。

流水高山，钟期已矣。山樵烂柯，厥观亦止。胡携琴还，独留棋子。归去来兮，风旌可企。琴棋台。

一亭岩峣，千峰巀嶪。下俯万松，古色如铁。清风徐来，寒光凛冽。千顷翠涛，凌空洒雪。翠雪亭。

谁开绣嶂，于彼山阿。色非采绘，文非绮罗。深碧如嵌，空翠不磨。探幽揽胜，对此婆娑。碧峰嶂。

石文如绣，石腻如脂。补天可炼，织锦堪支。丹青地涌，彩绘焉施。九还谁饵，以俟炼师。石脂。

恒岳自石晋时没于房,我朝始涤入版图,志书刻于近年,乃赵王二公所纂。中列图赞不知即出其手,抑前人所留? 摘出俟知者。赵名之韩,氾水人。王名瓒初,山阴解元,太保王文端之子。

蚝山连房

韩文公诗:"蚝相粘为山,十百各自生。"按《本草衍义》云:牡砺附石而生,礧礧相连如房,故名蛎房,一名蚝生。初生海畔,才如拳石,四面渐长,有一二丈者。一房内有蚝肉一块,肉之大小,随房所生。每潮来则诸房皆开,有小虫入,则合之以充腹。宋翟忠惠《焦山》诗:"僧居蚝山迷向背,佛宇蜃气成吹嘘。"

河畔雪

唐许浑诗:"河畔雪飞杨子宅,海边花发粤王台。"汉议郎杨孚,字孝元,尝树河南五鬣松于广州北岸,语在列传。今下渡头村前即其故宅也。越本无雪,至此乃降。城南民有张琼者,掘地种菱,得一砖云:杨孝元宅。琼以为瑞,因号南雪。自是聪悟,渐能赋诗。

宋祖凌歊

南宋刘氏诸帝称祖者,裕高祖,义隆太祖,彧世祖。许浑诗:"宋祖凌歊乐未回,三千歌舞上层台。"盖指彧而言。彧荒淫残忍,殁而称祖者,因讨平逆劭,追尊义隆为太祖,侈以为功,故后人亦因而尊之也。台基今尚在采石。驳浑者认为高祖裕,谓裕清俭寡欲,无凌歊乐事,是矣,而实未通查。且谓一朝必一祖,亦不料宋之有三祖也。

十幅红绡

韦楚老诗云:"十幅红绡围夜玉。"沈存中驳云:"十幅红绡为帐,方不及四五尺,不知如何伸脚?"此真可笑。古人但引成数,亦必定曰三十幅耶?

杀妓百诗

罗虬官郦州从事,隐之弟也。乘醉,杀官妓杜红儿,作诗百首,传于世。红儿直得一死矣。

慰童仆

韦庄穷时,赖内外奴仆之用,作诗慰之,有曰:"努力且为田舍客,他年为尔觅金鱼。"又曰:"他年待我门如市,报尔千金与万金。"其言虽俚,其事难期,而其情则可悲。后唐亡,入蜀为平章,不知能报此二人否?百韵诗亦起于庄。

丘道源诗

游至山阳,郡守召之夜饮,翌日作诗曰:"丑却天下美人面,正得世间男子心。"又至仪真,太守召看牡丹,作诗曰:"何事化工情愈重,偏教此卉太妖妍。王孙欲种无余地,颜巷安贫欠买钱。晓槛竞开香世界,夜阑谁结醉姻缘。可知村落桑麻处,田叟饥耕妇不眠。"又至五羊,以诗上太守云:"碧睛蛮婢头缠布,黑面胡儿耳带环。几处楼台皆枕水,四周城郭半因山。"又云:"唇上腥臊惟蚬子,口中浓血吐槟榔。"又云:"风腥蛮市合,日上瘴云红。"康定中尝上《观风感事诗》一百篇,往往讥刺权贵。嘲宰相张士逊诗曰:"中书坏了朝纲后,方始辞荣学退居。"又嘲张耆诗曰:"西鄙用兵闲处坐,可能羞见碧油幢。"又嘲执政曰:"密院中书多出入,不论功绩便高迁。金银一似佛世界,动便三千与大千。"执政怒,且以诗多及朝廷休咎,于是言于上,请诛之。仁宗曰:"狂夫之言,圣人择焉。古有郰漠哭市,其斯人之徒欤?"皇祐中,以为光禄寺丞。有诗云:"三圣艰难平九有,才当陛下守宗祧。太平日久还知否,官滥民穷士卒骄。""太阳日日无光彩,阴雾漫漫甚可惊。臣道昏蒙君道蔽,天垂警戒最分明。""太阴度度临南斗,南斗当寅属艮宫。月是大臣艮是主,何人敢尔窃天功。""太祖艰难恢帝业,庚申起历到庚辰。庚辰自是元九数,国事边机合鼎新。""大游太乙临西北,便有干戈动域中。五将三门如不会,漫言边吏尽英雄。""小游丙午归东北,内外宫中两相来。客算虽然二十五,其如迫胁也成灾。""好是四京兼九有,人人尽著窄衣裳。天垂美意还知否,急迫须忧万事忙。""取士只凭诗与赋,谋猷方略悄无声。今朝正是求贤际,又把科场引后生。""枉费民财修郡学,总言丞誉比文翁。其中只聚漂浮辈,教化根源恰似空。"道源,名浚,黟人,天圣中进士。读《易》,悟损益二卦,能通数,知未来。历官殿中丞,尝语家人曰:"吾寿终九九。"后至池州,一日起,盥沐,索笔为《春草》诗毕,端坐而逝,年八十一。殓时衣空,众谓尸解。后数年,有黄衣人持潜书抵滁,家人启封,持书者忽不见。书云:"吾本预仙籍,以推步象数,谪为泰山主宰。"

王梅溪诗

乐清之东,地名左原,中有古井,深数丈。时冬旱水枯,井仅盈掬。有女子数人提罂而汲,绠绝罂堕。俄有男子,锐然解衣,入井取之。既而石陷,声震山谷。井深石重,咸谓压者必齑粉矣。越三日,事闻于邑尉周,以职事来,环井而视,恻然嗟悼。命役夫具畚锸,扶石取骸,将以葬焉。自旦逮午,犹未及尸。俄而役者惊相告曰:"井底有声,其鬼物乎?"周曰:"此陷者不死,须吾以生。"于是捐资募出之,众力争奋。头颅稍露,而语可辨矣。土石撼动,势将复压,救者惊溃,周乃整衣焚香,叩井而拜,命工植板以捍石危堕。益以缗钱啖役夫,俾蹈死以救。时尚未饭,吏以进,却之曰:"必活人而后食。"日没井昏,继之以烛。用长绠系衾,挽而出,观者数百人,欢呼震动,嗟异之。梅溪目击其事,作诗一篇以纪。周名邵,字嘉成,婺州永康人。

君不见温公年方髫龀时,奋然击瓮活小儿。至今遗事在图画,活人手段良可奇。又不见耿恭昔年困疏勒,孤城凿井逾千尺。整衣一拜精神通,俄顷枯泉飞为液。乐清有地名左原,地幽井古知几年。一朝陷溺谁氏子,万石压脑沉黄泉。路隔幽冥生望绝,三宿沉魂岂能活。鬼神莫救功莫施,天遣仁人为之出。彩旆来临驱五丁,抉石求尸俄有声。头颅半露语未辩,人疑鬼物相视惊。拯溺辛勤功未果,土圮石敧纷欲堕。争言陷者不复生,救者徒遭颓压祸。梅仙恻然临井旁,焚香再拜祈彼苍。散金募众蹈死救,手植板干加隄防。土石相衔危不倒,斋粉余生仅能保。须臾夺命鬼窟中,万口欢呼喜填道。翕然舆论咸奇公,异事行将达帝聪。感物诚居耿恭上,活人手与温公同。况公才学俱超绝,吏隐那能久淹屈。使君前日飞鹗章,莅事详明已廉洁。鲰生桑梓居此间,具书目见非妄传。太史采诗傥见取,愿付银笔书青编。将见大书特书屡书不止此,史笔芬香此其始。

桂下十二子诗

竹子修、井子深、梅子先、桂子苍、兰子芳、昌阳子仙、黄子嘉、丁子素、柳子春、槐子夏、菊子秀、黄子野,有《咏史诗》一百六首,君自伏羲至周世宗,臣自由余至徐有功。

象棋诗

小艺无难精,上智有未解。君看橘中戏,妙不出局外。屹然两国立,限以大河界。连营禀中权,四壁设坚械。三十二子者,一一具变态。先登如挑敌,分布如备塞。尽锐贾吾勇,持重伺彼怠。或迟如围莒,或速如入蔡。远炮勿虚发,冗卒要精汰。负非繇寡少,胜岂系强大。昆阳以象奔,陈涛以车败。匹马郭令来,一士汲黯在。献俘将策勋,得隽众称快。我欲筑坛场,孰可建旗盖。叶侯天机深,临阵识向背。纵未及国手,其高亦可对。狃捷敢饶先,讳输每索再。宁为握节死,安肯屈膝拜。有时横槊吟,句法尤雄迈。愚虑仅一得,君才乃十倍。霸图务并弱,兵志贵攻昧。虽然屡克获,讵可自侈忕?吕蒙能臧羽,卫瓘足缚艾。南师未宜轻,夜半防斫寨。

刘后村诗

后村诗，自苌弘至刘蕡为十臣，尹伯奇至唐宁王为十子，伯夷至司空图为十节，许由至汾子钓者为十隐，荀卿至王通为十儒，孟之反至刘琨为十勇，广成子至孙思邈为十仙，瞿昙至誌公为十释，卫姜至卢江小吏妻为十妇，召南媵至绿珠为十妾，毛遂至周戴为十豪，鬼谷子至蒯通为十辩，墨翟至李卫公为十智，韩起至桑维翰为十贪，尹氏至冯道为十憸，巷伯至张承业为十嬖，神农至韩伯休为十医，巫咸至袁天纲为十卜，项它至阿买为十稚，漆室女至灵照为十女。各五言四句，寄意而已，其胪列未当也。

谢方石悼诗 注云：甲寅亡去诗一册，追念不已，因成四韵。

"胠箧分明奈尔何，鹤声一一已无多。朱弦自爱齐门瑟，白雪谁酬郢上歌。好事定应供覆缶，苦心宁复念填波。也知不是丰城剑，敢望神灵有护呵"。先生口吃，自为诗云："心自分明口不明，向人堪笑亦堪惊。可应黑白令难辨，大遣模糊过此生。"

项庙诗

项王庙有李山甫题诗云："为虏为王尽偶然，有何羞见渡江船？平分天下犹嫌少，可要行人赠纸钱。"俗传有云："仗剑为何怀旧恨？汉家今已属他人。平分天下犹嫌少，一纸金钱值几文？"虽非韵，亦自好。尝谓项王之死，正在不渡江，方有些气概。一下船便索然，生为擒虏，死为怯鬼矣。何者？初起兵时，气盛决死，席卷而前，自然成功。今一番英雄业已做过，业为逃虏，气竭情尽，勿论自家羞见人，江东子弟亦决不来助。杜牧之诗，真是可笑。惟王介甫独窥其深。

完颜亮入寇，至和州，于项王庙乞环珓。卜渡江，不吉，大怒，欲焚庙。俄大蛇出屋梁,后林木中鼓噪,若数千兵至,亮惊而遁。

白樱桃诗

樱桃有白者,韦庄诗云:"王母阶前种九株,水精帘外看如无。只应汉武金盘上,泻得珊瑚白露珠。"

香入云诗

高子章,兰溪人,能文章。晚年谓其友杜端父曰:"吾先世封树之地,两桂当庭,屹若古君子,对之则往昔之典刑俨然。吾取苏文忠公何氏读书堂语,扁曰香入云,子其为吾赋之。"端父随占近体云:"缘曾分月种,故发入云香。"子章曰:"似矣,请更散语。"端父再属长篇云:"山麓有庭存古意,不种凡花惟种桂。苔封藓剥迸鳞皴,雪劲霜顽耸苍翠。栽培岂解一日成,爱惜至今尤不易。来人不必问典刑,对此俨然前辈是。树前翁仲不可求,树下子孙能几世。子孙立竹满庭除,前人于此见心事。近年乔木几家存,是中林壑何阴翳。前人种树爱读书,种时已喻书中义。后人读书念前人,对树类能歌蔽芾。八月九月秋风高,金丹变化乘飘飘。朝元顾祖归寒殿,仙香直入于云霄。老兔痴蟾开鼻孔,奏彻虚皇应得宠。虚皇锡赉万琼瑶,赏君爱护月中种。"

双头兰诗

金似孙植兰于庭,自号兰庭。其兰忽开花双头,吴应奉为之赋诗,金和云:"手种盆兰香满庭,闲来趣味独幽深。敢夸双萼钟奇气,只恨孤根出晚林。长倩生男不得力,滕公有女谩萦心。援琴欲和春风曲,却对骚魂费苦吟。"《西京杂记》:长倩一生二男,滕公一生二女。金,男、女各二,故其诗云然。

瑞榴诗

嘉靖二十二年，瑞峰陆太学庭中盆榴，重楼并蒂，同郡太史程文德诗云："何处盆榴有异花，银台仙吏陆君家。已知多子非凡种，今见丹心更瑞葩。并蒂红蕖惭艳态，重轮赤日拥青霞。知君世德原忠孝，留福层层正未涯。"余姚都督佥事孙堪诗云："炎夏繁朱英，柔枝躺无力。烈烈婴秋风，昭昭露衷赤。"

竹生室中

括苍王叔诚为倪山长家馆宾，其斋室中生笋一茎，叔诚奇之，爱护勿折，长逾寻丈，干叶猗猗，有拔俗离群之意。叔诚因赋诗云："书斋壁左生孤竹，似与骚人伴幽独。高节不承雨露恩，此身已免牛羊牧。色侵书帙长猗猗，岁寒相守仍相知。吁嗟竹寿不可期，后人见诗当爱之。"童良仲亦有诗云："笋穿苔砌到书房，爱护成竿过壁长。秀色不须承雨露，高标应解避风霜。潇湘自此浑无梦，枕簟相亲倍觉凉。谩对短檠怜瘦影，渭川千亩亦俱荒。"豹峰陈叔仁构轩居林石间，亦有竹倚壁而出，中而不偏，正当客位，因号其轩曰宾竹。

石碑诗

赵灼题霍山诗曰："七千七百七十丈，丈丈藤萝势入天。未必展来空似翅，不妨开去也成莲。月将河汉随岩转，僧与龙蛇共窟眠。直是画工须阁笔，更无名画可留传。"得意甚。有老人自山而下，览诗，微哂，灼甚不平，揖问何从来，曰："某学道人，初无定迹，即昨宿处亦忘之矣。"因叩厓上诗何如，曰："气象颇佳，惜无远韵。"俄别去。尾之，至英山，有石碑，老人题其阴曰："百尺岩头佛阁前，淡云疏叶思攸然。岸边酌酒和清露，石上题诗惹翠烟。猿鹤泉声千涧合，芙蓉秋色万山连。清风似欲吹人起，去逐骑鲸汗漫仙。"忽不见，始知为异人也。

伯言应制

刘伯言,新淦人。洪武初,宋潜溪以诗文荐之,应制《赋钟山晓寒》诗,有"鳌足立四极,钟山蟠一龙"之句。称旨,授官,辞归,赐金帛。同时韦德显亦工诗,《至京重阳》诗云:"人在金台即天上,更于何处去登高。"人多称之。

诡谲秀才

吴徹,字文通,崇仁人。雅善吟咏,家贫落魄,好奇节。元末天下乱,为伪汉陈友谅所得,置诸亲密。友谅僭号,屡欲官之,辞曰:"愿就宾师之位。"友谅呼以先生。岁壬寅,友谅攻围豫章,高皇亲率舟师讨之,遇于鄱湖。友谅遣徹间行觇我,有缚以献者。高皇素闻徹名,释其缚,问曰:"闻汝能吟咏,试为我题《天闲百马图》。"徹应声上诗曰:"问渠何日渡江来,百骑如云画鼓催。九十九中皆汗血,当头一个是龙媒。"盖徹虽为友谅所遣,及仰瞻天表,即知天命有归,故为是言。高皇不忍杀,又度其不为我用,欲间疏其君臣,乃刺"诡谲秀才"四字于徹面,遣还。友谅果恶之,曰:"安有如此形容而可为我宾师者乎?"徹遂棹小舟,不告于众而行。后友谅败死,其次子理奔还武昌。高皇忿其城久不下,将屠之。忽军门外有自称诡谲秀才求见者,召入曰:"汝安得尚在此?"语良久,复命题《西山夜雨》诗,徹复进曰:"莫厌西山夜雨多,也应添起洞庭波。东风肯与周郎便,直上金陵奏凯歌。"高皇会其意,即下令还建康,命诸将守之。初,吴人将乘虚入寇,至是其谋乃寝。未几,高皇再行武昌,始下,比登极,屡下诏物色之,竟不出。永乐间忽归田,面色莹然,复出游搢绅。或以范增目之,而多其豫识圣祖,有增所不及者。

赋诗言志

刘伯川,泰和人。家富而轻财,年四十,有田数千亩。一日,悉散予其亲间,并臧获一切遣去,独与其妻处。敝庐数楹,仅蔽风雨,旦暮馆粥而已。平居不与俗人接,然善观人。邑人杨士奇,年十四五时,与陈孟洁谒伯川村中,二子皆其故人子,留款特厚。一日,雪霁酒酣,伯川命各赋诗言志。孟洁赋云:"十年勤苦事鸡窗,有志青云白玉堂。会待春风杨柳陌,红楼争看绿衣郎。"士奇赋即景一首云:"飞雪初停酒未消,溪山深处踏琼瑶。不嫌寒气侵人骨,贪看梅花过野桥。"伯川顾孟洁笑曰:"十年勤苦,只博红楼一看耶?"又曰:"不失一风流进士。"顾士奇,笑曰:"寒士,寒士,鼎鼐器也。"又曰:"人有不为也,而后可以有为,子其勉之。惜予不及见也。"后孟洁果登进士,为庶吉士而卒,而士奇官至少师,皆如伯川言。

少师生于袁州治南之凤台山,盖元至正末,其考名子将者,携家避乱而生公。公尝送袁守诗曰:"老夫犹记凤台生。"至嘉靖中,尚有别业存焉。

少师第几代孙寅秋,历官内外。当神宗中年,前星未耀,言路正塞,辑文贞四朝御札长短叶楮,汇封以进,因规时政,不报。寅秋字义臣,号飞瀑,有才略。以宪长征播,殁军中,赠太仆卿,荫一子。

野叟诗

杨文懿公守陈,其先未有仕者,至公与弟守阯、守随,相继发解,父子兄弟同朝者七人。居第在县南镜川,有野叟作诗一律献公云:"昔年曾向此中过,门巷幽深长薜萝。令祖先生方振铎,贤孙学士未登科。将军曹氏坟连陇,卖酒王婆店隔河。今日重看新第宅,烟波缓棹听弦歌。"公叹赏不已。谓叟曰:"君诗诚吾家传也,珍藏贻后。"欲饮食厚馈之,固辞而去。

诗　　句

吕紫薇诗云："春尽茅檐低着燕，日高田水故飞鸥。"其《滕王阁》诗云："小艇元从天上来，白云自向杯中落。"

"种树留春住，编茅待雨过"。

僧灵准诗云："晴看汉水广，秋觉岘山高。"

朱震，字震之，安吉人。少好学，为晦庵先生所赏，恬澹不仕。灯夕，里人招之不往，谢以诗曰："赖有半窗知我月，已多一点读书灯。"

张之翰有《镜灯》诗云："一池铅水藏真火，半夜金星犯太阴。"人呼为张镜灯。

温州永嘉县民朱良观、良直，信妇言，争财而讼。时何文渊为太守，知其故，以天伦大义劝谕，判辞有"只缘花底莺声巧，致使天边雁序分"之句，其人感泣，退修亲睦。

余入楚，从马行沙中，没踝，迹深数寸，舆人曰"马坎儿"。又武陵溪中架鱼梁，以其网迟捷，因水缓急，甚有制，余友温允文深喜之，赋诗曰："沙晴销马坎，水激斗鱼梁。"真妙句，可入唐选。

"五湖三亩宅，万里一归人"。此王右丞诗也。允文用为门联，余曰："子出门才得几步，乃用此。"惟永乐中祭庸，戍士也，年二十余，于万全独洲洋为贼所俘，至日本，投其国僧，祝发为浮屠。久之，乘间泣言："母老在堂。"僧恻然，白其主，得释，遂率其徒赋诗，名"万里一归人"卷以赠之。及归，母尚无恙，而庸已七十余矣。

祝　融　口　号

祝融峰有道者，口号云："大道应修及早修，世间万事总虚舟。劝君莫恋黄堂印，归到青山免白头。"似为本处太守来游而讽之者。

遇李全诗

罗一峰之谪,虽由李文达,实学士陈文主之。文死山阴,薛御史纲以诗挽之,有"九原若遇南阳李"之句。今录其全文于后:"学士先生早盖棺,薤歌声里路人欢。填门客散名犹在,负郭田多死亦安。盐井已非今日利,冰山不似旧时寒。九原若遇南阳李,为道罗伦已复官。"

大明易览

天顺四年五月丙子朔壬午,江西万安县民罗学渊录诗歌三百余首,名《大明易览》以进,中有《咏犬蚤虱》,嘲丑妇及阿谀当道,词多谬妄。上览之怒,出其诗,命法司锦衣卫会诸大臣廷鞫,坐造妖言律斩,命禁锢之。

中兴诗

一名公谒显陵诗云:"圣主中兴陋汉光。"诗家用语跌宕,自不甚拘。虽然,汉光何可陋,惟我太祖远过汉高,陋之或可,然要非太祖之心。世宗入继大统,断续之间,能革弊政,则可;谓曰中兴,非少康、光武不足当。臣子谀语,那可承袭入大家作手。

走马灯诗

余与董伯念分咏走马灯,董正雄盛,余结句曰:"炎炎谁税驾,蜡尽是归程。"伯念捏纸耸然。黄平倩亦有诗云:"团团游了又来游,无个明人指路头。除却心中三昧火,刀枪人马一齐休。"更快。一云:平倩诗见杨用修集,未及考也。

俚诗有本

茅鹿门先生,文章擅海内,尤工叙事志铭,国朝诸大家皆不及也。晚喜作诗,自称半路修行,语多率易。次子国缙登第,喜而口占曰:"堂前正索千金赏,门外高悬五丈旗。"闻者皆笑,然黄滔已先之矣。滔《放榜诗》曰:"白马嘶风三十辔,朱门秉烛一千家。"御试曰:"九华灯作三条烛,万乘君悬四首题。"以古准今,如出一手,然则先生未可笑也。

赠内一联

徐夤,莆田人,乾宁中进士。海内多故,依王审知,叹曰:"丈尺之水,安能容万斛之舟。"隐居终身。其妻字月君,有《赠内》诗。中一联云:"神传尊圣陀罗咒,佛授《金刚》、《般若》经。"即此堪偕隐者矣。夤有《探龙》、《钓矶》二集,作诗甚多,中以东、西、南、北为题。

诗谶

彭教字敷五,吉水人,天顺甲申状元。有才气,颖敏善属文。在翰林,稍收敛,过于刻厉,作诗时遇讥讽。状元张升归省,钱以诗云:"何用有才如董贾,不愁无命到公卿。"或云:"上去二字,可为教挽词。"未几卒,年四十二,人以为谶云。

华空尘

华鳌,章丘人,以绘事妙天下。每落笔,辄题咏其上云"空尘诗画",故邑人称曰"华空尘"云。兼工诗,其佳句云:"秋老留红叶,风来转绿蘋。""雨霁闻啼鸟,风停数落花。""炉头留宿火,花径锁秋云。""爱此疏林月,兼之一磬清。"评者谓有庾、鲍之致云。

集 杜 诗

自古名臣才士困厄者多读杜诗,且集句遣闷。如洪忠宣困松漠、谪岭表,文丞相囚燕中,皆沉酣于此,若与饮食俱。盖悲壮感慨,即景会心。真是穷苦中好友,即此便非诸家可及。

夏 忠 靖 诗

夏忠靖公曾宿我湖慈感寺,有"贝叶晓翻龙侧耳,珠光夜吐蚌倾心"之句。又登道场山,有"泉进石梁存虎迹,峰名金盖拥螺鬟"之句。俱切实可诵。公之父名时敏,洪武癸丑,以布衣召,有"才学俱优"之褒,授本县教谕。

处 士 和 韵

顾荣,吴人,晋名臣也。今吴人亦有顾荣,字大显,以处士称,能读书,教授里中。有两尊宿,人无敢抗,荣与接。一日,为百韵诗,驰云:"立索和。"困之。荣不视,令门人唱韵,倚席趣成。还报,词又赡美,两人大惊。有恶少酬酒,格伤之,默不校。他日遇诸涂,其人愧匿,呼与揖。或曰:"巽且过矣。"荣曰:"向彼为酒使耳。即求以报,不仇酒乎?"俭朴惜福,乡人爱重之。孙云凤,进士,守京兆,有名。今驻常熟之顾墩。

国 贤 诗

邵二泉有《国贤诗》一卷,皆以哭李西涯者,辞极悲怆。陆俨山深与修撰何粹夫瑭、盛希道端明,谒文正于私第。议及国事,公手挥双泪不能已。俨山以诗哭之,末二句云:"白发门生伤往事,每看忧国泪双涟。"邵、陆皆贤,虽门人,决不阿所好。其言如此,则西涯之为人可知,未可轻议也。

作诗送券

江西赵尚书与常省元园相近，百计取之。一日，常作诗及券送之，诗曰："乾坤到处是吾身，机械从来未必真。覆雨翻云成底事，清风明月冷看人。兰亭禊事今非晋，桃洞仙人也笑秦。园是主人身是客，问君还有几年春。"尚书惭，归其券。

王 翰 土

王翰，松江人，凶暴淫虐以死，潴其宫久矣。后乡人钱溥学士还里修宅第，用丁夫筑基。有老人趋事甚勤，慰之曰："负且勤，土甚美，何自来耶？"老人释负对曰："个便是王翰土。"钱且愧且骇，遣老人使去。某公因即其语为乐府以讽焉。

钱学士，瀛洲人。玉堂金马当青春。归来故乡广田宅，筑室役使官家民。不问老与少，荷畚负锸来乡邻。老父负土殊殷勤，学士慰劳方逡巡。对言此乃王翰土，学士流汗麇而嗔。君不见，翰之恶，通于天，翰之死，何足怜！讵知富贵不可逞，覆车之戒犹昭然。学士读书破万卷，底事老父之言是殷鉴。

鸡 伏 雌

山中田家有鸡伏雌，无脚，鼓翼而飞，盖晨牝也。范平仲有诗云："群鸡唱罢山月落，一鸡峨冠却无脚。䐑䐑膊膊转雌声，乃与雄鸡相对鸣。有翎飞不高，无足胡能行？徒为牝晨祸门庭，羽毛之孽何由生。气淫运乖非祥祯，德辉之鸟翔千仞，安肯下食与尔相喧争。"

猛 虎 行

壬子夏六月，有房中降人，驱百马入塞。遇饿虎三四自林中突

出,噬其半以去,降人仅身免。许松皋为赋《猛虎行》:

边城猛虎日蹲峋,厉爪磨牙过豻貐。不能噬虏偏噬马,饿枭突起谁为虞。昔年败北昆阳战,今见穹庐益股抃。降人万死幸归来,何意遭罹恣蹂践。择肉能飞似暴秦,考精解学九方堙。一吞数十未属厌,咆哮犹睨道旁人。何不结徒啸侣靖虏窟,云锦千群还塞槛。降人驱马能几何,充尔一饱无遗骨。安能弘农化太行,渡河北去惠苍生。又安得中黄逞绝技,手搏太行驱尔类。

小国引道神

广东有道士,年九十九,状貌奇古,目光射人。自言来自交趾,别号漫叟。因渡海船坏,结庵于金仙水石上。养一鸡,大如倒挂子,日置枕边,啼即梦觉。又畜一胡孙,小如虾蟆,以线系几案间,道士饭已,即登几食其余。又有龟,状如钱,置金盒中,时使出戏衣褶。常以诗自娱,诗云:"流动乾坤影,花沾雨露香。白云飞碧汉,玄鸟过沧浪。月照柴扉静,蛙鸣鼓角忙。龟鱼呈瑞气,无物汗禅床。"僧惠洪见之,戏曰:"公小国中引道神也。"后莫知所之。

季方小西湖

岳季方,以阁臣出为兴化太守。城中有水自西来,堰而汇之,立石为记,题"小西湖"三字,遒劲有韵。媚曹、石者因腾谤书。彭惠安郡人也,力明无他,仅得致仕。公薨,几上一纸飞下,中有一绝句云:"年来为恋小西湖,尘世飘飘一幻躯。日下云生扶挂杖,天边露滴挂冰壶。"宛然手笔。其子亟入公旧书室,见砚有墨汁,笔润如新。

石东梦思

叶天裕,字顺父,号石东,洞庭山人。工诗,有警句。年三十余,娶妻于吴江,遂家焉。万历初,有故人官于湖湘,往访之,去三年不返。或传初去，卒于丹阳道中。县令知其诗人，买棺敛之。其子扶柩，令复资之以归。及启视，发黑不类，姑葬于所居之旁。复有传叶题诗于太白楼，岁月识甲戌云。徐鲁庵先生有诗云："湖海萍踪任所之，杳然长去失归期。诗瓢零落今安在，旅榇虚无汝自知。远宦故人曾遇否，留家稚子但传疑。游魂只道乡关近，频向清宵入梦思。"

四喜添字

相传有四喜诗曰："久旱逢甘雨，他乡遇故知。洞房花烛夜，金榜挂名时。"隆庆戊辰科，有以教官登第馆选者，吾师山阴王对南师相戏曰："四喜只五言，未足为喜，当添二。"曰："十年久旱逢甘雨，万里他乡遇故知。和尚洞房花烛夜，"某公大笑曰："莫说，莫说，是教官金榜挂名时了。"闻者绝倒。壬辰科，闽翁青阳正春，以教官登第，赐第一甲第一名，余同馆黄平倩戏曰："四喜七言犹未了当，当于后再添三字。"众问之，曰："第一句添曰带珠子，二曰旧可儿，三曰选驸马，四曰中状元。"翁闻亦解颐。

谑　诗

郁勋弱冠为华容令，素戏谑，作诗曰："华容知县是区区，三甲多因不读书。县丞主簿皆僚友，通判同知总上司。忙里无心吞冷饭，闲中有口嚼干鱼。前世业缘今世苦，华容知县是区区。"

吴明卿二子皆肥而矬，又皆饶才致，喜谭谑。常往谒汪伯玉，辞归索赠言。汪知其好诙谐也，乃口占云："秦伯由来有后昆，身如泥塑面如盆。喘月一双肥水牸，拜风两个壮江豚。并肩尽教填深巷，独立还堪塞大门。"其弟自谓稍清于兄，乃启汪云："小侄不似家兄太胖，老伯何不少分别？"汪即应声云："我正无结句，只以兄此念足之：悬知橐驼无君分，不必争长踣脚跟。"

秋蟾诗

范秋蟾者,台州塘下戴氏妻也。琴棋书画,靡不所精,尤工音律。一日,其夫与客同赋诗吊泰不华,未就,秋蟾出一律曰:"江头沙碛正交舟,江上人怀百战忧。力屈杲卿生骂贼,功成诸葛死封侯。波涛汹汹鲸横海,天地寥寥鹤怨秋。若使临危图苟免,读书端为丈夫羞。"时戴与方国珍婚,张士诚遣能诗妓女十余来觇,国珍送至戴,与秋蟾角艺,无所轩轾。及其行也,秋蟾又制一新词,被之管弦送之,凡十章。张妓大服。后戴将败,妇女皆淫泆,为桑间之音。一日,忽童谣曰:"塘下戴,好种菜。菜开花,好种茶。茶结子,好种柿。柿带乌,摘个大姑,摘个小姑。"已而洪武末年,戴之家竟籍没,惟出嫁二女在,此其先谶云。

丐诗

诗丐者,乐安人,李姓,名兴生。年六十七,患风痹蹩𦂁,口箝,眼㖞,手挛。欲食则仆卧于地,乃能下咽,欲言则画地作字,始逢其意,然颇能诗。董侍御时望未第时,在乡会中,丐适至,佥令献董诗,丐首肯,须臾就。中云:"雕鹗直抻霄汉远,龙泉高射斗牛光。清时早展为霖手,莫遣苍生望八荒。"董礼而食之,欲使养于官,辞以老母在,遂为述其事。时望,成化甲辰进士,孝友廉洁,有《雪峰稿》。

怪诗

宋时渝川谢谔、胡昱,读书于峡江之顶。山寺夜坐,窗外有声,破纸隙窥之,霜月皎然。小木桥有一物,如黑猕猴,蹲其上。须臾,又一物,如枯槎,长二三尺,与对蹲。俄而逡巡起,黑者先吟曰:"风定长林静,云深片月沉。"诵之数过,白者续曰:"寒霜打枯骨,夜咏髑髅吟。"互相称赏。忽寺犬自窦突出,且吠且逐,俱跳而去。

宣德间，安福华严寺僧忽于月夜见两矮男子行吟，其一云："几度人间结善缘，百花丛里闹喧天。鸾凤一去无消息，独坐空阶五百年。"其一云："梵语无多语，空门即善门。夜深风露冷，有口不能言。"后顷之渐没入地，循迹掘之，得无舌铜铃一，铜钹一云。

诞　妄

姚嗣宗《题崆峒山寺》与张元《雪》诗，宋人以为奇而夸之。姚曾入希文幕府，亦一无表见。此等事皆庸流不得志者作诞妄语欺人，可唾，原不足称诗。或者乃以此等人为豪杰可用。善乎，袁盎之言曰："夫吴安得豪杰而用之？使吴有豪杰之士，则劝王不反矣。"

赋

赋之名色最多，乃杨夔著《溺赋》以戒田頵，则又可笑矣。頵事杨行密谋叛，而颇好文士，故夔依之。戴令言赋两脚狐以讥杨再思，亦此意也。

《六合赋》已自可笑，至黄滔有《太极赋》，甚于《六合》矣。又有《乾坤篇》，虽非赋体，乃亦赋之意。其余东西南北之题，又纷纷不可纪也。

游客酬缣

徐寅，唐末号能赋。谒朱全忠，误犯其讳，全忠色变，寅狼狈走出。未及门，全忠呼知客，将责以不先告语，斩于界石南。寅欲遁去，恐不得脱，乃作《过太原赋》以献，其略曰："千金汉将，感精魄以神交；一眼胡奴，望英风而胆落。"全忠大喜，遗绢五百匹。全忠自言梦见淮阴侯，受兵法。一眼胡奴，指李克用也。又张齐贤记云："梁祖读至此，令军士讽诵之。"敕一字酬一缣，不责前事。

书 家 之 祖

董北苑曰：刘景升为书家祖师，钟繇、胡昭皆受其学。然昭肥繇瘦，各得其一体。景升即刘表也。表初在党人中俊、厨、顾、及之列，其人品之高可知。《艺文志》有《刘表集》，今虽不可见，然《三国志》载其《与袁尚兄弟书》，其笔力岂减崔、蔡诸贤，翰札之工，又其余事耳。

曼 卿 大 书

石曼卿真书大字妙天下。湖州经史阁石学士书，焦澹园移书问之，觅宫墙，已亡之久矣。必有沉沦处，再当加意。

草 书 第 一

张士逊生百日始啼，既拜相致仕，仁宗遣使劳问，御书飞白千岁字赐之，士逊因建千岁堂。卒年八十六。子友正，杜门不治家事，居小阁学书，三十年不辍，遂以书名。神宗评其草书为本朝第一，古帖中时时有之。

伪 赵

陈谦，字士谦，姑苏人，居京师。能楷行书，专效赵松雪，华媚可人。时染古纸，伪作赵书，猝莫能辨，购书者踵接户外。势家贵人，每酬以金帛，用是起家。年七十余卒。家所蓄古书名画，其子并其屋一日尽粥，人多伤之。

书 法 论

李善长之父号憩庵，善大书，撰《书法论》。

扇 上 山 水

萧贲,齐文宣王子恞之孙也。形不满六尺,神识耿介,好学,有文才,能书善画。于扇上图山水,咫尺之间,便觉万里为遥。矜慎不传,自娱而已。好著述,有《西京杂记》六十卷。

幸 蜀 图

宣和中求画甚急,而《明皇幸蜀图》以名不佳,故不敢进。徽宗微闻之,心动,曰:"此天也。"果有北辕之祸,终不能逃。

村 梅

萧州有大梅树,如数间屋,苍皮藓斑,繁花如簇。杨补之日临画,大得其趣。以进徽庙,徽庙戏曰"村梅"。因自署"奉敕村梅"。更作疏枝冷叶,清意逼人,而徽庙不及见矣。南渡后,宫中张其梅,蜂蝶竞集,惊怪求之,补之业已物故。

毛 理 浅 深

牛、虎、鼠画毛,马不画毛。沈存中谓鼠小可画毛,马大则否。牛、虎深毛,马浅毛,理须有别。余谓虎之威在耸身振毛,牛大,鼠小,毛皆可画。马在神骏,骊黄牝牡之外,只著色,不著毛,此古人微意。

元 章 来 去

米元章少名黻,其印文曰火正后身之印,生于皇祐之辛卯,卒于大观之庚寅。出守淮阳军,将殁,预告郡吏以期日,即具棺椁。时坐卧其间,阅案牍文檄,洋洋自若也。至期留偈句,自谓来从众香国,其去亦然。舁归,葬丹徒五舟山之原。婿吴激为金翰林直学士,有文才。

墨　梅

赵文敏喜画墨梅,印以"水晶宫"图书。杭州有玛瑙寺,或戏以为对,遂弃此不用,而梅亦少画。此可与滚马之说相表里。

常　国　宝

世庙末,以书学校士,入彀者饩于官,金陵人常国宝为首。久之,以印局大使,为府照磨县丞。数平巨盗有功,致仕归,色养三十年。向学,刻苦自励,能诗歌,恬澹,超然物表,亦奇士也。

逸　致

蔡一槐,字景明,晋江人,佥楚臬。黄有苏子瞻祠,乡贵人请以为居室,不许;贵人他请,得之。一槐过黄,则贵人室已成,必复之毁而重建乃已。寻迁东粤参议,坐前构失官。有逸致,爱法书名画,善小楷行草,作墨兰、石竹,具有意态。琴弈寄意,对客弈,至忘日夜。拳石片砚,古董小物,玩弄移时,不知饥饱。一草一花,静观独会。罢官后,遂游江湖间十余年,敝履布衣,莫识谁何也。年八十余卒。

似　王　韦

陈勋,字元凯,闽县人。魁庚子、辛丑乡会榜,历文学博士户部郎。谢病归,终日扃门却扫。尝一至乌石山,闻客声即走。谈佳山水,心辄动,畏客辄不往。其友董见龙嘲曰:"世皆如子,直须以环堵为天地,即日月山川,皆为空设矣。"大笑,不为意。指庭间花石瓦水盆:"此非吾之五岳江湖耶?"其为趣如此。多材善画,妙有词翰。虽不出户，日揩揩笔砚间，有以自遣。其拈笔，造次必择言，不为近语。诗入唐人室，字与画皆精妙，人宝贵之。见龙评曰："读其所作，如入清溪棹晓月，两山倒影，荡漾于舻楫之下，而空明激射，如近如远。其清言莹骨，雅步绳趋，不失尺寸。酌于古今之间，动中伦虑，亦似其为人。"又曰："元凯盛年独居，似王右丞；终日焚香，默坐寄怀，清远似韦苏州。"然右丞有辋川差足乐，元凯贫无一林亭可适，卒而后有绍兴之命，视之苏州，犹为不遭。然其出处语默，萧然韵致，则二子莫之先也。

宝谟

近见嘉兴一刻，谓宋有宝谟阁直学士，阁中所贮，乃熙宁、元丰实录，正新法用事之时，以为宝谟。则用人行政两失，且以名官，是明为士大夫立党。其说甚佳。考宋朝诸帝，多优文事，兼长书画。每易一朝，必立一阁，贮其著作，曰龙图，曰天章，各自为名，各置直学士。宝谟为神宗而立，非为新法，亦非为实录也。至徽宗乃立书学、画学博士，书则米元章，画之流传甚多，佳者识以御宝，非徽宗笔也。

鹰马

余镇中有御书阁，相传为宋高宗南渡过此，留徽宗画鹰一幅而去。又赵松雪有《滚马图》一卷，僧世守之。袁胥台戍我湖，宿其处，题曰"御书阁下鹰还在，名义庵中马尚存"。名义一曰法华，即御书所创处也。今庵阁如故，而二物失之已久。且胥台见时是嘉靖初年事，失去是六十年前事，盖小沙弥窃出，归董氏质库中，仅得银二两。事觉，僧往赎，不可得。诉于太宗伯浔阳公，公厚赠留之。然非所甚好，为苍头持去，不知归何处。乃孙青芝祠部问于祖，不应，细访求，绝无踪迹。盖妙画通灵，必鬼神所宝，化去久矣。

梅　　蛇

镇西北可十五里，曰梅林。中有大梅树一株，可设三十筵。宋高宗过浔，宴其下，因称曰上林。方到庵，有一巨蛇，冲水昂首而至，众鱼尾之，日夕为常，若有意者。高宗举笔题其首，作小画，泣下，怀之而去，至镇南五里古寺中宿焉。今有康王桥，桥之西为康王寺，废已久矣。一老儒每言，镇之大桥下，常有巨蛇，横亘如木，舟碍不得行。又居人数逢于路，两眼如灯火，见顶上有"康王"二字。又或蟠于店楼上，弟不伤人。人既数见，亦不为异。盖其时人烟尚稀，最初高宗过之，乃一荒落，见草庵景致，不觉留连。今聚且万家，人物日盛，蛇亦非容身之所，老者死，幼者不及闻，离人口角且五六十年。天下大矣，何所不有？姑记之，亦镇上一件志怪典故也。

好　　谭

王弇州不善书，好谭书法。其言曰："吾腕有鬼，吾眼有神。"此自聪明人说话，自喜、自命、自占地步。要之，鬼岂独在腕？而眼中之神，亦未必是真，是何等神明也。此说一倡，于是不善画者好谭画，不善诗文者好谭诗文，极于禅玄，莫不皆然。而袁中郎不善饮，好谭饮，著有《觞政》一篇，补所未足。尝见某公文集，门门皆有议论，皆有著作，亦是此意此法。要之，可传者别自有在，决不以兼通并晓，推而冠之九流百家之上也。古云：知者不言，言者不知。吾友董玄宰于书画，称一时独步矣，然对人绝不齿及。戊戌分献文庙，斋宿，余问曰："兄书法妙天下，于国朝当入何品？"曰："未易言也。"再问曰："兄自负，当出祝枝山上，且薄文徵仲不居耶？"玄宰曰："是何言！吾辈浪得名耳，枝山尚矣，文亦何可轻比？"因举笔写十余文字曰："着意写此，曾得徵仲一笔一画否？"看来此句是真心话。又黄昭素尝曰："假如各经咒，佛遇佛，方解得讲得。"云栖和尚曰："它乡人说乡语，只是自家晓得。"佛图澄听铃音，与麻襦问答，岂容它人插入片语耶？

卷之二十三

元定推演

绍兴辛巳，蔡元定在显庆堂推演后世子孙休咎，赋云："显庆堂将后世推，子孙绍复承吾书。四传学业家还在，五世因贪人产除。缵俗流风六七代，继兴遗迹八九渠。数终轮奂犹有代，御史尹仁为吹嘘。"厥后子沉集《书经》传注盛行于世，而孙模、杭辈相继表扬，曾孙希仁以贪酷籍没。成化丙申，巡按御史尹仁入关，夜梦一老人嘱求栖身之地，叩其姓名，曰蔡某也。及至建阳，访蔡氏子孙，得其所传家谱阅之，见西山推演后世之诗中，预有姓名，不觉悚然。即捐俸为建传心堂，盖其赋毫不爽云。晋江蔡松庄先生云："周子出，则生一邵子知数学；朱子出，则生一季通知数学，其揆一也。"

兴复旧窝

洛邑水南，两农相哄，讼于府，言耕时有石一方出田中，其一云己耕田而得之，一人云出自己田中，纷纭未已。守郡者舁其石于府，视之，有文曰："大明景泰己亥，知府事者虞廷玺为我复兴此窝。"博古者辨其地，知其为康节也。往视之，尽为禾黍。遂于其处辟地建祠一区，复上书巡抚，大兴殿宇，殆至百楹。

太乙数

我湖甘泉先生吴琬精皇极太乙之学，人有就学者，多不能尽，惟何天衢尽得其术，自知咎征死兆。何，湖广营道人，字道亨，官浙藩臬长，平汤毛九之乱，升工部侍郎。

石　蟹

邹浩谪居昭州，以江水不可饮，汲于数里外。后所居岭下忽有泉，浚之，极清冽，名曰感应泉。乱石之下，得蟹一枚，自放于江，曰："余至五岭，不睹此物数年矣。乱石之下，又非所宜穴处也，何从而出邪？《易》不云乎，物不可以终难，故受之以解。蟹者，解也，天实告之矣。蒙恩归侍，立可待矣。"未几，泉忽涸，疑之。有人至门，厉声呼曰："侍郎归矣。"求之不可见。次日，果拜赦命。杨龟山挽诗，有"泉甘不出户，客至岂无神"之句。

龙　驹

蒋粹翁，政和人，宋季为太学生。元混一天下，遂归隐于满月山。尝言其先世家九峰山下，畜一牝马，舍侧有龙潭，马入浴其中，龙与之媾而生驹焉。龙首马身，状如负《河图》者。有父老曰："昔仲尼笔削六经而麒麟出，今朱晦翁表章《四书》而龙马生，圣人之瑞也。"晦翁闻之，逊不自居，谨视刍秣，后牧于山林，竟失所在。

蛙　鸣

钱恭惠王镇明州，浚治前清澜池以御火。既而太守李夷庚复浚之，以其土益镇明岭之库薄，壮州治案山之势。池与州学泮池，春间蛙大鸣，夷庚禁之不鸣，鸣时必兆抡魁，有验。

宝　山

平江伯陈瑄以四十万众修海塘八百里于嘉定东南，筑土高三十丈，为海舟表识，文皇赐名曰宝山，亲为碑文。先是，居民每望其地有山影，至是乃成，若有神兆之。

巨儒之象

宣德癸丑，温州守何文渊于明伦堂集诸生讲书，有群蜂拥一巨蜂集楹间，声闻如雷。顾谓诸生周旋曰："蜂有巨儒之象，来科状元，子必当之。"周果及第第一。

脢庵

刘文靖官修撰时，有荐为督学者。文靖筮之，得咸之九五爻："其脢，无悔。"公曰："此周公教我也。"自号曰脢庵，今人皆误书为晦庵。如祖逖，字士稚，今俱误曰士雅，如此类甚多。

甲乙之料

章枫山先生居白露山下，好奖接后进，和易不事边幅。每对诸生云："甲子以后，天下必多事。"乙丑，孝皇宾天，果有刘瑾擅权之祸，岂心灵豫识，抑别有术数致之耶？

祷兆

刘五清瑞，成都人，以检讨忤逆瑾告归。时江水险恶，奉母侨居澧州。有奸人谋害，倡言曰："斯必逋逃人也。奏于司礼监，可立杀。"乃密怂一恶少，持奏北上，阖境汹汹，谓祸且叵测。刘亦自分必死，祷于城隍神，兆曰："此蠹贼，庸何伤。印绶自天，在火之年。"瑾得奏，快甚，将捏旨来逮。忽眩而止，既苏，掷去不省。明年，寘鐇反，果肆赦，瑾亦及诛。奏者逸去，奸人讫不敢逞。计其数，庚午六月也。为作记，著其神，后官至礼部侍郎。

肆器修祀

漳州学乐器久坏,太守陈洪谟遣人求泗磬,请神乐观知音乐羽士,选俊民百余人肄习,仍刻《大成乐谱》传焉。适琉球使者过漳,闻而来观,皆合掌捧手,称叹而去。一日,习仪开元寺,见寺后有朱文公祠,已敝坏,祠后有峰,僧庐其下。仍旧额扁为芝山书院以事文公,陈北溪、黄勉斋、蔡九峰为配,又遴选庠生数十人读书其中,士习丕变。郡父老相传,文公尝遗一联云:"十二峰送青排闼,自天宝以飞来;五百年逃墨归儒,跨开元之顶上。"盖若有待云。守漳之三年,畬人居海滨者,见有大鸟飞过,遗一尾于水边,长七八尺,五采炫焕。众以为凤尾,拾以来献,命置之库中,略不为异。后镇守太监遣人来取,答以火焚,乃得止。

书院燕巢

繁昌县治旧俯大江,后有缥缈台,形胜极佳。天顺初,县内徙,其址为豪人所占。后夺归官,又有侵者。万历四十年赎出,建同仁书院。凡有名士出,则院中结一燕巢。

阁额

四川梁山县举人来知德,字矣鲜。有高行,邃于《易》,学督抚交荐,授翰林待诏,不出。额其阁曰优哉。郭青螺素相善,闻之,曰:"来不久矣,优哉游哉,聊以卒岁。"未几果殁。

谣乩

吴淞江久湮,童谣云:"要开吴淞江,须是海龙王。"人谓工决难成。后巡抚海忠介倡议开浚,而董其事者,则郡同知黄□□、推官龙宗武也。其言始验。是时两月不雨，工亦易集，殆有天意焉。又江山县久无城，议立，辄不果。有叩乩者，批曰："江山县欲成，直待金龙兴。"后知县余一龙至，城之，盖合余之姓名也。

吴江一士夫家扶乩者，有神至，众未问而笑，乩曰："诸生何笑？"对曰："我笑汝未必神耳。"乩曰："诸生能解谜否？"哄且笑曰："我辈能做文章，何况于谜？"乩曰："有二字作一谜，与汝猜。词曰：长十八，短八十，八个女儿低处立。混沌看来一个字，四面看来四个不。"众皆不解。又曰："我辈只会文字，何暇及谜。"乩曰："尔说会做文字，如何考了四等第二？"盖为首一生近考名数如此，乃大骇服。又曰："费氏到至诚，里面拜我。"盖主母在内行礼，已先知之。于是众咸拜问谜是何字，则"楼米"二字也。

拆　　字

郭中丞青螺与蔡见麓冢宰同官于浙，是时冢宰为右方伯，有引去意。一日，坐弘济堂，冢宰曰："子为我拆一字。"指堂扁"弘"字。郭曰："公为何事？"曰："子只拆字，不必问事。"郭曰："公意将引去，而数未能。"公曰："何也？"郭曰："弘字左为弓而无丨，是未能引；右为厶而无土，是未能去。"公笑曰："奇哉！"郭又曰："非徒如此也，堂扁有'济'字，公将开府齐鲁，或操江。又不徒如此也，'堂'字，尚书而后归土。"公笑曰："是太穿凿。"后其言一一验。

赠　砚　钱

卢某号东楼，扶沟人。尝供郾城传役，见分宜舍人横索邮卒，仰而呼天："异日幸有儿贵，愿勿效若人为也。"主者闻而异之，以一砚为赠，曰："此经生所遗，为若子兆。"受之出，遇人操一大钱，狂呼于市曰："蚤登科第。"因以相赠，又受之。视其文，喜曰："天所赐也。"归示诸子，且告之故，使各勉焉。一日，有羽衣诣门与语，语竟，入语妇曰："道人来呼我，我行去矣。"遂卒。子傅元，万历丙戌进士、副使；兄弟五人,皆有官职。

堂上金紫人

建阳豪民吴璋,以财横乡曲,亲疏甚惮之。每坐堂上,无敢过其前,必窥伺不在,方敢入。弟十九郎,因窥隙,见金紫人向堂立,后有服朱绿数人,少长俨立,惊异之。疾走入门,乃无所睹,私喜为家庆。未几,璋以不法,为邑丞所治,至窜流远方。弟亦连坐,黥徙袁州,家赀皆籍没。刘侍郎岑买其室居,缘是为请袁守,免其弟归,因得服役门下。适刘当岁除享祀,偶于壁隙窥之,金朱绿袍,恍然曩日所见者,始以语人。

蹇太师父子

蹇英太师,忠定公之子也。娶冯氏,久未有子。忠定公请杨文贞制词,祷于神乐观,斋沐亲往。梦有人语以道士写祈文有误,视之果然。遂生二子,长曰霖,中书舍人;次曰霈,尚宝丞。英侍忠定,邻有隶卒服某侍郎之役,疽发背,委于涂。见而怜之,延刘御医疗之,得不死。游句容,寓崇明寺,寺有中官一仆,亦患背疽,垂毙,延医士张荣疗之而愈。后英患肺疾,甚剧,医勿效。一夕梦神人告曰:"毋忧,吾为汝增福寿矣。"疾果平。

木龟

郑赐为礼部尚书,待漏直庐。梦神人肩一龟遗之,公盛以槃,视之,乃木龟也。觉而语同列曰:"吾其不食已。"越三日,俟命内庭。日将晡,忽眩瞀不能支。僚吏掖出,登肩舆,至部,喉中有声轰然,汤药不下咽,夜二鼓,逝矣。

际昌时

杨石斋少时，尝梦天门开，遥瞻卓楔，曰："际昌时而公显。"其老也，复梦天门开，有二幡导公冉冉以去，而公卒。公殆天人，禀间气而生者耶？公在位，一辞伯爵及太师太傅，二辞锦衣卫千户荫，三辞文职四品世袭荫。

神人纸署

严文靖公尝梦神人出二纸，一署文正，曰："此以授华亭徐相公。"其一署文清，曰："以授相公。"后华亭谥文贞，解为正；公谥文靖，点画亦相近。而徐方当国，严居冢宰，同心辅政，神告之矣。

高沈徐先兆

高文端南宇，少遇老僧，与谈，意合，留之。僧言未然事，奇中。高询以科第、名位、年寿，皆得其概。并欲问卜葬处，久不敢言。僧令携楹过藕花居，向一桑柘隙地，坐即偃卧，少时而起，公亦未解何意。后公卒，赐葬，卜穴，正其卧地处也。又沈继山少遇一星士，推算终身事，历历皆验。江陵夺情上疏，谪电白，病垂死，叹曰："某言皆验，独此乃大谬邪？后日荣遇，付之鬼录矣。"少顷，算者至，细阅前书，曰："已悉，必无他虑。"疾果愈。数起至右都，寿七十卒。卒之年，坦坦无恐怖，亦不服药，盖术者之言已定，知必不免也。徐文贞少年得一梦，自登探花、翰林，谪官复召，渐次大拜，归田葬处，皆了了。故所处夷险，都不动心。而末年卜葬湖州，亦梦中所兆，不以人言为劝沮也。

李姬

袁宗皋以兴府长史，从世庙入承大统，拜相，赐奴婢各六人。初公为长史时，中酒昼寝，偶梦一美姬扶床跽，请曰："妾备李白洲下陈，今愿治相公帷箔。"公惊觉，对黄夫人，与语，异之。继而李以党宸濠败，妻孥没入官。至是，公所受赐婢李姬预焉，则宛然梦中人也，辞之不得。夫人置酒令荐寝，寻得疾卒。

五曲异人

翁东崖以佥都请告，削籍归。游武夷，至第五曲，有异人挥手曰："别久矣，记得岩下授受秘语，解公大厄乎？今可回头矣。"言已忽不见。东崖恍然趣归，得疾，卒于清流舟中。又二日，抵家，眉宇欣欣如生。盖公原以本兵召值，庚戌之徼，疾进，以四十日到京，上犹迟之，将从丁杨之戮。夜卧，梦一仙官自天冉冉至御榻前，手翁字下拜。上既寤，释然，乃得以佥都视三关云。

东崖贵时，门前仆树自起。卒后，树即仆。

行通神明

平泉陆公试南宫时，郡守王华梦谒帝庭，庭下数百人罗拜，口举善人，则公名也。守觉而异之。比得公会元报，守语人曰："此君冥行通神明，他日禄位、名寿，必皆第一。"至后果验。而公自少至老，数遇奇险，如颓垣堕木，皆不能伤。每出游，天日必熙明，即甚风雨，无不顿霁。至老强健，九十七岁殁，赠太子太保，谥文定。

纪　梦

陈恭介有年，未卒之先月余，尝自作《纪梦》云："万历丁酉十二月十八日之辰，余卧畏天楼之从吾斋，梦徘徊一山馆中。已而吴滦州敬夫、倪博士章偕至。余曰：'此中尽有佳处。'吴曰：'适来舟故在，试共一游。'遂相携入舟中。舟无榜人，亦无仆从，渐能自移。有顷，转入山口，峰峦耸拔。山椒一老桂，盘根樛枝，下临清涧，飞花飘洒，芳香袭人。逡巡稍前,遥望前山中,房舍甚都,相与叹赏,倏忽已至。舣舟而登,白石鳞次,涓泉出石间,若微雨新过状。徐步入舍,明厂轩揭,四无窗几,寂不见一人,循除久之。忽老仆自外来,诣前报曰:'馆罢矣。'余第颔之。又回指伟衣冠数人,自舟而陆,若相就者。二友曰:'此吾辈适来泛舟路也。'遂欠伸而寤,惟见窗际月影朣朦而已。念昔嘉靖丙辰,南宫被放,与吴、倪同舟东归。中间区区聚散,亡论已;即二友化为异物,不啻一纪。而顷刻之梦,堪为惘然。若老仆之言,莫可致诘。岂余病侵寻,预为捐馆兆耶?枕上漫成二调纪之。夫人生霄壤,所白昼明目而争于善败之场者,千古一梦也。胜纪乎哉,又爽然自失已。"其二调云:"山之幽,郁盘丹桂临清流。临清流,花泉溶漾,馥袭兰舟。　个中秋思空淹留,觉来窗外寒蟾浮。寒蟾浮,同游安在,千古悠悠。""人翩翩,朅来携手穿云泉。穿云泉,依稀玉宇,不见神仙。　个中微明胡来前,瞥然孤觉成高眠。成高眠,万缘如梦,何在何捐。"盖寄《忆秦娥》云。明年正月既望,环恭介宅而居者,丙夜闻车马杂沓声,窃窥之,见笼火隐隐,不下数十。度骢马桥而来,上下桥址间,呼声甚彻。鸡再号,始返,呼复如之。辄讶:"何物官人,乃尔深夜过访?"诘朝走问,则属乌有。越数日,恭介卒。

梦　　泉

有僧宗静,欲于杭州无垢院立三门。土石无所取,梦神人语之曰:"但于岩下取之,得泉而止。"且赠以诗。及穴地,果有泉涌,仍得石剑、雷斧、剑。神人诗,有"海变桑田因禹力,持竿之者绝踪迹。岩峦拱耸巨鳌形,林木参差碧波色。岌䍁峰前铺像教",僧梦中以钟声而觉,只五句耳。又齐云院僧文思等,念香积所不可无井,因施九轫之力,地凡三易,无一及泉,郁郁不乐。忽一夕,梦有告之曰:"凿井徒劳,良为师苦。泉之通塞,繫吾是主。念师之诚,投师之所。"语竟,指西北之隅。觉而骇然惊,恍然若有所得。诘朝,设香几,扬梵音,诣所指之地凿之,仅丈余,脉络寖通。益浚之,而寒泉迸冽,井于是而定焉。

判 土 地

刘崇之儿时，书斋文籍为鼠啮，戏判土地云："尔不职，杖一百，押出斋门。"是夜，其师梦老人曰："某实不职，烦一言于侍郎，免断。"次日，其师以告崇之，遂毁其判。夜又梦老人曰："谢教授救解，有少白金为谢。"次早，于书几上得银一片。后崇之果侍郎，使金，渡黄河。先一夜，河口舟人梦岸上军马数百，有神人呼曰："明日刘侍郎渡河，见奉岳府指挥，令我拥护，尔等须著小心。"次日，崇之至。值河水泛涨，中流失楫，舟人仓皇无措。其舟自风浪中直抵岸，隔河望水中，若有数十人操舟而行者。

梦 真

茫湖李封翁，名万平。年四十八时，得奇疾，气绝三日而寤。云至帝所，伏庭下，遥见殿中紫衣者麾黄衣人掖以出。道遇群狙围之，翁跃马奋刀杀狙。晚至酒肆，主人持簿相视，览之，即翁诗稿。所与语，皆身后事。病且愈，后二日盥手，狙之毛血凝爪甲间。梦非真梦，真奇事也。翁年八十三卒。子遂，尚书；孙材，都御史。

索 命

戴谦为南京御史，梦骑马至清江厂。有朱衣引一人索命，蓬首褐衫，姓李。朱衣者曰："盍往观乎？"即前导，所过皆竹房。至一家，独瓦房。入门，有男子卧地上，一妇人绿衣红裳，簪花，处其旁，曰："欲救之，奈气绝矣。"惊寤，出水西门，至清江厂，物色得之。道途屋宇及死者姓氏，皆如梦所见。呼其家问之，乃因市肉，与屠人斗而死。告以所梦，举家皆大哭，妇人乃其姊归宁者。即捕屠，置之法，一时白下盛传。教授王礼、五经博士陈贽，皆有记。时正统八年四月，有殒石之异。

梦　韩

陆浚川灿，以给事中奏弹张永嘉，谪官迁永新令，薙梼奸盗，邑以大治。上下多喧媚，意鞅鞅求归。一日，假寐堂中，若有来讯然者，曰："君奚如韩子？韩不谪阳山耶？"惊起曰："异哉！生平极慕韩，然念不到阳山也。"后改其堂曰梦韩，而洞山尹台为之记。洞山，盖先生所识拔计偕者。先生遂不复出，荣遇与昌黎有间，而文章气节则先后一揆矣。

访故址

陈钢，南京人，成化乙酉举人。知黔阳县，有惠政，升长沙通判，议复岳麓书院。初渡江，有僧来迎，公曰："安知迎予？"僧曰："夕梦绯衣使君来访故址，是以来。"公喜，掘础，得故甓，识曰陈某造，适同公名。乃白吉王，得故殿材成之。

傅　佛

傅作雨，江陵人。为吏部主事时，朝臣谏江陵夺情者，或锢以计典，执不可，与夷陵王篆争之强，因求补外。江陵没，乡人株累无遗，公独皎然。所部岭北，捕陈乡盗千余人，鞫讯戮渠魁，余尽原之，虔人称曰"傅佛"，立祠祀焉。抚赣中丞张岳与公兄作舟不相中，迁怒公，草弹文。其母闻而惊曰："是非所称'傅佛'耶？何可以兄故诬之？"事遂已。后数月，不令母知，坐密室，理前疏，而屋梁忽坠，碎其案。夜复梦关将军语之："夷、齐不念旧恶。"醒而骇汗。急邀公及他僚言其事，既悔且叹：公神人所共与？遂更为知己，荐于朝，曰："贞心足耐岁寒，履桑梓独挺群杰；懿行可表天日，遭荆棘不累连枝。"

登龙门

魏廷用,新建人。父时雍,少遇异人,得丹书,工炼气术。里有崇厉,治无不立验。宁庶人召而问之,阳为不喻者。庶人怒,囚之,得间亡走。或言之世宗,征拜太常博士,奉诏搜天下异书。所至郡国守相,缘上意,致金帛交欢,一无所受。三年谢病归,耻与诸方士伍,而一意督课廷用,冀以儒成名。困青衿中,尝叩芍溪神,梦若呼登龙门者,觉而殊自负。后以岁贡授龙门令终。

梦剖腹

卢柟梦至东海上,远望见霄绮杂驳,金根云霞,照曜上下,海水振荡,遂作《沧溟赋》。将半,倦睡,梦一人以刀剖腹,抽肠尺五许,莹洁有红黄色,沃以水,复内之,遂醒,终篇。

神人送诗

宣德四年,杨昂为浙江佥事。有贼据百丈山,频出金、衢剽掠。昂夜梦神人送诗云:"影入菱花秋月里,人如枯草洛阳边。"昂喜曰:"贼在吾目中矣。"明日,进兵围其山,尽平之。后辞疾归。正统二年,东西二杨学士荐昂可大任,召见,操乡音,擢广东按察使。西杨曰:"何为土音?"对曰:"某世楚人,奈何效齐语媚时?"至广,冬大雪,人咸异之。致仕,年八十六终。

弹击汪铉

冯祐山汝弼,工科。时汪铉为冢宰,科道交弹,汪犹奏辩不已。冯疏第七上,是夕,梦逐一恶少过桥,桥为所断,冯伫立良久,不得渡。有人从桥下操舟茸桥,则窗外鸡鸣矣。同疏同年潘十泉子正,时在刑科。上疏之夕,梦一大缸,缸内大黑鱼一,小鱼数十。大黑鱼翻身一跃,缸水皆浑。小鱼为其所吞,吞而复出,若死若生者数枚。有顷始苏,不苏者二枚。大黑鱼亦死。时汪复上疏力评,冯疏留中不出者三日矣,众虑圣意不测。时屠渐山应埈为翰林侍读,谓冯曰:"昨圣上置公本于几上,连看数次,怒形于色。"急召阁老李序庵时、费鹅湖宏入,上大声曰:"如何不与我处!我怒,不能进午膳矣。"二老进曰:"臣等待他自陈。"上大怒,连呼曰:"他肯自陈,他肯自陈!"汪不得已,疏上,翌日旨下,汪罢去。科道交章者十人,受廷杖死者二人:薛宗恺、曾翀,而冯及翁溥等八人俱谪外,汪亦寻死。

星　铁

王铁,号苍野,以进士知常熟县,有声。轻兵袭倭,与乡官参政钱泮俱死之,时嘉靖乙卯五月二十四日也。王,赠太仆少卿;钱,光禄卿。王以正德甲戌四月十四日生,父母各梦有星若铁者坠于苍野,因以名,号曰苍野。兵出先一日,邑有周解元梦兵还时,舆神主入城,惧以告王,王恶闻而言它。邑人感其谊,留一子占籍。

梦　桃

呼良朋,隆、万间名将也。既致政,一夕,梦上帝符召,偕漳南吴司马渡海征蛮。见桃烂甚,时司马已卒,曰:"及桃,吾其逝矣。"果庚寅三月卒。司马名华,号小江;呼号益斋,官都督佥事。

鹰禽入窗

有郑老人夜得恶梦,占于善卦者。卦云:三月十四日己卯,有横祸,宜避匿不出。城南潘家,外孙也,是日邀之家,临水窗中,静诵《莲华经》。适待夷欧内官,使从者放鹰,猎于负郭林野。鹰逐一禽,直入窗内,同坠《莲经》上。老人惊,以两手重按,鹰禽俱死。从者追及,见鹰死,执老人送欧内官所,痛鞭几殒,追鹰价八两。乃知横祸之及,不可逃也。

虎迹龙风

平湖尹刘汉楼初第时,尝宿盖山驿门外。从人忽扣门求入,问之,云:"适梦神人促起,曰:虎将至,汝可急入。昨途中欲伤汝,因见刘进士,失跌而去。"明早,视路旁稻田内,见一头两膝之形,深入泥中,俨然虎迹也。又于左旗营雇舟往光化,时薄暮微雨,舟数十俱不解缆。汉楼力强所雇舟独行,途中懊恼之声不绝。是夜,抵光化。次日,报者云:"左旗营昨夜龙起,舟数十只一时颠覆,溺死百余人。"信乎,死生有定数也!

江夏来

正德年间,华阴学久无举者。有萧先生,诲生徒勤甚。一夕,梦有告者:"汝何自苦?举子须江夏来尔。"久之,尚不举。复有黄先生者来任,众曰:"黄属江夏郡,应矣。"仍不举。后有黄瑶先生,以江夏训导至,众欣然曰:"江夏来矣。"果一人发解,嗣后不复乏科云。瑶,号逸庵,雍丘人。

梦兆相同

沈庆之,年八十,梦人遗布二匹,曰:"吾数尽于此乎?"谓八十尺也。果以其年赐死。嘉靖间,参将薛腾霄梦人赠锦二匹,量之,其末微少,亦以七十九卒。古今人梦兆乃相同如此。

五老人

俞琳初为行人,尝使周府。舟次归德,感疾甚笃,仰天叹曰:"丈夫志在四方,即不幸客死,命耳,奈老母何!"因痛哭失声。是夕,忽梦五老人,须眉皓白,语琳曰:"尔母寿高,尔寿亦远,病当寻愈毋多伤。"琳扣姓名,答曰:"此地五老人耳。"且访之,则宋太子少保杜衍、侍郎王涣、司农卿毕世长、郎中朱贯、冯平,年皆八十,庙食兹土者。

祸　　淫

陆中丞埒,嘉善县人。子中锡,颖悟绝人。一日,与某生倚门,有美妇过焉。中锡心动,某生恩之投牒神祠曰:"愿得阴庇,以遂桑中欢也。"中丞方寝,梦神来访曰:"若子无礼,吾得请于帝矣。若子当魁天下,今且削为老儒。某生者本无禄,兹将抽其肠。"既寤,召中锡责问之,以实对。语未毕,忽报某生称肠痛绝矣。中锡自后日愚钝,终日曳白。顾参议中立知其事,尝语人,谓天道祸淫如此。

衡　山　君

屠宫谕应埈,乙巳冬,病甚。梦至衡山,揖衡山君而进之。见大屏两庑间,曰:"明年正月十三日,官至二品,增寿一纪。"晨起呼诸子曰:"我殆将死矣。我宦游二十年,官不逾五六二品,增纪者,其易岁之兆乎?"如期卒。

馆 宾 爵 位

梅司马国祯为孝廉时,时冢宰王公国光为子觅礼经师未得。其夫人夜梦一人谓之曰:"公子师,麻城梅孝廉也。其人官爵,与堂上主公同。"顷之,即见孝廉坐堂上,长髯,而鼻如拳。寤以告王。王明日往谒麻城刘锦衣守有曰:"公邑有梅孝廉否?"刘曰:"有之,不佞儿女姻也。"王即托刘延之。后王与公夜饮,夫人窃窥之,依然梦中人也。王语梅以故,第逊谢而已。一日,王对宾僚言此事曰:"梅大将来名位未易涯也。"少宰王篆曰:"孝廉已非壮年,即明年得第,至八座,亦须近三十年。耄矣,将恐不得待也。"次年,即成进士,为县令;未满十年,为大中丞,晋少司马,赠尚书。梦中之言始符。梅初无子,近六十乃生子,不杀之报也。

大司马前驱

万历中,广平一时有五大司马,肥乡张学颜、邯郸张国彦、曲周王一鹗、广平王遴、威县贾待问。贾抚陕西御虏还,卒于临洮。巡按杨在巩昌,梦两别驾同入告,请为制府前驱。寤而异之,门启,报二人卒,午而公讣至。一儒生骤白母:"贾公召我。"母曰:"梦也。"顷之,又白如初,是夕亦卒。

大士题绢

郭青螺与刘淳寰同官闽中,为左右方伯。一夕,刘梦郭汾阳、李邺侯引之同谒观世音大士,为郭问功名。大士云:"取黄绢一幅来。"题其上云:"仗钺终为夏地游,长城大解圣人忧。若期八座还京国,暂为冯唐渤海留。"光禄云:"不甚解。"大士复批云:"问郭生自知之。"次日,光禄语郭,亦莫之晓也。夏地,意以为宁夏。寻督抚贵州,贵州昔属明玉珍,亦名夏,非至贵州不悟也。后以平播,加右都,则解圣人之忧,官亦至八座矣。然在贵州者十年,得请去,岂非京国难期,龚遂渤海留之验哉?

梦墨

唐子畏乞梦仙游九鲤神,梦惠之墨一担,盖终以文业名。年五十四卒,无子。唐自作梦墨亭,祝枝山有记。

还环

唐维城,字邦翰,号两峰,莆田人。嘉靖乙丑进士,为青州知府,有惠政，官至都御史卒。见梦于所属临朐参政冯子履，以玉环授之曰："赠此为尔子。"寤而举子，命之曰环。明日，梦复来曰："吾为郡神且满，举公自代。期以某日，故以环聘公。"冯漫应曰："诺。"遂病，下血斗余。日忽忽与神接对语，神趣之急，冯曰："有老母在，身未敢以许人也。"神曰："若尔，还我环。"从几上取授之，环遂暴卒，冯霍然病已。冯即礼部尚书琦之父。维城守土时，尚书以童子试见赏，后乃为立传云。

铁栞

余杭陈某尝梦两僧趺坐室旁，自后夜中时见火光荧荧，正值坐处，陈异之。掘视，得破铁栞，长八尺，厚五六寸，入冶不化。时闻碧霞僧方募造罗汉，赍往施之，铸成二像，宛如所梦焉。今供寺中。

十八尚书

礼部尚书李长春五世祖，本南京礼部尚书。为诸生时，常有所往，其主人延接甚恭，且出酒馔，怪而诘之，曰："夜梦神语曰：有十八尚书来。故供帐以待。"公既始有文名，闻其言，益自负。后行巴江，有双鱼跃入舟中，其一尾带金缕色，仍即跃出。夜梦神人告曰："君知鱼之兆乎？《典谟》要须再读。"再者，两尚书也，至长春而验。

薛公剑

蒋云汉，巴县人，徐州监仓。夜梦白面大耳冠巾者来见曰："我薛公之神也。赠汝剑，设有他虞，击之。"言已，忽有鬼物拥随，公如其言，击之辄仆。既觉，莫知所谓。明日，舟经济宁下闸，为急湍冲覆，见者谓不可救矣。顷之，手击舟底，声闻于外，人趋救之，舟即自正。

触舟沉香

万历戊戌,副总兵邓子龙领兵征倭。渡鸭绿江,有物触舟,取视之,乃沉香一段,把玩良久,曰:"宛似人头。"爱护之。每入梦,则香木与首,或对或协而为一。后死于倭,载尸归,失其元,取香木雕为首,酷肖。子龙,南昌人。骁勇善战,能尽其才,亦一时名将。乃存时仅一偏裨,屡为言者所攻,世之不善容才乃尔。沉香其殆怜而先知,愿与作伴作面目乎?

梦之真幻

孔子梦周公,志也,不言文、武;庄生蝴蝶,寓也,不言鲲、鹏。今人学为儒者必曰梦孔子,学佛者必曰释迦大士,学老者必曰广成、老聃。真耶?幻耶?是乃梦梦耳。

吕翁梦

吕翁祠在邯郸县北二十里黄粱店,李长沙诗云:"举世空中梦一场,功名无地不黄粱。冯君莫向痴人说,说与痴人梦转长。"端溪王崇庆诗云:"曾闻世有卢生梦,只恐人传梦未真。一笑乾坤终有歇,吕翁亦是梦中人。"

梦报

扬雄《蜀本纪》,言张仪筑城,依龟行迹筑之。后龟壳藏酒库,长六尺,高崇文截为带跨。龟夜见梦曰:"无事相屠,一一相报。"后崇文诛死,尸二十余段,如带之数。此与潘妃毁玉为钗同。然龟剥于生时,而报仇于朽骨者何?可见发冢弃骨,而得显祸,固不虚也。

神　对

刘珙少时，尝谒梦于大乾惠应祠。梦金牌上有"曲巷勒回风"五字，未晓所以。迨登第，除诸王宫教授，一夕，上幸宫邸，问诸王何业？珙答以"属对"。时月照窗隙，上曰："可令对斜窗拗明月。"诸王方思索间，珙遽以"曲巷勒回风"对，上曰："此神语也。"

位不副梦

陈轩，字元舆。未第时，夜梦一官府，前有两高门，门各有金书额，一曰左丞陈轩，一曰右丞黄履。其后履官至右丞，轩止龙图阁直学士。轩暮年，谓诸子曰："吾白屋起家，平生不作欺心事，今位不副梦。尝思昔守杭州，有达官以一老兵执送府，欲杖之，此兵年余七十，不应杖，遂听赎。俄达官折简相责，不获已，复呼入，亟命行决，即死于杖下。至今二十年，吾未尝不以自咎也。违法徇情，杀人招谴，宜不登显位。汝等戒之。"方轩梦时，左右丞乃寄禄官，后始以为执政。岂法令变更，幽冥中已预知耶？

道人携手

霍鳌，井陉人，为仓曹掾。其父生日，归上觞，留其仆张斗于仓。郡大夫诘问斗："仓粟若何？今有几斗？"不能对，予杖，创痛数日死。斗父踢门而诉："汝饮酒乐，而令吾儿代汝死乎？"鳌闻之，惊怛丧箸，痰骤起，咽如车轮转，召医药之，不受，卒。先一夕，梦道人赤肚子携其手而吟曰："兔葵无草，蚁酒无水。一人来叩，丝有色矣。"莫解其故。卒之岁，为癸酉，识者痦道人盖隐语"癸酉命绝"四字也。

施　　药

许叔微，字知可，毗陵人。尝获乡荐，春闱不利而归。舟次吴江平望，夜梦白衣人曰："汝无阴德，所以不第。"叔微曰："某家贫，无资可以与人。"白衣曰："何不学医？吾助汝知慧。"叔微辄寤。归践其言，果得卢、扁之妙。凡有病者，无问贵贱，诊候与药，不受其直，所活不可胜计。后举又中乡试，赴春官，舣舟平望。复梦白衣人相见，以诗赠之曰："施药功大，陈楼间处。殿上呼胪，唤六作五。"思之，不痦其意，姑记于牍。绍兴壬子，以第六人登科，因二名不合，升为第五，其上则陈祖言，其下则楼材，方省前梦也。晚岁取平生已试之方，并记其事实，以为《本事方》，取本事诗词之例以名之。又拟《伤寒歌》三卷，凡百篇，皆本仲景法。又有《治法》八十一篇，及《仲景脉法》三十六图、《翼伤寒论》二卷、《辨类》五卷。

农　　占

暨生，吴人，性钝，不识牛马。家贫，岁大饥，卧古庙中，奄奄垂绝。忽梦其三世祖父母跪于庙神前，泣诉曰："家世单传，此子死，血食斩，吾辈皆馁鬼矣。"久之，神传示曰："此子无禄命，缘汝等皆惰农，故天以此报。然农亦良苦，罪不至绝。延之，亦上帝生生之意。却如此人，终难存活，姑授占术，生一子以续。"神苒苒升天而去。暨寤，心忽开朗，则吴泰伯庙也。出与人占，无不验。汝南刺史桓臣范尝以入考，道过吴。适得东京缑氏庄奴婢初到，桓问以庄上事，暨云："此庄姓卢不姓桓。"见一奴，又云："此奴即走，仍偷两贯钱。"桓问："今去改得何官？"暨又曰："东北一千里外作刺史，须慎马厄。"及行至扬州府东，奴果偷两千而去。至东京，改瀛州刺史，方始信之。常慎马厄，至郡，因拜跪，左脚忽痛，艰于行。有一人解针，针讫，其痛转剧，遂请告。经一百日停官，其针人乃姓马。归至东都，于伊阙住，其缑氏庄买与卢从愿，方知诸事无不应者。后娶妻，果生一子。

瞽　术

毛升，字伯时，御史节弟也。少颖慧，读书过目不忘。七岁丧明，梦遇异人授以前知之术。玩物听声，大类邵子皇极数。近在眉睫，远虽数千百里，决人之死生存亡，祸福得丧，若目睹也。占者坌集，日不暇给。馈之则一无所受，声称藉甚。抚巡诸臣因以上闻，永乐间，两召至京师，凡军国事有疑，辄问之，无不神验。上喜甚，欲加显秩，升辞曰："臣赋命贫薄，不得禄食。获守本郡阴阳正术足矣。"上益贤之，以老疾，乞还，因命中使护行。宣德间，复召入，宠眷有加。方升之少也，父母旦夕期其大成，忽失明，伤之特甚。升赋一诗以慰父母曰："失却双瞳未是灾，暗中常得好怀开。隔窗听竹消清昼，扶杖闻莺步绿苔。尽有好音供醉耳，更无邪色破灵台。老亲何用多伤慨，锦片光阴看过来。"洒然自得，一无烦态。非夙世智慧，能超一切前尘妄想，安得若此？此其术之所以通灵，而梦亦甚奇矣。

卷之二十四

百　　寿

　　大寿字一轴，御史张敩之家藏者。张始祖曰子成，赘周景端氏，景端无子，尽产遗之，此亦其一。自子成传六世至敩，书画多蠹腐，此贮神龛中，得独完。取而装潢之，字崇四尺有七寸，广杀其寸之六，楷体黑文，其点画中皆小"寿"字，白文，一一作别体，满百，无一同者。自庖牺成八卦，颉皇创六文，而字书浸繁。秦有八体，汉有小学十家，世增人益，至晋徐安子，已集五十六体矣。齐王融又图六十四书，韦仲定为六十九种，谢善埙增九法，合成百体，繁不已剧邪？庾元威书十牒屏风，作百体，若悬针垂露，金错玉文，鹤头虎爪，倒薤偃波，与夫日月风云，仙人科斗，麒麟龙凤，龟鱼马羊，猴鸡犬豕，以及铭鼎幡信，摹印刻符，署胡蓬相，行草飞白，无不备矣。然他书若填奠蚋脚，犹有所遗。盖书之作比类，象形而成文，物类无穷，则文字亦无穷也，奚啻百体哉！今寿字百体，多晚出而鲜古传。然非精书者不能为。考其间时有疏缪，盖传摹之本。然大字宏壮若楼阁，小字精微如刻镂，而一字百体，世所希见，足以耸奇观，资博识，亦可谓难得者。

宰相具庆

　　唐至玄宗，宰相二亲具存者，惟郭元振一人。国朝则常熟严养斋讷、兴化李石麓春芳、江陵张太岳居正。

母　　寿

　　赵隐父存约，死李绛之难，隐与兄鹭庐墓十年，阖门诵书，躬耕不仕。后亲友敦勉，始应举，历官宰相，骘亦至观察使。既辅政，他宰相及百官皆诣第庆母，岁时公卿必参讯。懿宗诞日，宴慈恩寺，隐侍母，以安舆临观。宰相帅百官拜恩于庭，回班，候夫人起居，缙绅以为荣。后崔彦昭、张濬皆有母，遂踵其礼。子光逢、光裔、光胤，皆显。

永乐中，夏少师原吉，元宵奉母观灯。上撤御膳以赐，仍赍钞二百锭，廷臣往贺。

世宗朝，熊太宰浃、唐太宰龙，各有母年九十余。生日，皆被赐赉。

宫詹孔公恂，大学士李贤之婿。其子彦喆，贤而早世，配王氏，守节表闾，年至百二岁。

三世高寿

世庙朝，崇德隐士周德茂，年百有三岁，子年皆七十余，孙且五十，扁其堂曰上寿，其曾孙为给事中，犹及见之。

章皇帝时，韩王护卫朱氏者，父子皆几百岁，又皆身见玄孙。诏褒之，复其家，月赐石米、二帛。

大臣寿考

我朝阁臣寿最高者，惟刘洛阳健，年九十四。我浙魏尚书骥，年九十八，萧山人。胡尚书拱宸，年九十四，淳安人。陈尚书雍，年九十三，余姚人。皆官南京，皆高寿，皆致仕归，皆存问，完保名节，先后相望，真盛事可述。我湖茅鹿门坤、孙屏石铨，皆嘉靖戊戌进士，皆宪副，皆九十余，皆多子，皆过后戊戌数年。近年陆宗伯树声，九十七，华亭人。杨太宰巍，九十三，海丰人。毕司徒锵，九十二，石埭人。方侍郎弘静，九十五，歙人。

寿而死难

寿高是美事，然尽有老而受祸者。高要人梁致育，字遂初，以明经举乡试，为训导，六典文衡，志行高洁，致仕家居，与修郡志。天顺二年，被流贼掠去，逼令讲书，厉声骂曰："蛮奴若晓礼义，必不为此！"贼不忍害，以竹舆舁之。时年九十六，目瞽，谓舁者曰："至泾口深处，白我。"遂投渊而死。嗟乎！笃老盲人，何不先一二年考终，而构此难耶？子穄、孙瑜、曾孙镛，皆举于乡，有清白声。

王英，字邦杰，益都县人。性刚果，善骑射，为莒州千户。至元中，毛贵兵至，英年九十八，谓子弘曰："我世受国恩，今老矣，虽不能事戎马，尚忍食异姓之粟求生耶？"自饿死。嗟嗟！命当饿死，乃与高寿，数固不可逃耶？

前　身

大明寺前有平山堂，欧阳公守扬州时所创。负堂而望江南诸山，历历在檐楹间，与堂平，故名。公政暇辄往游，啸咏竟日而返。及殁后，有右司郎中糜师旦，庆元十一月游堂中，宛如畴昔所经，独叹惜壁间字画、堂前杨柳之不存耳。翌日，渡江，适其兄倅京口，即移柳数十本，属扬帅赵子固为补植，且寄诗云："壁上龙蛇飞去久，堂前杨柳补来新。一生企慕欧阳子，重到平山省后身。"是夕舟行，兄弟对语，至戊夜方寝。晨起，师旦逝矣。先是，公登第时，过妇家姑苏之黄渡，饮于园亭。夜半，忽屏间有大书太师字，秉烛聚观，墨影随灭。人谓公他日必远到，至是始悟欧阳官至太子太师，益验后身之句云。万历中，我郡吴平山秀来为守，见堂额同其号，大喜曰："此为我也。"大加藻饰，复筑梅花岭，增亭馆其上，为一郡胜概。后为忌者所毁，而"平山"石刻二大字，携归，砌于家园玉皇祠之下。曰："欧阳子有知，必能亮我心也。"

仙　侠

寇莱公有妾蒨桃，随南迁，再移光州。蒨桃泣曰："妾前世师事仙人为侠，今将别去，敢有所托：愿葬杭州天竺寺。吾向不言，恐泄阴理。今欲去，言亦无害。公当为世主者阎浮提王也。"公不久亦亡。有僧克僅见公于曹州境上，拥驴北去，克僅询问后骑，曰："阎浮提王交政也。"

莱公谪雷州，道经我湖。至安吉，有雾山寺，僧异其貌，礼之，留款数日，题其壁而去。

严　阇　黎

王梅溪少时，有乡僧每见必谓曰："此郎，严伯威后身也。"王不晓所谓。既而访诸叔父宝印大师，叔父曰："严阇黎，字伯威，汝祖母贾之兄，吾之舅氏，且法门之师也。博学工诗文，戒行修饬，有声江浙间，为士俗所推重。汝父母以无子为忧，祷求甚力。至政和壬辰正月，师卒，汝祖一夕梦师至其家，手集众花，结成一大球，字汝祖而遗之曰：'孝祖，君家求此久矣，吾是以来。'忽不见。是月汝母有娠，至十月而汝生。师眉浓黑而垂，目深而神藏，儿时能诵千言，喜作诗，人以汝眉目及趣好类之，且符所梦。"又谓："师死之月，汝即受胎，故云。"王幼从学鹿岩，人有指其眉垂目藏而靳之者，表丈贾元达曰："此子眉目类吾伯严阇黎，他日能文未可知。"王曰："阇黎智慧，纵未脱轮回，当复生人间，世为大善知识。胡为于灭度之后，现此穷薄困苦之相？"王尝写字作文诒宝印叔父，叔父曰："人言汝吾师也，文仅似之，字乃尔不同，何邪？"严阇黎尤工笔札，王颇拙于书，故云。因自嘲曰："严阇黎，汝前生食蔬何多智？予今生食肉何许迂？"因为之记。

丁　友　鹤

成化中，大宗伯周洪谟中乡贡日，舟泊邗江。夜见一异人谓曰：

"吾即子之前身也,前程万里,终身清要。"周曰:"子何人?"对曰:"吾友鹤丁山人。"周官南京翰林日,以诗讯太守三原王恕曰:"生死轮回事杳冥,前身幻出鹤仙灵。当年一觉扬州梦,华表归来又姓丁。"王得诗甚讶,集郡之耆老讯之。罗文节曰:"友鹤山人,吾友丁宗启之父,以诗名家。元末隐处,至建文元年,殁于成都。以儒雅重于藩王,有德人也。"王即以此回报宗伯,世以为异,迥合羊祜、房琯之事云。

张　明　经

张越吾,三辅人,明经待试。中煤毒死,无子,止一女,曰喜姐,字同乡李上舍子。死之日,李在北雍,因经纪其丧,检阅箧中装,有珠一封,题曰:备喜姐女妆。李悉识而封之,为护其丧归。甫抵家,张妇出哭而谢,备陈所为经纪事,若目见者。李异而问之,张妇曰:"先凶问未至,妾有梦,梦夫君仓皇归家,言死后得君周旋,今我为江都城隍,当时时归家视汝。"李异之,凡五六年。忽一夕,李梦张至其家,呼曰:"我得投生人世,在高唐州城外十五里村中林秀才家,为之子。秀才名接武。六年后,谒选,当贰某邑。时喜姐计已适君子,当携之行。经高唐,幸为我少驻,须遣来童一访,我与女一面。"来童,其故臧也。李惊寤,识之。及期谒选,果若梦所拟。乃携家过高唐,遣来童访之。过城约十五里许,问所谓林秀才名接武者。人云:"秀才已告衣巾矣。前墙门内,有儿坐其间者,即其家也。"来童至彼,未及启口问儿,儿即呼之曰:"来童,汝来乎?"来童惊曰:"儿何自识我?"儿曰:"我故汝主张越吾也。"已则李夫妇与喜姐来,儿初持李泣,且谢之,已携喜姐手以泣,言:"汝母孤苦,今奈何?"州守曹某上其事于郡,郡伯罗檄召之。林生抱儿入,儿长揖称罗曰:"公祖,若犹自谓明经也。"语前生事历历。

侵　邻　居

朱瑄,鄞县人。弘治中,督漕运,尝以微疾卧邮舍,谓侍吏曰:"若等有异闻乎？其以语我。"吏曰："里中有陆氏者，奸而横，侵其邻郑氏，尽其产，撤其居以为己宫室苑囿，所余唯嘉树一本。陆氏晚得子而喑，数岁，游于庭，忽指树而言曰：'树乎，汝犹在邪？'家人大惊，已而复喑不语，百方诱之，终不出一声。稍长，荒淫戏傲，靡所不为，家罄乃死。人曰是郑氏后身云。"朱曰："信乎？"曰："信。"尽召其里人问之，亦皆曰信。后朱遇人，必以告焉。

薛满八

薛鸣岐，闽人，父曰如冈，生三子，长即鸣岐。少顽犷不驯，而有干济才。以倭难，同父母避居三山，贸易为生。饶机变，射利如隼，不十载，累千金，骎以骄奢。妻俞氏，忮妇人也。相与计："吾夫妇勤苦有尺寸，而仲、季安坐享之。"不能平，因时相斗阋。母从旁解之，掷铁器，中母额，几殆。父屡消责，不悛，将讼之官。鸣岐挟利剑，恐喝其父曰："讼我，我即屠若家。"父无如何，则以丙夜焚香，书其罪状，诉之帝。如是久之。忽梦一道人语曰："汝前生，嘉善人也。尉嘉祥，家二十口，有金三百两，遇强贼薛满八，尽杀死，没汝金，今来为汝子。"父醒，书之籍。心念此儿以偿债来，其不久矣，遂罢，不复诉。未数日，鸣岐疾作，遍体如刺，号呼之声，人不忍闻。屡自经求死，家人持之，则叩头求哀曰："速与我死，免人磔我也。"其舅台山先生方为诸生，往视，入门，即呼"舅救我！"曰："何方可救？"曰："与我死，即救耳。"如此者弥月乃死。俞氏屡举子不育，妾遗腹生子，未周岁，亦死，遂绝不嗣。而如冈收其遗赀，归故居，与妻叶，皆以安乐寿考终。

供养报德

咸宁胡叔元，字允卿，第嘉靖乙未进士。时终南有高僧净敖，戒行修洁。始居宁夏宁静寺，与元大王父琎友善，嗣后元王父襄陵尹汝楫，至咸宁，而净敖亦来居终南丰德寺，论交益厚，襄陵子姓，以师事之。敖每言曰："吾受若供养厚，吾当为犬以报若德。"正德甲戌四月十九，襄陵假梦，见敖入室，已而变虎跃出。惊寤，语其子佑，异之。语甫毕，佑之室生元矣。时漏下乙夜，及明，闻叩门声，讯之，敖弟子来曰："师夜二鼓示寂矣。"襄陵益异之。岁当甲戌，其为犬之验乎？遂以"和尚"名之。及长，不茹荤饮酒。弱冠，登甲午乡荐，明年，连第。忽忽不乐，无何，病大渐，乃言曰："功名误我。"时父佑在都，为裹巾帻，元揽镜顾视，笑曰："原一僧也，易形为儒。今乃裹巾若道士然，本来面目固如是邪？"语毕而逝。

樵　阳　子

蜀灌县青城山，有樵子，大足县人，姓雷。方诞育，有踞而募于其门者，父母因呼之曰化缘。可二岁，随父母往安县。父母皆死，县民陈和养为子。凡十余岁，陈夫妇亦死，遂投青城山下童翁家。童又贫，无所得食，则入山斫柴，售灌县人以活。灌县人持升米，或碗许米，市其柴，尽一担，樵子不计也。一日入山，天大雨雪，迷失道，益深，雪盈六七尺许。所见惟高崖万丈，古木架阴翳，飞鸟都绝。忽一老人，须眉皓白，执拂子，招樵子坐。顷之，又一老人，貌颀，腹便便，衣大袖紫衣，亦来共坐。如是累月，并有所指授。已乃导樵子大树下，指曰："是中，尔前身所托也。"坐樵子石上，设十二拜，礼甚恭，号之曰樵阳子，人因以称云。老人既去，樵阳子徘徊岩谷间，往往闻隔崖弹琴声或人声，及迹之，无有也。结跏趺大树下，凡百数十日，败衣掩形，颓然槁木。采药人遇而怪之，佛耶？仙耶？颇以语灌县人，转相语，群走物色，识为童家儿："是儿陷雪窖一年久矣，曷不死寒饿，死虎狼？乃作如是相。"事闻灌县令景某，驾而之山中。临问状，所对斑斑应古记，非童子口吻也。自言："吾前身在树中。"令便使人斫树，树轰然若雷震者，火发，其腹划然开，现委蜕焉。鬐垂额覆领，指爪绕身，其貌像，则樵阳子也。令惊叹而返。寻并蜕坐处，得一石匣。匣有文字，秘不传。有布衲，有铁冠绦，樵阳子先自有剑，剑柔绕指，今失所在。其时令下教制龛，奉树蜕筑庵，居樵阳子。于是其名一日倾动州郡，士庶竞来瞻谒。樵阳子遽能谈人未来事，又能已人疾，来者愈益多。苦之,乃避匿安县之天池山。士庶则亦走天池,趾相错。其自乡荐绅以迨官长,车盖相望。而独石泉邓令某,憯墨吏也,问丹何居?樵阳子云:"为令廉而仁,是官人外丹。"令疑诮己,而孙弁某将因缘为功,阴教令名之妖人,上变,告台司追捕,毋酿乱事,下成都张丞某逮治。樵阳子朴野,至则箕踞而谇,丞大恚,骂:"何物囚敢尔!"痛榜之,无苦也。系囹圄三月,狱上,而王观察某特廉其非辜,覆丞牍,身为白艾中丞穆,是夫童而好修,安所涉人间世而惑众为?事得解。久之,谭中丞希思来,檄所司,即向所筑庵建大通观,遣还山。厥后凡开府及领藩臬至者,率召见。樵阳子率一再往,不拒,顾其意忽忽不自得。会毗陵吴参政捧表过家,谋挟之来江南,樵阳子洒然从焉。来则止永庆寺,亦数过锡山龚方伯勉城南别业,稍一游武林西湖。所至,江南人就征未来事若丐己疾者麇集,樵阳子不甚答,间露一斑,即往往奇中。其在山,专饵生黄精,出乃复火食,食止蔬素,然终岁废便溺,良有绝异者。故未名,强而自名曰思道,亦书出山后事。未几辞去。相传其大父孔文,进士也,与内江赵文肃同榜友善,父鸣春。

三生照水

川中王、李、赵三生,幼同学。后王官都督金事,李官方伯,赵则老儒,家贫,读书不辍。一道士能知轮回,三人相约往扣。令注水自照,都督见一虎出穴,猎夫睨而弯弓;方伯止一猪首;老儒则垂髫诸生,鼓乐迎彩亭,榜曰神童云。

白 李

洪武己酉,吴山三茅观雷击白蜈蚣,长尺许,广可二寸,有楷书"秦白起"三字。

云南赵州,永乐间,雷击死一夷人。朱判其背曰:"木子唐朝一佞臣,罚他千劫在牛群。而今逃脱为夷士,霹雳来寻化作尘。"火烙字曰"李林甫"。

夙　　慧

凡早慧者，固天授之奇，亦因前生夙习未及发，而转于后一见其奇也。相传闽戴大宾，少年及第，未几死，槥归。父发而视之，瞿然一白须翁也。可见老而久炼，则复少容；少而速殒，则见老态。去住总只一人，老少亦何分别。

升座词辨

员半千之孙俶，九岁，升座，词辨注射，坐人皆屈，乃李长源之甥也。

遂初老人

王应麟之孙厚孙，八岁能诗，十岁能词赋。为象山教职，调浦江，归养，累荐不起，自号遂初老人。性介洁，文法三代两汉，有《遂初集》三十卷。

神童诗

汪洙，字德温，鄞县人，九岁善诗赋。牧鹅黉宫，见殿宇颓圮，心窃叹之，题曰："颜回夜夜观星象，夫子朝朝雨打头。万代公卿从此出，何人肯把俸钱修。"上官奇而召见，时衣短褐以进。问曰："神童衫子何短耶？"应声曰："神童衫子短，袖大惹春风。未去朝天子，先来谒相公。"世以其诗诠补成集，训蒙学，为《汪神童诗》。登元符三年进士，仕至观文殿大学士，谥文庄。仁厚忠孝，著闻于时。子思温、思齐，孙大猷，皆至大学士。

鸡声诗

刘崧,字子高,吉安府泰和县人。旧名楚,国初改今名。性仁厚,且颖悟绝人,七岁能赋诗。世父夜寝,闻鸡声,因命为题,应口成一律,末云:"唤醒人间蝴蝶梦,起看天上火龙飞。"力学不倦,游南昌,有称十才子者,皆出其下。

莲池黄花

陈宗,辽海卫人,性颖悟异常。初,城南莲池忽生黄花一茎,其大如盘,色艳甚。一术者见而异之,曰:"是花世所罕有,城中当出一奇士。"未几,宗果生。四岁能书,五岁善文,号神童,尤长于篆刻。十八成进士,任刑部主事。宣庙奇其才,升为尚宝少卿。卒年二十七,遣官谕祭。

韩五泉

韩苑洛先生之弟邦靖,字汝庆,号五泉,有奇质。少读《论语》至"文王至德"篇,若有所思。父莲峰先生问故,曰:"若是则武王非乎?"莲峰为福建按察副使,渡江,母子各一舟。五泉泣请同舟,曰:"岂以波涛叵测,父母皆不可离耶?"以百余钱掷于地,命一视即收,答曰:"钱若干。"悉如其数,百试不差。皆五岁时事。尝与客弈,背坐不视局,以口对弈者,始终不差一着。与苑洛公二十一同举进士,二十二同为部署,二十七同以进谏罢,三十四同起用为参议。然三十六竟卒,而苑洛为尚书。五泉孝友过人,诗亦清发,奇士也。又先后同下狱。

士荣议论

苑洛外孙张士荣,南阳人。九岁读书,皆识其义。年十七,从苑洛于京,问以致太平之道,对曰:"今之举子业,与前代不同。经书传注皆祖宗之制,律例者,国之成宪,今为文不详传注,治狱不依律例,祖宗制度违越如此,况望其学古议事。欲致太平,必先正此二者。盖致天下之治在郡县,而它日为吏,皆庠序之士也。"苑洛又与僚友赞一大臣,士荣屏后听之,客去,进曰:"所论,儿殊未谕。大臣与言官不同,言官遇有缺失,即当言;大臣审其必见纳,方可言。若明知不能行,身徒窜殛取美名,使朝庭添一过举,四海加一疮痍,非大臣忠爱之实。惟曰以道事君,不可则止。"苑洛大奇之。后卒,年仅二十八,苑洛深痛惜之。

染巢鹊

王佐,字廷辅,山西辽州和顺县人。父义为谭城驿丞。有中贵驻驿,久不肯去,人厌苦之。佐方幼,夜密令人取庭树巢鹊,黑身朱喙而纵之。中贵见之惊诘,馆人皆惊,以为不祥,遂去。佐举成化戊戌进士,官南户部尚书。子云凤,号虎谷,官金都。佐廷试时,黄榜填毕,少一卷,求之不得。或曰:"状元卷封内,若有二。"启之,则佐也,遂足榜尾。名之首尾,亦有数如此。

捷对

郭中允希颜,泰和人。幼时与一长者浴于池,偶一龟浮水上,长者出对云:"龟浮水上分开绿。"中允对云:"鹤立松梢点破青。"长者奇之,妻以女。

尹文和公直,少入学堂,尝穿圆领,塾师眇一目,出对嘲之云:"牧童也学穿圆领。"应声对云:"瞎子何曾见大衣。"众皆失笑。

翁迈,字仲和,崇安人。年十三,以聪慧为郡举首。邑宰欧阳铢试以对曰:"笋出钻钻天。"应声曰:"蕈生钉钉地。"郡守元陎以幼,不甚礼之。问曰:"小解元读何书?"应曰:"《诗》之《相鼠》篇。"盖讽之也。守无以难。迨宴鹿鸣,小妓就之觅诗,即题云:"年未十三四,娇羞懒举头。尔心还似我,全未识风流。"守大称赏。

陈祐山汝弼之子敏勋,少慧。九岁,从祐山鄱阳舟中,祐山指笔架作对云:"笔架如山。"应声曰:"棋盘似路。"又曰:"苏家三父子,文章可法。"对曰:"程门二弟兄,德义堪尊。"未几,卒。祐山,平湖人,进士,官给事中,弹汪太宰铉,谪官。诗文清丽,长子敏功亦举进士,官布政。

苏福,潮阳人,一日惠来人。有夙慧。再岁而孤,五岁不言。一日,见道上死蛙,曰:"出字也。"闻者惊异。时有驿丞,遇福拾穗陇上,戏曰:"拾穗与神童。"应声曰:"折梅逢驿吏。"矢口成章,下笔若有神助,率多此类。所著有《秋风词》、《纨扇行》及赋三十篇。卒年十四。此段一作董玘。

周一经,贵溪人。六岁,从父入郡,晨旭方升,顾使属对曰:"东方日出天开眼。"应声曰:"西岳山高地出头。"又王格,京山人。五岁,父读书兰若,来省,侍几侧,令对曰:"春台四角正。"应声曰:"佛殿两檐高。"后皆举进士,为显官。

张宸,陕西安定人,颖惠绝伦。二岁,从父官上党。所过山川、道里、厩置,若城郭、廨宇、园亭,久而不忘,指画成图,所问响应不穷。父尝以句属对云:"晚霞高挂,无烟野火烧空。"应声曰:"新月初悬,没线银钩钓海。"平凉赵中丞浚谷,父之受业师也,闻其奇,使侍立而试之曰:"一日心存十二时。"对曰:"九重策献三千字。"又故难之曰:"秋雨连绵,檐前如奏九霄音,丁丁当当,惊回幽闺淑女梦,梦不成,夫戍萧关。"对曰:"春云缥缈,空中似放五毫光,往往来来,动起他乡游子思,思无穷,亲留瀚海。"以诸生老,子国绅,进士,户部主事。

公 车 有 名

昆山张玉山廷臣,与吴中英、归有光俱有名公车。玉山父宽为钱唐令,方五岁,署中火,觅公不得,乃自寝抱印出走矣。有伪檄至,公识之,问何所得,曰:"以前檄篆得之。"有塾客邀公饮西河,而主具乃一吏,拂衣归,侦之,则吏以侵藏钱见告,是时甫八岁。后不第死。孙栋，进士，都给事少卿，有直声；文柱，举人，为同知，称良吏。

袁氏神童

倭入贡，道苏州。闻袁永之之名，延见，唱和累日，赠以奇珍。时年十余岁，郡中哗传袁氏有神童。

袁后年二十四发解，次年登第，二甲传胪。庶吉士张罗峰嫉诸吉士，请外补习吏事，得刑部主事，改兵部官提学、佥事，卒。胡端敏深重之。

袁改武选主事，部署忽火，莫知所起。须臾，焚爇尽，与陈侍郎俱下狱。部有巡风主事杨姓者，宜往，公代之。未及入而火作，公独承，不及杨。榜掠百余，谪戍湖州。过浔中，题诗于御书阁壁间。至湖，寓慈感寺。郡守长乐陈□令诸士从受业，拒不受。凡三年，哀冲太子生，赦归。又十年，荐起为南兵部。

识难字

嘉靖年间，御史余光荐闻喜县异童董应嘉，年三岁，未言，四岁始言。一言自能诵《千文》及《大学序》，能识《千文》难字。其父董才，抱以视光。光试之，得实，且知俯伏兴拜，从容循序，略无嬉惧，奏闻。光，江宁县人。子孟麟，甲戌及第。余官南中识之，年七十九，生子，后竟无嗣也。

书大字

万历甲午，广东顺德县李氏生子，名世屿。二岁不言，善书大字，如白沙先生体。四岁时，贵阳马御史文卿按广东，召之见，抱膝上，令写。手甚小，握甚固，作字如碗口大，挥洒甚疾，盖神童也。或曰：有物冯之，未可知。

丘养浩，晋江人。三岁，父抱谒外氏。他日潜往，家人愕，不知所向。觅得，诘之，答曰："门墙红圬，折而小巷，知为外家也。"盖外家巷连学宫。公早慧，即能辨。一日，游戏外氏园中，拾巨珠以奉外祖。祖曰："何不与尔母？"答曰："实翁家物，安得奉母？"

异　林　记

所辑凤慧数款，甚少，惟《异林记》详备，今并大年一款，稍订正，录于后。然出于玄禅二门者，洸漾又当别论，削去之。

黄帝十岁，知神农之非，而改其政。出《鹖子》。颛顼十岁佐少昊。《帝王世纪》。禹年十二为司空，代鲧治水。出《傅子》。蒲衣子八岁，舜让以天下。《尸子》。皋子五岁赞禹。项橐七岁为孔子师。《列女传》。周灵王太子晋，八岁辨服师旷。《逸周书》。鲁仲连，十二，折田巴于稷下。《鲁连子》。甘茂之孙甘罗，年十二，为文信侯。见张唐，使之相燕，罗请躬说赵王，赵因献秦以五城。《秦国策》。汉杨乌九岁，与其父子云太玄有荷戟入榛之语。刘向《别录》。张霸七岁，通《春秋》，号张鲁子。《益都耆旧传》。张堪六岁，受业长安，号曰圣章。宛人任贤，年十二，明《诗》、《易》、《春秋》，号任圣童。《后汉书》。孔融十岁，盛宪见而异之，下车载归，结为兄弟，升堂拜母。《会稽典录》。杨周七岁时，孔君平诣之，设杨梅，孔问："杨梅是君家果耶？"周答曰："未闻孔雀是夫子家禽。"《金楼子》。何晏七岁，明慧若神，魏武奇爱之，养于宫中，欲以为子。《世说新语》。贾逵十岁，暗诵六经。王嘉《拾遗》。夏侯渊之子荣，字幼权，七岁属文，日诵千言，经目辄识。文帝闻而请焉，宾客百余人，人一奏札。荣一览，即能历举其乡邑名氏。郭颁《世语》。魏武幼子苍舒，生五六岁，智意所及，有过成人。孙权曾致巨象，欲知其重，舒令置象大船，刻其水痕，称物校之，即得轻重。《魏志》。王弼十岁，便好《老》、《庄》，通辩能言。何晏题曰："斯人可与言天人之际矣。"《世说》注。陆士龙六岁便能赋诗，时人以为项讬、扬乌之俦。《世说》注。何逊集初传入洛，元文遥时年十岁，一览便诵，邢邵谓此殆古来未有。《后魏书》。梁昭明太子三岁，受《孝经》、《论语》，五岁遍读六经。简文帝六岁能文，揽笔立就，武帝以东阿目之。出《梁书》。顾欢六岁，作《黄鹄赋》。谢贞八岁，作《春日闲居》诗,有"风定花犹落"之句,为尚书王筠所赏。虞荔九岁,往候太常陆倕,倕问五经十事,荔对无遗。俱出《南史》。王勃六岁善文辞,九岁作颜师古所注《汉书指瑕》,以摘其失。李百乐七岁,知琅琊之稻。出《左传》注。开元间,召能佛、道、孔子者相答,禁中童子员俶,九岁,升座,词辩注射,坐人皆屈。是日俶又荐其舅子李泌,泌年七岁,召入,使张说试以《方员动静说》,因贺帝得奇童。《新唐书》。贾言忠数岁讽书,日万言,七岁以神童擢第。《唐世注》。闻喜人裴敬彝,七岁解属文,性大端谨,号为甘露顶。《旧唐书》。后唐庄宗年十一,从晋王讨王行瑜,入觐献捷,昭宗异之曰:"此子有奇表,可亚其父。"赐以漓鹕酒卮、翡翠盘,因号李亚子。《北梦琐言》。宋张九成八岁,默诵六经,通其大旨,父积书坐旁,命客就试,酬答如响。出《宋史》。晏文献殊、杨文公亿,皆举神童,晏年十四,杨年十一。真宗亲试九经,不遗一字;又试诗赋,请至五赋乃已。叶少蕴《避暑录》。金太宗时,东平童子刘天骥,七岁,能诵《诗》、《书》、《易》、《礼》、《春秋左传》、《语》、《孟》。章宗时,益都童子刘住儿,年十一,能诵大小六经,工诗赋,所书行草有法,孝行夙成。召至内殿,试《凤凰来仪赋》、《鱼在藻诗》,赐经童科出身。俱出经史。国朝李文正东阳,五岁,以奇童举。杨少师廷和,年十二,举乡试高等。《弇州别集》。李文正公东阳,六岁时,与学士程敏政,皆以神童举。纯皇召见,过宫门,不能度。上曰:"书生脚短。"李对曰:"天子门高。"时上御羞有蟹,上持示二子曰:"螃蟹一身鳞甲。"东阳对曰:"蜘蛛满腹丝纶。"敏政对曰:"凤凰遍体文章。"纯皇赞曰:"他日一个宰相,一个翰林。"卒如所言。《雪涛小书》。群臣皆贺。

佛言修摩那沙弥年向八岁,得四神足及得四谛之法。增一《阿含经》。舍利弗生,始八岁,诵《十八部经》,通解《一切》义。摩伽陀国尝设大会,作乐谈义,舍利弗便升论状,结跏趺坐。问答之间,辞理超绝。《智度论》。释道安七岁,读书,再览能诵,年十二出家,神圣聪敏。师与《光明经》一卷,不减万言,安览毕,即还其师。覆之,不差一字。释宝誌产鹰巢中,手足皆鸟爪,朱氏妇闻其啼,梯树取养之。七岁,依钟山僧出家,修习禅业。与人言,始若难晓,后皆效验。释法聪八岁出家,卓然神秀。陕郡人辛七师,十岁好浮图法,日阅佛书,自能辨梵音,不由师教。俱出《神僧传》。昙无谶本天竺人，十岁诵咒，聪敏出群，日万余言。初学小乘，后得《树皮涅槃经》读之，惊悟。《北凉录》。

大　　年

周穆王一百三十四岁。召公奭一百八十岁。出王充《论衡》。一云，召公百一十九岁。《竹书纪年》。太公望百四十岁。《金石录》。老聃生子，殷时为周柱下史，转为守藏史，积八十余年，入大秦时，盖二百余岁。《高士传》。卜子夏一百三岁。出《容斋随笔》。汉文帝得魏文侯时乐人窦公，百八十岁，两目皆盲。出桓谭《新论》。齐东宫得疾，隐居嵩岳，寿三百余岁。出《嵩山志》。后魏正光初，有隐士赵逸来京师，云是晋武时人。晋朝旧事，多所记录，号为圣人。不闻养生，自然长寿。言郭璞为吾筮寿五百，今始逾半，盖二百五十矣。《洛阳伽蓝记》。魏侍中罗结一百七岁，犹总三十六曹事，百二十余乃卒。出《北史》。梁钟离思远，百一十二岁。凡七娶妻，有子十二人。出《南史》。汉丞相张苍，年老，吮妇人乳汁，得百八十岁。《抱朴子》。荆州上津乡人张元始，年九十七方生儿，儿遂无影，元始百一十六岁乃卒。出《南史》。梁武帝太清元年，海中浮鹄山，有女人年三百岁，遣使献红席，有女道士四五百人，年并出百岁。出《南史》。唐开元东封，太原人于伯龙诣阙，年已百二十八岁。其子老死，两孙随行，各年七八十岁。出《旧唐书》。唐南昌人钱朗，累官光禄卿，百七十乃卒。出《一统志》。唐会昌五年，胡杲、吉旼与白乐天，于东都履道坊为九老会。洛中遗老，李元爽年百三十六岁；杲八十九；旼八十八；刘真八十七；郑据八十五；卢真八十二；张浑七十七；白居易七十四。出《白氏长庆集》。宋初，罗浮山有陈崇艺者，年百二十，自言儿时见山下有船数十，今去海四里矣。《罗浮山记》。宋太宗时，琼州人杨遐举，年八十一，其父连叔，年百二十二，祖宋卿，年百九十五，并存。犹有九代祖居鸡窠中，如小儿，见人，出头下视，不语不食。出《洞微志》。又池州有一村，皆查姓，有翁媪两人，是其村祖，不知几百岁。各长三尺，脑后一髻，拥以绵衣。唯露首，面兀如土木，但目能运转，舌能舐酒。《夷坚志》。

涌幢小品卷之二十四 497

国朝亲郡王寿考者，肃恭王贡錝、东阿王泰㸂，俱八十一。益恭王厚炫、堵阳安僖王同鈇、内江庄懿王友壎、襄陵恭惠王範址、乐平定肃王冲烌，俱八十二。襄陵安穆王徵钤、唐山恭懿王勋澂，俱八十三。庆成恭裕王表栾，八十七。安化惠懿王秩烑，八十八。襄垣安惠王仕坯，九十一。坯子成鎄袭封，年九十二，见封长曾孙充煌乃卒。王弇州《别集》。

国朝大臣眉寿至九十者：陆文定树声，九十七；《于谷峰集》。江侍郎治，九十二；《谥议公册》。魏文靖骥，九十八；刘文靖健，九十四；王端毅恕，九十三；尚书胡公拱辰、尚书陈公雍、大理寺卿葛公浩，俱九十二；王尚书学夔，九十四；湛尚书若水、应尚书大猷，俱九十五；南兵部尚书郭宗皋，九十；刑部尚书钱邦彦、喻茂坚，俱九十一。王氏《别集》。

大臣八十以上者：胡忠安濙、韩司寇邦问、蒋恭靖瑶、方尚书钝，俱八十九；邹宗伯幹、殷司寇从俭、李太宰裕、张太保子麟、冯司寇岳，俱八十八；王恭靖璟、潘恭定恩，俱八十七；马端肃文升、林司马瀚、韩忠定文、章文懿懋、高襄简友玑、刘清惠麟、董宗伯份、严分宜嵩，俱八十六；王靖远骥、孙司马原贞、焦泌阳芳，俱八十五；王文端直、王忠肃翱、贾文靖咏、朱恭襄希周、吕少傅本，俱八十四；黄文简淮、胡宾客俨、尹文和直、陈太保金、谢文正迁、毛文简纪、罗文庄钦顺、顾宫保应祥、胡司寇松，俱八十三；俞司寇士悦、雍司徒泰、洪太保钟、徐少师阶，王《别集》。礼部侍郎习礼，八十九；户侍郎万虞恺、大礼卿夏时正，八十八；右副都御史孙曰良，年八十七；都督同知吴良，洪武中以蕃将来降，成化中，卒年九十九；《弇州别集》。太守林春泽，一百四岁；太史王革，一百岁。出王同轨《耳谈》。韩府郡牧所千户朱政，言其曾祖信百六岁而终；祖全，百二岁；父镛，八十二岁，俱见存。弘治中，太仓状元毛澄祖毛弼，百岁，有司为建人瑞坊。洪武中，昆山耆老周寿谊，百十六岁，入见，赐宴及钞币。天顺中，京师人茹大中，百有四岁，入见，便殿赐宴并冠带，命礼部尚书姚夔，造其第贺之。成化癸卯，济宁人王士能，自言百二十，又三年乃卒。《弇州别集》。北京良乡人孔无似，年四百岁，御史金灿召见，与之饮食。郎仁宝《七修稿》。内乡李子田为池州同知时，有老人百七岁，来见。内丘有向指挥，百十七岁。淅川县人卖大用，一百三岁。顺阳赵相，百岁。新野李老，百十余岁。邓州郭陵母，一百七岁。颍州姚老，百有六岁，其妻亦百岁。内乡人罗纪，百岁。崔举，百有二岁。出李子田《於埚注笔》。

卷之二十五

御　药　医

御药烹二服为一服，候熟，分为二器。御医先尝，次院判，次内官，其一器以进御。

戴元礼，国朝之圣医也。太祖临崩，召至榻前，曰："汝仁义人也，事无预汝，无恐。"太孙即位，诛诸治疾无状者，拜元礼院使。诸王奔丧，太孙道太祖语，哭问状，劳之。辽王题"仁义"字大轴，肃、庆二王为赞咏以赐。

景皇帝御医徐枢有名，帝尝问药性迟速，对曰："药性犹人性，善者千日而不足，恶者一日而有余。"人以为药谏云。

性　药　名　言

吴杰，号旸谷，武进人。学无所不通，更精于医，遇奇疾尤效。正德末为院使，尝曰："调药性易，调自性难。挈出性字，方可言医。"人以为名言。

太　医　用　药

列圣大故，太医拟罪，未见确据，惟孝皇有疾，太医进药，鼻血骤崩，盖误用热剂也。御药局太监张瑜、医官施钦、刘文泰等四人皆下狱。据正律，误用御药，大不敬，当斩。是时刑部尚书闵庄懿珪、左都御史张简肃敷华、尚书掌大理寺事杨康简守随，皆名贤也，仅引交结近侍官员例绞，当时议者犹恨狱未蔽法。方朝审，奄李荣阿内意，欲从矜疑。康简泫然曰："先帝梓宫在殡，臣子幽愤方殷。君父事，误与故同。律以《春秋》许世子之义，岂可曲贷？"李亦泣下，乃加杖尽法。

刘文泰即是倾王三原大宰，为丘琼山所庇者。琼山未几捐馆，而文泰竟坐大辟，人谓有天报焉。然此辈皆以医官坐误，而方士又当别论。方士外道，其书妖书，其言妖言，李孜省、王金是也。孜省是房中之术，观万安所进御箧之书可见。其初遣戍，后以内侍蒋琮之力，方置之死，琮之功大矣。王金是符箓，斩之非过，而招中引及先帝，遂为高中玄藉口。

武皇疾甚，诸内侍皇急，以二万金募人疗治，无赖者蜂起自效。大学士杨石斋上言："圣体违和，臣等殊切瞻恋。昨司礼监官传谕圣意，令臣等拟旨，博访精通医药者。臣窃惟天下名医聚太医，又选其尤者入御药房，但当专任信用，自收万全之效。又何待求诸草泽侥幸未试之人哉？况治疾之术，调摄为上，医次之。若调摄少有不节，则医药亦无速效。伏愿皇上慎重启处，勿使劳逸之失宜；调节饮膳，勿使滋味之太过。但凡一应玩好，可以惑乱聪明、伤损元气者，皆不使少干圣虑，自然百体康豫，万福骈臻。上可以慰九庙在天之灵，下可以慰天下臣民之望矣。"事遂得止。此辛巳正月初旬事，时去晏驾尚六十余日，未必非从容调治所延。万一如内侍言，药投即有他故，石斋何以自处？以近事观之，普天同恨，可以永鉴矣。

疾病大约多起于酒色，而帝王为尤甚。武皇病根已深，南郊一献，呕血而踣，景象可知。吴旸谷为院使，先一岁在临清，固曰："病急矣，幸可及还内耳。"还而犹能支持百余日，则药之功也。贞皇之病，止是虚弱，尚能视朝。大黄劫泄后，犹能延见群臣。传宣取药，亲举玉盏。若以温平之剂缓缓滋养，自然平复；乃进红铅助火之物，一夕遂致大故。误之一字，罪安得免？况武皇时内臣纵恶极矣，凡事阁臣不得自专，而此事尚传阁拟旨，阁臣犹得执正。今一概顺从，自以意行之，可乎？

或曰：误则坐罪甚轻，今当如何拟议？曰：在齐民，有误、有故，天子其可误乎？误则大不敬，与盗大祀神御物、伪造御宝同科，皆斩。若曰故，直以谋大逆论。盖其下注曰：谋毁宗庙山陵宫阙。天子一身，宗庙之主也。故下它药不利于君，非大逆而何？故必有谋，谋则有主使矣。在十恶中，俱服上刑。不忍言，不可言，暗暗藏影，俟人理会。乃误字入第六款，有分别，有次第，律意之精如此。杨康简曰："误与故同。"余犹以为多一层。不若从天子身上起见，看得误字大，更自直捷。其误而杖止一百者，乃小小出入，无关大故者也。不可曲解，尤不可错引。

禁　　狱

我朝制度严密，尤慎于刑狱。二祖多由锦衣卫发落，此所谓天断也，不必言。自后必经法司招拟以上，然事干宫禁，如天顺丁丑徐正、嘉靖壬寅杨金英两狱事，如何成招。成则非臣子所敢言，不则事体重大，无径自下手之理。若曰旨出宫中，自来无内降极刑之事，况刑人于市，谁人莅之？即如郭中允之戮，亦必会议题本，方票严旨行事。则以前两事，诸公试设身处此，当如之何？大约变出理外、事外，顷刻立决，并其藁削去，与逆人骨肉俱化为灰烬，而亦不没其实，著之录中。《春秋》内大恶不书，讳之也。讳者，不忍言也。甚之也，文字简严，书法隐然自见，况又有素臣之手在。至刘文泰一案，虽不可并论，然武皇未登极，即已下狱，孝皇未葬，加杖尽法，则罪人既得，无烦它说矣。

医　　民

徐应明，号瀫溪，兰溪人。少与赵文懿公同学，赵日有名，应明意不自得。一日，谓曰："汝医国，吾医民，各行其志，可乎？"赵曰："国医赊，且不必遂；民医实，人求我而应之，造化在手矣。"遂从时师游，厌而去之。遇异人有别传，决生死远近，或预订，或逆定，皆奇验。游楚中，诸名公争致之。有欲传其术者，曰："必有活人心地则可。"苏中翰惟霖有隐病，诊之言状，约于一年前，无一字虚发。苏将师事焉，忽一日卒，人以为仙去，不死也。

用 时 文

辛酉，余有不寐之病，彻夜宛转，心火焦灼，诸医束手。不得已，检古方试之，无一验，愈困。自分必死，命孙子信手抽架帙，指八字，定吉凶。初得"龙为祥之来"五字，甚恶之。又得"用时文"三字，不可解。馆客邵生持王宇泰《证治》一书至，悟曰："得非医家之时文耶？"检不寐一款，其方自丹溪递至，末有戴元礼二方，平平无奇。恍然曰："时文在此矣。"服之，就枕即卧，次日稍平，渐渐调服。而先一月膈病，上下如分两截，中痛甚，不能支。余友缪仲醇至，用苏子五钱即止。盖余危病，自丁巳后此为最甚，去死几希。仅存之年，可不自爱乎？

书 蝇

诸生俞某久病，家赤贫，不能具医药。几上有《医便》一册，以意检而服之，皆不效。有一苍蝇飞入，鸣声甚厉，止于册上。生泣而祷曰："蝇者，应也，灵也。如其有灵，我展书帙，择方而投足焉，庶应病且有瘳乎？"徐展十数叶，其蝇瞥然投下，乃犀角地黄汤也。如方制之，而苦无犀角。俄出门，失足踏坎中，甚痛，以为石尖，视之，犀也，服数剂得愈。

本 草

唐高宗时，于志宁与司空李勣修定《本草》并图，合五十四篇。帝曰："《本草》尚矣，今复修之，何所异邪？"对曰："昔陶弘景以《神农经》合杂家《别录》注谘之，江南偏方，不周晓药石，往往纰缪，四百余物。今考正之，又增后世所用百余物，此以为异。"帝曰："《本草》《别录》何为而二？"对曰："班固唯记《黄帝内外经》，不载《本草》。至《齐民录》乃称之。世谓神农氏尝药以拯含气，而黄帝以前文字不传，以识相付。至桐、雷，乃载篇册。然所载郡县多在汉时，疑张仲景、华佗窜记其语。《别录》者，魏晋以来吴普、李当之所记。其言华叶形色，佐使相须，附经为说，故弘景合而录之。"帝曰："善。"其书遂大行。

灰　性

医书云：烧灰存性。存性二字最妙，可见万劫成灰，性未尝不存。今人当陷溺之后，四端时露，即死。枯骨犹能荫后，惟业重，毒火烧然不留，则性灭。天地圣人，无如之何。

医不治老

贾敦实，曹州人，唐贞观时历怀州刺史。永淳初，疾笃，子孙延医，却不肯见。曰："未闻良医能治老也。"卒年九十余。

寒疾免祸

武元衡遇盗之时，裴晋公首裹毡帽，虽伤不死。考其时，乃六月下旬，一曰六月三日。晋公尝有寒疾，盛暑裹毡故也。

热疾得宝

贞元中，淮南一小将得热疾，生痈，皮肉如水晶。医家以银钻刺之，坚不可入，气垂绝。俄有鼠啮破，大呼而起，堕一物，五采烨然，坚滑，有纹甚细。货之，得十千，病亦寻愈。

奴婢疟

疟鬼小，不能病巨人，故曰："壮士不病疟。"晋人曰："君子不病疟。"蜀人以痎疟为奴婢疟。

掐瘤

杨佛子颏下生瘤，大如覆盏。一日，由市归，中途值一操瓢者，秽癞不可近。时暴雨至，瓢者乞佛子雨盖，即与，殊无难色。行一里余，瓢者用左手掐佛子瘤，右手拊背曰："患可医，汝何报？"佛子笑曰："勿欺我。"瓢者曰："吃我一醉，三日后当过君治瘿。"先口授折骨方，佛子未心信，别去数步，顾瞻其人，邈不知所之矣。佛子归语家人，痛悔不得治瘿方。明旦，视颏下瘿忽不见，家人惊怪，扪其背，则瘤还在背矣。人始悟佛子遇异人。

膊字

正统三年八月，山东海丰县民徐二，病伤寒，手左膊上生"王山东"三字。知州尤实以闻，逮至京，验治，释去。

指纹

成化二十一年，有莘里民王兴，左手大指著红纹，形纡曲，仅寸许，可五六折。每雷雨时，辄摇动弗宁。兴憾焉，欲锉去之。一夕，梦一男子，容仪甚异，谓兴曰："余应龙也，谪降在公体，公勿祸余。后三日午候，公伸手指于窗棂外，余其逝诸。"至期，雷雨大作，兴如所言，手指裂而应龙起矣。

性病

滁州孙存，字性父，号丰山，与霍渭厓同榜，最相得。自礼部主客郎中守赣州长沙，调荆州，与吉府承奉李献相讦，待理凡四年。复职补处州，官终河南左布政，以拾遗调简，抗辩自明，请致仕。一生强项，清节过人，而卒无子。其同年二人相遇，问丰山何如，曰："好固好，只性子尚在。"其一人对曰："虽是性子，却解得快。"丰山闻曰："此所谓性病也，终身不瘥。"二字最佳，亦何用瘥？

丰山方待理，上疏极口诋抚按之畏缩。嘉兴孙玺为扬州同知，亦以抗中贵被系待理，致书勘事盐使者，极口诋其徇畏，至不忍闻。孙后事白，升参议，即屦川尚书之父也。先辈之抗直如此，而用事人狐媚不职，固在在皆然矣。

二国公

国朝上公有疾者二人，一曰定国徐永宁，二曰成国朱时泰。永宁，中山王五世孙，读经史，通书法。袭爵时，年甫十三，忽遘风疾，久渐沉瞽。间出观户外，有贵近臣恃宠骄纵者，道路侧目，莫敢近。永宁密伺奋击之，其人策马走，仅得免。若是者往往而然。或疑非病，其中介介有黑白，及问之，辄失度。时操笔研，折简通亲旧，或作高昌西番字，盖少所习也。卒年六十四。妾丁氏，侍病，日夕不懈，至是亦自缢于寝，旌曰贞烈。时泰，东平王七世孙，善鼓琴，工词翰。尝之舅氏饮，闻爆竹声，惊起，绕室求之，不得，遂患心疾。父定襄王希忠，仅一子，治之万方，不效。居室内简直自纵，任性而行，家人莫敢违。至见宾客，循循威仪，未尝有失。其疾数可数发，更十余年。定襄薨，疾益剧，至不能执丧，顾时时哭泣。诏准袭爵，强起受命，竟不能拜表称谢。寻卒，年二十九。夫人陆氏，锦衣炳女，亦以痛悼卒。凡越五十三日，不得旌。陆甚贤，夫既有疾，惧其媟嫚，正颜肃容，勿与一嬉笑，遂不敢犯。念其无子，广置妾媵。每一当夕，辄使傅母守，有娠迁燠室，厚奉养。凡四子、二女，皆如己出。一袭封，一出继叔太傅希孝。窃谓陆诚可旌，而一病儿多子，双承两支并茂，则东平、阴平之余泽也。

二主事

天顺二年十一月乙酉朔，吏部主事曹恂已升江西参议，至通州，以病回京，尚书王翱以闻，上命仍为主事，归家治疾。恂不平，晨入端门，遇翱，捽胸掴其面，大呼锦衣卫官曰："此老奸当擒也。"忠国公石亨陈状，上命锦衣卫执讯之，欲重加以罪。王悯其实病，但摈归不用，且敕有司间其出入，既至家而病愈。

万历九年十一月，主事袁某狂诞，为江陵所喜，监兑浙中。盛仪从，呼叱同知以下，无所顾忌。一州守稍与抗，至欲与杖，太守解之而止。视二司蔑如也，人皆恶之。省下出，与巡抚吴善言相值，不引避。巡抚捶其隶人，起夺之，不可得，大骂被发而走。随舆冲至栅门，拉之仆地，吾郡董宗伯在杭城，为之调解。未几，告归，堕水死。

二　御　史

胡庄肃公松，滁州人。读书讲学，不见它客。性尤高简，以大参家居。有台使者素有心疾，不事事，饮醉，怒公却扫为慢己，遣吏发兵围其第。夜且昏黑，家人惧窜立尽，公不为动，秉烛坐堂上，读书自如。或劝公质台使行李，擿其不法事讦于朝，公但颔之，曰："吾方愧仁礼未至，内自反尔，敢与较哉？"会使者醒解，惭而舍去。

嘉靖十三年，御史李新芳行部，至广平县。城门发铳，惊而怒，答铳手，并答知县周谧。又用左右谮，连及典史田经，付推官杨经鞫讯。谧等不服，经以狱不就，恐新芳怒盛，重违其意，乃文致他事，诬谧、经侵分修城钱缗，坐以监守自盗律。广平府知府李腾霄不能平，诣新芳辨折，辞气颇厉。新芳愧愤，遂诬腾霄主使谧谋害己，并奏之，而遣推官杨经、秦新民驰府执腾霄。腾霄拒之，稍集众自卫，新芳复劾其拒城为乱，檄兵备副使杨彝勒兵三千人往捕之。腾霄弃官走，通判吴子孝、推官侯佩、经历吴尚质皆走，郡城一空。百姓奔走，争门出，蹂躏死者甚众。新芳复遣数百人追腾霄等，下令得腾霄者予三百金。追至赵州及之，执腾霄系唐山县官舍，而子孝、佩、尚质，归皆答之数十，尚质立毙。腾霄、谧、经屡诉于朝，巡抚周金亦奏新芳谬妄及经、新民怙势作威，彝发兵激变之罪。上勒新芳回籍，遣给事中王祯、郎中李檟往勘，得实以闻，遂逮新芳、杨彝，诏下狱，俱夺官。

四中书行人

中书舍人刘芬，真定人，嘉靖己未进士。有文才，而清狂不慧，每为人所弄。至跃空攀天，投渊觅宝，颠溺几死，亦不悟也。嘉靖三十九年，德王之国，当除长史，或戏之曰："吏部将以尔为之。"芬大怒，即驰往吏部尚书吴鹏家，裂冠毁裳，戟手大骂而去。鹏以闻，诏锦衣卫逮送法司拷问，黜之。

嘉靖六年十月辛酉，行人潘锐素病狂易。时选科道，锐不与，意不无少望。会病发，谒礼部尚书桂萼，问："王安石何如人？"萼不答。因及所试文字，语多悖谬。萼谓锐意不平，语之曰："子苟有志，勉之，不患朝廷不用。"锐曰："今知县及翰林院俸太薄，宜加其俸，乃可责其贪。"萼乃盛气答之曰："岂有饿死知县、翰林耶？"锐艴然出，愈益病。明旦，具疏言萼论及政事，欲多戮贪吏，去内竖，且许臣为御史，擅朝廷之柄，大不忠。欲奏之，从班中跃出，上怒下锦衣卫验治。萼自辩锐所奏皆妄，因上锐试卷，以明不欺。上曰："锐小臣，狂悖妄言，业已下吏鞫问，卿等勿得介意。"及讯，锐果病中语。初意坐不得科道，怀忿造言，下刑部，当锐奏事，诈不以实律。于是罢锐，令冠带闲住。

傅檝，南安人，正德六年进士。祖凯，父浚，俱相继登第。檝有文学，既登第，授行人。痛继母不能安其室，父之死有所不可知者，一哭呕血数升，遂废人事，佯狂丧心。朝立风日中，夜卧地上，时拾余菜残果朽腐之物食之。至所著作，上薄《骚》、《雅》，然皆廋隐语，或杂以鄙俚字，往往持帖市门，不知者谓行人狂废人，行人亦自隐也。既佯狂久，瞰知父仇家僮中戏而急绳之，取蒲鞭之，僮佯哭，行人取自鞭曰："我乃不觉痛。"易以梃，遂挝死。时时袖笔研，走月台寺，释乾文言义，题两庑皆遍。有见者请所不解，则复胡卢去。直指某下车，即往谒，行人不为礼。直指归，行人突至仪门，礐之以石，曰："立乎人之本朝，而道不行，耻也。"遂出。行人多从市上投石啮礫人，遇善人则笑，遇不善人则哭。常至山中，有虎来前，行人当前坐，虎竟去。

行人司宪性狂易，好啖生肉，丙戌进士。使高丽，旧例有蟒衣、玉带之赐，此到彼国将命时，与国王相见所用者。渠遽披戴京中，乘马拜客，人皆窃笑。一出城，即用八轿，驰骤入辽，设中军官，作威重如抚台。辽抚为韩耀，伎人也。来拜稍迟，不纳，大相忤。且自夸入朝即为吏科给事中，先期咨访贤否得失，韩衔之。嘱随行者，凡一言动、一礼物，皆密籍以报。使事毕，未入京，而韩疏至，被逮以死，其二亲亦死。辱命杀身，真妄人，不足惜。余同年夏子阳以给事中使琉球，在杭城亦玉带八轿，余以书讽止之。至闽，与抚臣徐学聚大相左，黾勉了事而归，升太常少卿，未几殁。夏本仁慈人，乃止于此，可怜也。

病举人

广东举人王乐，得病，因为祟所附。或学日者，或相士，或堪舆，抵掌谭论若素习，并其声音笑貌，无不酷肖。时亦奇中，兼亦索谢。好事者因以为戏，馈之银钱。得即付酒家，自歌自舞，称曰三通道士。家人百计禳而医之，无效。一夕，坠水死。

星相堪舆

相法堪舆，三代前已有。惟星命起于唐之李师中，来自西域。在今日，士大夫人人能讲，日日去讲，又大有讲他人命者，讲著甚的。

无生日无相

冯道之相，酷似杜黄裳；贾似道之相，酷似韩魏公。道自幼涉乱离，不知生日，在天福中为上相。晋帝问之，欲致贺，道对以实，可见此老终身不算命。而当时有冯玄豹者，工相术，能于下座识明宗之极贵，独相道无前程，不可用。则星相二字，此老皆可不用，亦省许多事。

庚甲相同

宝祐中,孟无庵珙开阃荆襄。尝单马出巡,见汉江一渔者,状貌奇伟,提巨鳞,避于道左。无庵问其姓名与年庚,则年月日时皆与己同,异之。邀之俱归,欲命以官,渔者不愿,曰:"富贵贫贱,各有定分,某虽与公相年庚同,然公相生于陆,故贵;某生于舟,则水上轻浮,故贱。某日以渔为活,自足。若一旦富贵,实不能胜,必致暴亡。"再三强之,不可而去。孟怅然久之,曰:"吾不如也。"

江右张见庵鸣冈、吴中徐文江申,同年月日时。张第庚辰,徐第丁丑,同县令,同台。徐为通政使,家富,一子登乡书,多儿女之戚;张为侍郎,其家与子则非徐匹。同时官于南京,于同之中又盈缩如此。乃知天有所夺,必有所予,不必营营矣。

鹤雏

杨亿之初生也,母章氏梦羽衣人自言武夷仙托化。既诞,则一鹤雏也,尽室惊骇,贮而弃之江。其叔父曰:"吾闻间世之人,其生必异,如姜嫄有弃,简狄有契。"乃追至江滨,开视之,鹤已蜕而婴儿具焉,体犹有紫毳寸余,既月乃落。

黄荧,莆田人。正统庚寅,母林氏梦虚空中紫衣人呼授以物,举衣承之,得鹤雏。是岁腊月十有八日生公,鉴形者谓之鹤相。冠带衣履,书画百物,精致虔洁,居宇绝一尘。既老,乐五松,号五松居士,人谓得鹤之性。

李口许头

李固言口吃,接宾客颇謇缓。及人主前议论,乃更详辩。吾师许文穆公,对人,头常岑岑动,入侍直,凝定如山。

官太师

张憬藏，神相也。刘思礼从之学相术，憬藏谓思礼历位刺史，官至太师。后果得冀州，谓太师非佐命不可得，乃结綦连耀谋反。谓耀曰："君体有龙气，如大帝。"耀亦曰："公金刀当辅我大事。"谋泄，坐诛，所累名士三十余，族死者千余人。然则太师之相，信憬藏所误，抑劫运不可逃，憬藏明知而亦竟无如之何也？

高低眼

赵方为京西制阃，容貌古怪，两眼高低，一眼观天，一眼观地，人皆望而畏之。

识张罗峰

王相以御史谪判高邮。相有精鉴，张罗峰以落第候除，相一见奇之，谓曰："子有异相，他日所就，奚止科第？"因厚贻之。罗峰既贵，上疏曰："相以忠鲠蒙诬，宜恤。"诏赠光禄少卿，谕祭。相，光山人，字梦弼，为御史有风力，屡劾钱宁、江彬。

侍郎鼻

曹本，字子善，滕县人，汉曹褒之后也。父思明，尝梦数人以车载箧至门，问曰："汝曹某耶？"思明应曰："是也。"其人开箧，取人支体与之，曰："此隶人支体也。"思明受之。一人后至，谓其人曰："曹某当得一侍郎儿，何故以隶体与之？"其人大惊曰："吾忘之。然侍郎皆已散尽，奈何？"后至者顾视箧中，良久："此不一侍郎鼻耶？"遂复与之。已而本生，国初果为刑部侍郎。

形　似

相法谓人形似禽兽者必大贵,不知禽兽形中亦有似人者否?世间原有不作恶及吃苦为善之禽兽,转生为人。比得人身,若不作坏,地位更进。可省,可省!

神　术

星士胡宗,成化间游京师。谒吏部侍郎尹旻,漫戏曰:"此诳人者将何之?"胡曰:"明公未试以为诳,试一人,存为验,当知小子神术耳。"因出翰林邢让支干示之,曰:"明年八月,此公必死。"邢亦闻之。明年六月,以祭酒升礼部侍郎矣。会馔钱事发,念其言,引罪坐除名。过漷县,见岳蒙泉,岳问:"何以不深辨至此?"曰:"术者谓余今年当死,今但失官,薄同事者罪,所谓有阴功者不死,正此类也。"至八月朔,拈《易》自占,得临卦,投策叹曰:"讵谓胡宗验乃至此!"盖卦辞曰"八月有凶"故也。至十八日果卒。可见死生有定,原不可移。而邢或先辞官,不做侍郎,则又未可知。要之,数已前定,无可奈何,而术者偶验,未必尽是通神也。

长　人

淳熙间,苏州有唐姓者,兄妹皆长丈三尺,日饫斗余,行倦则倚市檐憩坐如堵墙,不可出,出则倾市观之。诏廪之,殿前司德寿欲见之,遣诣北宫,惧其聚民,乃卧而泛之河,至望仙桥,专舟焉。又江山寺有缁童,眉长尺余,来净慈寺,都人争出视之,喧传禁中。诏给僧牒,寺僧日坐之门,护以行马,士女填沓,炷香施资,谓之活罗汉。皆非赋形之正,近于人妖矣。

胡梅林在浙,选长大人列轿前示威,我湖有陈姓者与焉。余庚午年应童子试,经县治前见之,长亦丈余。倚屋檐食,入县门求舟,帽与楣齐。县尹方亮工,辛未进士。见而揖笑曰:"何舟可载。"选最巨者与之,仅蹲于前,不能入舱中也。

资表不足恃

近地有沈姓者,少聪慧。年九岁,应试,知县奇之,命题作破,以《为政》第二、《八佾》第三、《里仁》第四、《公冶长》第五为题。应声云:"政平于上,犹有干政之人;俗美于下,不免负俗之累。"大奇之,以为神童。后以骄惰无所成,流为讼师。有淳姓者,少亦负俊,读《易》以四日毕,能七步成诗,后亦无成。徽人有方姓者,生时大雷雨,龙挂屋脊。比长,方面大耳,垂手过膝,咸谓"贵征,终身食肉",痴蠢而已。天资既不足恃,而奇征亦岂尽验耶?

尼山龙虎山

孔子以万世为上崇祀,世封不必言。其次则张真人,虽异教,与吾儒不可并,而延世并天地则同。非但天意,抑亦地灵。尼山、龙虎山之秀,固天下第一风水也。又有异焉。成化五年,衍圣公孔弘绪坐罪当死,以大学士彭时救奏免桎梏,散行就理,黜为民。此二月间事。至四月,真人张元吉淫暴,坐罪凌迟,后免死谪戍,久之,放为民。是何吉同而凶亦迥合,且又同岁耶?

橛维樟锁

襄阳有万山,在上游。形家谓襄若筏,堤若维,万山砥砆江流,则其橛也。山有寺,曰幽兰,经言道安铁佛夜游,因而布列圭峰,以讲经,栖宿其中,旦暮钟鼓,谓之固橛严维,以壮形势。寺后改曰祯德。吴江城,当太湖之冲,旧有诗云:"长桥为链塔为樟,垂虹为锁锁吴江。有时塔倒长桥断,吴江依旧白茫茫。"然其地与苏州诸山相联,浅时可褰裳,直至治平诸山,乃余所亲见者。

照 天 烛

范丞相致虚家居东田朝山,有石尖甚耸,夜每发光,名曰照天烛。时范族仕达满朝,后为堪舆所卖,凿去其顶,曾不逾时,悉褫职以归。

狸 眠

杨万大,建安人。好恬静,结茅武夷,渔樵山水间。夜则悬灯独坐,弦琴咏诗以自娱。山下有津渡,一夕,有道士黄冠玄服,貌甚伟,往武夷宫,暝不得济,扣门止宿。自后数往来,万大礼之,久而益勤。它日复来,谓曰:"吾非世人也,今当归洞天,特来别汝。吾观汝所为甚善,天必有以报之。汝老矣,其在后人乎?"命舟,欲与偕去,万大始异之。既而戚然告曰:"吾二亲丧,未卜窀穸,岂可去?"道士曰:"待汝襄大事,与汝偕往未晚。"因与共舟,至瓯宁丰乐里,指示溪湾秀峰下曰:"汝于某年月日奉父母柩于此,俟有白狸眠处,即葬所也。白狸起,即葬时也。"万大俟期奉柩至山中,果见白狸,如所言葬之。不逾年,而他处子孙闻其地饶衍,多来居之,因名其地曰杨墩,墓曰白狸。时年已九十有七。尝昼寝,梦前道士来迎曰:"汝今家事毕,当与俱去。"觉即沐浴更衣,端坐而逝。太师文敏公,即其后也。

文敏殁后,谋创祠堂。御史伍体驯、郡太守刘钺,其门人也,谋于公之孙景通,以第东废廪与之。后有龃龉者请于朝,允之。至成化三年落成,距公殁二十四年矣。

天 马 山

叶少师台山居玉融东南六十里,其山自黄蘗东行三十里,突起高峰,曰大吉。又东逶迤三十里,为黄钟山,形如覆釜。更十里,三峰连络如编贝,曰三山。自三山折而南,五里许,有山秀而拔,曰福兴山。逆折而西,亦五里许,曰天马山。复自南而北,舒为横阜,如列屏然。

其居负之，而面天马山。其中有石隆起，曰大石山，右曰凤迹山，左而下者，曰铁台山。自大石山展而北突起，曰豪山，倚居之肩。天马山破裂如火焰，形家谓之廉贞，居人稍嫌之。少师将树而荟蔚焉，以告青乌李生，生曰："君谬矣。君居所以佳，在此山也。树焉，将凶。"其父老曰："然。往山尝树矣，树可材也，而乡无宁岁。后赭其树，遂无恙。"于是罢不敢复言树。而居之左有楼焉，李生复劝去之。少师曰："此青龙也，何伤？"生曰："君但知青龙，而不知为劫方耳。"遂徙其楼。

虾　　子

舒梓溪先生微时，馆于海昏界一湖泊人家。二年许，适其主为群盗所诬，罄家产求脱，尚不能给，卖其妻以给。先生方岁暮解馆归，其夫妇相向泣，甚楚，即辞修仪并他生所致者尽与之，得免于难。先生既贫甚，其内子以先生归迟，不举火者二日，须馆金甚切。及归，恐室人遍责，不敢以捐金事告。内子见先生之归，为可恃，喜甚。而无所给，炊以进，先生愈益愧，忧见于色。内子慰劳之，扣得主人鬻妻之故，即问："鬻值几何？何不即捐馆金与之，使其夫妇如初。"先生辄揖云："业已与之，今无以食贫，不敢与汝言也。"于是两相称快，若身免之殃而去其累，了不知朝夕之计无复之也。内子乃持筐出，于屋旁涧中漉虾子少许归，复持瓶向邻家借酒，与先生酌之。时已夜，先生忽见一虾子甚大，出其两足，夹于盂外，因偶出声曰："虾子脚儿跷。"鬼即于门外续曰："状元定此宵。银环金锁锁，帘卷玉钩钩。"先生与其内两相错愕焉。明日，雪甚，先生出贷于知亲，仅足支数日。有形家者至其家，先生觉有异，事之谨。形家者感其恭，而怜其匮乏，乃问："先生有先人未葬者否？"曰："正急此，恨贫无能葬也。"术乃指其近郊某所语先生曰："此中有大地，尚无主，余周视数载矣。为美女梳妆形，前有银环金锁，珠帘玉钩，莫若乘急，余为君家卜之。"乃为检其年月，又只在次日最利。先生暗喜其与鬼语合，而谢以匮，不能举棺及封窆，术竟为画策，且出囊金资其事，而乘夜葬之，四邻无知者。不数年，先生廷试第一。彼形家者，终无所踪迹，其乡人至今能道其轶事如此。

预卜佳地

公东塘先生，名家臣，临朐县人。隆庆戊辰进士，庶吉士编修，谪广平推官，升南户部主事。过里中转墓，至黄山下，谓子鼐曰："此佳地，没而葬此可矣。"鼐闻言怪之。既抵南，病作，鼐往迎，至徐州，见梦曰："吾不归矣。黄山葬地，无过赵氏北墙下。"鼐大惊，起赴，公已卒滁州，盖即见梦之夕也。既寻得地，葬有日矣，即不知所言赵者何。鼐卧柩侧，梦一苍头驰告曰："阙前遇一石桥，奈何？"相与往视之，俨然古冢，堂宇宏丽，朱扉四启，隙中见一灯荧然。已而朱扉开，灯爆有声，光大起如昼。北壁有铭，而缺其角，曰"宋贵主葬处也。生嘉祐、至道间，一转为某官，再转为户部主事推官"云。旁有书四厨，剑四，皆银室。鼐拔剑舞，遂觉。觉而悟宋贵主之为赵氏也。越数日方葬，而甘泉出，芝草生。至万历辛丑，鼐成进士、庶吉士编修，今为侍郎，文行一时推重。余曾通书，得赫蹏，亦奇宝也。太史官不达，身后得吉地，昌其后，岂偶然哉！

墓水祸福

李景隆未停爵时，旁墓山口忽启一泉，冲其冢后，树木渐枯。不久祸作，幽废死。迨弘治初，复有烂石横堕中流，正逆阻冲处，水遂分散。且墓旁前后，遍生髯松，不三四年，蓊然交荫。未几，求其五代孙璿，为南锦衣指挥使，嘉靖中绍绝封，进临淮侯，禄千石。

崇明三沙

地气盛则土增。如苏州崇明县在南海中，唐武德间涌二洲，号东、西沙；宋时续涨姚刘沙，与东沙相接；建中靖国初，又涨一洲于西北，今谓之三沙。此则苏郡东方门户罗星也。

礼 部 井

穆庙时，关西马乾庵自强，以大宗伯入相。后三十年，绝响司官，止升太守。又以东封事，至空署逐，其余忤旨迁谪者尤多。江右范含虚谦，既为尚书，故精形家言，部有旧井已湮，复开新井，范熟玩良久，欣然曰："得之矣。辟旧塞新，必有奇验。"果司官稳帖，联擢京堂吏部，若督学，无复作知府者，而范乃暴卒。其以大宗伯即家入相者，归德沈龙江鲤、山阴朱金庭赓。又数年，李九我庭机以左侍郎署印，孙鉴湖如游以尚书，皆大拜。可见堪舆未尝不验，特不验于起念之人耳。又，于毂峰以旧宗伯召大拜。

土 龙

相传吉地有土龙之说，未之敢信。顾泾阳先生之宅，前对胶山，后枕斗山，龙自西来，宅左右介以水，气厚脉清。其尊公以贫士卜宅，生先生兄弟五人，皆魁梧俊爽，而先生与弟泾凡礼部，少以文章著名，晚节，先生以理学称重。最长泾白公为光禄丞，亦奇男子也。某年光禄于西偏掘土，土中有龙形，头角皆具，役人惊而剚之，其腻如脂。光禄闻，亟往止而掩之，则散夺无余矣。未几，光禄与先生皆卒，而东林之社遂被言者痛诋。天乎？人乎？地乎？亦关气数，其又何尤！

八 卦 献 地

萧霁，唐宰相复之后，家庐陵。杨行密割据称吴王，用为武宁令。时县令握兵，故称将军。吴私茶禁严，过客袁八卦犯令当死，萧释之，乃献墨潭、石牛潭为葬地，石狮潭以居。潭，今吉水螺陂是也。后之子孙贵盛。庐陵旧宅为萧将军祠，然则袁乃地仙，萧遇而释之，必有仁德得天，非偶然者。

抔土善祥

张弘范，滁人。建炎中，剧贼李成掠淮南，遗骼蔽野，张躬负畚锸埋瘗之。一夕，梦四人前告曰："某等避难，死沦某所眢井中，人无知。今阖郡被公德，而某等独不得一抔土，幸公哀怜收之。"觉视眢井，得骸瘗之。未几，复梦四人者前致谢。张居乡逡巡，怀仁乐善，人有病予药，死予棺，即贫不能婚姻予财，无吝。不乐仕，出监扬之柴墟镇，寻谢病免，乐其风土，家焉。将葬其父，有田叟迎立问曰："若非求地者耶？"曰："然。"因问之故，叟曰："余晨起田，见前溪两竖相扑，往观无睹，既还复然。已而更往，阒如也。是必善祥，子曷往试？"乃见后山隐起绵亘，左右两溪，汇流其前，屈曲逝。卜之吉，遂以葬焉。他日，郡守赵善仁通堪舆家言，以其地肖浮牌，须水溢即应，未几官浚濠堰下流，东堤潴水，会雨暴涨，水环墓。是岁，范子岩登第。范妻郑氏尤贤，常先意佐范施予如不及。里屋有病不能自食者，为糜置门，俾自取，不问所从也。后岩为参政，至太子太师，推恩范如其官。少子嵩，力学知名，出作守，贵盛繁衍，人皆以为隐德报云。

不可求

风水可遇不可求，尚矣。看来天壤间大地，自正结都会外，如郡邑，如村落，其大家世族皆一一占定。占得者累代相传，即中衰必复兴。间有不尽然者，又当别论，非地之故也。余尝谓帝王之封建虽废，天之封建未尝废。要在修德以承之，所谓祈天永命者是也。如何是祈，决非祷禳之类。其有求而得者，亦是天意，乃善祈之验。祈字含蓄，求字浅露，先圣所以陋执鞭者。余求之三十余年，陋已甚矣，急急昧祈字已晚。噫！谁非天乎，不若息心之为得也。

卷之二十六

山

泰山曰岱宗，岱者，长也。万物之始，阴阳交代，故为五岳之长。

华山如立，嵩山如卧；华山如峨冠道士振衣天末，嵩则眠龙而癯者也。盖天地磅礴之气，至中州开舒二室，室者，藏也。蜿蜒奇丽，横亘其中数十里。余老矣，尚须裹粮一尽其胜。

恒山为北岳，在大同府浑源州南二十里。唐以前皆于山所致祭，石晋割赂契丹，宋承其后，以白沟为界，遂祭于真定府阳曲县，文之曰：地有恒山飞来石。入国朝，未及厘正，北平迁都，则真定反在其南。弘治中，马钧阳疏请改祀浑源，礼部尚书倪岳覆寝，止建庙于恒山之下。万历十六年，巡抚胡来贡又申钧阳之说，礼部尚书罗万化覆如故。夫倪公最博洽，精于祀典，钧阳之言，确然可据，何以不行？岂以事非己出，且有所不足致然耶？事益久，玄武之神，终不得复正其典矣。

金山四围惟东面有石，石外有硬砂，三面皆悬空，泊舟无碍，即郭璞墓甚近。然中间隔水最深，相传其底如莲花单擎然，安得候江枯而亲阅之？嘉靖某年，大风，江水翻于东，有见之，果如所记。

雁宕山，前世人所不见，即谢灵运好游，亦未尝至。宋真宗时，建玉清昭应宫，因采木深入穷山，此境始露于外。近年叶少师开福庐山，颇亦相称。盖皆藏于海边，一时人迹难到，非帝王卿相之力，又有世外遐踪，不能搜出也。

牛首山延袤四十里，或曰：以形宛肖牛也；或曰：疏勒国有牛头山，佳丽相同，故名。《华严经》云：南牛首，北五台，俱文殊显化所。

建昌府西芙蓉山并鱼蛇山为云雨之府，天将雨，则有白云冠峰顶，或亘中岭，俗谓之山带。唐诗云："风吹山带遥知雨。"又曰："雾似山巾。"盖指此。解者以为岚，非也。晴有岚，雨有雾。

风门山在丽水县西三十里，上有二穴，深邃，风从中出。每夜静月明，白气自山麓，上彻霄汉。

广州府西百二十里曰西樵山，高耸千仞，势若游龙。周回四十里，面皆内向，若莲花擎空。上有平陆，唐末诗人曹松移植顾渚茶于此，人遂以茶为生。诸名公都以自号、自矜云。

漏陂

沂州有陂，周围百里。每春雨，鱼鳖生焉。至秋，水一夕悉陷，有声闻数十里，名为漏陂。村人具车乘竞拾鱼鳖，辇载而归。

泗源

即漏陂所溢也。陂在泗水县陪尾山之西，界接沂州。方陷时，水俱涸，其声如雷，故一名雷泽。山之下有泉林寺，左右出泉，夹寺环之一匝。寺右为山之西面，泗渊之泉出焉。初出分为四，故名。常有泽中器物流出，其状为石洞。洞门高二尺许，其水溃瀑沸腾，汇为池，折而西流，趵突之泉出焉。由洞门直泻，埒石窦而大。又流而西，玉波之泉出焉。为渠悠然长迈，其清见底，水中小石平布，日光射之，如绘如织。过寺之左，泉出乎地，或三或两，布如列星。各为一溪，更相灌注。大木千章，轮囷离奇。凡三里，抵卞桥。古有卞县，姑蔑之水经于其间，上下数十里，泉石最奇。达于曲阜，径孔林北，西流至济南府东。分而西北，与沂水合。又西，至泗水县城东，复合。其自曲阜分流，经孔林，复西南合于沂者，曰洙，实一水会诸泉入漕者也。沂水之源有二：一出曲阜尼山之麓，在县东南六十里，合于泗；一出艾山，合于汶。

汶源

汶水一出新泰县东四十里者，曰小汶河。合南师诸泉，西至泰安州。一出莱芜县之寨子村,纳海眼诸泉;一出原山之阳,纳水河诸泉,并会于泰安州。泰安之水,出仙台岭,至静村镇,合莱芜之汶,曰大汶。西南流受泮水,又西与新泰之小汶合,是为入济之汶。达于宁阳东平,逼于戴村坝。南流至汶上县城东北二十五里,受洙、当诸泉,为鲁沟。又西南流城北二里,受蒲泊为草桥河。又十里为白马河,又二十里为鹅河,又十五里为黑马沟。至南旺,分注南北漕河。其曰洸水,乃汶之支流,自宁阳而分,会蛇眼诸泉,又西南流至济宁州。

济　　源

济水在兖州府滋阳县城东五里,即泗水下流,由曲阜分流入境,达于济宁者。盖诸家之说如此。然济水泆流,时出地上,原无定体、定形。故汶、泗皆有源有委,而济独无,可以概见。乃万两溪谓泰山诸泉皆济水所沸,汇于汶,则东省之水惟有一济,汶反为下流。而据滋阳之说,则济又为汶之下流矣。考济水,《禹贡》:导沇水,东流为济,又东北会于汶,又北东入于海。今在汶上县北,一名大清河,即汶水入济之道。《水经》:济水故渎,又北合洪水。注云:洪水上承钜野,又北经阚乡与济合。则前说为是。沇,一曰沛,即古兖字也。

泉　　源

山东自兖达于济南,地势最高,诸山蜿蜒,宛如人身之脊骨。泰山峙于东,宛如昂首。诸泉浡发,或自山趾,或自平池,或自石罅。初只七十二泉,时堙时辟,今增至二百四十。要不过举大凡耳,数实加倍不止也。土厚气盛,泉亦如之。我明因元之旧,沟通舟楫,此乃天地大运所关,夫岂偶然。

大江,南北水界也。自岷山迄于海,虽有数千里,然不过地轴将尽之一带。自山陕潼关以下,磅礴于嵩岳,迤逦入山东,极于东岳,此南北之地界。而泉乃含蓄溢出,三代盛时无论已,周衰,其瑞气尽钟于孔子,为万世斯文宗王。越千五百年,泉尽引出,为通惠河,瑞乃钟之国脉矣。惟黄河为梗，国朝景顺间决张秋，嘉靖初决南阳，末年决沛县，今乃决邳州，自西北渐徙而东南。在西北土稍坚，患冲突难御；在东南土益松，患散漫难收。李霖寰决计走洳河，其言曰："黄河者，运河之贼也。舍黄一里，即避一里之贼。"其苦之如此。世灼灼言河神，信有之。王浚川之言曰："正苦无神耳。有则上为国，下为民，可以理祷取应。"夫神受封爵，得效其灵，亦如人臣自致立功名。即鬼怪仗以驱除，而歹憎憎不可问者耶？

山东不但有泉，其湖陂甚多，动经百十里，所在相望。想井田既废，水无所归，漫而成湖。古云山林川泽，原因地势结成，然不闻东土之为泽国也。独巨野之名，见于《禹贡》，在宋为梁山泊。王安石欲开水利，未为无见；水可入海，何必另开一泊耶？

河

通惠河开，时时修浚，南北通津，自然永利。惟黄河迁徙不常，颇费人力。然审察预防，亦自有法。先朝如刘东山、徐元玉、刘松石治之，亦未见有极溃溢，不可收拾之苦；朱镇山、潘印川号称艰难，然亦执政。若当事者故为张大侈功，而议者乃举与俺答吉囊并，几许可笑。又欲议海运济之，此事非开天之主不能行。若平世，人命为重，安能作出格事？乱世则咽喉且不能下，而欲尾闾之通，为救命之良法，其可得乎？元达子草芥中国人，惟恐不尽，委之朱清、张瑄，悍然不顾。二人，毒蛟鳄也，助元为虐。七八十年间，宋之遗民葬海鱼腹中，不知几千万。故太祖一行，深以漂溺为痛，旋即报罢。王敬所锐然从事，所运仅二十万石。据奏溺者八艘，艘不下千石，已去二十之一矣。今主上端拱穆清，而任事之臣如敬所者，恐不多见。久不谭及，亦事势使然，余以为正不必谭也。

里河不但通漕，凡各色进贡，朝臣眷属，所在水利，与公私一切应用货物，皆赖以济，海运有此否？且毕力于河，犹恐不及，安能分之及海也？又以防虏例，边墙且不能守，而欲守丰州、会州、开平，可乎？

运河一带，平江伯陈瑄用力于南，工部尚书宋礼宣劳于北。宋用临清知州潘叔正之言，其言本之老人白英，言筑坝戴村，亘五里，遏汶水至南旺，分析两河。以其七北注临清，度地降九十尺，闸十七。三南注丰沛，度地降百十六尺，闸二十一。礼殁，李燧、万恭追讼其功，立祠，赠礼太子太保，一子入监。白英先以平顶巾执工簿，立于旁，亦赐冠带坐。世令一人充冠带老人管河夫坎河之滩。

永平府抚宁县西有碣石山，去海三十里。远望穹窿如冢，中有石特起如柱，在海东南之湾，与诸家所载碣石之状甚相合。则九河之地，在沧平之间无疑。故曰：朝发昆仑，暮暴鬐于碣石，为此也。九河非有他水，止将一河分而为九派，以杀黄河之势。今河身既徙而南，则九河已为平地，又何形迹之可求？且今河入海之处，去古河入海之处将二千里，岂惟九河之地，虽河身故处，今皆为田庐、为城市，已不可辨，况九河乎？河之故道，自巩县历怀、卫、彰、顺、名、真数郡，今止长垣、开州、清丰，略见其迹，然亦非禹时故道也。观此，则九河宛在目中矣。永平海湾谓之南海洋，此洋东西长而南北狭，如江河之状。则河当从此入海，今河徙而洋存。

河中砥砫有三门，南曰鬼门，中曰神门，北曰人门。鬼门、神门，尤为险恶。其中有山号曰米堆，舟入三门，百日始上。执标指挥者名曰门匠。谚云：古无门匠墓。谓皆溺死也。嘉靖乙未，御史余光、河津知县樊得仁凿石崖为窟，植以柏木桩，炼铁为索，横系桩上，凡四十余丈。往者以铁钩挽索而上，颇易为力。

嘉靖中，高邮湖堤议用石，河道都御史陈尧谓石取道远，而湖势薄，不至啮多树木，隔以板，茭土实之，费率省半。及万历中，卒易以石，费不赀，于堤不足有无，大半实用事者橐。余亲见之，如桩木估用杉，则以堤杨代之，采石不及十一，而赋民输办。凡中户以下阶砌及市廛石块，无得免者，零星凑成，不久即溃。

绍兴初，漕粟嘉陵，济军兴，率七十五斛而至一斛。胡承公为帅，议转般法，费减十七，故蜀人谓承公为湖州镜。此法我朝用之，极便，镜之所及远矣。

漳河在馆陶县西南五十里，源出山西。一出长子县，曰浊漳；一出乐平县，曰清漳。俱东经河南临漳县，分流至馆陶入卫河，与漕渠合。万历初年,漳河北徙,出魏县,入曲周釜阳河。

瓠子河在濮州东南七十里,乃汉武自临塞决口作歌处。

桑乾河,陆路止八十八里,而水程至七百二十七里。河之纡曲,未有比者。

永乐元年三月,潘阳卫士唐顺之言卫河南距黄河,路才五十余里,若开卫河距黄河置仓廒,受南方所运粮饷,转至卫河交运,公私两便。上是之,命近臣详议,如可行,俟民力稍苏行之。

成化间,有议疏天津水运至宣大,省兵饷。主事杨讃相度地有游沙,不可浚,水势相悬,有至二百丈,又多天险,人力难施,遂止。

泰陵复上户部郎严经督役,转输为艰。经言以舟自潞河达天寿山,甚径且安。从之,省费万计。今不知可行否?

由天津至定兴,可以舟行。定兴至易州,陆路四十里。

刘松石,人知其花马池之功,而不知其工于治河。如闸河之底,深浅不同,故盈涸难定。公于涸时,一以枣林闸为准,高者洼之,低者量留底,板闸如一,遂为永利。

西原先生薛蕙,亳州人。正德癸酉,与庠生同应试。至长湾,戏祝曰:"某在此,河伯无供馈,何也?"须臾,一大鱼跃入舟中,众惊异,相传示,复投于河。其年领乡荐。

凡河水,有时汹涌逆流而上者,必有大水至。丙申年七月十一日将夕,河水忽涌起二尺余,少选复平,如此者三,不知何祥?

江

长江冲出大海,长千里,阔百二十里,皆淡水。文丞相诗所云"过淡漾"者,此也。不知黄河如何?梯云关之混混黄色冲出,亦可想见,第有涨落大小之不同耳。

海门县东料角嘴,江海交会处。海咸江淡,二水不相混,江视海水较高数尺。

蜀江自南而西,曰夷里。

江上滩险

江自嘉州至荆门滩，险地凡千百余，舟人一一能言之。其滩之外，有洞、有碛，凡数十，皆见于《字书》。今载其略：洞，疾流也。江中有达洞、构木洞。水流沙上曰濑。江中有和尚濑。水出尾下曰瀵。今地名七瀵。回流旋转曰漩。今有南陀三漩。石积水浅曰碛。今有上碛、下碛。水疾崖倾曰碥。今有阎王碥、燕子碥。滩碛相凑曰㳇。音子，今有石桅㳇、折桅㳇。水如转毂曰漕。今有野猪漕。水漫不流曰沱。潭下急流曰滩。其名尤多，不能尽书也。

湖水与江相连者，惟洞庭最阔。夏涨，则江浊而湖高以清；秋落，则江清而湖低以浊。

鄱湖出江处，地名曰八里江。舟至此，皆泊于江北，盖南有湖口税关故也。风涛盗贼之患，岁无虚月。盗犹可言，若夜半大风陡起，千百艘一卷无迹矣。议者欲于北岸凿潭屯船，建一堡，移卫军守护。余致书南操江丁改亭，合江省抚臣议之，丁欣然力任，竟以江抚异议，不果行。

迤北有海无江，盖水之通海者谓之江，而北则无海可注，其曰海者，犹江南之湖、之漾。京师城内有西海子，城外有南海子，塞外尤多，大约水汇者皆是。故河源亦曰星宿海，其滥觞初会处也。大而长始曰河，最大者始曰滦，文皇赐名玄冥池是也。胪朐河亦赐名曰玄冥河，盖两水非一水也。

渎

江、淮、河、济为四渎，渎，独入于海也。今淮、济皆并于河，则止二渎矣。缪仲醇言：山骨即海可穿，惟江则两骨中心凑合，不相穿。未知然否？

祭海香云

吴元年，大将军平定山东，次年，上即皇帝位，改元洪武正月。己亥，命道士周原德往登莱州，谕祭海神。原德未至前数日，并海之民见海涛恬息，闻空中洋洋然若有神语者，皆惊异。及原德至，临祭，烟云交合，异香郁然，灵风清肃，海潮响应。竣事，父老皆忻喜相贺，争至原德所曰："海涛不息者十余年矣，今圣人应运，太平有兆，海滨之民，有何幸身亲见之。"原德还奏，上悦。

风　报

吴中五、六月间，梅雨既过，必有大风连数日，土人谓之舶䑧风，云是舶商请于海神得之。凡舶遇此风，日行数千里，虽猛而不为害。四明、钱塘南商，至夏中毕集者，此风致之也。府境尝七月大风，甚于舶䑧，野人骇异，皆传以为孟婆怒，闻者笑之。按北齐李骐骁聘陈，问陆士秀江南有孟婆，是何神也？士秀云："《山海经》：帝之二女游于江。此孟婆也，以帝女，故云孟婆，犹《郊祀志》以地神为泰媪。"则此语虽出鄙俚，其传之有自来矣。宋徽宗在五国城有"孟婆吹转"之词，盖取诸此。

温州自夏徂秋，常观云以候风。苟日间其云或黑或赤，低重凝澄，密而不散，则居民海贾，咸以为忧。方未风时，蒸溽特甚，而波涛山涌，若有物驱之，此邦谓之海动。既而暴风起，其色如烟，其声如潮，振动天地，拔木飘瓦。甚惊畏者不敢屋居，惧覆压也。风稍息，则雨大倾；雨稍霁，则风复作。一日之间，或晴或雨者，无虑百数，此邦谓之风痴。其始发于东北，微者一昼夜，甚者三数日。已而，复有西南之风随其后，一昼夜或三数日以报之，此邦谓之风报。风痴已可惧，然比岁常有；而风报或无，果有，则势尤恶。熙宁九年，大云寺卢舍那阁成，费钱千有余万，其高广闳伟，甲于城中。是年七月，所谓风报者起，此阁辄屡浮动，寺僧皆大呼佛号。风定视之，则柱离于础尺余矣。推此以知力之大，何千万人足拟哉！至于官宇民庐，往往摧圮，修复久之，尚未如故。郡人云：数十年来，未见此风之比也。每五、六月以往，邦人率以为虞。凡风雨作，则无雷；惟得雷，而后测霁止之期。迨秋冬交，众皆相庆，谓可无虞矣。其风之来，狂暴而喧豗不止，故谓之痴，二广则谓之飓，大率海滨多有之。韩退之《问泷吏》诗云"飓风有时作，掀簸真差事"者，此也。

海　　舟

洪武五年，昌国县督造海舟，其最巨者，方求材为樯不可得。俄有大鱼一，铁梨木二，各长三丈五尺，漂至沙上。砍鱼取油七百斤，木置樯，恰如数。事闻，上曰："此天所以苏民力、靖海寇也。"船至外洋，必遇顺风，出没波涛，远望如龙。后太祖崩，一夕风雨失去，而舟中人抛出，无所伤，如有提拉者。

宋嘉祐中，海上一舟遭大风，桅折，信流泊岸。舟中三十余人，着短皂衫，系红鞓角带，类唐人，见人拜且恸哭，语言书字皆不可晓。步则相缀如雁行，后出一书示人，乃唐天祐中告授新罗岛首领，陪戎副尉也。又有《上高丽表》，亦称新罗岛，皆用汉字，盖东夷之臣属高丽者。时赞善大夫韩正彦宰昆山，召至县，犒以酒食，且为修船造桅，教以起仆之法。其人各捧首，致谢而去。船中凡诸谷皆具，惟麻子大如莲药，土人种之亦大，次年渐小，数年后，如中国者。

边海有夷舶飘至者，多掩杀报功，或反为所掩者，即匿不以闻。近日惟交趾一船，以舟中空无一物，且无器械得全。因检宋仁宗时，胡则在广南，有大船因风远至，食匮不能去，告穷于则。出钱三百万贷之，谏者皆不听。后夷人卒至，输上十倍。在宋政宽，今则犯通海禁下狱矣。

万历辛亥六月，海风大发，温州获异船三。初获为裴暴等七十三名，自供为阿南国升华府河东县人，五月，奉上官差，往长沙葛黄处，荐礼祭祀灵神而被风者。再获为武文才等二十五名，供为升华府河东县人，六月，往归仁府维远县贩卖，飘至海中，为盗所劫而被风者。

三获为弘连等三十七名,并瑞安县获解称文稜等五名,共四十二人,自称为升华府潍川县人,五月,就富安府装载官粟并各物,回本营而被风者。阿南即安南国,其君黎姓,后莫姓继之,今复归于黎。有五道、四宣、二京都,城市有古殿旧迹,人皆被发,裸下足,盘屈蹲踞为恭。声音莫辨,饮食无分生熟。所奉上官令为钦差节制各处水步诸营兼总内外,同平章军国重事太尉长国公,又镇南营都督府掌府端郡公,雄义营太尉端国公。君所被者,黄衣黄冠也;臣所服者,纯衣纯冠也。问:"读何书?"曰:"《孔》、《孟》、《五经》、《四书》。""念何佛?"曰:"南无阿弥陀佛。""唱何曲?"曰:"《张子房留侯传》。"史译审无他,各发原土安插。沿途水则从舟,旱则从陆。驰檄经过地方官司,差兵押递。每人每日各给米鲞。冬月严寒,行令温州府查取贮库赃衣,各给绵衣御冷。遇病拨医调治,以保生全。皆叩头而去。

海　　塘

范希文为兴化令,修捍海塘数百里,宋末,詹士龙复修之。初发地,得希文《石记》云:"遇詹而修。"此事古往往有之,然系希文所留,不独名臣,且擅康节之数学矣。贤者固不可测如此。

海　　沙

万历甲午,余至海宁。城外海沙可七八里,际城五丈为塘,东直海盐,烟墩相望。次年沙没,海水直叩塘址。以长篙测之,不得其底。众汹惧,将徙城避之。无何,大风雨,众尽溃,县令亦挟印走。既息,城无恙,令率众复归。未几,塘外沙露尺许,久之复旧。

海　　井

华亭市中,小常卖铺有一物,如桶而无底,非木、非竹、非铁、非石。既不知其名,亦不知何用。凡数年,无过而问之者。一日,有海船老商见之,骇愕,有喜色,抚弄不已。叩其所直,其人亦黠,意老商必有所用,漫索其直三百缗。商喜,偿三之二,遂取付之。因叩曰:"某实不识为何物,今已成买,势无悔理,幸以告我。"商曰:"此至宝也,其名曰海井。寻常航海,必须载淡水自随,今但以大器满贮海水,置此井于中,汲之皆甘泉也。平生闻名于番贾,而未尝遇,今幸得之。"《范石湖集》载海中大鱼脑有窍,吸海水,喷从窍出,则皆淡。疑海井即此鱼脑骨也。

海　钱

乾道丙戌夏,乐清县海门有蛟,出水长丈余,既而塔头陡门水,吼二日,而海上浮钱甚多。有一父老识之,曰:"海将钱鬻人也,风必作,亟系船于屋。"里人咸笑之。至八月十七日,海果溢,一县尽漂,其家独免。

浮　提　异　人

海外有浮提国,其人皆飞仙,好行游天下。至其地,能言土人之言,服其服,食其食。其人乐饮酒无数,亦或寄情阳台别馆。欲还其国,一呼吸顷可万里,忽然飘举,此恍漾之言。然万历丁酉年,余同年叶侍御永盛按江右,有司呈市上一群狂客,自言能为黄白事,极饮娱乐,市物甚侈,多取珠玉绮缯,偿之过其直。及抵暮,此一行人忽不见。诘其逆旅衣囊,则无一有。比早复来,甚怪之,请得大搜索。叶不许,第呼召至前,果能为江右土语。然不讳为浮提人,亦不谓黄白事果难为也。手持一石,似水晶,可七寸许,置之于案,上下前后,物物入镜中,写极毛芥。又持一金镂小函,中有经卷,乌楮绿字,如般若语,览毕则字飞。愿持此二者为献。叶曰:"汝等必异人,所献吾不受。然可速出境,无惑吾民。"各叩首而去。

琼　　海

嘉靖十六年丁酉，琼州诸生应试。见海神立水面，高丈余，朱发长髯，冠剑伟异。众惊异下拜，神掠舟而过。次日，有三舟复见，诸生大噪拒之。神忽不见。少顷，风大作，三舟皆溺。

琼州士子赴提学试，涉海甚艰。嘉靖二十六年，没者数百人，临高知县陈址与焉，并失县印。其考贡之年，地远不至者，亦不复补。神宗初即位，吾师王忠铭先生，琼之安定人也。入馆即请于朝，以备兵使者摄之，得允。琼士德之，又建书院，捐学田，立乡约保甲之法，兵使者通行一府，地方以宁。乡人共建生祠祀先生，题曰崇报。先生不敢当，乃祀赠公，而先生祔焉。呼！为德于乡而食其报，若先生可以永矣。先生讳弘诲，质直忠厚，工诗及书，澹于名利，几入相矣，有阻之者，终南京礼部尚书。先己丑，与许文穆公主会试。时会元陶望龄、状元焦竑馆选廿二人，余居第十二。先生即以是年南行，至万历戊戌再起。以考满入京，门下士在京正盛，迎于郊外二十里，自四衙门而下，凡八十余人，余又与焉，极一时胜事。得士报国若先生者，即不入相，其又何憾！

琼在大海中，广数千里。海角下见大星数十，皆非《星经》所有。

海潮应月，浙、广、福等，潮俱有信。琼州半月东流，半月西流，大小应长短星，不随月。

杭　　潮

宋末杭潮三日不至，及元末，亦如之。又度宗梓宫发引，至江上候潮将渡，过日晡不至，已豫为之兆矣。

杭潮三日不至，人谓天之祐胡元以亡宋，固是一说。然虏人间谍甚精，山川险夷，国之虚实，尽知之矣。伯颜大将，盖代英雄，屯于皋亭山，岂有钱江如山之涛，全然不觉，宿兵其地之理？宋之叛将降卒充牣其幕，自诡效忠，即宿兵，岂有不谏止之理？以鄙意度之，三日不至，事诚有之，元兵必不驻此，传者文以为奇，史臣仍袭不改耳。

珠　　池

池在海中，蛋人没而得蚌剖珠，盖蛋丁皆居海艇中采珠。以大船环池，以石悬大纼，别以小绳系诸蛋腰，没水取珠。气迫则撼绳，绳动，舶人觉，乃绞取，人缘大纼上。前志所载如此。闻永乐初，尚没水取，人多葬沙鱼腹，或止绳系手足存耳。因议以铁为耙取之，所得尚少。最后所得今法，木柱板口两角队石，用本地山麻绳绞作兜，如囊状，绳系船两旁，惟乘风行舟，兜重则蚌满，取法无逾此矣。

渡　　海

金道玄，字仲旻，吴县人。少孤，父友长桥万户府镇抚陈某养为子。至正间，方国珍起兵海上，江、浙行省参政朵耳质班督师与战。时陈已进官都镇抚统军，以道玄从。初并师期集建宁之补门关。国珍以书诈降，陈受之，意稍解。道玄曰："贼志未可知也，不如严备之。"陈不听。国珍以艨艟数百艘，帆以赤布，蔽日而下，势渐迫，官军犹晏然。国珍乘风纵火，矢石交注，陈战死，不知所在。道玄求之不得，乃从舵楼跃赴海，祝曰："吾父有灵，幸使我不为贼所得也。"已而，恒若有人抱持之，自旦及晡，随波上下。忽觉身在石上，登沙濑数百步，得小径。行里许，乃知温之垒水山也。迨归，张士诚已据吴。或荐其名于伪司徒李伯升，道玄闻之，挈妻孥去，隐具区，卖卜终身。子问，礼部侍郎。

普　　陀

南海普陀山，梵云补怛落伽，或曰怛落伽，或曰补涅落伽。音虽有殊，而译以汉文，则均为小白华树山，实则一海岛也。

先师有四配，南海观音大士亦有四配，伽蓝、祖师、弥勒、地藏。

绍兴十八年，史越王浩以余姚尉摄昌国盐监。三月望，偕鄱阳程休甫，由沈家门泛舟。风帆俄顷至补陀山，诘旦，诣善财岩潮音洞，洞乃观音大士化现之地。时寂无所睹，炷香烹茗，但碗面浮花而已。晡时再往，一僧指岩顶有窦，可以下瞰。公攀缘而上，忽见金色身照曜洞府，眉目了然，齿如玉雪。将暮，有一长僧来访，云："公将自某官历清要，至为太师。"又云："公是一个好结果的文潞公，他时作宰相，官家要用兵，切须力谏。二十年当与公相会于越。"遂辞去，送之出门，不知所在。乾道戊子，以故相镇越，一夕，报有道人称养素先生，旧与丞相接熟。典客不肯通刺，疾呼欲入谒，亟命延之。貌粹神清，谈论风起，索纸数幅，大书云："黑头潞相，重添万里之风光；碧眼胡僧，曾共一宵之清话。"掷笔不揖而行。公大骇，遍觅不见。追忆补陀之故，始悟长身僧及此道人皆大士见身也。

丙午年，余在南中。有高明宇者，谈多奇中。谓余厄在后丙丁二年，且曰："过丁巳秋，或可免。"盖刚六十之期也。时去之尚远，不以为异。至丙辰冬，长孙痘殇；丁巳三月，季弟凤岐暴卒。哀惨，日觉精神恍惚，形神泮涣，且有恶梦。自忖岌岌，决符高老之言，乃发愿泛海礼普陀，且曰："死于牖，无若死于海为快，且留与诸贵人作话柄也。"时东风急，驻者三日，四月二十六晚，风小止。开舟，浪犹颠荡。行不五里，停山湾，遥见前舟已沉矣。次日转西风，挂帆半日而至。登殿作礼，宿一僧舍。通夜寝不能寐，甚苦，甚疑之。归来忽忽，徂夏入秋，日展书，只以不语不动，遇拂意决不恼怒为主。至八月十一日，饮药酒，忽有异香透彻五脏五官。又三日，梦若有授历者，觉而释然，偷活至于今，刚又三年矣。追忆过海景象，模糊不能辨。姑以意书其百一，或真或幻，皆不自知也。

由定海掉舟，自北而东，过数小山，可三四十里，为蛟门，北直金堂山。此处山围水蓄，宛然一个好西湖也。将尽，望见舟山，曰横水洋，潮落时，舟山当其冲。其一直贯，其二分左右，左为北洋，右则象山边海诸处。入舟山口，山东西亘七八十里，南夹近海诸山。山断续，望见内洋，舟行其中，如泛光月河可爱。尽舟山为沈家门，转而北，即莲花洋，洋长可三四十里，过即普陀矣。

抵普陀之湾，步入一径，过二小山，即见殿宇。本山皆石，吐出润土，蜿蜒直下，结局宽平，可三百亩。即以二小山为右臂，一小山圆净为案。左一长冈，不甚昂，筑石台上，结石塔，为左蔽。殿三重，宏丽甚，乃内相奉旨敕建。殿之辛隅，为盘陀石出，势颇高耸。巽方为潮音洞，吞吐惊人。正后迤逦菩萨岩，最高。曳而稍东，一石山，其下即海潮寺也。去前寺不过三里，万历八年所建，今已毁。两寺之间，东滨于海，一堤如虹，海水上下，即无潮，犹汹涌骇人。东望水面，横抹诸山，起伏如带，色黑，曰铁袈裟。又东望微茫二山，曰大小霍山。极目闾尾，红光荡洋，与天无际。惟登佛头岩，能尽其概。若在半腰牵引诸山，宛如深壑，空处飞帆如织，彼中人了不知其异且险也。

大约山劈为前后二支，支各峰峦十余，前结正龙，即普陀寺。转后为托，即海潮寺。二大寺外，依山为庵者，五百余所，皆窈窕可爱。环山而转，除曲径外，度不过三十里。

舟山有城、有军、有居民，金堂最近。闻其中良田可万顷，悉禁不许佃作，何居？大谢山直舟山之南，田亦不少，此皆可耕之地。然边海之人，都以渔为生，大家则宦与游学，游手不争此区区粒食计，故地方上下，无有言及者。袁元峰相公欲行之，有司以为扰民而止。

余住定海三日，看来潮汐分明是天地之呼吸，人非呼吸则死，天地非呼吸则枯。以月之盈亏为早莫，其曰大小，未必然也。天下惟钱塘潮、广陵涛著称，则其海口最大，与口外即大洋故。然此臆度之言，不足据，惟识者参之。

近时诸公议历法，有形章奏，至相轧者。或以问余，余曰："我呆人，安知历？但看月一回圆则一月矣，亦如夷人不知岁，但草一回青则一岁矣。"其人不能应。今见海潮，初一、十六，必以子午刻，余以次渐迟，迟至晦望。一日之中，早在辰末，晚在酉末，所差甚多，而次日子午必不爽，此又非历法一定不易之准乎？节令亦如之，即差，不过一日，无甚关系。天本以显道示人，人不察，而纷纷作聪明者，其谓之何？间以语朱大复，深以为然。

上招宝山，见一秀士，须面甚伟，异之。秀士亦睨余，余不顾。数遣从者踪迹，若有意者，遂进与揖，方知为刘都督草塘之子，今都督省吾之弟也。其名国樟，为南昌诸生。是时方欲为草塘立传，喜而问之，因得其详。且曰："君固将种，又材器如此，一缵先绪，取玉带如芥，何事从铅椠自苦？"答以为："父虽上将，数为文臣所抑，末年已平九丝蛮寇。曾省吾抚台，虽骄横，犹能假借。代曾者某公，初履任，循例设席邀宴。某至大怒，谓'此皆糜军饷款我，保富贵，取赏赍'。不就席而去。遂恚甚，疡发于脑而卒。故切戒某弃武就文，而竟未有当也。"余闻其言，深悯之。盖势之偏重久矣，我辈于节制中，要须权衡，毋徒恣文墨，轻天下豪杰也。

时倭警狎至，从者三人甚恐，劝无行，余不听。出海仅十余里，谍报冲风棹八桨而过者可接，皆曰：警，警！急，急！余皆不顾。既抵山，则先一日果一倭舟泊于山之东厓。舟纯黑色，上若城堵，不见人，高可五丈，长三倍焉。连数日，东风漂至。我兵船围守发铳，弹如扬沙，著石壁，纷纷下坠。一小舟直前逼之，倭发铅弹一，透死，五人遽退。是夕，风转而西，倭扬帆去，我舟尾之，余作礼之。又次日，舟师皆归，有登山者，问之，曰："尽境而还。"计倭舟入闽及广，风稍南，出大洋矣。

山有两寺，住持后曰大智，前曰真表。大智戒律精严，为四方僧俗所归。真表虽领丛林，性骄鸷悍，破戒。万历十年间，其徒讼之郡，太守行郡丞龙得孚勘问。龙为人好道，醇直廉俭，时复奉监司他委勘金塘山。及补陀，众鞫真表。夜梦群僧并来，告真表过恶，且属丞三分道场，奉大士香火，到山处分，悉如其梦。且谓众僧曰："此非吾意，佛告之也。"仍戒饬众僧查僧房，总三十六，命取《莲华经》三十六部来，毁之火，而令众僧跨其上，誓无再犯。时吴参将稍从旁止之，乃火一部，众僧悉跨焉。处分毕，至后殿拜礼。甫拜下，即觉两髀痛软不可动，两人掖之以拜。遍体陡发大热，急扶入禅房，疾遂委顿。胸间结一片，大于盂，坚于石，楚不可言，渐至昏愦。见沙门云拥雾集，若有所按治。有人若伽蓝者，奏曰："此虽得罪大法，顾其人，实奉道爱民，居官清净。"内传佛旨曰："奉道毁道，尤当重处。姑以爱民故，罚三石牛啬官。""三石牛啬官"者，不省其云何，丞念此必冥官之号，如是死矣。且入恶趣，力忏悔："某不知毁经之罪大乃尔！自今而后，顾奉斋持戒终身，亟免官入道自赎。"沉沉无有应者。即有人送三石牛耆官札子到，固辞不受，大智亦为之祈哀，诵经念忏，愿以身代。又久之，始得兆，许忏悔焉。大智从定中见一铁围城，城中死人累累，并裸卧，丞亦在卧中，独不裸。大智至心营解，忽见空中下白毫光一道，若有人掖出之而苏。丞见沙门万人，问："悉从何来？"咸曰："我辈给孤园善知识也，汝何故毁经，犯此大戒？"丞曰："知罪矣。愿以百偿一，而捐俸斋万僧。"众僧稍稍散去。其夕，家僮于昏黑中见两玉女，双鬟髻，手执幢盖，绕床而过，莠然有声。幢脚拂僮面，僮惊起大呼，丞病良已，是时不粒不瞬十日矣。屠长卿目击，为之记。

普陀是明州龙脉最尽处，风气秀美，虽不甚险远，而望洋者却步。即彼中士民，罕有至者。若非大士见形，何以鼓动人心，成此名刹，奔走尽天下？凡西僧，以朝南海为奇，朝海者，又以渡石梁桥为奇。梁之南，有昙花亭，下数级，即为梁，横亘十丈，脊阔亦二三尺。际北绝壁，有小观音庙在焉。余坐上方广寺，亲见二十余僧踏脊如平地。其一行数步，微震慑，凝立，少选卒渡。众皆目之，口喃喃不可辨。问之山僧，曰："几不得转人身也。"普陀一无所产，岁用米七八千石。自外洋来者，则苏、松一带出刘河口，风顺一日夕可到。自内河来者，历钱江、曹娥、姚江、盘坝者四；由桃花渡至海口，风顺半日可到。两地皆载米以施，出自妇女者居多。自闽广来者，皆杂货，恰勾岁用。本山之僧亦买田舟山，其价甚贵。香火莫盛于四月初旬，余至则阒然矣。却气象清旷，几欲久驻，而竟不果，则缘之浅也。细讯东洋诸山，一老僧云：有陈钱山突出极东大洋，水深难下碇，又无岙可泊。惟小渔舟荡桨至此，即以舟拖阁滩涂，采捕后，仍拖下水而回。马迹又在其西，有小潭，可以泊舟。但有龙窟，过者寂寂。一高声，即惊动，波浪沸涌，坏舟。再西为大衢，与长涂相对。其西有礁无岙，不可泊舟，且亦有龙窟，宜避。东面有衢东岙，可容舟数十只，但水震荡不宁，舟泊于此，久则易坏。大衢在北，长涂在南，相离不过半潮之远。潮从东西行，两山束缚，其势甚疾。舟遇潮来与落时，皆难横渡，俟潮平，然后可行。近昌国为韮山，形势巍峨，岛澳深远。此山之外，俱辽远大洋。船东来者，必望此为准，直上为普陀矣。

海水本辽阔，舟行全藉天风与潮，人力能几？风顺而重，则不问潮候逆顺，皆可行。若风轻而潮逆，甚难。夏秋之间，西北风起，不日必有极大西北风。操舟者见此风候，须急收安氽。兵船在海，每日遇晚，俱要酌量，收舶安氽，以防夜半发风。至追贼，亦要预计，今晚收舶何氽。若一意前追，遇夜风起，悔无及矣。

沿海之中，上等安氽可避四面飓风者，凡二十三处：曰马迹，曰两头洞，曰长涂，曰高丁港，曰沈家门，曰舟山前港，曰浔江，曰列港，曰定海港，曰黄岐港，曰梅港、湖头渡，曰石浦港，曰猪头氽、海门港，曰松门港，曰苍山氽，曰玉环山、梁氽等氽，曰楚门港，曰黄华水寨，曰江口水寨，曰大氽，曰女儿氽。中等安氽可避两面飓风者，凡一十八处：曰马木港，曰长白港，曰蒲门，曰观门，曰竹齐港，曰石牛港，曰乌沙门，曰桃花门，曰海闸门，曰九山，曰爵溪氽，曰牛栏矶，曰旦门，曰大陈，曰大床头，曰凤凰山，曰南麂山，曰霓氽。其余下等安氽，只可避一面飓风，如三孤山、衢山之类，不可胜数。必不得已，寄泊一宵，若停久，恐风反别迅，不能支矣。又潭岸山、滩山、许山之类，皆团土无氽，一面之风亦所难避，可不慎乎？由此观之，沿海万里之遥，处处有氽，处处要斟酌。此惟老渔船知之，而渔有世业，有阅传，又善占风，望云气，履如平地，多夜行，不失尺寸也。

近日有茶山王之说，传者历历若亲见，且谓聚至数万人，贩米于苏、松等处。庚申，湖、广至禁米不许下江，曰："恐茶山王籴去也。"米一时踊贵，斗至一百五六十钱。时非水非旱，田禾蔽野，秋成在即，而所在悭扰，平籴抑价。吴江县立破一百二十余家，亦自来之异变也。考海中诚有此山，自嘉定、宝山出南汇嘴，一百六十里可至。无氽无港，原非驻足之地。其它处远而同名者或不少，却屯聚如此之多，几比琉球一国。大海中固邈无边际，要之，自开辟以来，人力所至，船只所通，凡岛屿、礁坎之类，靡不登之载籍。而独遗此大山，窟奸人，为东南隐忧，似不可解。且海寇飘忽，乘风万里，所以难制；若山居土著，必为众所窥。即如米尚须籴，它一切所需，非天降，非地出，何处得来？若曰俱贩之中国，何不散居内地，伏草泽间，为所欲为？而以海自限,日与风涛为伍,决非事理所有。而少年喜事者,至自请于当道,往彼说谕招兵,各使臣欲收之为用,曰折简可致,远近若狂,数年不绝,发一笑可也。

卷之二十七

胜游佳境

江南花木胜游,梅时玄墓,菊时娄江,桃华时蟠螭,芙蓉时西湖,术时菁山葛仙井,杨梅时光福,樱桃时北固山。而时令佳境,则太湖月,钱塘潮,两天目松石,栖贤笋,洞山茶,鹰窠、普陀山看海及日出,庶几得之。

梅丈人

客有三人与梅丈人论理趣浅深,曰:"玉雪为骨冰为魂,耿耿独与参黄昏。遥知云台溪上路,玉树十里藏山门。"一客曰:"碧瓦笼晴烟雾绕,藐姑之仙下缥缈。风清月白无人见,洗妆自趁霜钟晓。"一客曰:"在涧嫌金屋,照雪羞银烛。直从九地底,阳萌知独复。"丈人曰:"初得吾皮,次得吾骨。得吾髓者,其三之复乎?"

占年

兴化县木塔寺,殿材皆紫柽,美材也。贾人以木筏载黄梅一株,树之殿旁,胡僧坐其下,忽不见,殿成而梅日盛。偶以占年,东盛则上河丰,西盛则下河丰,俱盛则俱丰,俱衰则俱歉。雀啄之,则有虫鼠之耗,农人多验之。

月中桂子

绍定间,舒岳祥读书馆中。会中秋月色皎然,闻瓦上声如撒雹,甚怪之。其祖拙斋启门视之，乃曰："此月中桂子也，我尝得之天台山中。"呼童子就西庭中拾得二升，其大如豫章子，无皮，色如白玉。有纹如雀卵，其中有仁，嚼之，作芝麻气味。囊之，杂菊花，作枕，清芬袭人。其收拾不尽散落砖罅者，旬辄出树，子叶柔长，经冬犹秀。寻徙植盆中，久之，失其所在。

花

杜鹃花，以二、三月杜鹃鸣时开，一名映山红，一名红踯躅。有二种：其一，先敷叶后著花者，色丹如血；其一，先著花后敷叶者，色差淡，人多植庭槛间，结缚为盘盂翔凤之状。越州法华山奉圣寺佛殿前者特异，树高与殿檐等，而色尤红。花正发时，照耀楹桷墙壁皆赤。每岁花苞欲坼时，寺僧先期以白郡，府守率郡僚往燕其下，邦人亦竞出往观无虚日。寺僧厌其扰，阴戕之，盖宋时已雕枯矣。郡斋有杜鹃楼，天衣、云门诸刹皆有之。又上虞钓台山上双笋石，其顶有杜鹃花，春夏照烂，望之若人立而饰其冠冕者。齐唐记宋太祖、太宗、真宗遇密之时，花枯瘦，三载乃复。《上虞志》又谓：仁宗崩，三年不荣。高宗崩，花忽变白。孝宗崩，三年若枯，既而复茂。《嘉泰志》云：近时又谓先敷叶、后著花者，为石岩以别之。然乡里前辈，但谓之红踯躅，不知石岩之名起于何时。今江南在在皆称石岩。

并头莲，前未经见。晋泰和间生于玄圃，谓之嘉莲，其后见者不一。柳宗元、张仲素俱贺表。今所在有之，不为奇。有一本而三萼者。

莲有四面者，徐文贞诗云："四面花开玉露滋，晓风翻雨叶垂垂。泉明酒思濂溪癖，凭仗盆池借一枝。""太华峰头几梦游，若耶轻舸亦难求。小池寂寞凭谁遣，面面华边看白鸥。"

唐时四川忠州，有木莲二株。其高数丈，在白鹤山佛殿前。其叶坚厚如桂，仲夏作花，状似芙蓉，香亦如之。每花坼时，有声如破竹。

蜀西雪山有佛果树，高数丈，叶如芙蓉。花白，两出若莲瓣，大如掌，参差相掩。阳则展敷，阴则吻合。果在其中，至冬殷红，类红消梨。

蜀主升平，常理园苑。有青城山叟申迅进红栀子，花烂红，六出，芬香袭人。结实甚大，用以染素，则成赭红。

广西太平府有罗望果，自外皮剥至见肤，凡九层。食之甚甘。广东人呼为九皮果。

石榴，旧说以枯骨置枝间，石压其根，则结子繁盛。杭越之间，呼为金彪，盖避钱镠讳云。剡中者佳，地近东阳，多榴房。

华容县观音寺，有玉兰一株，轮囷盘郁，高十余丈，远望如玉山。

浔阳陶狄祠植山茶花一株，干大盈抱，枝荫满庭。二月三日祭时，花特盛。好事者分种之，竟无一活。绍兴曹娥庙亦有之，止加拱把之半，土人云千年外物。

萧县有天枣，在天门寺。春时吐华，结实如酸枣，可食。每四月七日，其实皆熟，次日遂空。

宋淳熙间，秦中有双株海棠。其高数十尺，修然在众花之上，与江淮所产绝不类。荆南官舍亦有两株，略如之，姿艳柔婉，丰富之极。

青城山有牡丹，树高十丈，花甲一周始一作花。永乐中，适当花开，蜀献王遣使视之，取花以回。

宋淳熙三年二月，如皋县桑子河堰东孝里庄园，有牡丹一本，无种而生。明年三月，花盛开，则紫牡丹也。过者皆往观之。有杭州观察推官东过，见花甚爱，欲移分一株。掘土深尺许，见一石如剑，长二尺，题曰："此花琼岛飞来种，只许人间老眼看。"遂不敢移。以是乡老有生旦值花开时，必造花下，饮酒为寿。间亦有约明日造花所而花一夕凋者，多不吉。惟有李嵩者，三月八日初度，自八十看花，直至一百九岁而终。

岭南无牡丹，移植不花；花即不利其主。梁文康之孙中舍绍绩，携至家，花开召客饮，疾发即殒。易数主皆然。

陆成之宅，牡丹一株，百余年矣。花朵茂盛，颜色鲜丽。有李氏者，欲得之，主人已许，俟开后乃移。既移，其花朵朵皆背主面墙，强之向人，不能也。未几，凋残零乱，无复前观。

紫薇，一名满堂红。

《越绝书》：句践种兰渚山，王右军兰亭是也。今会稽山甚盛。余姚县西南，并江有浦，亦产兰，其地曰兰墅州。自建兰盛行，不复齿及。然移入吴越辄凋。有善藏善植者，售之辄得高价，而香终少减。以野人论之，更不如山谷间取之甚易而且多。贵所贱，少所见，岂虚语哉！

蕙，余姚江边多产之，因名蕙江。今惟闽为最盛，遍于江南，有谱。

黔中绯桃花、夹竹桃花甚蕃。另有一种，名曰月桃，一枝分花，或红或白。又有六月柿，茎高四五尺，一枝结五实，或三四实，一树不下二三十实。火伞、火球，未足为喻。条似蒿，叶似艾，花似榴。种来自西蕃，故又名蕃柿。

草木之花皆五出，雪花六出，朱文公谓地六生水之义。然桂花四出，潘笠江谓土之生物，其成数五，故草木花皆五。惟桂乃月中之木，居西方，四乃西方金之成数，故四出而金色，且开于秋云。然蓍萏亦六出。

木

枫木之老者为人形，故曰灵枫。其曰灵椿，则颛以寿言矣。谓帝座曰枫宸，盖侍卫胪列不动有如枫。又曰丹宸，即丹枫也。

金刚纂，生天目。其树长不满三四尺，多屈曲，虽春夏亦无叶。每触其枝，曳裾不前，夷缅国有是种。相传锉其末以渍水，水必毒，饮者立死，曰人瘴。又能借之以为诱淫之法。

楠木，材巨而良。其枝叶森秀，若相回避然，谓之让木。文潞公诗所谓"移植虞芮间"者，以此。

树皆有皮，惟紫荆无之。木皆有理，惟川柏无之。花皆有种，皆可变色。

宋南渡时，高丽进阴阳柏二株，初仅二尺，种之永怀寺殿庭左右。久之，高与殿等，每左花则右实，右花则左实。

金荆榴树，色如真金密致，而文采盘蹙，有如美锦，细腻而香。隋炀帝时，朱宽征南，得此木数十片。用以作枕及案面，沉檀所不及。

云南太平诸郡，有木，肌柔腻而色白如银，名曰银木。用以制器，绝佳。

松萝树，唯安南有之。唐大中间，裴休建宣州广教寺，黄蘗禅师募得此材，以神通力，皆自井中踊出。寺成，尚余八株，植之殿前，辄敷荣长茂。遇僧有异行者，即开异花数色。

横州产铁树，高三四尺。干、叶皆紫黑色，叶类石南，而质细厚。每遇丁卯年乃花，花四瓣，紫白色，如瑞香，一开累月不凋。

蜀地杨柳多寄生，状类冬青，亦似紫藤，经冬不凋。春夏之间作紫花，散落满地。冬月之望，杂百树中，荣枯各异。

松柏圣迹

都昌柴棚镇，有古松一株。太祖征伪谅时，憩其下。万历甲申，知县王廷策即地建亭，掘得白蟹，畜之江。又建前亭，竖梁时，有赤鲤从空飞下。高皇帝自将兵十万，取婺州，过兰溪县，见古柏甚奇，驻师其下。有方姓老人拜伏曰："此圣天子也。"喜之，赠以诗笺，令得游天下。柏后创亭绕之，而空其中。夜半，人望之，辄有苍龙绕伏其上。王世懋诗云："何年古柏尚青青，曾是高皇玉辇停。不信圣恩偏雨露，枝枝都作老龙形。"

仙果树

浦城县村中有白果一树，世传以为仙人掷树枝于上。其枝垂生，每年果熟时，不生于枝节，惟于树身肿成大块，破之，可得二三斗，多至石余。形视凡果差小，味则同。

神楝

古楝树，在江滨野田中，土人呼为黄楝。高不过丈许，而周匝可布十肱。从地拔起,色类精铁。望之如百十怪石,磊磊崚嶒;逼而视之,莫辨其为植木也。缀以老干虬枝,拳曲夭矫,而枯瘦削立,又绝似坡公笔意。野人相传,有神宅焉。樵牧皆不敢迫,必千年物也。好事者徘徊其下,移日忘去。惜峙大荒,非涂辙所经,故赏识者少。东天目自化城寺侧转,有松树一株,亦如之。根在崖下,顶高走路仅二尺许,俯视如荠,规圆可三亩。牧童翻斤斗其上,不动也。

水　檀

兰溪黄溢之下,大溪岸上,有檀木一株。其大合抱,高十数丈,不知几何年矣。每岁春夏时,溪流涨后,始生枝叶。其发生早晚,必以水涨为期。如或涨后而不发,则必复有大水,乡人因以占水之候。

柿　石

青州谯氏,大家也。其所居堂后,有大柿树,围三丈许,盖数百年物。崇宁二年,冬雪寒甚,木冻,忽裂至根。中有奇石,长衮丈,纹理莹然,碧色可爱。闻者争观,莫测其兆,多以为祥。然自此家道凌替,售宅于他人,居之复不宁。洎宣和末,不及三十年,屡易主人矣。

射　树

万箭树,在永昌府天井山北。段氏时扑蛮为盗,出没于此,故过者射其树以厌之。树高五丈余,箭镞如猬毛然。

绿衣乞命

太仓州吴怡,一夕梦两绿衣丈夫,桎梏至公前,叩头乞命,默念是且有当死者。比旦起,行伺门间,无所见。见有人腰斧锯,趋而前问之,则曰:"适有木商,构得村中二银杏树,约券已成,且伐矣。"公惊曰:"木乃有神。"如其值偿之,乃免。

竹

人面竹,剡山有之。竹径几寸,近本逮二尺,节极促,四面参差。竹皮如鱼鳞而凸,颇类人面。《尔雅》:莽数节。

戴凯之《竹谱》:竹之别类有六十一。黄鲁直以为竹种类至多,《竹谱》之类皆不详,欲作《竹史》,不果成。今所录猫竹,一作茅竹,又作毛竹。干大而厚,异众竹,人取以为舟。《四明洞天记》:毛竹丛生涧边。又金庭山毛竹洞天有毛竹。

月竹产于蜀嘉定州,每月生笋。

崇阳县有龟纹竹,惟宝陀岩产之。竹仅一本,制扇甚奇,闻今亦绝种矣。

高潘有疏节之竹,六尺而一节。黎母山有丈节之竹,瓜州有无节之竹,罗浮有龙公之竹,临贺有十抱之竹,濡州有扁竹,占城有藤竹,员丘有船竹,东方有弓竹焉,郄曲如藤,得木乃倚。南荒有沛竹焉,其长百丈。

澄州产方竹,体如削成,可用为杖。溱州产通竹,直上无节而空洞。

成都有竹,青黄相间,谓之黄金间碧玉。辰州有龙孙竹,生山谷间,高不盈尺,细仅如针。桃源山有方竹,湖湘间有径尺之竹,可以甑。罗浮山有龙公竹,其大径七尺,一节长丈二尺,叶若蕉。

熊耳山有丹青竹,其叶黄碧每相间。交广有思摩竹,笋自节生,笋既成竹,至春节中还复生笋。黑竹如藤,长丈八尺,色黑如铁,每节长二三寸,名观音竹,产占城国。

蕲州尝产十二时竹,其竹绕节凸生子、丑、寅、卯等十二字。安福周俊叔得此,植之家庭,十余年,笋而竹者十之三。

草

茶陵州云阳山有草高三十丈，一本千枝，一枝万叶。百年而开一华，已开不谢。阴卷晴舒，状似芭蕉，名曰经劫草。

芦、苇、苔、荻，皆草之属也。惟叶与色稍异，苔尤绀碧可爱，然皆生于水次洲上。惟我湖广苔山，高二百丈，遍山生苔。望之翩翩作凤尾形，苔水所由出。自顶及麓，处处涌溢。草、水、山合为一，以此称奇。

绥宁有梦花草，其茎如藤，其花黄白，丛条如线。有畴昔得梦而遗忘者，纽之即寤。又有草，名八角莲，可以伏蛇。谚云：识得八角莲，可与蛇共眠。

广西有都管草，一茎六叶，能辟蜈蚣。又有蛆草，能辟蚊蝇。

红草，产广西太平府，亦名草禁。彼人用以渍水作红饭，或以染帛。又有胡蔓草，叶似柳而大，蔓生，著黄花。一叶下咽，立能杀人，亦名断肠草，又名香菌。唯甘草汁解之。

鹤子草，形如飞鹤，当夏作花，有双虫生蔓间，食其叶，久则蜕而为蝶。女子佩之，号为细蝶。《北户录》：有无风独摇草，曰媚草，即此类也。

桂林有睡草，见者令人睡，握之久睡，一名醉草，亦名懒妇箴。

金州西北五里心山有草，虽大风不偃。

杂　　品

容梧之蒿可栋，高潘之蕨可杖。苏门答剌之瓜茄，一植而五岁。儋州之荷，四时作华。北荒有七寸之枣，南荒有三尺之梨，东荒有三尺之椹。木兰皮国有五尺之瓜，三寸之麦。暹罗之稻粒盈寸，屯罗岛之麻实如莲菂。

松为百木之长，兰为百草之长，桂为百药之长。梓为百木之王，牡丹为百花之王，葵为百蔬之王。纶组也，紫菜也，海中之草也；珊瑚也，琅玕也，海中之木也。

枣杏之属为核果，梨柰为肤果，椰胡桃之属为壳果，松柏之实为桧果。木谓之华，草谓之荣。不荣而实曰秀，荣而不实曰英。竹萌谓之笋，芦萌谓之虇，谷稻萌谓之秧。

苔为泽葵，又名重钱，亦呼为宣藓，南人呼为姤草。倪元镇庭中，苔满落叶，以长竿揭而去之，不欲践伤也。

今人种茄子为酪酥，出于宋龙图阁一书，曰贻子录。或曰当作落苏，未知孰是。

寇宗奭《本草衍义》曰：白冬瓜一二斗许大，冬月收为菜。又蜜煎代果，可以御冬，故曰冬瓜。今皆误书曰“东”，盖因西瓜之对也。又有青色、黄色，而形类越瓜者，本名胡瓜。晋永嘉后，五胡乱中原，石勒僭号于襄国，讳胡尤峻，因改为黄瓜。胡荽为元荽，胡麻为芝麻，胡桃为核桃，江南曰羌桃。

相传西瓜种乃元世祖遣人入西域所携者，然金王予可南云《咏西瓜》云：“一片冷裁潭底月，六湾斜卷陇头云。”则又在元之前矣。

温州乳柑，冬酸而春甘。太和山骞林茶叶，初泡极苦涩，至三四泡，清香特异，人以为茶宝也。

蔷薇露，出回回国，番名阿刺吉。此药可疗人心疾，不独调粉妇人容饰而已。

甘　露

其凝如脂，悬树上，有方三十里，积至十余日者，则宋文帝十七年高平乡富民村也，徐州刺史赵伯符以闻。

元祐八年，南城县东界山甘露降，沾结数十里，逾月不散。

嘉　禾

正德六年，如皋县嘉禾，一本有至百茎者，其一本二十茎者尤多。

状　似

汉灵帝中平元年，济阳、济阴、宛朐、离狐县界，有草生具茎，靡累肿大如手指，状似鸠、雀、龙、蛇、鸟兽之形，五色各如其状，毛、羽、头、目、足、翅皆具。

云　雨

苻坚围姚苌，营中乏水，绞马矢以吸，多渴死者。俄大雨，营中数尺，周营百步外寸余而已。坚怒，推案曰："天其无知，乃降泽贼营！"河朔三镇叛，自相推为王，筑坛就位。是日，三叛军上有云气颇异，马燧方任征讨，望而笑曰："是云无知，乃为贼瑞。"先是，其地土忽高三尺，献谀者以为益土之兆。嗟乎！天与云岂无知乎？僭窃叛逆，数之所值，自不能违。祥瑞原不独为君子设也。

鹤　兔

严分宜礼书时，因宣召旁午，寓颇远，艰于趋赴，移之西阙外，构堂，举梁正寝。群鹤自云外止于上，翔鸣良久乃去，意当时方士所致。众咸骇异。分宜自作记，因思齐武帝葬皇后，其坟上有白兔来栖，毕事乃去。此皆世间祥瑞事，乃严氏权宠，不及廿年败没。齐朝仅再传廿年亡国。则祥亦终非永福也。太原相公亦有来鹤堂，余宴其中，相公述其异。然来止独鹤，不数年，相公父、子、孙俱没。

獭　祠

宜兴长桥下，旧有白獭。若出穴，四望而嗥，则为兵兆。神而祠之，祷必有验。或赋诗云："沦渊不作捕鱼忙，搀报人间赤白囊。世道清平渠屏迹，吴宫医颊授神方。"

犬逐通判

嘉靖甲辰大荒,平湖尤甚。有赵通判者下县催征,刑法严刻,邑人大恐。时乞儿甚多,有犬作人言,语之云:"赵通判领库银三千行赈,曷往恳?"相牵诣赵,倏忽数百人。无赖子又乘之大噪,赵惶惧,逾墙遁去,乃得停征。

三巨人

正德十三年六月四日,陕西会城初昏时,阴黯忽大明,有巨人长三丈余,见抚台东。足长四尺许,衣袂飘摇,须髯如丛戟。已而大风雨,遂失所在。嘉靖三十四年十二月十二日,咸宁王濯未第时,同二三友人丙夜过秦邸。见一巨人,从东蹒跚而来,高三丈余,衣鹑百结,若乞者状。至萧墙东南隅,扶墙内望,若有太息声。万历三十五年,一宗室出门,又见一巨人从北著白衣、白帻,耳有坠,高二丈余,两目炯炯,火光射地,望南而去。

物异

正统戊辰秋,南城县丁祭。是夜三更,学中明伦堂暨东西斋,从空飞石而下,皆水中久浸,尚带苔衣,重可四五斤,惟有圣殿,飞石不到。

辽东广宁等卫,狂风大作,昼暝。有黑壳虫堕地,大如苍蝇,久之,俱入土。又数日,钻土而出,飞去,薨薨如蝗。沈阳锦州城垛墙为大风所仆者百余丈,野火烧唐帽山堡,人马多死伤者。

成化二十三年,浙江景宁县屏风山有异物成群,其状如马,大如羊,其色白,数以万计,首尾相衔,从西南石牛山浮空而去,自午至申乃灭。居民老幼男女,无弗见者。耆老梁秉高言:正统间,亦有此异,地方不宁。本县频年旱灾,民力耗竭,复见此物,莫不震惧。

世宗中，正月望前三日，有蟆数百万，大小相负，自高邮蛤蜊坝过，人皆碍足不能行。入兴化界，散漫无迹。负行，蟆爪入肤理，手劈之，不能脱。识者以为水征云。

万历丁亥，秀水思贤乡有异鸟集于树。人头，鸟身，额下有白须，竟日而去。世间变怪多矣，此亦甚奇。其年水灾，次年戊子米贵，死者满路，水皆肥腥不可食。余赴科试，在杭州昭庆寺，夜步阶除，微风吹积尸腐气，不可忍。又一日，登保俶塔，望山后积柩，几至山半，流液成川。

万历十七、十八年，扬州府大旱。下河茭菰之田，赤地如焚。有黑鼠无数，陵𪖈菰田，食根至尽，菰土坟起，一经野烧，悉成灰土。比之牛耕，其功百倍，乡民赖之，垦田十之一二。

十七年八月二十二日晡时，山东临邑县蜻蜓蔽空，势如飚轮，东西亘数里，弥望无际。少时，大雨至，俱尽。

十八年夏初，乳源前江，多蛇衔尾，自下而上，至燕口岩穴中，一日夜始尽。人击之，亦不为害。

万历四十四年，丹阳有蝗从西北来，蔽天翳日，民争刲羊豕祷神。神有蒲神大王者，尤号灵异，凡祷之家，止啮竹树菱芦，不及五谷。有朱某者，牲醴悉具，见蝗势且逝，遂不致祷。须臾，蝗复返集。朱田凡七亩，尽啮而去，邻塍不损一苗。相传有怪书投其神曰："借道不借粮。"亦可异也。

色　　异

弘治十四年，马湖府底涡江，水色变白，明莹可鉴。翌日，白浊如泔浆，凝于两岸沙石上者如土粉。至十七日，始复如旧。

叙州府东南二河水变色，白如雪，浓如浆者，凡三日。

水　　旱

洪武二十三年七月，扬州海潮泛溢，溺死灶丁三万余人，松江、海盐亦各二万余人。是时，江淮之民杀戮至惨，岂犹未满耶？

万历九年、十年，山西连年大旱，百姓死亡，平凉、固原城外掘万人大坑三五十处，处处都满。有一富家女，父母饿死，头插草标，上街自卖。被外来男子调戏一言，惭甚，自撞死。有一大家少妇，见丈夫饿垂死，将浑身衣服卖尽，只留遮身小衣，剪发，沿街叫卖，无有应者。其夫死，官差人拉在万人坑中，少妇叫唤一声，投入坑。时当六月，满坑臭烂。韩王念其节义，将妆花纱衣一套救之。妇言："我夫已死，我何忍在世饱饭！"昼夜哭，三日而死。

地　　震

嘉靖三十四年乙卯，十二月十二日壬寅，山西、河南、山陕同日地大震，声如雷，鸡犬鸣吠。陕西华州、朝邑、三原等处，山西蒲州等处，尤甚。或地裂泉涌，中有鱼物；或城郭房屋，陷入地中；或平地突成山阜。或一日连震数次，或累日震不止。河、渭泛涨，华岳、终南山鸣，河壅数日。压死官吏军民，奏报有名八十三万有奇。致仕南兵书韩邦奇、南光禄马理、南祭酒王维桢，同日死焉。米仲良家八十五丁，陈朝元家一百十九丁，俱覆。如此者甚众，其不知名未经奏报者，复不可数计。

地震之夕，王祭酒侍娱太夫人。漏下二鼓，太夫人命归寝，领诺归。未即榻而觉，乃奔出，急呼太夫人。时太夫人已就寝睡熟，祭酒反被合墙压毙。太夫人虽屋覆，固无恙也。富平举人李羔，与冀北道参议耀州左熙，内兄妹丈也，同会试，抵旧阌乡店宿，联榻而卧。李觉地动走出，呼倾时，左被酒，痦闻未起。既李被崩崖死，而左赖床楣撑支，止伤一指。其初发也，自潼关、蒲坂，奋暴突撞，如波浪腾沸，四面溃散，随各以方向漫缓，而受祸亦差异焉。省城之西渐轻，东则渐重，至潼关、蒲坂而极。轻者房壁之类尚以渐左，重者则一发即倾荡至尽。轻者，人之救死，尚可走避；重者，虽有幸活，多自覆压之下，掘挖而出。如渭南城门陷入地中，华州堵无尺竖，潼关、蒲坂城垣沦没。他如民庶之居，官府之舍，可类推矣。缙绅被害，自前三人外，又有渭南郎中薛祖学、员外贺承光、主事王尚礼、进士白大用、华阴御史杨九泽、蒲州参议白壁。而渭南谢令，全家靡遗。其他如士夫居民，合族而压死者甚众。受祸大数，潼、蒲之死者什七，同、华什六，渭南什五，临潼什四，省城什三。而其他州县，则以地之所剥，别近远，分浅深矣。受祸之惨者，如韩尚书以火厢坑煨烬其骨，薛郎中陷入水穴者丈余，马光禄深埋土窟而检尸甚难。其事变之异者，或涌出朽烂之船板，或涌出赤毛之巨鱼，或山移五里而民居俨然完立，或奋起土山而迷塞道路，或一山分移，相去四五里。其他村树之易置，阡陌之更反，盖又未可以一一数也。时地方乘变起乱，省城惊传回夷反，久之，始觉为讹言。如渭南之民抢仓库，以乡官副使南逢吉斩二人而定。蒲州居民掠财物，以乡官尚书杨守礼斩一人而定。同州之民劫乡村，以举人王命手刃数人而定。此变之后，次年固原地震，其祸亦甚。至隆庆戊辰，本地再震。自是以来，无年无月，居常震摇。迄万历之岁，未甚息焉。是以居民罹此荼毒，勉造房屋，而不敢为安业。有力之家，多用木板合厢，四壁上起暗楼。公廨之内，别置板屋，以防祸焉。

地震有连数省者，有一省者，有一府一邑者，有一村落者。即一村落，有微震、大震、无声、有声、声至如雷者。万历戊午十二月六日，花林茅中翰在家，地震声如雷，自西而东，约十余里，距南北各二三里外，都不觉有异。远近、大小之间迥别如此，真不可解。一老农云：有一家动摇，或止一楹，而余家余屋不然。此又以寻丈尺寸论矣。山中泛洪，亦如之。戊午七月十三、四日，大风雨，自宁国而东，至吾乡安吉等处，泛者数百处，水高至数丈，漂没无算。而余年，有十余处、数处、只一处者。其地若有物奋起，或曰蛟为之，然又有突屋透瓦径出，而不发水，不害人者。山樵云：雉与蛇交，生卵入地，每岁雷发，陷下一尺。不知若干年始生，又不知生若干年始出。大约随其大小、强弱，以为势之低昂，不可一律论。此固是一说。而余谓山壑中亦必有真蛟蜃久伏而出，决不止雉蛇之毒气也。

山　崩

万历二十七年八月，陕西狄道县城东五里，地名毛家坡，山长二百余丈，午时崩裂一半，长一里，其下冲成一池。山南平地，涌出大小山五座，约高二十余丈。山未崩之先，每夜山下火光四出，其内有声如雷，稍稍又闻鼓乐之音。如此者十数夜，至十八日，遂崩。

血　涌

万历十七年六月，慈溪县民邵二等，船到八都，地名茅家浦口。适见红血从草涌出，约有八处，大如盆面，高有一尺。血腥溅到船上，船即出血；溅到人足，足亦出血。约半时方止。考嘉靖年间，一见慈溪，有倭寇入犯之祸；一见东阳，有矿贼窃发之虞。近万历十五年五月，复见余姚，未几，即有杭城兵民之变。是时闽人陈中从琉球来，报称倭奴造船挑兵，倾国入寇，见在福建查审。寻破朝鲜，浙兵东征，死者甚众。

都　城　大　水

嘉靖三十三年甲寅，六月，京师大水，平地丈余。万历三十五年丁未，闰六月二十四等日，大雨如注，至七月初五、六等日尤甚，昼夜不止。京邸高敞之地，水入二三尺，各衙门内皆成巨浸。九衢平陆成江，洼者深至丈余。官民庐舍倾塌，及人民溺死，不可数计。内外城垣，倾塌二百余丈。甚至大内紫金城，亦坍坏四十余丈。会通运河尽行冲决，水势比甲寅更涨五尺。皇木漂流殆尽，损粮船二十三只，米八千三百六十石，溺死运军二十六人，不知名者尤多。公私什物，民间田庐，一切流荡。雨霁三日，正阳、宣武二门外，犹然奔涛汹涌，舆马不得前，城堙不可渡，诚近世未有之变也。有诏发银十万两，付五城御史，查各压伤露处小民，酌量赈救；仍照甲寅年例，发太仓米二十万石，平粜。

卷之二十八

蒋山佛会记《宋潜溪集》

皇帝御宝历之四年,海宇无虞,洽于大康,文武恬嬉,雨风时顺。于是恭默思道,端居穆清,罔有三二,与天为徒。重念元季兵兴,六合雄争,有生之类,不得正命而终,动亿万计。灵氛纠蟠,充塞下上,吊奠靡至,茕然无依。天阴雨湿之夜,其声或啾啾有闻,宸衷盡伤,若疢在躬。且谓洗涤阴郁,升陟阳明,惟大雄氏之教为然。乃冬十有二月,诏征江南有道浮屠十人诣于南京,命钦天监臣差以谷旦,就蒋山太平兴国禅寺,丕建广荐法会。上宿斋室,却荤肉,弗御者一月。复敕中书右丞相汪广洋、左丞胡惟庸移书于城社之神,具宣上意,俾神达诸冥,期以毕集。五年春正月辛酉昧爽,上服皮弁服,临奉天殿。群臣服朝衣,左右侍。尚宝卿梁子忠启御撰章疏,识以皇帝之宝,上再拜,燎香于炉,复再拜。躬视疏已,授礼部尚书陶凯。凯捧从黄道出午门,置龙舆中,备法仗鼓吹,导至蒋山。天界总持万金,及蒋山主僧行容,率僧伽千人,持香华出迎。万金取疏入大雄殿,用梵法从事,白而焚之。退阅三藏诸文,自辛酉至癸亥止。当癸亥日,时加申,诸浮屠行祠事已,上服皮弁服,搢玉珪,上殿。面大雄氏,北向立,群臣各衣法服以从。和声郎举麾奏悦佛之乐,首曰《善世曲》。上再拜迎,群臣亦再拜。乐再奏《昭信曲》,上跪进熏芗奠币,复再拜。乐三奏《延慈曲》,相以悦佛之舞。舞人十,其手各有所执,或香或灯,或珠玉明水,或青莲花冰桃,暨名荈衣食之物。势皆低昂,应以节。上行初献礼,跪进清净馔,史册祝,复再拜。亚、终二献同,其所异者,不用册。光禄卿徐兴祖进馔,乐四奏,曰《法喜曲》,五奏,曰《禅悦曲》。舞同三献。已,上还大次,群臣退。诸浮屠旋绕大雄氏宝座,演梵咒三周,以寓攀驻之意。初厮山右地,成六十坎,漫以垩。至是,令军卒五百负汤实之。汤蒸气成云,诸浮屠速幽爽入浴,焚象衣,使其更,以彩幢法乐引至三解脱门。门内五十步,筑方坛高四尺,上升坛,东向坐,侍仪使溥博西向跪,受诏而出,集幽爽而戒饬之。诏已,引入殿,致参佛之礼,听法于径山禅师宗泐,受毗尼戒于天竺法师慧日。复引而出,命轨范师咒饭,摩伽陀斛法食,凡四十有九。饭已,夜将半,上复上殿,群臣从如初。乐六奏《遍应曲》。执事者彻豆,上再拜,群臣同。乐七奏《玅济曲》,上拜送者再,群臣复同。乐八奏《善成曲》,上至望燎位。燎已,上还,大次解严,群臣趋出。濂闻前事二日,凄风戒寒,飞雪洒空,山川惨澹,不辨草木。銮辂一至,云开日明,祥光冲融,布满寰宇。天颜怿如,历陛而升,严恭对越,不违咫尺。俯伏拜跪,穆然无声,俨如象驭,陟降在廷。诸威神众,拱卫围绕,下逮冥灵,来歆来飨。焄蒿凄怆,耸人毛发。此皆精诚动乎天地,感乎鬼神,初不可以声音笑貌为也。肆惟皇上自临御以来,即诏礼官稽古定制,京师有泰厉之祭,王国有国厉之祭。若郡厉、邑厉、乡厉,类皆有祭。其兴哀于无祀之鬼,可谓备矣。然圣虑渊深,犹恐未尽幽明之故,特征内典,附以先王之礼,确然行之而弗疑,岂非仁之至者乎?昔者周文王作灵台,掘地得死人之骨,王曰:"更葬之。"天下谓文王为贤,泽及朽骨,而况于人?夫瘗骨且尔,矧欲挽其灵明于生道者。则我皇上好生之仁,广衍无际,将不间于显幽,诚与天地之德同大,非言辞之可赞也。猗欤盛哉!祠部郎中李颜、主事张孟兼、蔡秉夷、臧哲职专祷祠,亲睹胜因,谓不可无纪载,以藏名山,以扬圣德于罔极。同请濂为之文,濂以老病,固辞弗获。既为具列行事如右,复系以诗曰:"皇鉴九有,宪天惟仁。明幽虽殊,锡福则均。死视如生,屈将使伸。一归至和,同符大钧。"其一。"元纲解纽,乱是用作。黑祲荡摩,白日为薄。孰灵匪人,流血沱若。积尸横纵,委沟溢壑。"其二。"霜月凄苦,凉飔酸嘶。茫然四顾,精爽何依。寒郊无人,似闻夜啼。铸铁为心,宁免涕洟。"其三。"惟我圣皇,夙受佛记。手执金轮,继天出治。轸念幽潜,宵不遑寐。爰启灵场,豁彼蒙翳。"其四。"皇舆载临,稽首大雄。遥瞻猊座,如觌晬容。香凝雾黑,灯类星红。梵呗震雷,鲸音号钟。"其五。"鬼宿渡河,夜漏将半。飚轮羽幢,其集如霰。神池洁清,鲜衣华粲。涤尘垢身，还清净观。"其六。"乃陟秘殿，乃觐慈皇。闻法去盖，受戒思防。昔也昏酣，棘涂宵行。今焉昭朗，白昼康庄。"其七。"法筵设食，厥名为斛。化至河沙，初因一粟。无量香味，用实其腹。神变无方，动皆充足。"其八。"鸿恩既广，氛氲全消。乾坤清夷，日月光昭。器车瑞协，玉烛时调。大庭击壤，康衢列谣。"其九。"惟佛道弘，誓拔群滞。惟皇体佛，仁德斯被。无潜弗灼，有生咸遂。史臣载文，永垂来裔。"其十。

《钦录集》云：洪武五年壬子春，即蒋山寺建广荐法会。命四方名德沙门，先点校藏经，命宗泐撰献佛乐章。既成，进呈。御署曲名曰《善世》、曰《昭信》、曰《延慈》、曰《法喜》、曰《禅悦》、曰《遍应》、曰《妙济》、曰《善成》，凡八章，敕太常谐协歌舞之节用之，著为定制。四年十一月二十一日，钦奉圣旨，御制广荐佛会榜文，命都省出榜，晓谕天下官民士庶人等。

跋《蒋山法会记》后

予既从祠部群贤之请，为撰《法会记》一通，自谓颇尽纤微。近者，蒲庵禅师寄至《钟山稿》一编，其载祥异事尤悉。盖壬子岁正月十三日黎明，礼官奉御撰疏文至钟山，俄法驾临幸，云中雨五色子如豆，或谓娑罗子，或谓天华坠地之所变。十四日，大风，昼晦，雨雪交作，至午，忽然开霁。上悦，敕近臣于秦淮河然水灯万枝。十五日将晏藏事，如记言。及事毕，夜已过半，上还宫，随有佛光五道，从东北起，贯月烛天，良久乃没。已上三事，皆予文所未及。蒲庵以高僧被召，与闻其故，目击者宜详，而予耳闻者宜略，理当然也。屡欲濡毫补入之，会文之体制已定，不复重有变更。保宁敏机师请同袍以隶古书成兹卷，来征余题，故为疏其后，使览者互见而备文云。

又　云

右《蒋山广荐佛会记》，予向为仪曹诸君所请而作，一则铺张帝德之广，一则宣扬象教之懿，意虽有余，而文不足以发之。丛林之间，往往盛传，徒增愧赧而已。苇舟上人，留意宗门，乐善如不及，近来南京,亦缮书一通持归吴中,求予题识左方。呜呼!佛法之流通,灵山付嘱,恒在国王大臣。读予记者,当知王化与真乘同为悠久,犹如天地日月,万古而常新,猗欤休哉!

又

余既造此记,自知笔力衰弱,无以发挥圣皇崇尚佛乘之深意。岂期大方丛林,竞相传布,殊用悚仄。而雪山成上人复索余书一通,藏诸箧衍,以上人好学之切,不欲固辞之。虽然,余文固非佳,然昭代制作之盛,足以为千万世之法者,亦备著于其间,后之续僧史者,必当有所择焉。

传 衣 《郭青螺集》

万历乙酉,予入韶州。间道棹小艇入曹溪,六祖像精彩庄严,寺僧因出传衣、宝钵、革履。衣似今羊绒褐衣,而间以金缕。《传灯录》谓西域屈眼布,缉木绵花心织成,理或然也。钵本瓷器,为广东提学魏庄渠所碎,或云有心碎之,或云偶坠诸地,僧以漆胶,仍似钵形,而宝色无光。革履云是六祖遗履,比今履差长耳。衣是释迦佛所遗者,有言是达磨所遗,有言是武则天所赐,未有定说。《高僧》等传,释迦佛有衣,名金缕僧伽梨衣,释迦知化期将近,命摩诃迦叶,迦叶敬奉佛敕,后持入鸡足山,自念:今我被粪扫,服持佛僧伽梨,必经五十七俱胝,六十百千岁,至于弥勒出世,终不致坏。于是寂然入定,则释迦衣未传也。又《二十四祖师子比丘传》,法婆舍、斯多,并授僧伽梨衣,后斯多适南天,至中印度,彼国王得胜曰:"予闻师子比丘不能免于刑戮,何能传法后人?"祖曰:"吾师难未起时,密授我信衣,以显师承。"王索其衣焚之,五色相鲜,薪尽如故,王乃大信。即请其衣,秘于王宫。则师子衣未传也。今曹溪传衣,实出达磨。考《达磨传》,菩萨达磨传法慧可,命之曰:"我传汝法,并授汝僧伽梨宝钵,以为法信。惟恐后世以汝于我异域之人,不信其师承,汝宜持此为验,以定其宗趣。

吾没后二百年，衣止不传。"后慧可传僧璨，僧璨传道信，道信传弘忍，弘忍传慧能。弘忍曰："受衣之人，命如悬丝。此后传法，毋传衣钵。"慧能禀教，竟止不传。及坐化后，肃宗慕其道，诏取衣钵，就内瞻礼。肃宗崩，代宗即位。永泰元年，梦尊者请还衣钵。天子敬其法，七日，即诏使臣持还曹溪。曹溪传衣之始末如此。达磨长逝于魏庄帝废立之际，实梁大通二年。自梁至今，约千余年，而衣贮曹溪，完备如故。夫金石之刻，其质本坚，如周石鼓、秦太山碑、晋铁柱之类是也，而金缕甚脆。草木之生，托根于地，如孔之桧、子贡之楷、老之柏、汉之松是也，而金缕无根。然历千年不坏，是岂无尸之者耶？嗟乎！庾岭之争，惠明不能举；肃宗之取，唐宫不能留；宝钵之碎，魏公不能并碎其衣。故今宇内千年之物，独此衣存。

袈裟

《艺林伐山》云：袈裟名水田衣，又名稻畦帔。王维诗："乞饭从香积，裁衣学水田。"王少伯诗："手巾花氎净，香帔稻畦成。"袈裟，内典作毠毟，盖西域以毛为之，又名逍遥服，又名无尘衣，然未及袈裟之原也。陈养吾《象教皮编》云："迦罗沙曳，僧衣也。省'罗''曳'字，止称迦沙。葛洪撰《字苑》，添衣作袈裟。或从毛，作毠毟。一名无垢衣，一名忍辱铠，一名销瘦衣，一名离尘服，一名莲花服，一名福田衣，一名水田衣，一名稻畦帔，一名逍遥服，一名无尘衣，一名去秽衣，一名离染服。"乃知袈裟之原，始于迦罗沙曳，至葛洪始加衣字也。

五铢衣

《艺林伐山》又云：《博异志》：天女衣六铢，又曰五铢。《北里志》：玉肌无轸五铢轻。若以为天女玉肌之衣，不知诸天人皆衣五铢、六铢，不独天女。且有三铢、一铢、半铢者，不独五、六。《阿含经》云：忉利天衣重六铢，炎摩天衣重三铢，兜率陀天衣重一铢半，化乐天衣重一铢，他化自在天衣重半铢。又云：天衣飞行自在。天衣，衣如非衣，光色具足，不可名也。韵注：十黍为累，十累为铢，八铢为锱，二十四铢为两。五铢、六铢，尚未及半两，微乎轻矣。

三　　教

魏道武除沙门，法令至严酷矣。乃其太子晃不谓然，密密弛缓。故道武没后，其法愈盛，崇奉愈益隆。辟如烧山一番，山之草木更茂。三教之并行久矣，其能除乎？又可以口语辟乎？

宋晁文公以道，欲将儒、释、道合一著书，曰《法藏碎金》，凡数万言，不出此义。继作《道院集》三卷。过八十，又为《耄志余书》，湛师以为不见正法眼可恨。然则三教合一之说，今人不过拾其唾余耳。乃诧以为异，何耶？

三教互相攻击，此低秀才、泼和尚、痴道士识见。儒者能容之、用之，暗禁末流，方见广大。

自浮屠黄冠而改儒为仕宦者不少，惟唐韦渠牟，京兆万年人，少警悟，工为诗，李太白异之，授以乐府。去为道士不终，更为僧，已而复冠，仕至太常卿。盖涉历三教，然于义俱不甚解也，而憸躁最为时所薄。

天下之变幻，莫甚于释，次则道术，而儒家独稀。抑儒者之说平实，原不露奇为胜，而业为儒者，耻以奇自见，以此差足胜二氏乎？然二氏不可废，以奇济平，则平乃尽变，益见为奇。故儒犹青天白日也，二氏则日之珥、月之华，以及云雨露雷。总之，皆天也，离而废之，不成为天；合而混之，丽天者又几无辨矣。

小　佛　像

建平均亭里中。唐时，虎衔一小佛像置于时山之巅，有朱道人建庵以奉之，至今灵验。

大士涌出

至正元年闰五月一日，华亭县修竹乡四十三保朱谢里民家竹林中忽见大士一，身从地涌出，质类芝菌，形如雕琢，光彩照人。数百里中，一时倾动，即其地立大悲阁。

佛牙

万历辛卯，浙僧真淳得佛牙于天台山中，献于管东溟。时陆五台为南尚书，管以转属。陆大喜，雕紫檀小浮屠，笼以金丝文龛，送入天界寺。

布袋

布袋和尚，唐僧，闽人。或问年几何，曰："此袋与虚空齐年。"化后，复见于东阳。

遗蜕

无量寿佛遗蜕在广西全州，张口眼，露二齿。岁旱入城西，汗出如注，以巾拭之皆湿。后毁于火，僧拾遗烬，和泥像之，异入城，汗出如旧。又全州临江一峭壁，凡数十级，半壁有一木柜，岁久不腐，人称兵书匣。嘉靖中，遣南昌姜御史儆访异书入全，张云梯，募健卒探取。乃一棺，中函头颅甚巨，二锯牙垂口外，如虎豹然。持其骨下，卒暴死，姜仍以原所瘗之。

长耳和尚

定光佛，初为和尚，号法真。耳长九寸，上过于顶，下可结颐。吴越王宾礼之,居定光院。既寂,漆遗蜕,目翕口微张。以院为寺,正殿居中,龛蜕居左,覆以楼。殿屡毁,不及楼。

愿 得 地

地藏菩萨姓金,名乔觉,新罗国人。在池州东岩修习久,土人闵欲斋之,地藏谢不愿,愿得一袈裟地,闵许之。明日,以袈裟冒之,凡四十里,闵即付之,举家悉成正觉去。

舍 宅 之 始

舍宅为寺,自吴吕蒙始,今建安之开元禅寺是也。或云其子孙为之。

两 京 诸 寺

慈寿寺,在阜城门外八里,太监谷大用故地也。圣母宣文皇太后所建,始于万历四年,至六年秋成。殿宇壮丽,僧房罗列,一塔耸出云汉,四壁金刚,攫拏如生,可畏。至今想之,隐隐眉睫间,如西天龙华境界。

京城西香山碧云寺,瑰壮靡丽。正德中,于经大珰所造。经为御马监太监,以便给得幸上。请赠父泰为锦衣卫都指挥使,母王氏夫人。复导上于通州张家湾等,榷商贾舟车之税,极为苛悉,岁入银八万之外。即以自饱,斥其余羡,为寺于香山,而立冢域于后,所费金以万万计。上亦亲幸焉,故为之赐额及敕。而经后随上南幸,其宠亚于诸贵。会上得疾久,多所恚恶。一日,忽厌经而逐之,尽革其官与所赐蟒玉,使辫发从小珰,受翰林师教诲。嘉靖初,下狱瘐死,籍其家,而寺与墓独存。

南京三大寺,为钟山灵谷寺、凤山天界寺、聚宝山报恩寺。五次大寺,摄山栖霞寺、天竺山能仁寺、牛首山弘觉寺、鸡笼山鸡鸣寺、卢龙山静海寺。并中刹、小刹，共一百六十，最小者不与。视六朝四百八十，盖有间矣。

报恩寺有琉璃塔及殿屋，皆庄严雄伟，盖悉成祖宣庙财力成此。嘉靖四十二年二月雷震，一夕俱烬，僧房无恙，今皆化为酒肉场矣。塔烧琉璃砖为之，不可焚，今尚完好。惟踏级刓不可步，为级者九，登五六级，南中历历可指。铁顶左欹，僧雪浪修之，乃复旧。雪浪，予及见之，伟长而美，有才气，横行南中。郭明龙为南大司成，指名逐捕，遁去，不知所终，盖妖淫之尤也。

报恩寺，永乐十四年十月十三日起工，至宣德三年方完。盖十六年矣。塔九层，通高二十四丈六尺一寸九分。

瓦官寺在秣陵城西南隅，起自晋长兴年。陆地生莲花两茎，有司穴地视之，则一僧俨然在瓦棺中。其花发于舌根，芳馨异常。朝廷闻而神之，赐建慧方寺，民间仍以瓦棺称之。它志所谓铜官、盐官之类，非也。南唐改为升元寺，后毁于火。国朝归魏国为菜圃，数见神光。有比丘觉恒自伏牛来，礼魏国复之。掘片石，刻画巨阁形制，中坐释迦，次及三大士，旁列天王，笔法精良，寺遂复振。

葛屺瞻寅亮，为南祠部。所领近畿诸刹，有赐田者稽籍。籍在则问租，租在则问数，清查勾剔，与所在有司往复甚苦。既有绪，兴补堕废，约束僧寮，秩然可观。亡何，为狂生所辱，同乡人督学者又助之。投劾归，其素以职事，或请嘱相左者，适在事，尽翻所为，今已荡然矣。

女中天子

宋章献明肃皇后，本成都之华阳人，家以播鼗为业。随父龚美游汴，过荆门，止玉泉寺。慕容禅师夜梦金刚报云："明日女中天子过此。"因厚遇之，赠以金。时真宗尚为寿王，居潜邸。知客张耆引后见王，王悦，遂纳之。无何，寿王即位，自贵妃册为后。天禧末，慕容已往长芦。后白于帝，召之不至，惟曰"玉泉无僧堂，长芦无山门"。诏建二寺门堂，遣中使赍白金三千两，安寺市田，兼赐龙眉、龙角镇山，敕建皇后行宫焉。

石　佛

嘉定州凌云、峨眉二山，并甲天下。今人只说峨眉，不知凌云，岂世间两大不能并耶？凌云石佛高三十六丈，唐开元二年，僧海通于水滨凿石为之，未就而殁。真元初，韦皋尹成都，完之，覆以十层阁，额曰凌云寺。

寺门风水

景泰初，敕大兴隆寺，不开正门，鸣钟鼓，并毁寺前第一丛林牌坊、香炉、幡竿。从巡抚山西右副都朱鉴之言也。

戒坛兴废

杭州昭庆寺，建于石晋天福元年。宋太平兴国元年，始为戒坛。屡毁于火，入宪宗时，议修复，按察使杨继宗领其事。我湖富民吴琼舍万金为倡，落成甚丽，并开戒坛。嘉靖三十四年，倭寇至，当事者恐其区广，为贼薮，焚之。旋即修复，后复火，孙织造隆又复之，壮于前观矣。

翔　鹤

嘉定南翔讲寺，在县南二十四里。梁天监间，里人掘地得石径丈，常有二鹤飞集其上，僧得齐即其地作精舍。每鹤至止，必获檀施。后鹤去不返，僧方怅然哦诗，见石上有"白鹤南翔去不归"之语，因名焉。

造　塔

越州宝林寺，宋元徽元年制。《法华经》、《维摩经》疏：僧遗教等与法师惠基于宝林山下建寺，名宝林寺。时有皮道与，舍宅，连山造寺。山之巅，有石岫，岫有灵缦，旁有巨人迹，锡杖痕。初，晋末沙门昙彦与许询玄度同造砖木二塔未成，询亡。久之至梁天监中，岳阳王将至，彦预告门人曰："许玄度来也。"岳阳亦早承誌公密示，至州，即入寺寻访。彦望而曰："许玄度，来何暮？昔日浮图今如故。"王曰："弟子姓萧，名詧。"彦曰："未达凤命，焉得知之？"遂握手，命入室席地。王忽悟前身造塔之事，宛若今日。由是复修塔，塔加壮丽。唐会昌中废，乾符元年重建，改题为应天寺。宋乾德初，僧皓仁建塔九层，高二百二十丈，号应天塔。崇宁三年八月，诏改崇宁万寿禅寺。三月八日，又改崇宁为天宁。每岁天宁节，郡寮祝圣于此。绍兴七年，改报恩广孝禅寺，俄又改广孝为光孝，专奉徽宗皇帝，盖以本天宁祝圣之地也。时有长老滋须者，有高行。会改当十钱为当五，郡守召须及能仁长老密告之，且曰："闻二寺方大兴造，有未还瓦木工匠之直，倘蓄当十钱，可急偿之。"明日，文字一出，皆大折阅矣。二人既归，能仁呼知事僧，告以将赴他郡之请，凡有负者，皆即日偿之，于是出千余缗与之，抵夜乃毕，得者皆喜。明旦，遣侍僧问天宁，则曰："长老归自郡斋，即以疾告，闭方丈门熟睡，至今犹未起也。"及令下，须始以当五之数偿负，能仁乃大愧服。乾道末，藻绘尤盛，置田五千余亩。

水墨罗汉

会稽华林寺，旧有水墨罗汉十八幅，形模奇古。凡视之，初则隐隐模糊，久之，渐明显可挹。喜怒忧寐，其状不一，宛然如生，世称仙笔。相传昔有自矜其技者，寺僧延之，乃独处一楼，谢接谈对，惟令日供饮食。既浃旬，僧疑而瞰之，见其以盆水自照自图，始及半身，觉而绝笔。遂盥其手，弃其水于地，泉迸出，今香泉池是也。不别而遁。收其所遗，得罗汉十六幅半。至李唐时，一僧全其半而续其一，笔法精妙绝似，释家以为画者后身。又云乃僧贯休，俱未可知。且灵异，凡悬挂失其伦序，则坠卷不停。国初，有盗者利重赀，窃而鬻于杭，即托梦以指示，寺僧追而归。后中贵曰三宝者，威胁持去。将渡江，风逆十昼夜，则梦僧人数千，驱其登高涉险，神思不宁，惧而醮祭还之。弘治丙辰，寺僧违戒行。忽一夕，主僧梦群僧负担相率辞去。越三日，罹于火，遂煨烬无存。

群飞蘸油

净土寺在会稽净土山，唐开宝五年，即旧善名寺遗址建，名弥陀院。宋太平兴国七年，改号净土寺。后山有塔，每夜令行者募油钱燃灯，至晓不灭。江海道途之人，望以为号。绍兴中，塔上灯至二更忽灭，寺僧疑行者干没油钱，问之左右，答曰："每夜至更尽时，则有如人形一群，飞自西来，啾啾呼唤，集塔上，灯即灭。"寺僧疑其言。次夜，自登塔伺之，至更余，果见一群约千余人，来塔上，各蘸油傅疮。僧直前问之，众叩首曰："某等乃淮上阵亡卒也。见三宝慧光，乞油傅刀箭疮痕，即愈，便可托生。"僧问此番托生何道，众军作四队前后应答："后世当生为富贵人。只得此灯油，疮痕平愈，便超度矣。"僧由是多买油，更益灯满塔上，每夜鬼众仍集，取油傅疮。半年渐少，久之，不复来矣。

百尺弥勒

新昌宝相寺在南明之阳，东晋昙光开山。齐永明中，僧护尝隐于此。护始到，夜闻钟磬仙乐之音，又时现佛像，炜烨可骇，由是启愿凿百尺弥勒像。像成，端严伟特，名闻中外。其最异者，像自石中凿出，今佛身之后，石壁之上，有自然圆晕，如大车轮，正当佛首，而四方阔狭一同，无毫厘差。佛身高广，则咸平僧端辨尝记之云。按刘勰旧记，齐永明四年，有浮图氏，厥号僧护，尝兹矢誓，期三生躬造弥勒之像。梁天监十五年二月，始经营开凿之。洎毕，龛高一十一丈，广七丈，深五丈，佛身通高十丈，座广五丈有六尺。其面自发际至颐，长一丈八尺，广亦如之。目长六尺三寸，眉长七尺五寸，耳长一丈二尺，鼻长五尺三寸，口广六尺二寸。从发际至顶，高一丈三尺。指掌通长一丈二尺五寸，广六尺五寸，足亦如之。两膝加趺，相去四丈五尺。壮丽殊特，四八之相，罔弗毕具。谅嘉陵并郡石像外，至于斯，天下鲜可比拟者。后梁开平中，吴越王镠赐钱八千万贯，造阁三层，东西七间，高一十五丈。又出珍宝巨万，建屋三百余楹。后镠之孙俶，又列二菩萨夹侍阁前，身高七丈。宋景德间，邑人石湛铸铜钟一口，董遂良等舍钱百万，妆饰金像。又诣阙请经一藏，石氏又起转经藏，并宝殿以安之，赐额宝相。厥后侍像亦坏。元元统二年，僧普光更为坐像二，高六丈五尺。又以铜丝为网，护于其前。明永乐九年，住持僧斋重建三门毗卢阁，凡三层五楹，高十三丈五尺。正统中，悉毁于火。万历三十一年，复为石龛罩之，永绝火患。

马 房 灯 光

贵阳府蔺州永洪庵在印山中，去城十五里，高僧月溪所构。僧，江安人，以罪戍赤水，役于陈百户。所栖马房，夜有灯光照数里，陈异而遣之。遇禅师为示三乘，既得正觉，选地以庐，因庐焉。是为宣德二年。越二载，章皇帝召天下名僧十三人诣阙，月溪亦与焉，别弟子语曰："此招提中徒众，慎无逾四十，逾则殃。"抵京，将召入，上令中使密置经槛下，覆以锦。诸僧履而入，月溪伏不前，上召之，急对曰："非敢以方外自高，惧藉经为罪，非上所以召臣意。"上异焉，翻经入之，赐以茶，不饮，而南洒。问何故，曰："留都火焚四十八户，用禳之。"上未信。后十余日，守臣报火作，如其语。上遣还，遂示寂留都。后有檀越广其居，成福地，林麓点苍，溪洞镂错。中有磨刀溪，大石横其中，为石佛口，水从两旁流，大如轰雷，细如鸣弦。北有峭壁隆起，瀑泉挂岩，为珠帘三重。寺中缁衣四十人。每自外来者，过五人则有一毙，过三人则有一病，过一、二人则有怪。

誌 公 砖 塔

临邑县东有砖塔，云是誌公所营。四面有石兽，迅猛可畏。周灭法时，令人百千挽出，终不可脱，亦无所损。今犹在彼云。

刮金

谚云："佛面上刮金。"陋之也。嘉靖初，用工部侍郎赵璜奏，没入正德末所造诸寺绘铸佛像，刮取金一千三十余两，正合谚语，可笑。

罗汉化米

庐陵能仁寺，当宋时旱甚，米价翔贵。一罗汉变为僧去，化米于赣县。得载两舟，抵郡城，谓舟人曰："吾归领人来取米。"方及岸，失足水中，两履尽湿。舟人迟之，两日不至，亟诣寺僧问故，寺僧曰："此无有也。"舟人行殿上，见罗汉中有绝似僧者，而足尚湿，乃知罗汉所为。今诸像中惟化米者有生气，酷类行役方息，汗泚泚在其额。

麻衣书字

拆梵宫者必受其毒。吾师陈禹阳建寿圹于峡石山，有观音庙直其右，以计毁之。果有满指挥之死，累其长子问斩，坐狱十年，破家十万。指挥未死前，一麻衣僧，各书一"夫"字于店门上，凡七十余家，惟一老媪沽酒者不书。指挥死，地方人惧祸，放火欲燔尸灭迹，因延烧，凡书夫字皆尽，老媪家独免。考满指挥之先，乃以夷人归附，实姓矢，成祖为改姓，发海盐卫。"夫"字近"矢"，复近"火"，盖其兆已豫定矣。郭青螺又言：其郡曾谏议撤快阁，尹合撤南台，皆斩其祀。呼！可畏矣。

狮岩

黄文肃公，读书大云山下。水际屡得采药，寻其源，遇二僧。忽二狮子骤至，僧叱曰："勿惊地主！"公因舍地立寺，额曰狮岩。其山盘曲深秀。一达官利其地,纵火焚寺,火尖蟠结如球。其人一日入山,忽有狮衔入洞中,惊绝久之。有僧抚其首,复苏,乃叩头愿重创寺赎罪。僧嘻曰:"勿言,汝且归。"既归,罄所有,集大木千章,印其名姓。忽风雷,龙伸爪攫去,无一留者,其人亦竟死。未几,一老叟过之,发愿修复。方辟土,前所失大木俱在,惟姓名都削去若新。众欢趋,不半岁告成。老儒丘良,久居山下,素知其事,叹曰:"昔何遭劫,今乃重兴,偶然如此,何佛何僧。"空中若有应者曰:"公言误矣。彼畜业重,福何从兴?有发心者,即佛即僧。"

龙 湫

李元阳,滇人,驻十九峰下。见水涨冲城,裂其门,沙没民居,闵之。以问祖秀眉,曰:"郡本龙湫,《汉书》谓邪龙云南是已。古崇佛法,建寺塔弹压,民始得安。今法废,龙复作祟。吾家世修其法,而力未逮。汝他日可复千年之功,以慰先人之忧。"公受命默识。既贵,自壬寅迄己卯四十余年,寸积铢累,崇圣遗墟及郡中坛宇,焕然一新。又为之振其钟鱼,条其科教,其法渐备,水患用息。

体 玄 僧 帽

卓敬,年十五,读书宝香山中。尝夜归,遇暴风雨,避大树下。水至,展转迁徙,晦冥中,竟迷归路。遥见林外有火光,急趋赴之,乃一小院落,有读书声,敬心稍自慰。扣其门,有一童子应声而出曰:"先生知郎君将来,使吾候之于此。"敬仰视其门,有大书"体玄"二字为區。遂相携而入。见一老翁,坐长明灯下,敬往揖之,翁起,相劳苦曰:"深山中,昏夜遇风雨,得无疑惧乎?"敬曰:"归省乃晨昏之常,恐贻吾亲忧,虽甚劳困苦无恨。但得一烛寻路,即可归矣。"翁笑曰:"山中那得有烛?但有少枯叶。郎君且燎湿衣,徐为之计。"敬起解衣,问向童子曰:"翁为谁?何姓?"童子曰:"先生不欲人知其姓,每向人自称道逍遥翁。"又问:"汝何名?"曰:"吾名少孤。"敬疑其为隐君子也,修谨进曰："敬家只在山下，往来山中甚熟，未闻有体玄之院，亦未闻有逍遥翁之名，敢以为请。"翁曰："昔体玄先生尝居逍遥谷中，吾世业为医，往来中条山中。后因避难，闻陶隐居有丹室在此，因采药南来，结庵少憩。不觉遂淹岁月，不久亦还故山耳。"又问体玄为何人，翁曰："此吾先世事，郎君亦无用知也。"顷之，燎火衣干，恳还，翁起谓曰："郎君既不肯留以待旦，吾有一牛，可骑之而归。昏夜泥淖，当有所恃无惧也。"敬大喜过望，即命少孤牵牛出，又呼一童，名少逸，曰："汝可将吾旧笼来。"就笼中出一僧帽，谓敬曰："既不能留款，以此为赠。"敬辞曰："吾为书生，平生志气将期匡济天下。翁为长者，既蒙训教，安得以此帽相戏。"翁曰："吾昔亦尝有志斯世，后因所辅非材，不用吾谋，祸几不测。得此一笼，始获解脱。不然，岂复能生出宜秋门乎？郎君第收此帽，他日当自理会也。"敬却之，翁但再三叹息而已。敬遥窥笼中诸物，悉箍桶工匠所用，及僧家衣钵耳。两童至门外，敬乘牛，致谢而别。方出林，牛行甚驶，势若飞禽，不复能控制，身亦安稳无恐，须臾，已及门矣。遥从牛背呼其家，家人已就寝，惊起，隔墙应之曰："夜已向阑，若安得以此时冒风雨独归耶？"敬答曰："吾得遇隐君子，借一牛骑归。不然，今夕必不能还矣。"举火牵牛入，牛忽抖擞咆哮，化为一黑虎而去。室中人尽震惊而出。比明，寻访体玄山居，不可得。数日后，乃在县西四十里陶弘景丹室故基旁，有一古庙，仿佛是雨夜所经行者。其壁有潘阆《夏日宿西禅院》诗，即东坡少日所见"夜凉疑有雨，院静若无僧"之笔也，笔墨犹新。循其路归，见虎踪历历尚存焉。

　　按潘阆，字逍遥，大名人。通《易》、《春秋》，尤以诗知名。为王继恩所荐，太宗召见，赐进士第。寻察其狂妄，追诏罢之。又多出入卢相多逊门下，多逊尝遣吏赵白交通秦王，阆预有谋焉。多逊败，宅随毁废。阆时方在讲堂巷药肆中，闻之，知事将连逮，即奔避多逊邻家，曰："万无搜近之理，所谓弩下逃箭也。"其邻匿之墙中，阆作诗曰："不信先生语，刚来帝里游。清宵无好梦，白日有闲愁。"事稍解，服僧服，髡须发，五更持磬出宜秋门，变姓名，入中条山。朝廷图形，下诸路捕之不得。潜居一寺中，题诗钟鼓上，县令见曰："此必潘逍遥句也。"命召之，又逃去。投故人阮豹道，时为秦理掾，讽秦帅曹武惠上言，太宗赦其罪，以四门助教处之，乃出。真宗朝，王继恩败，籍其家。其中缄题往来，诗诵满门，事连宫禁。上恶其朋结，祸将不测。阆自疑，将逃去，京兆尹先收系狱。上闻之，诏中外臣僚与王继恩交识及通书尺者，一切不问，释阆罪，以为滁州参军。卒泗上。

僧　　姓

晋、宋间，佛学初行，其徒未有僧称，通曰道人。其姓皆从所授学，如支遁本姓关，学于支谦为支；帛道猷本姓冯，学于帛尸黎密为帛。至道安，始言佛氏释迦，今为佛子，宜从佛氏，乃请皆姓释。

元时，僧度牒以羊皮为之。

住　　持

僧家住持，各据席说法，未尝有崇卑位分之异。宋末，史卫王奏立五山十刹，如世所谓官署然。有服劳其间最久者，乃出主小院，俟声华彰著，乃拾级而升，改主大寺。得至于五名山，则如仕宦而至将相，为人情之至荣。元亦因之。国朝两京考之礼部，省直考之府官，其气势不如宋、元之烜赫，僧亦不复倚之为重矣。

募缘问子

元至正间，嘉善张臣伯，赀雄一乡。生子曰巨森，年十岁，不能言，甚以为忧。一日，有僧募缘建吉祥桥，过其家，臣伯给曰："问吾子欲为，即可。"僧诣其子问之，巨森应声曰："吾家独成。"臣伯喜，从之，巨森由是能言。

水火二相

自来僧家幻异甚多，乃若元末和州圆寂懒牛和尚，既说偈已，即沿麓至矶，举步大江，如履平地，徐至中流，乃跏趺而坐，宛宛浮水上，回旋久之，乃没。越十三日，出下流沙洲上，衫衣袜履，无少脱遗，趺坐俨然如生。群鸦野鸟，环鸣于席外，舟人聚观，乃与归茶毗焉。奇矣！奇矣！兼火、水二相矣。

殿左施帐

黎文僖公淳、刘忠宣公大夏，少肄业于华容县之圆觉寺。僧大镜梦殿左施金龙帐，二神端冕坐其中。晓起，二公在焉，正梦中所见也，资给之良厚。二公既贵，贻以金，怒却之曰："吾岂望报者耶？"终身不出寺门。

入棺跌坐

东阿城北有香山寺，宝灯禅师实驻锡焉，筑高阁，栖其中。寒暑昏晓，未尝就枕，不出山者凡六十年。造一棺，置诸榻右。年九十四，一日，谓其徒曰："吾将逝矣。"扶服入棺，跌坐而化。时万历二十一年八月念四日也。首座宗玺，亦有至行，年八十，先逝。

我非真我

薛童子，凤阳亳州人。父为序班，母感异梦而生。丰骨秀特，举止言笑，自然应节。年十岁，即通佛书如素习，语皆县合。梦大士道之河滨，涤以水，曰："尔何蒙垢若此！"浴已，摩其顶曰："急寻归路！"亡何，一鹤下庭中，甚驯。未几，病危，语序班曰："我非真我也。未生前，父不知我，今还以未生视我，痛何从来？幸自解。"正襟跌坐而逝，年财十五。

佛奴母胁

锡山尤少师时享之子平贞娶王氏女，产一女，从左胁下出，名曰佛奴。慧性异常，五岁举动如成人。至秋，渐不食，形体日小。一日，母胁复开，女便跃入母腹，即痛死。以僧家法焚之，筑小塔于赤石岭葬焉。平贞念妻、女，不两月亦死。

金氏青莲

德清金氏女，嫁湖城马军巷之张生，素食仅十年，万历四十四年六月十三日卒，年四十九。前一日，溲于桶中，置别室。丧事稍毕，于廿九日移桶，则盖顶起寸余，旁吐青莲花一枝。骇视之，中有数蕊。次日，吐一叶三花，当日萎。又次日，为七月初二，吐五花。又次日，吐四花。时余在郡中，寓家兄襟湖宅，金氏与吾嫂兄弟。余遣人往视，果然。其桶中复有四蕊，观者填咽。花凡十二，叶茄色，中有金粟四五粒，真奇事！佛家惊动人如此，人恶得不信而奉且趋之耶？

胡御史僧异

为民御史胡泺，无锡人，任侠，喜佛事。殁前数日，与陈氏子度西桥，遇鹑衣僧，胸前垂绣八卦囊，以梵字一赫蹄授胡曰："视之。"胡笑弗视，曰："吾事去矣，视何为？"僧亦笑，竟去，曰："不视亦得。"殁之后一月，有僧持枇杷石一，鹦鹉蠃一，置柩前，讽呗移时去，竟莫可踪迹。客游惠山泉亭者，遥见胡幅巾行咏，入黄公涧，怪之，曰："吾闻胡君病，今乃在此！"没前一日也，人皆异之。胡素趫轻，饶膂力。尝道晋陵，醉后舟出白龙观，横堕水，且濡。忽矫起，呼空上，观者数百人，咸骇之以为神。顾令以觯入，与饮甚适，掉臂曰："吾臂任御史。"胡跃而立其臂曰："御史足定，何如令臂。"尝与客游匡庐、秦余诸山，客方饮山址，睥睨间，胡已独身取间道，陵巉岩而登箭阙，握冻雪下劳客矣。

痴和尚

余四岁，见一僧，长可八尺，方面大耳，口喃喃不甚分明。自南栅栗树桥过我门，众童子群拥而北，号曰痴和尚。冬月入水浴，良久而出，气蒸如云。余曾坐其肩，摩顶，戏加拳，亦不怒也。惟过一贵人门嫚骂，初犹容忍，久之不堪，令人捶之，趺坐受梃，都无所伤。放归，再出再骂，无如之何。拘于别室，绝其食，可半月。暗窥之，惟闭目运气，亦有密饷枣与水者。又旬日，贵人大悔，加礼，许为造寺。未几没。闻题二诗于壁，时余尚幼，不能录记，至今以为欠事。安得再遇此僧，从之入山，脱苦海耶？

拳 棒 僧

董青芝祠部闻倭儆，集教师数十人讲武事，与一少林僧角拳，皆仆。僧曰："此谓花拳入门，错了一生矣。"祠部惘然，亦不复谭。

王龙溪得一僧曰孤舟者，善棍，荐于府。府集教师二三百人与试，约角死勿论，咸俯首愿受教。后卒死于倭。

达 观 始 末

达观和尚，曾见之西山戒坛。雄爽，直可笼盖一世。对士夫尤箕踞嫚骂，尝出一对云："睡魔啮眼珠。"将暗，诸对者皆不称意。余曰："自有天然者。"座客因而诘问，曰："睡魔对饿鬼，啮眼对劚牙。眼中有珠，口中有舌，对舌，不禁食、色、性也。人身上只有此两件，更何处觅？"和尚笑曰："原只此一个。"

和尚声满天下，诸贵人无不折节推重，却不知族家何处。自称曰吴江人，又曰："你辈到底晓得。"余见之戒坛，相别为文送我，甚属意。寂之日，余方舣舟震泽普济寺前，梦和尚下舟，肃肃带风声。次早入寺门，盘桓古柏下，恍惚如有见。此柏乃数千年物，能为神。永乐中，吴江一粮长，在京师遇老叟，与语相合，问其居址，曰："在震泽寺门左侧。"后寻之，止有此柏，并无人住。意和尚树神，转世修行，与余相近，故末年示意，大不偶然。此柏奇古苍翠，近年转茂，当是和尚得道复归，远过老树精乞灵洞宾矣。其侍者钱山死跟不去，痛杖无怨色，形似猿猴，余因是益疑之。和尚亦自称曰紫柏道人。

和尚被执，为曹郎中所挞，创甚，叹曰："驻不得矣。"即狱中说偈，理襟，敛手足而逝。尸不仆，首微欹，有笑容，盖存时只夜坐，不贴身卧席者已三十余年矣。龛归径山，有内臣某，穴龛摩得其顶，奇之，舍五百金助葬。初遗命塔五峰之内，有竞者，伺其徒法铠入蜀，塔于外。缪仲醇先生见而惊曰："浸杀和尚矣！"会余亦至，议合，亟发之，浸者三尺。起龛，流血水凡三昼夜。可见尸尚未坏，或故假此示验，动人耳目也。久之，荼毗得坚固子半升，众弟子分去。尊和尚者，既极口以为达磨、宝志之流，而毁者又以挞时叫苦乞哀为言，各有所据。乃余则亲见亲闻，非剿口说也。

枭秃像

杨琏真伽等三髡画诸佛像，以己像杂之，刻于飞来峰石岩之内。嘉靖二十二年二月，杭州知府陈仕贤击下三髡像，枭之，三日，弃于圊。田汝成为之记，亦快，亦快。

僧假王子

僧王明，河南人。尝出入周王府中，能言周府事。至姑苏，遇游僧太空，与谋说一监生，装巨舟奉大佛，自称镇国王，招集棍徒十六七人，泊无锡。时府知事詹在廷署印，突入搏之，知事走，召集兵快，明踞公座，传呼甚厉。时县丞王建中谋印不得，利其事，阴遏兵快，未即前，观者云集，明始疑惧，率其徒跳还舟中。会谍者为逻卒所获，众请知事严讯，知其赝，率兵往捕，尽缚之，县丞仍匿其资。明自吐为镇国王贤培之子，名勤荣，别号龙云。因父溺爱幼子勤煌，己乃让国，削发出游。更言其母妻姓氏、居址甚详。于是抚臣移咨河南核实，并疏狂僧猖獗，由署官望轻，速除新令，以安地方。时明羁候真武堂，久之，防禁渐疏，潜逸去，追擒之。河南回咨言：镇国将军勤煌并无兄勤荣出游，其所称父母、姓氏、居址尽不符，乃当明假王大逆不道论斩，余从坐有差，县丞亦夺职。太空先被殴死，此妄男子，误入县搏人，一时张皇殊甚，至比于宋李全、元张士诚，束手无措，而县丞又因以为利，可笑如此。一日有儆，其不至瓦解，无几矣。

商　　丐

余初归，有一丐者，自称川商，遇盗掠罄尽，几死，跪而乞食。余视其貌，狞甚，疑之，稍稍诘问，语支吾，色微动，逡巡欲退。余直前揭其破帽，则秃顶，鬓蓬蓬，皆假装挂于旁者，方俯首叩头，忽直立驰去。众欲追之，余亟止，尚回首，目睁睁欲啖人，可畏。

卷之二十九

玉　梁

汉武帝时,民以旱蝗祈玉筍山,有验,因置观。既构殿,少中梁。忽一夕,云风大作,明旦霁,乃天降白玉梁一于殿上,光彩莹目,因号玉梁观。后魏武遣使取之,未至观九里,午时,雷霆裂殿梁,化为黄龙,乘云飞去。

白玉蟾

紫清明道真人白玉蟾,或云姓葛名长庚,号琼琯,琼州人。天资聪敏,少应童子科,自言世间有字之书,无不诵读,文笔洒落,顷刻万言,善草书,有鸾翔凤翥之势。足迹半天下,遇泥丸真人陈翠虚,授以丹诀,往来名山。又于黎母山中,遇异人授洞玄雷法,能请雨,无不响应。尝赞朱文公遗像云:"天地棺,日月葬,夫子何之;梁木坏,泰山颓,哲人萎矣。两楹之梦既往,一唯之妙不传。竹简生尘,杏坛已草。嗟文公七十一年,玉洁冰清;空武夷三十六峰,猿啼鹤唳。弦管之声犹在耳,藻火之像赖何人。仰之弥高,钻之弥坚。听之不闻,视之不见。恍兮有像,未丧斯文。唯正心诚意者知之,欲存神索至者说尔。"其自赞云:"千古蓬头跣足,一生服气餐霞。笑指武夷山下,白云深处吾家。"嘉定间,征赴阙,对御称旨,馆太乙宫。一日,不知所往,后于鹤林宫与众作别而去。嘉定己亥,诏封紫清明道真人。

发冠仙师

当阳县极真万寿宫,发冠仙姑、封悟玄参化妙靖真人寓迹之所也。然真人之迹，所寓不一。始焉寓肥城夫家，既弃家，寓东张村涧槐上。未几，寓西郊丛祠中。又未几，寓东原民孙鞞家灶前。又未几，寓滕之峄山，积功满千，遂寓于此焉以卒。盖真人本济宁肥城农家女，俗姓田，后归同村孙氏。自合卺，其家数有妖，弗宁，以新妇为不利，逐之，无所于适。距村十数里，有槐如偃，横生涧胁，涧深叵测。真人泰然处其上者数月，风雨皆不及，虎狼、蝮蛇，望而不敢逼。其寓于古祠也，年少见而媟之，俄而媟者若空悬，去地尺，呻吟如被楚楗。其灶隐于民家也，始终凡八年，其家礼之甚至。真人有辟谷术，日惟啖枣数颗，不言不笑，或代汲，或洴澼，或代执爨，皆不辞。自归道二十余年，首未尝栉沐，发皆上生丛合，高尺余，其端旋结如云。乡里异之，因目为发冠仙师云。

石　　函

嘉州东十余里有东观，在群山中，石壁四拥。殿有石函，长三丈，其上鏨鸟兽花草，文理纤妙，邻于鬼工。缄锁极固，泯然无隙。相传为尹喜真人石函。真人升天时，约曰："函中有符箓，慎不可开。"大历中，清河崔公为守，欲开之，道士曰："真人遗教，启函者必有祸。"崔以巨索系函鼻，拽以数牛，半日，石函乃开，有符箓十轴，崔曰："向者谓有奇宝，今符箓而已。"令缄锁如故。崔是夕暴卒。既而乃苏，言曰："有冥吏摄吾至一官署，冥官即故相吕公諲也。谓吾开真人石函，于法当削寿禄。即泣告吕公曰：'故人何以为救？'吕曰：'法不可逃，吾为足下致二年假职，优其禄廪耳。'"崔即拜谢，苏而问其家，死已三日矣。本郡白于使者，具以事告。节制崔宁署摄副使，月给俸钱二十万，二年而卒。

庐 山 老 人

桑维翰、宋齐丘、黄损同憩庐山盘石上，有老人啸而至，谓桑曰："子当位宰相，然而狡，狡则不得其死。"指齐丘曰："亦至宰相，然而忍，忍则不得其死。"指损曰："子有道气，然才大位晦，不过一州从事耳。"损曰："有才何患无位？"叟笑曰："非所知也。"桑相晋，宋相南唐，损在南海，虽位仆射，禄视州从事。损字益之，连州人，有学识，工诗，好山水游，卒以寿终，著书三篇，类《阴符》、《鬼谷》云。

吴　翁

张、陈二将者，闽太傅章氏之爱将也。后奔南唐，南唐主命查文徽征闽，以二将为副，屯军于五夫里。有吴翁者善卜，二将召翁占之，曰："吉。"未几，王廷正降，二将同文徽归，复次五夫。因召翁与语，赍遗甚厚，翁辞焉。二将曰："不意有大贤居此。"因名其山曰居贤。谓翁曰："吾欲弃人间事，与翁为林泉交，可乎？"翁乃为大将卜居隐仙岩之旁，今曰大将村；为小将卜居于贤山之侧，今曰小将村。其驻马之地曰马鞍山，埋鼓角之地曰鼓角峰，藏刃剑之地曰剑山，弃旗鼓之地曰鼓亭。一日，文徽辞二将，饯之于鹅山之阳。文徽顾岩石奇磊，登岩长啸，声出金石，后人因名其岩曰将军。二将从翁学长生久视之道，皆百余岁而卒。

泥人生须

长庆中，新都大道观泥人生须数寸，拔之复生，凡十余日乃止。

蜕　骨

武夷张仙岩，盖晋张湛飞升处。岩高百丈，遗蜕在焉。两手据髀，卷其一足，首稍右顾，非土、非肉、非漆。又有王子骞之头骨，瘗之山窍华山西峰。陈希夷蜕骨，函以木。南峰安真人肉身，坐石龛不坏，衣履犹存。玉女峰韩姑姑遗蜕在棺，可启以视。韩，我明人也。临江萧侯庙遗蜕，藏木桶。韶州碧落洞，骨皆勾联，贮以石函，天台荣师肉身犹存。至于曹溪六祖，杭城丁仙，潼川云台，皆香泥黑漆为之，无异土偶也。

判官精

程伯昌，闽人。授雷霆秘诀，祈祷驱除，大著灵验，尤妙催生符法。好象戏，对局终日不释。间有急叩之者，则随以一棋子与之持去，其胎即下。一日，有人于郡城下指昌骂曰："饶舌哉，雷部判官精！"盖昌其降世云。

水仙

陶岘者，彭泽之子孙也。开元末，家于昆山，富有田业。择家人不欺、难了事者，悉付之。身则泛舻江湖，遍游烟水，往往数岁不归。见其子孙成人，初不辨其名字也。岘之文学可以经济，自谓疏脱，不谋宦达。有生之初，通于八音，命陶人为甓，潜记岁时，敲取其声，不失其验。撰《乐录》八章，以定八音之得失。自制三舟，备极坚巧，一舟贮馔饮。客有前进士孟彦深、孟云卿、韦应、焦遂，各置仆妾共载，而岘有女乐一部奏清商曲，逢奇遇兴，则穷其景物，兴尽而行。岘且闻名朝廷，又值天下无事，经过郡邑，无不招延，岘拒之曰："某麋鹿间人，非王公上客。"亦有未招而自诣者。吴越之士，号为水仙。有亲戚为南海守，遂往省焉。郡守嘉禾来当，赠钱百万，遗古剑长三尺许，环柱四寸，海舶昆仑奴摩诃，善游水。遂以所得归，曰："吾家之三宝也。"及回棹，下白芒，入湘江，每遇水色可爱，则遗环剑，令摩诃下取，以为戏笑也。如此数岁。因渡巢湖，亦投环剑，而摩诃跳浪而出焉，为毒蛇所啮，遂刃去一指，乃能得免。焦遂曰："摩诃所伤，得非阴阳为怒乎？"犀烛下照，果为所仇，盖水府不欲人窥也。岘曰："敬奉谕矣。"然素慕谢康乐之为人，云："终当乐死山水，但殉所好，莫知其他。且栖于逆旅之中，载于大块之上，居布素之职，擅贵游之权，混迹怡怡，垂三十年，固其分也。不得升玉墀，见天子，施功惠养，得志平生，亦其分也。"乃命移舟，要须一别襄阳江山后老吴郡也。既入襄西塞山，泊舟吉祥佛院，见江水黑而不流，曰："此下必有怪物。"乃投环剑，命摩诃下取。见摩诃泊投波际，久而不出，气力危绝，殆不任持，曰："环剑不可取，有龙高二尺许，而环剑置前，某引手将取，龙辄怒目。"岘曰："汝与环剑，吾之三宝。今也既亡环剑，汝将何用？必须为吾力争也！"摩诃不得已，披发大呼，目眦流血，穷力一入，不复出矣。久之，见摩诃支体磔裂，浮于水上，如有视于岘也。岘流涕水滨，乃命回棹，因赋诗自叙，不复议江湖矣。久之飞升而去。孟彦深后游青琐，出为武昌令。孟云卿当是文学，乃南朝上品。焦遂天宝中为长安饮徒，杜甫为《饮中八仙歌》有云："焦遂五斗方卓然，高谈雄辩惊四筵。"

独孤吹笛

李舟，越人，好事。尝得村舍烟竹，截为笛，坚如铁石，以遗李謩。謩吹笛，天下第一。《逸史》：謩开元中吹笛第一部，近代无比。自教坊请假，至越州，公私更宴，以观其妙。时州客举进士者十人，皆有资业，乃醵二千文，同会镜湖，欲邀李生湖上吹之，想其风韵，敬之如神。以费多人少，遂相约各召一客。会中有一人，以日晚方记，不遑他请，其邻居有独孤生者，年老，久处田野，人事不知，茅屋数间，尝呼为独孤丈，至是，遂以应命到会所。澄波万顷，景物皆奇。李生拂笛，渐移舟于湖心。时轻云蒙笼，微风拂浪，波澜陡起。李生捧笛，其声始发之后，昏曀齐开，水木森然，仿佛如有鬼神之来。坐客皆更赞咏之，以为钧天之乐不如也。独孤生乃无一言，会者皆怒，李生以为轻己，意甚忿之。良久，又静思作一曲，更加妙绝，无不赏骇，独孤生又无言。邻居召至者甚惭悔，白于众曰："独孤村落幽处，城郭稀至，音乐之类，率所不通。"会客同诮责之，独孤生不答，但微笑而已。李生曰："公如是，是轻薄为，复是好手？"独孤生乃徐曰："公安知仆不会也？"坐客皆为李生改容谢之。独孤生曰："公试吹《凉州》。"至曲终，独孤生曰："公亦甚能妙，然声调杂夷乐，得无有龟兹之侣乎？"李生大骇，起拜曰："丈人神绝，某亦不自知，本师实龟兹人也。"又曰："第十三叠误入水调，足下知之乎？"李生曰："某顽蒙，实不觉。"独孤生乃取吹之。李生更有一笛，拂拭以进，独孤视之曰："此都不堪取执者，粗通耳。"乃换之曰："此至入破，必裂，得无吝惜否？"李生曰："不敢。"遂吹，声发入云，四座震栗，李生蹙踏不敢动。至第十三叠，揭示谬误之处，敬伏将拜。及入破，笛遂败裂，不复终曲。李生再拜，众皆帖息，乃散。明旦，李生并会客皆往候之，至则唯茅舍尚存，独孤生不见矣。越人知者，皆访之，竟不知其所之。

李　金　儿

金姬，姓李氏，名金儿，章丘人，李素女也。明敏妙丽，诵经、史、仙、佛百家书。父得张明远之传，精于医卜，悉以其术授之，遂极玄妙。言祸福，皆响应。张士诚之乱，举家被俘。儿未及笄，侍伪大妃曹氏帐中，以卜艺见知。士诚据高邮，为元丞相脱脱所围，城垂破。儿卜之，谓"当固守，敌且退"。更二夕，当冬，忽闻殷雷夜起，贺曰："阳气发，城中明日可以战矣。"登楼仰观，良久曰："龙文虎气见我营上，急击勿失。"俄报脱脱削官爵，铁甲军皆散去。遂开门纵击，大破之。术既屡验，号称姑姑，其父母皆受重赏。乙未，士诚将遣兵渡江窥姑苏，问之姑，以为江南不可居，且有大患。以隐语托为诗，讽士诚，不悟，遂取常熟，破姑苏，改为隆平府。三月，士诚移兵赴之，召问，引古今兴衰善败大计以对曰："入吴之后，方将为国家深思耳。"姑见士诚横骄，每为高论动之，久不敢犯。及是，册为金姬，曰："事成，进为妃，次皇后下。"姑知不免，往辞丁曹，出而拜跪祝天。须臾，闭目奄然。父母惊赴抱起，呼之，已绝矣。士诚葬之福山江口，悉以珠玉殉。未几，大明兵来攻，士诚屡败，思其言，加封仙妃祠而卜之。其夜，士诚妻刘氏梦姬泣曰："国家举事大错，难为计矣。"他日，又梦姬抚士诚二子曰："有不测，当阴祐之。"姑苏被围，将破，刘以二子付姬母及二乳母，匿民舍。兵事稍定，母出城，潜行如葬所，则先为乱兵所发，尸已蜕去，惟衣衿存焉。掘其旁，珠玉尚在，尽取还章丘。二子长，冒李姓，亦不复知有张也。洪武末，其季乡荐赴都下，母诫之曰："京师某所，有盲姆，殆八十余，可密访问之。犹在，寄声我犹无恙，速报我。"如其言得之,盲姆闻声,扪其面,披二掌,曰:"何物小子,声之似我弟也!国亡,幸留此孽,敢不畏死来此耶?"即拥出,拒其户。盖姆即士诚姊,得赦不死,当时预闻托孤者也。明日,李遂称疾归。其子孙至今编章丘籍,而常熟西北二十五里,有金鸡墩。盖讹以"姬"为"鸡",遂妄言下有金宝,其气化为鸡,时夜鸣其上云。

白 鹤 仙

俞允,字嘉言,华亭人。洪武二十七年进士,拜楚府纪善,改鲁山令,寻迁礼部主事,奉命使楚,坐还报失期,谪判长沙。少时为人疏节,倜傥不羁,然能力耕以事其父。父性乐施。允尝与道士某者俱,一日,有道人者,羽衣策杖而过之,因止宿焉。父命侍食,侑以美器,道人执陨其一,允殊不为意,遇之加礼。明日,道人者出,遇少年,行博于市,旋博得一器以归,其器绝类昨陨者,曰:"器固无恙。"如是,盖道人业已预知有此,姑以试允耳,乃允固不为动。而少年者辄恚,奋益急,与博徒十数辈,求博道人。道人每与之博,必得其胜。于是少年窘甚,不敢斗,咸窃惊异之。允因笑而问曰:"而技可学乎?"曰:"子有奇气,异时当奉大对,为天子命吏,是不足学也。"遂别去。允乃悟,始折节为儒,补博士弟子。是时江南甫定,经学失传,允独得《三传》于蠹简中,玩味久之,欣然有得,乃以《春秋》举畿内高第。至是果举进士,历前官,如道人指。其后之长沙贬所,未至,会道病暴卒,已而复苏。先是,允病既革,以易箦,待榇于沙门七日矣。忽有医者贸药而至,或戏之曰:"寺有死者,可复生否?"曰:"可。"入取青囊一粒,纳允口中,有顷,得呕数声,竟起不死。于是家人大喜,竞以金帛酬医,医无所受。询其姓名,亦不答也,第云:"长沙有白鹤大仙庙,盍往修之?"俄失所在,众皆骇然。然后知其为白鹤仙神也。而或以问允,允始为言畴昔事,谓:"我实神游其地,而未尝往也;往而复还,而未尝生也。"其静定如此。及至官,访之,果得白鹤庙,重建焉。居七年,以寿终。后六世孙汝为者,复以《毛诗》举隆庆辛未进士,假守潮州。

三　大　事

张文僖公升为举子时,北上会试。遇一青巾道士附舟,舟中人皆慢易之,文僖颇加礼意。一日,文僖读程文,道士问曰:"公何为手是编不置耶?"曰:"书须温乃熟。"曰:"书一目便了,何待温?"曰:"子读书能若是乎?"曰:"然。"即举是编授之道士,一目即成诵。公心计道士必少时读程文,今乃自表暴耳。复抽《洪武正韵》难之,曰:"此书亦可览记耶?"道士曰:"此书难,却须览二次。"辄览二次,又成诵。文僖知为异人,乃叩以后日事,道士曰:"公有三大事:其一举状元,其二买饶正己宅,其三则于滕王阁饮酒三日。"文僖问:"其一、二可解悟,其三谓何?"曰:"久当自知之。"诘其姓名,曰:"我,徐慧也,字子奇,《忠孝经》中有吾名。"遂别去。文僖果大魁天下,官翰林春坊。劾阁臣刘吉奸邪,贬南京工部员外,便道过南昌。两院暨三司诸公,慕其直声,乃于滕王阁中置酒,款洽三日。乘暇游铁柱观,观中人方读《忠孝经》,文僖翻阅之,见所谓徐子奇者,乃晋仙人也。文僖后居饶正己故址,一如徐仙之言。

白 衣 道 人

盛凤冈讷,读书青柯坪,近岳神之寥阳洞。同学子偶因谐谑,昏仆地,公为致祷。俄见光曜如月,砰轰至舍,同学子顿苏。问之,云:"见白衣道人焉。"比公卒,其夕光曜复见如曩时。

逢 吕 仙

江陵柄国时,用朱正色为本县令。朱倜傥,有侠气,相府家奴犯者,榜系穷治无所贷。江陵深奇之,为延誉行取。即此一节,其贤于前后相君多矣。朱后至金都御史,自言逢吕仙,曰:"士夫践清华者,非佛与仙,即精灵也。从仙堕者,爽朗有干济;从佛堕者慈;从精灵堕者,贵而贪狼败类。"

李太宰戴,延津人。晚年酒肉不御,好养生家言,静坐调息,时诵《黄庭》,延方外人甚众,而不谈黄白服食之术。严事吕纯阳子,叩之辄验。一日,下庭中酬酢,致殷勤,因构靖紫团,揽王屋、太行之胜,杖履时及,庶时时遇之。卒时,有道人及门,忽不见。

李长沙当国,先困于刘瑾之逆乱,后苦于流贼之纵横,屡欲乞身未遂。一日,退朝沉思,袍带尚未及解。一道士服紫玉环求见,进之,指公所服带,并自指曰:"此带虽好,何如我环?倘能弃却,相从入山。"公曰:"久服诚无滋味,第入山尚须岁月耳。"道士笑曰:"知公无分。"即出庭中,微吟踏剑,乘云而去。盖吕仙也。国朝官至腰玉极矣,然文臣得之,往往迟暮,在朝在野,无绝久者。惟刘文靖三十一年,徐文贞三十三年,吕文安三十四年,申文定三十一年,故阁臣也。六卿独高户部尚书耀一人,三十三年,其非一品而赐者,不在此数。然闻之长老,谓在朝文臣,玉带至六者,即生得失有争。今上即位之元年,七相皆玉,六部居四,可谓盛矣!

卧　木

叶广才为诸生,有异才。生平壮健无疾,至老不衰。将终前三月,即绝粒,日惟饮水一盂,颜面如故。一日,忽衣冠诣宗祠展拜,呼子宠公及族子见山交拜。拜毕,谓宠公曰:"举木来,而父将往。"宠公大惊:"大人无恙,何得为此言!"公怒,督之急。侍者曰:"公谬言耳,姑听公。"乃举木,木至,挥手而入,卧其中,戒勿敛,"敛,苦我也。"顷之,若将瞑者,已复张目顾宠公:"有一偶句,而为我书之。"句云:"辟谷身轻,总把清高还造化;降生任重,尚惭忠孝谢君亲。"语毕,溘然而逝,人皆异之。属纩时,指堂前燕巢,谓见山曰:"汝晚无子,今岁当有子如此巢矣,子又且贵。"未几,生台山先生,官至大学士少师。

刘罗陶仙游

刘伟，朝邑人。以乡举为文水令，擢御史，所至皆不严而治。纯孝盛德，好神仙。比疾病，命其子曰："即死，毋埋我。"及死，其乡人有自远方还者，多从道中见之，寄问及其家，其子因不敢葬。其甥都御史韩公邦奇，为山西佥事，方视事，忽闻人持伟名纸入报，韩惊起，宪使张公琏问之，韩公云："舅氏死久，人传仙去，某未之信。今通名纸者，即其人也。"宪使问状，门者言："此人戴古毡笠，青绢袍。一童子扶之，肩布囊，立门外。"遂命延入。从中道缓步而前，韩公遥识之，遽起迎候。于是同僚悉下阶揖入，起居无异平生。但简言，问之则对。坐定，手接茶而不饮，坐中亦莫敢先发言。韩公起，邀就旁室中相劳苦，答曰："久别，特远来视汝。"语及家事，颇作悲叹之状。韩款留不可，即起别去。一僚曰："闻公已死，今何尚在？"曰："我不死，汝则要死。"别去，谓韩曰："汝弟邦靖，可令速归。"出门，复携童子，飘然而去，不知所往。俄而，此僚及邦靖相继死。刘氏闻之，发棺视，惟一履在焉。

盱江罗近溪先生卒于家，曾见台同亨为工部侍郎，摄部事。时吏部郎刘直洲文卿，已得罗讣数月矣。忽一日，曾以直洲为罗乡人，与语曰："贵乡罗近溪健甚，前来就余谭。昨又来，皆竟日，议论风生，胜昔时。问其馆舍，不肯言，余未报候，子为余觅之。"直洲骇愕不便对，归检家书，问僮仆自家来者，得其死问甚详。次日，乃以实告。曾遍询，皆如之，深以为异，始知先生仙游去也。

陶石篑之兄与龄举南都，蜀礼部尚书李公长春实以谕德主试事。甲午，其子李生自成都试还，盛气自得。中路，有道人迎马笑，语谓："生勿妄念也，解元某子甲耳。"生怒，捶之。道人曰："尔不识会稽陶与龄，而辱长者！"生茫然不能省，然耳熟其名。怪其言，为舍而去，归以告尚书公。公叹曰："噫！是余门生，而编修君兄也。死矣，何为见之！"及放榜，言皆符。于是两川皆传与龄实仙去，未曾死也。

山子道气

邢台梅傅，字元鼎，万历辛卯举人。知登封县，戊申大旱，祷之，久不应验。麦已枯，无所及，惟有荞麦尚可种。出俸，并劝民间收其种以待。梅一日祷，信步探幽，凡数里。忽遇溪边一隐士，揖曰："令君劳苦，雨关天行，非旦夕可速。"梅曰："收荞以种可乎？"隐士太息曰："可惜，可惜！"向东北方一孤树下指曰："君欲活民，必须此物。"梅急往视之，见平地长白菜一茎，肥大异常。亲拔而收之，隐士忽不见。烹之，香美异常，急令民间收菜子，自括私宅银章酒器，与内人簪珥之属，市得数百斛，散各乡社，民间得者，亦称是。又三日，率众诅龙潭，以激神怒，大雨如注。因令百姓菜、荞并种。复大旱四十日，前苗尽槁。久之，忽霆雨无常，枯荞无一生者，而菜勃然重发，逾二尺，过常年数倍。民收菜，曝干充栋，得以卒岁。此事甚奇。诅龙之法：令力士绕潭，极口呼噪詈骂，潭中渐有波浪，以致云兴雨霈，而独无雷。梅凝坐不动，曰："龙亦兽耳。我今奉天子命治百姓，不雨均罪。"终亦无他。梅生时，其父梦有冕而称山人者造其室，父曰："此儿有贵征。"其称山人，必有道气，遂名曰山子。在登封，辑纂《嵩书》，驯雅有体裁，此大雅士。余与同生明盛之世，而不相识，心甚愧之。

一字散

傅仲良，洪武间冬日，从如皋县回。时值大寒，见一人卧路旁，蓬跣蓝褛，寒颤不已。仲良悯之，携至家，爇以炉旁，不就，与之食，亦不受，因令藉草而卧。天明，失所在矣。几上但留一纸，列药五十九品，仍书纸尾云："留此方治风疾，用以报汝。"仲良依方制药，遇有风症者，治之辄效，名曰"急风一字散"，至今犹传。

开瞽

许某闽人,少治《易》,能文,藉邑弟子。中年病目,积十载治不瘳,至丙戌而瞽。庚寅元日,室中忽作旃檀香气,自辰达戌,家人相讶,不知何祥。是夏,有客宿于逆旅,至舟次问渡,将走海上。其人癯而长,乌巾布袍,挟一囊,囊中双敝屦耳。逆旅人颇疑怪其状,诘所由来,因与争言。客自言吴人,善为方,治诸病,至眼方,虽瞽可明。许生有所亲在侧,闻其言,驰报,因迎至。视之,曰:"是当痊。"许生曰:"予为废人五年矣,诸医方无弗尝者。倾赀为费且尽,然效如捕风。客且为司命,能还予瞳而生睛乎?乌头白,兔角,其若予何?贫无以为客费,敬谢客矣。"客笑曰:"效而不费何如?"乃下拜,请处方。客为方,不执古书,间用诸奇贵药。家人出簪环购买,日夜捣治。药成,味极苦恶,许勉服之。客居逆旅间,日一过许,家人谨奉侍,为具酒肉,客不食,进饭一盂而已。客所衣蓝缕,然微视其内衣,皆精绮,着肤处洁白如雪,当暑不汗污,以此异之。因制葛袍鞡鞋以献,受而不用。许既服药,久之,觉上睫渐轻,眶中若空无物者。积二十七日,左目划然开,右亦渐豁,睹物如薄雾中,望见妻子走视,惊喜,客已至门,曰:"吾固知若今日瘥也。"许率妻子罗拜,客曰:"若今当为具劳我矣。然无更设,有豚鱼面可供也。"许实无此物,俄而馈者至,皆如言。客是日饮食,殆兼五人馔,尽酒数斗,然不见醉饱之色。席间,取铜、铅各一片,出袖中药,碧色,揉之如脂,几上微叩,烂然白金矣。因谓:"若取铜、铁、锡器来,尽可金也。吾当以此术授若,若能离家,予偕若游。"许谢曰:"生幸有薄田,颇具饦粥。盲人徼先生惠,复见天日,于愿足矣。不愿得秘术,亦不愿出游也。"客笑颔之,乃授一册书,皆眼方,其用药神奇,与古方书不类,并杂方十余种。许拜受,客因曰:"予将海上游,还更过若。"于是遂去,不复见。许以其方试之,积千百人,随病轻重,无不立效。且老,然能篝灯作蝇头书,自谓目力比年少时更健。意客乃真仙,为主祀于室,动止必祝,颇著验。万历末年,许尚在,当访其名实之。

仙桐道人

不知何许人。万历辛卯，游曹县定清寺，敝衣垢面，恒如醉狂。寺有枯梧一株，为僧所伐，止存朽根。道人手持木尺，作礼佛前，跌坐根上曰："此树由我再生。"索水噀之，寺僧莫顾也。夜半，闻道人歌曰："木有根兮根无枝，人有眼兮眼无珠。我来梧树活，我去人不识。人不识，真可惜，上天下地游八极。翻身跨起云间鹤，朗吟飞过蓬莱侧。"昧旦起视，已失所在。越三日，枯树中顿发萌芽。逾月，枝叶扶疏，围大五、六尺许，遂成茂树。县令钱达道勒石记之，士夫游览，多所题咏云。

仙 椿

福州之壶江在海上，多烈风。而白崖之巅，有椿一株，翠盖亭亭，榕叶槐身，经年无鸟迹，虽风作不脱片叶。三年一结子，如红豆。一道士夜半出门，月明，见树顶霞裳羽衣者数人，随以鹤鹿盘旋。其上五色云，晖映远近，隐隐笙簧声，非人间所有。鸡初号，乃散。道士居武夷第七曲，年已九十余。余庚子过此，至其地，日将暝，投宿，道士已先知，令侍者延入，为语如此。且自述所寓仙迹甚多，盖真有道者。

仙 骨

侯钺，东阿县人。少年游古庙，见一髯翁步入，自称九华山人。执手曰："子必贵，再益一骨，必有通仙殊巧。"揭胁衣，若有所内，微痛，久之乃平，遂能写人形神。尝一识面者，去之数十年，能默肖。举进士时，榜下三百人，钺皆识貌，为一小箧，画而志之；比再见，无不识者。钺尝请告，里居。一日行山间，群盗劫以为质，钺使从者还，入城贷金帛自赎，而身与盗坐石上笑语。盗稍亲狎，进谓："公行作吏，若遇吾辈，何以处之？"钺曰："此在丰年，法必不贷；岁荒，困于饥寒，而吏不恤，求旦夕活，奈何独罪公等？"盗相顾叹息，罗拜而去。钺跨马吟啸返，乃图盗衣冠状貌，送吏，尽获诸境。钺后官至都御史。

回首神仙

"英雄回首即神仙"，此语要解得好。英雄只是一"气"字用事，回首则气平而心和，自乐其乐，便是神仙景界。非有所感慨，舍伯王卿相而从事于服食飞升也。

肉 芝

孝丰南郊有宋姓者，治圃为业。忽一日，锄韭畦，丛草中得物如婴孩掌，当腕截，锄口尚有血痕。宋骇异，持归，以为不祥，气遂索然不振，家渐替。俗传为祟，殊不考此物名肉芝，食之可登仙。

土 饭

滋阳县大饥，众皆欲携老幼逃散。忽一羽士，星冠挂瓢剑过之，指一隙地曰："此下有土饭，可食。"忽不见。众骇之，掘地尺余，土皆碧绿色，微有谷气。饿者捧而吞之，腻如稠面，下咽甚适，众争啜至饱，一方数千人皆取给焉。地成坑，且数亩，深可二丈，独不蓄水。易岁，麦将熟，羽士忽至，俯地若有所拾。坑已满，再掘，仍沙土，不可食矣。余友庄复我为崇仁令，云县亦有此异，此皆出事理之外。或曰：仙人点土为饭，犹之乎点铁成金也。然金之所点，三千年后，犹能误人；饭之所济，救人死生之际，其功尤大，其德尤远。凡仙人，必积功德而后可成，可久；若夫斋僧衬施，乃饶裕人装饰，好名图报，其意有在，恐不足为重轻也。

全 真 教

近日有全真教一门，从中又分南北二宗。《青岩丛录》云：昉于金，南宗先命，北宗先性。《笔丛》则云：始于宋南渡，皆本之吕岩。岩又传为二宗，而全真之名，立自王重阳。至于符箓科教，具有其书。正一之家，实掌其业。而今正一，又有天师宗，分掌南北教事。江南龙虎、阁皂、茅山三宗符箓，又各不同。大抵道家之说，杂而多端。清净，一说也；炼养，一说也；服食，又一说也；符箓，又一说也；经典科教，又一说也。自清净兼炼养，趋而服食，而符箓，最下则经典科教。盖黄冠以此逐食，常欲与释子抗衡。而其说较释氏不能三之一，为世患蠹，未为甚巨。独服食、符箓二家，其说本邪僻谬悠，而惑之者罹祸不浅。盖马端临之说如此，最为精当。今全真一教，大约是服食、符箓，又在二宗之下。余所见醒神翁者，其一也。若国初铁冠、冷谦、三丰之类，乃真仙，应大圣人出世，又不可例论。

醒　　神

其人壮伟坚悍，白须髯甚盛，自称一百六十岁。其徒讼言，为前威宁伯，学道不死，复出人间者，所至倾动。我湖茅鹿门先生，年近九十，人以地仙目之，先生亦自诧长生不死。家饶，诸子供养，极东南水陆之奉。座客常数十人，醒神慕而悦之。一日，来赴，形貌既耸，机辨更豪。先生大喜，留之，欲礼为师，不可，曰："公是我辈以上人也。"愈益喜，奉事若真仙。日夕大嚼，每一餐列数十余盘立尽。诸少年顿首趋风，称曰醒神翁。谬相传能知休咎、生死，以为钟离、吕洞宾不是过也。余方外艰卧病，一友曰："见此翁，可立愈。"不听，深为所笑，曰："无缘故尔。"后其说无验，茅氏亦益怠，乃辞去。驻南京，夜行，跌伤腰而殒。追思当日景象，若以为太平奇遇、奇事，余独愦愦，若不闻不见。有某金事，敬信甚笃，依方采药于武夷，食之几死。将抵任，问休咎，谕令服花金带速行。或以为不可，大声曰："此是本等，当更有进者。"不数日，丽察典，归家卒。

符　箓

其法盛于元魏寇谦之后。唐则明崇俨、叶法善、翟乾祐，五代则谭紫霄，宋则萨守坚、王文卿等，而林灵素最显。科醮之说，始自杜光庭，宋世尤重其教，朝廷以至闾巷，所在盛行。南渡，白玉蟾辈亦尝为人奏章，今二业皆无显著者，独龙虎山张真人尚世袭。至我宪宗时，有李孜省、邓常恩流为房中之术。世庙时，邵元节、陶典真突起，压张真人之上。大抵符箓之说，自佛教业缘因果中流出，又窃佛经之绪余，作诸经忏，动人耳目取利，原非老子清净本指，乃寇谦之一出，魏太武缘之，尽毁寺刹，诛诸沙门殆尽。宋徽宗于林灵素亦如之，至改僧为德士。世宗时，焚佛骨至万二千余斤。佛之神通，能资方士窃弄，而不能保其居与骨若诸弟子辈，此亦业报使然耶？

引儒释

神仙家必引儒、释为重，胡元瑞《笔丛》中言之颇详。并老子化身名号，皆录于后。乃儒、释未有引神仙者，此其分量可见。盖后世神仙之说，虽原本道家，实与道家异。至于服食章醮，而老子之道亡也久矣。夫阴阳五行，变化无穷。其初气运庞厚，团作一块。于人，为三皇，为五帝、三王，与诸名世大臣。于教，为孔子，为释迦，为老聃。衰周以后，气运渐薄，各各迸散，千奇万态，莫知底极。天地鬼神，不得自主，总难收拾，且为所使矣。

孔子为水精子，继周为素王。纬书。一曰元宫上仙；《酉阳杂俎》。一曰太极上真公，治九疑山；一曰广桑山真君；《太平广记》。一曰儒童菩萨，下生世间；《造天地经》。一曰净光童子，化身颜子，为月明儒童；俱《清净法行经》。一曰明时晨侍郎，后为三天司直；已见《卮言》，后夏馥亦为明晨侍郎，见《仙鉴》。一曰与卜商皆修文郎。见《太平广记》，后乐子长亦为此官，见《仙鉴》。仲由在唐为韩滉，《太平广记》。施存在汉为壶公。施存，亦仲尼门人。事见《真诰》及《卮言》。然《御览》两引壶公，姓谢，名元，未知孰是。

释迦为三十三天仙延宾宫主，《酉阳杂俎》。又为忍辱仙人。一曰老君乘日精，入净妙夫人孕，为释迦，见《化胡经》。一曰关喜乘白象，入摩耶夫人胎，为释迦。《道经》。

道家称老子化身名号尤众，参会众说而备录于后。老子初三皇时，化身号万法天师。中三皇时，化身号盘古先生，亦曰有古大先生。后天皇伏羲时，化身号郁华子。地皇神农时，化身号大成子。人皇轩辕帝时，化身号广成子。少皞时，化身号随应子。颛帝时，号赤精子。帝喾时，号录图子。尧帝时，号务成子。帝舜时，号尹寿子。夏禹时，号真行子。商汤时，号锡则子。文王时，号燮邑子。武王时，号育成子。成王时，号经成子。周王时，号郭叔子。汉时，为河上公。右见《真仙通鉴》及《道经》。一云老子上三皇时，为玄中法师。下三皇时，为金阙帝君。伏羲时，为郁华子。神农时，为九灵老子。祝融时，为广寿子。黄帝时，为广成子。颛顼时，为赤精子。帝喾时，为禄图子。尧时，为务成子。舜时，为尹寿子。夏禹时，为真行子。殷汤时，为锡则子。文王时，为文邑先生。一云守藏史，或云在越为范蠡，在齐为鸱夷子，在吴为陶朱公。右杂见《太平广记》、《抱朴子》等，与前说稍不同。又《造天地经》云：摩诃迦叶，往为老子。《清净法行经》亦云：老子，名耳，字伯阳；一名雅，字伯宗；一名志，字伯光；一名石，字孟公；一名重，字子文；一名定，字元阳；一名元，字伯始；一名显，字元生；一名德，字伯丈。《玄妙篇》云：初生时名玄录。周武王时为守藏史，迁柱下史。至第五帝昭王二十三年，过函谷关，度关令尹喜。后二十五年，降于蜀青羊肆，会尹喜，同度流沙胡域。至穆王时，复还中夏。第十四帝平王时，复出关，开化苏邻诸国，复还中夏。二十七帝敬王十七年戊戌，孔子问道于老君，乃有"犹龙"之叹。第三十五帝烈王二年丁未，过秦，秦献公问以历数，遂出散关。至显王八年庚申东迁。至第三十八帝赧王九年乙卯，复出散关，飞升昆仑。据此，则过函关与出散关，自是二事，《老》、《尹喜传》悉同。盖过函关乃传道尹喜，出散关乃化服胡王。过函关者仅一，而出散关者三。然过函关，见《史记》，其说要为有征。出散关事，汉前群籍无载者，必后世道流增益之，以求胜释门耳。世多混二事为一，诗家尤易混淆，故详录之，以备参考。老君母玄妙至女，亦尹氏。《化胡经》称老子投净妙夫人体为释迦，则玄妙、净妙，皆老子母也。

老 君 像

皋亭山为武林左托，南滨钱江，黄鹤峰最高峰，下有石涧，颇幽邃。一老人周姓者，常憩其中。见有老君石像，高止尺许，莹净，隐隐有生气。捧归，置堂中，夜发光彩。因募筑精舍，为龛贮之。塑八仙像，鹤、鹿各二于傍，晨起礼拜不替。一日，有丝竹声，非人间所有，起窥窗间，见石像有笑容，仙像隐若摇动，鹤、鹿亦如之，良久乃止。推窗入，香气充满，余像皆如故，而老君独起，齿若改削成者，甚骇，且甚以为幸。日午，一道士挥扇入贺曰："知君大有瑞应，然此像不宜久留，当以见还。"亟捧而走。老人奋起争之，搏空，无所见，惟一道白气冲天，遂弃家云游，不知所终。今其子孙尚居山下，俱樵夫。问之，曰："此远祖相传已久。"谓其年涧边松花盛开，群鹤徊翔，花扑起，鹤翅皆黄，故以名峰。

峰高可三千丈，挟群峰而东若驰，与两天目相应。圆整秀拔，独峙钱江上。江海连接，所谓"海门一点巽峰起"者，可咫尺按也。乙卯，余登其颠。忽一鹤飞过，堕羽，适当余左肩上，知非佳兆。凡二三年间，患难疾病，无所不经，无所不剧。因泛海上普陀山中，故稀禽鸟，复有飞鹤堕羽，当右肩，喟然叹曰："此所谓铩羽且再，兆可知矣。"归来复大病，口占曰："骨格原来定，精神渐已非。横空双鹤度，海上有鱼矶。"息心待尽，更觉快然自得。而舍东有农庄，因弃家栖其中，鱼鸟日夕相亲。即其地，改葬先祖月溪府君。每晨起东望，红光荡漾，庶几二鹤来归。又口占曰："渡海鹤飞还，翛然只闭关。幻躯元不着，去住总闲闲。"虽病不服药，听之而已。

卷之三十

虏众来归

常郑公既擒纳哈出，其众惊溃。河水一夕大深，断其后路，皆曰："天也！"其帅五十八，帅众来归，亦曰："天也，非不得已也！"五十八，阿连人，习其国书。入太学，粗涉传记，颇醇谨，在元为平章。既归，赐姓，历官，数有功，恬退不争，以寿终。

职官走虏

也先之变，山西榆次县李员外，亦走虏中，为之用，盖利其赏赐，且政宽，不受文法苦楚也。时见获奸细李喜、孙荆弼之言如此，系景泰五年，御史钟同审出。

路河

自广宁东二十里，至海州东昌堡，凡一百七十里，缘路浚河，谓之路河。海运由此河直达广宁，嘉、隆间增筑河堤，人马通行其上。近年堤颓河塞，内水辄潴为湖，而虏乘隙以入，居民行旅皆遭掳掠，此辽之大患也。

抵捐金

嘉靖三十七年，大同右卫被围久，月粮既缺，舍余冯瑶捐万金代发。围解不即偿，且以朽币抵之。瑶诉讼，经数年。杨虞坡还本兵，知状，题奏，乃以马价给之。

壮　　夫

嘉靖四十二年十一月，宣府东关庄壮夫李恺挺身角房，手刃七八人，身被十余枪。授所镇抚，仍坐堡提调。

虏款赏恤

俺答款贡，每五年守例宁静，加赏一次，银三十两，大红纻丝蟒衣一袭，彩段表里或八或六。中间小酋入犯，能制驭罚服者，加赏银五十两有差。万历九年十二月死，与祭七坛，敕书一道，彩段十二，表里布一百匹，降真香七炷。若俺答者，跳梁于前，驯服于后，智哉！可谓变夷而享荣名者矣。妻三娘子，名哈屯，另筑城以居。请名，赐曰归化，寺曰弘慈。俺答为顺义王，其子黄台吉封龙虎将军，台吉袭王封。其子扯力克台吉袭将军封，亦如之。三娘子称一品夫人，不称妃也。黄台吉更名乞庆哈，嗣封三年死，恤典如父，袭封亦如之。

虏势日分

把汉那吉既降，得归俺答。命主板升之众，号曰大成台吉，妻曰大成比妓，以哈台吉辅之。大成台吉死，三娘子欲以其妻与少子不他失礼，哈吉不从，三娘子以兵攻之。各落酋讲和未定，扯力克自以兵收比妓为妻。扯力克者，黄酋之长子也。从此与三娘子成隙，而虏势益分。板升之众，日受蹂躏，不能自存。丘富赵全之子，入赴于总督郑洛，求以千百人入附。洛以贡市好言却之，大约都被夷人杀尽。把汉那吉封昭勇将军，于万历十一年四月三十日，射生，堕马死。边臣以闻，得旨，那吉首克归款，忠顺可嘉，给与办祭，彩段六，表里布三十匹。此赏犹薄，当照俺答例减半可也。

赐经像

虏既互市,朝廷每遣僧赐以经像。始出塞,官为制大红袈裟,四人舆,张盖,炉香前引。至虏帐数十步,皆红毯衣地,上施白缭绫。使者奉所赐经像,蹈以进。既入,施设,虏王投体膜拜,九顿首,良久乃起。起受诏毕,复九拜,甚恭。礼竟,敬问皇帝万康,暨辅臣府部而降安否?震旦有无佛法隆污?使者具对,且为推言善恶因缘果报之说。护生甚善,斩刈剽窃,罪最剧。善升释梵天生人中,不产边地夷落;罪堕泥犁,受报无央。酋闻辄啮指咋舌。胡骑数万,环以听。大酋梵唱,属而和者,如秋潮之撼山。罗拜,颡击地,若万杵登登也。酋故所奉西国像数躯,皆金银,随所驻,皆施净幕,香花庄严,悬所得汉饰绐绢巾帨,纨结纷糅几满。使者始至,供酥油茶一盏,供佛,饭僧,皆设大葳。辞而行,攀恋浃旬不听发。告以王程,辄曰:"师辈佛子,而制国法乎?"曰:"中华国法,大于佛法也。"使者四人,人饷马数十蹄为礼。

耗雄心

王鉴川司马云:俺酋之雄心,半耗于奉佛。以后虏中得西僧,辄奉为活佛。中国因而縻之,尽得其力。佛教之有益于国家如此。但今之学士大夫,亦有此好,浸淫成俗。虏性强变为弱,中国慈则变而险;虏性直变为和,中国智则变而诡。将来未卜所终,而其端已见矣。

市易

互市起于汉武帝,所谓关市不绝以中之是也。有谓起于开元者,别是一说。然魏绛和戎,亦是此意。而要之,三代御夷狄,亦必有所饵而羁縻者,非独自汉始也。

番　族

　　西番乌斯藏等处，将命者都用番僧，有阐教、阐化、辅教、赞善、护教五王，大乘、大宝二法王。以文皇神圣，亦迎法王至京，礼之甚重。今灵谷寺左尚有法王殿基，盖彼中惟知法王重之，所以收之。若曰建醮荐福，此特假为名，弄人耳目而已。至正德中，命司礼太监刘允往乌斯藏赍送番供等物。时左右近幸言西域胡僧有能知三生者，土人谓之活佛。遂传旨查永乐、宣德间邓成、侯显奉使例，遣允乘传往迎之。以珠琲为旛幢，黄金为七供，赐法王金印袈裟及其徒以钜万万，内库黄金为之一匮。敕允往返，以十年为期，得便宜行事。又所经路，带盐茶之利，亦数十万计。允未发，遣行相续。至临清，运船为之阻截，入峡江，舟大难进。易以艨艟，相连二百余里。至成都，有司先期除新馆，督造旬日而成。日支官廪百石，蔬菜银亦百两。锦官驿不足，旁取近城数十驿共之。又治入番物料，估值银二十万。镇巡争之，减为十三万。取百工杂造，遍于公署，日夜不休。居岁余始行。率四川指挥千户十人、甲士千人俱西，逾两月，至其地。番僧号佛子者，恐中国诱害之，不肯出。允部下皆怒，欲胁以威，番人夜袭之，夺其宝货器械以去。军职死者二人，士卒数百人，伤者半之。允乘良马走，仅免。复至成都，仍戒其部下，讳言丧败事，空函驰奏乞归。时上已登遐矣。

　　洮河边外皆番族，与虏隔绝。国初设茶马司，与番为市，每岁纳马易茶者，为熟番。封贡后，虏常钞掠诸番，番不能支，俯首屈服，岁有输纳，名曰天巴。于是虏骑数至番中，而火落赤者，尤桀黠。入据莽刺川时，掠汉人畜，边将或就索，辄复得之。万历十九年，副将李魁方大醉，军士报虏有侵掠，魁即单骑赴之，不介而驰。虏人初来，持鞬自白，魁辄拔刀斫之，虏大噪，射魁，创甚，还营死。督臣檄大帅刘承嗣击虏，不胜，虏遂入犯至洮河。副将李联芳出战，遇雨，为虏所乘，败没。乃以戎政尚书郑洛为七边经略使，切责顺义，趣之东归，而声火酋之罪，革其市赏，逐之远去，西边以安。

番僧专以进贡为生业，边吏因而为奸。每一起，必用大车数十辆，所装玉石杂货以箱计者，不可胜数，各色番人附丽者尤众。礼部虽执旧制，限起限数，终亦不得尽行其说也。在境上建寺起屋，纳妻妾，酗淫赌博，靡所不至。而所谓西方活佛者，代推一人为主，能前知，颇有灵验。其禅修者，亦自不少。盖自白马驮经以来，历晋至梁，显于达磨，其西来者甚盛。至唐，有玄奘之行。其后用兵，设州县，屯戍，终于倾陷。宋为西夏所隔，元无所不包，遂穷河源。帝师、国师，自其本俗，朝廷因而羁縻之。车书万里，固不得而尽废也，乃主者每欲减削。夫国家浮费甚多，柔远人，其得而轻议乎？

与虏角射

冯仰芹子履，大宗伯琦之父也，备兵云中。小酋那吉入市，操强弓，请与戏下士角射，公曰："吾与汝躬射。"虏射利近，密移远其侯，公连射皆中，酋尽输其衣裘鞍马，大愧。乃前其侯，使自射而赏之，复尽予所夺。虏大喜，叩头去，曰："好太师，天朝有人。"辛卯岁星见，民间讹言："易州有王气，官举兵，诛至矣。"众空城走。郎中项公德桢过署中，策曰：民方恫疑，未可骤止。阖门，治具合乐。徐遣吏晓谕，乃定。

烽堠

一边将为余言：近日虏得中国人，颇用狡计。先拥入边，俟举烽相传，即回骑出，从他道入。入又举烽，又从他道入，饱掠得志。边将但见烽举，即提兵往扑。既至，无所见，而先举烽者以误传报军门，他道失事者，尽推之烽堠不明以解。堠卒坐斩，并及其次，真是可怜！此际必当暗设一法，出入以单双为别，互而用之可也。

报功之弊

边将杀平民报功，不必言矣。更有一弊，时有降虏至健，而审译无他者,留为家丁,束以帽服。其老弱言语可疑者,另置一处,高墙垣,严扃之,食以虏法,不改椎结,俟有失事,取斩之。或三五,或十余颗,报上。验之,真虏首也,因而免罪,且加赏,人皆不疑。盖一参将曾守边者,为余言如此,此最可恨!惜无有发之严禁者。

西　南　夷

高皇帝欲征云南,未发,乃衢童即谣于道。求其故,知为土地神所泄,因谪之云南。后冯巫于府治之西山,故名其山曰进耳山。

云南六诏:一曰蒙舍诏,今蒙化府。二曰浪穹诏,今浪穹县。三曰邓赕诏,今邓川州。四曰施浪诏,今施浪县蒙次河之地。五曰摩此诏,今丽江府。六曰蒙隽诏。今建昌。

五开、铜鼓等处,俗犷悍。其不逞群而歃血立盟,推其豪为之魁,号曰华款。有犯者家立碎,人畏之甚于盗贼。

凡蛮夷不受鞭罚,输财赎罪,谓之赕。误用者,至作为器物。

广南诸夷,以牛货易。又谓里为牛,凡几十几里,则曰几十几牛。

南人用贝一枚,曰庄,四庄曰手,四手曰苗,五苗曰索。贝之为索,犹钱之为缗也。

苗纳粮一石,有至五两、八两者。

鲜卑聚语,崔昂问王昕曰:"颇解此否?"昕曰:"楼罗、楼罗,实自难解。"《宋史》曰喽啰。

阑干之名,起于北魏。南蛮中,依树积木以居,名曰阑干,大小随其家口之数,往往推一长者为王。入唐,此二字成雅语矣。

番人见中国兵少,曰磨子兵,谓其子旋转数,不能益也。杀而啖之,曰磨粉。立誓以埋奴为重,埋至数十人,有埋奴铭。

北戎、南蛮,都不出痘。一入中国,痘辄死。盖夷落不啖盐、酱,即胎毒无所触,不发。

迤北地寒,不产铁;迤南地暖,不产硝。故戎虏苗僮,国家得以五兵及火器制之。虽曰地气,亦天意实有以限之。

诸葛擒孟获,散青羌于五斗坝,此凌霄都蛮之自来。宋元丰中征之,国朝成化中征之,万历再征,皆因大雨而克。

万历二十八年,流民徐应龙为红苗所掳,诈称亲王,假传诏旨,吓诈苗,擒获论死。后遂诬红苗僭称名号欲称兵者,可笑。红苗介蜀、楚、贵三省之中,即古三苗遗种也。

杨安地界

播州前宣慰杨相,避祸逃之水西安氏。后以病死,播人取尸,水西不与,多开供费之银,求以地赎尸,播人难之。或为之谋曰:"以盐浸纸,晒干为券,三年必碎烂,然后与之争地,彼无冯据,且以还我。"如其议,尸果归。数年后,争地,契已碎烂,水西计穷,而地终不肯归。后告督府勘明,亦不肯归,则以赎尸事尚在人口故也。

安疆臣俯首郭青螺中丞之命,绝杨应龙进兵,又让后屯信地以报成功,即李霖寰总督亦许之,有"近地可拨,朝廷不爱惜"之语。及事平,蜀阃龂龂,黔中求多。安氏责输粮,便输粮;责献印,便献印;责擒叛,便擒叛,可谓恭顺之至矣。乃蜀抚乔璧星欲取安氏为功,坐以侵占播地为罪。而喜功之辈缘以为说,驯至以受贿弃地弹前督臣。王霁宇中丞逐之,此别有所谓,非因弃地也。

兵 兆

琼州生黎,以香易土人牛。巡兵夺牛,黎愤,拔刀杀数人而去。此一尉可治,乃参将幸功,闻于兵使者姚善,率众掩之。大败,至督府遣师,又大败。后调数万人击之,黎走险深入,得老弱首数百颗了事。官兵至一崖下,有苏东坡碑,明示用兵之兆。吁,奇矣!其东坡先见,抑后人添饰耶?总督为江右张鸣冈,余同官南中,识之。

寨 镇

海岛寨中必立一铜铳为镇,失之则灾眚立见。中国以计取之,方制其命。如闽中东埔寨失铜铳，皇皇无据，约献贼腹心，并我兵陷没者数百人，乃以归之。寨酋爇香顶受，赍金书牙蜡来献，誓擒贼报效，且请岁贡以为常。

属　　国

高丽、朝鲜，皆以在东方，近日出，故"朝"字读为"朝夕"之"朝"，"鲜"字读作"鲜明"之"鲜"。

平壤府，其西京也。天使至，列兵江上护行。观察使先于十数里外遣伶戏来迓。抵近郊，列香亭、龙亭、仪仗、鼓乐，率僚属迎诏。乐人皆着幞头束带，执仗者背着戎冠葵花衿，金钉带与花同。陈百戏，环绕作百兽率舞态。幡幢四，上书曰："万国同欢争蹈舞，两仪相对自生成。天下太平垂拱里，海东无事凿耕中。"迎导入城，至大同馆。门外东南二面，各树鳌山彩绷，山上下列伶妓诸戏。入馆，行礼毕，王遣使来问安，拜诏，所至皆如之。

朝鲜有成均馆，宣圣庙，其庙扁曰大圣殿。庙制，櫺星门、仪门、正殿，两庑圣贤俱塑像，并与华同。其春秋丁祭，俱用朝廷颁降。雅乐官有大司成、少司成。馆生曰生员，府州郡县学生曰生徒，皆着儒巾、蓝衫，与华同。但巾用软罗为之。

朝鲜使臣，洪武四年，用礼部尚书偰斯宣谕，随命斯册封。其用内相，起于永乐中。成化四年，朝鲜国王李瑈卒，遣太监郑同持册封世子晄为王。巡按辽东御史侯英奏："朝鲜虽称外国，其人多读书知礼。使非其人，必为所轻。且辽东疮痍未起，岁复不稔，内臣沿途绎骚，劳费百端。乞追寝成命，选廷臣有学行者以往。"上是之，以词林充正使，给事中副之。

嘉靖七年，朝鲜人遇风，飘至通州，被囚于守御所。讯之，乃其国主试官，作诗云："白浪滔滔上接空，布帆十幅不禁风。此身若葬江鱼腹，万里孤臣一梦中。"又云："迹殊溺海唐王勃，事异投江楚屈平。"

安南遣使，必以词林为正使。将至，则国王躬率臣僚，驰百里外，立迎道侧。使者以守国辞，则退至数十里，又如之。比至郭门，凡三迎焉，分阶升位，正东西拜。

钦州知州林希元上疏，陈伐安南之策，凡四上，不报。盖希元自大理丞左迁炎荒，忿懑无聊，故袭道路传闻之语，以冀一当。李古冲贻书曰："钦州非用武之地，君面亦非封侯之相。"盖希元貌侵，诮之也。林，闽人，有文学，后升佥事，罢归。

莫登庸之乱，安南黎宁遣陪臣郑惟僚以闻。后赦登庸为都统使，惟僚不得归，处之长乐，给城中宅一区，田五十亩，从者三十亩。呼！独不能量才，处以小小职衔耶？即才不堪用，百金百亩之产，中国何吝焉。

安南进代身金人，范用囚服面缚。万历二十六年，黎惟潭自以恢复放，罪视莫登庸有间，为立面肃容状，阅验，嫌其倨，令改范俯伏焉。镌其背曰："安南黎氏世孙黎惟潭，不得蒲伏天门。恭进代身金人，悔罪乞恩"二十五字。按进金人代罪，乃盖苏文所以戏唐太宗者。我朝宣德中用之，黎利仍陋习舛，诸大臣其未之考耶？

差往海外

琉球一差，最为烦费。嘉靖间，给事中陈侃、行人高澄之奉使也，以壬辰夏五月；其行也，以甲午四月。万历初年，给事中萧崇业、行人谢杰之奉使也，以丙子秋九月；其行也，以己卯夏五月。臣舰造作，文移来往，非经年不能成。桅木尤艰，丁丑岁造成，复破。一造费可九千金，官吏从人饩廪不与焉。及到国，日有馈，旬有问安，月有筵宴。随从四五百人，淹留四五月，粮食犒赏，不可胜计。故《吾学编》有彼国遣陪臣至省城领封之说。

万历三十年壬寅当封，吾师许敬庵申请于朝，允领封之说，不从。次年，遣给事中夏子阳、行人崔德，丙午年方归。夏，余同年生相厚驻闽，与抚臣徐学聚抵牾，徐困之，月给十金为费，交章不休。

出使琉球，所用舟，其形制与江河间座船不同。座船上下适均，出入甚便。坐其中者，八窗玲珑，开爽明睿，真若浮屋然，不觉其为船也。此则舱口与舱面平，官舱亦止高二尺。深入其中，上下以梯，艰于出入。面虽启牖,亦若穴中之隙。所以然者,海中风涛甚巨,高则冲,低则避也。前后舱外,犹护以遮波板,高四尺许,长一十五丈,阔二丈六尺,深一丈三尺,分为二十三舱。前后竖以五桅,大桅长七丈二尺,围六尺五寸,余者以次小而短。舟后作黄屋二层,上安诏敕,中供天妃。舟之器具,舵用四副,其一见用,其三防不虞也。橹用三十六枝,风微逆,或求以人力胜,备急用也。大铁锚四,约重五千斤。大棕索八,每条围尺许,长百丈,惟船大,故运舟者不可得而小也。艞船二,不用则载以行,用则藉以登岸也。水四十柜,海中惟甘泉为难得,勺水不以惠人,多备以防久泊也。通船以红布为围幔,五色旗大小三十余。而刀枪弓枪之数,多多益办,佛郎机亦设二架。凡可以资戎事者靡不周具。正副使各用一船,后从陈侃之奏,共一船。

占　　城

吴惠,苏之洞庭山人,进士。有胆气,父子皆能武艺而有文名。惠使占城,舟遇飓风。有一大山石,拥出如刀戟,隐隐多人状,去舟里许,祭讫而风返。占城国小土城,乘陴者持竹枪,其主坐驯象郊迎。既见,疾入,卫卒两行,魋结趺地坐。三伐鼓,乃享使。其人极弱,夜鼓以十更为率。

成化中,给事中冯义,与行人司副张瑾,赍敕印,封占城国王孙齐亚麻勿庵。多挟私货,图市利。至广东,闻齐亚麻勿庵已死,而其弟古来,遣哈那巴等来请封。虑空还失利,亟至占城。占城人言:"王孙请封之后,即为古来所杀,而安南已以伪敕立其国人曰提婆苔者权掌国事。"义等不俟奏报,辄以印币授提婆苔,封之为王,得其赂黄金百余两。又经满剌加国,尽货其私物以归。义至海洋病死,瑾具其事,且纳伪敕于朝。礼部劾瑾专擅封立,当正典刑。命下锦衣卫狱鞫治,始得其状。法司比依大臣专擅选官罪,坐斩。时占城哈那巴在馆,礼部译问之,云:古来实王弟,齐亚麻勿庵之死,以病不以杀。而所谓提婆苔者,亦不知其为谁。乃命哈那巴等暂回广东,令有司以礼优待,俟提婆苔谢恩使至,并审其情伪别处之。瑾后亦减死,赦出。

日　本

元世祖征日本，固是好大喜功，却有深意。宋末，来降诸将范文虎等与部下，何止数十万，蹢躅海上，恐为后患，故驱之入岛。胜则奉海外奇珍贡我，不胜而死，尽除内患。这达子尽有算计，关白遣清正行长，与朝鲜为难，亦是此意。二酋决不敢归，亦何苦杀入中国来。中国人全然不晓，懦者为封贡之说，躁者欲尽兵力，跨海长征。中国有甚兵力，学得倭子袭人？只备御为上，渐渐消耗他。

关白信急时，上封事者谓十万入广，十万入闽，十万入浙，十万入淮，十万入山东，十万入天津，将如何？余在家暗笑道：关白坐七十二州，尽自得意，要中国来什么？兽离穴即擒，彼难道全不思前算后，孟浪发六十万人渡海？几许人看家？当一个大人家，发出五只哨船，也自不易，入夜来便觉虚怯。中国大矣，分八枝兵攻，杨应龙费了多少气力，不谓日本便能大举。

或曰：海上儆急，难道可置度外？曰：天下事，你道那一件可置度外？人家近了小漾小水，也要提备。况下海通番之人，勾引窃发，东西海面，不啻万里，在在事体不同，随方备御，顾其人何如耳。

海寇莫甚于孙恩、卢循，却未闻通倭。当是倭尚微细，孙、卢在海边骚扰，透入内地，受其残破。中国只御之于陆，不闻战于海洋。比据广州，便窥伺荆江、建业，为刘寄奴所灭。

倭一名韩中，以其邻三韩而国也。

倭寇之起，缘边海之民与海贼通，而势家又为之窝主。嘉靖二十六年，同安县养亲进士许福，有一妹，贼虏去，因与联婚往来，家遂巨富。考察闲住金事某，放诞挟制，尤属无赖。甚至占官兵为防守，一方苦之，甚于盗贼。及朱秋厓开府巡视，行保甲法，破碎其谋，而谤言大兴。今承平六十年，恐复有袭此风者。

嘉靖三十一年春三月，倭登黄华，勇士某等三十六人接战，死之。勇士者，栝人也，骁悍无比，皆衣楮甲，用铁挡，与倭遇，即前突之。而淫霖不止，甲濡且重，又兵寡不敌，欲少退择利，顾桥已断矣。盖土人畏倭，而以勇士委之也。倭凡数百千人，尾勇士数人而行。勇士迫，则举挡反击，逐贼，贼走复来，如是者数四，莫敢近。土人隔水望见者，莫不壮之。于是勇士乃从埭渡，埭崩，而栝人不善水，遂沈水中，贼从上射之，宛转死矣，其后河上常闻鬼哭声焉。

嘉靖三十五年丙辰五月初一日，倭船五十余从吴淞猝至上海，百计攻围。积十七日，内外援绝。贼窥西南隅地旷而僻，作竹梯三乘，高与城等，置两轮于左右端，乘四鼓时守者多倦寝，贼布梯濠上，匍匐渡者百余人。舁梯倚城墙，推轮而上。一贼蹑级将登，适守城乡绅徐鸣鸾，不寐心动，促诸生唐缉巡城。瞥见惊呼，城夫杨钿跃起，登女墙呐喊，贼从下以枪戳之，钿坠城外，压梯上，贼亦坠。城上炮石如雨，贼不能支，退而涉濠。偶潮决浦口堰，水高数尺，相随溺濠中，城上人未之知也。平旦，贼弃营垒走，侦者往濠上，见衣裾浮水面，拽之，得死人，争入水，拽得六十七人。皆披重铠，持利器，头颅大如斗，口员而小，色黝黑，知为真倭。其精锐尽于此矣。是日，贼从浦中南去，至六月七日，复回舟，从浦出海，自后虽有警报，更不入境云。

嘉靖丙辰，倭寇淮阳，李克斋遂为督抚。子见罗材，时上春官，年方二十余，适在署中。见攻围势急，援兵未至，白于父，匹马散服出门，召淮阳城内诸豪问计。发漕司库金，大陈庑下，明赏格，令诸豪缒出。募通泰沙上敢死士三千，缒入给兵仗，夜半缒出，自将乘雨后奋击，大破之，斩首五千。诸将追蹙，尽歼之。克斋以此晋南大司马，见罗驰归，不显其功。沈晴峰在围中亲见，笔于书，当不诬也。

王　长　年

古称操舟者为长年。王长年，闽人，失其名，自少有胆勇，渔海上。嘉靖己未，倭薄会城大掠，长年为贼得，挟入舟。舟中贼五十余人，同执者男妇十余人，财物珍奇甚众。贼舟数百艘，同日扬帆泛海去。长年既被执，时时阳为好语媚贼，酋甚亲信之。又业已入舟，则尽解诸执者缚，不为防。长年乘间谓同执者曰："若等思归乎？能从吾计，且与若归。"皆泣曰："幸甚！计安出？"长年曰："贼舟还，将抵国,不吾备。今幸东北风利,诚能醉贼,夺其刀,尽杀之。因掖舵饱帆归,此时不可失也。"皆曰:"善。"会舟夜碇海中,相与定计。令诸妇女劝贼酒,贼度近家,喜甚。诸妇更为媚歌唱迭劝,贼叫跳欢喜,饮大醉,卧相枕藉。妇人收其刀以出,长年手巨斧,余人执刀,尽斫五十余贼,断缆发舟。旁舟贼觉,追之,我舟人持磁器杂物奋击,毙一酋。长年故善舟,追不及,日夜乘风举帆,行抵岸。长年既尽割贼级,因私剜其舌,别藏之,挟金帛,并诸男妇登岸。将归,官军见之,尽夺其级与金。长年秃而黄须,类夷人,并缚诣镇将所,妄言捕得贼零舟首虏,生口具在,请得上功幕府。镇将大喜,将斩长年,并上功。镇将,故州人也。长年急,乃作乡语,历言杀贼奔归状。镇将喑曰:"若言斩贼级,岂有验乎?"长年探怀中藏舌示之,镇将验贼首,皆无舌,诸军乃大骇服。事上幕府,中丞某召至军门覆按,皆实。用长年为裨将,谢不欲。则赐酒,鼓吹乘马,绕示诸营三日。予金帛遣归,并遣诸男妇,而论罪官军欲夺其功者。长年今尚在,老矣,益秃,贫甚,犹操舟渔。

马　勇　士

我湖人,失其名。倭自松江出掠,湖戒严,佥民兵,勇士与焉。时乌程尹张公讳冕,有胆气,部勒东出御倭。至平望登岸,止勇士随之。忽有十余倭突出,张窘甚,勇士奋而前,挥张使去,竟死之。张寻得其尸,旁有死倭六人,其首已为土人刎去得赏,盖皆勇士所杀也。为葬于岘山之麓。

倭　官　倭　岛

关白,倭之官号,如中国兵部尚书之类。平秀吉者,始以贩鱼,醉卧树下。别酋信长为关白,出山畋猎,遇吉冲突,欲杀之。吉有口辩,自诡曾遇异人,得免,收令养马,名曰木下人。吉又善登高树,称曰猴精。信长渐委用,合计夺二十余州。后信长为呵奇支所杀,吉讨平之,遂居其位。丙戌年擅政,尽并六十六州。其主山城君,懦弱无为。

壬辰破高丽，改天正二十年为文禄元年，自号大阁王，以所养子孙七郎为关白。

　　日本原六十八岛，各据其地，至平秀吉始统摄之。及老且病，子秀赖尚幼，托于妇父家康代摄其位。吉死，家康止以和泉、河内二岛归赖。赖既成立，索其位于家康。不与，忿还其女，致争斗。赖兵败，走入和泉，焚城而死，又有言逃入萨摩者。其位遂归于家康，传其子为武藏将军。倭俗简易，寸土属王。倭民住屋一编，阔七尺，岁输银三钱。耕田者，粟尽入官，只得枯稿，故其贫者甚于中国，往往为通倭人买为贼，每名只得八钱。其人轻生决死，饮食甚陋，多用汤，日只二餐，以苦蓼捣入米汁为醋。其地多大风，夏秋间风发，瓦屋皆震，人立欲飞。乍寒乍暖，气候不常，其暑甚酷，一冷即挟纩。九月以后即大雪，至春止矣，大小终日围炉。妇人齿尽染黑，闺女亦然。以雪抛掷，孩子穿红绉纱，践于雪中，不惜。其酋长喜中国古书，不能读，不识文理，但多蓄以相尚而已。亦用铜钱，只铸洪武通宝、永乐通宝。若自铸其国年号，则不能成。法有斩杀，无决配。倭人伤明人者斩，倭王见明人，即引入座。我奸民常假官，诈其金。留倭不归者，往往作非，争斗、赌盗无赖。有刘凤岐者，言自三十六年至长崎岛，明商不上二十人；今不及十年，且二三千人矣。合诸岛计之，约有二三万人。此辈亦无法取归，归亦为盗，只讲求安民之策可也。

东涌侦倭

　　万历四十四年，闽抚台黄与参遣义民董伯起出海探倭。五月十七日，舵手馆头施七回言：伯起同李进、叶贵、傅盛三人，十六夜自馆头开洋，十七天明至竿塘，一更至横山，十八早至东涌。一路兵船躲各澳，皆不见。遂上东涌山四望，止倭船一只泊山后南风澳，一泊布袋澳。二澳相连，篷樯俱卸。但掠定海白艕船，藏南碛隐处。伯起即将海道红票埋藏山上，并拗天妃判官手为证。忽见南碛船张帆来，施七曰："此非好船，好船不起帆赶我也。"李进曰："今勿走，走则铳打立尽。"少顷，倭船至，通事同倭过船搜问："汝何船也？"齐应曰："讨海船。"通事问:"见有兵船否?"应曰:"无有。"通事目伯起等曰:"汝但说有兵船,他以五十金雇我来,我欲去,他不肯去。说有兵船,他方去也。"众曰:"我说恐杀我。"通事曰:"不怕,不怕。汝但开口作说话状,我为汝说。"又曰:"汝既讨海人,为我取水。"众见倭坐我船中,不得已,为取水讫。彼首军忽过船,细视伯起,相其手,又视叶贵,三人遍相之,即摇首:"汝不是讨海人。老实说!不说,杀汝!"众未应。倭以刀恐之者数,众栗栗相视。伯起知不免,大声曰:"我说亦死,不说亦死,我等是军门海道差来,闻汝造船三百只,我军门海道,已备有战船五百只,汝来则战,汝若是好船,何故久泊此地?今日杀我也由汝,不杀亦由汝。汝杀我,兵船即至矣。"于是群倭齐拍手,喃喃且吐舌。通事曰:"他琅砂矶,国王差往鸡笼,风既不便,归去恐得罪。欲将你首军一人,去回报国王免罪,决不害汝。"即问:"谁是首军?"众指伯起。首军者,彼处老爹之称也。遂呼伯起过船,伯起奋而过曰:"我今拚命报国矣。"即索网巾于倭,得之;又索衣,首军以番衣予之,不受,从叶贵等借衫递与之。倭首军陪伯起食饭,此十八晚事也。十九亭午,带所掠船并我船,送至台山外。伯起为请放,即放各船归。倭船大可丈八,内有马四匹,铜铁满舱,皮箱甚多。叫我人去看,说:"汝国人往我处,每年有三四十船,我俱礼待你;中国人见我来,便要杀。"说彼国简易,说中国即皱眉。倭亦能写字,以笔与伯起写,伯起不写。倭即写"日本人无情"。伯起取其笔,写"日本人有情"。倭又抹却"有"字,仍写"无"字。七又言倭人与吾人,亦无甚异,但喜弄刀,或以刀作铳,眇视而声之,无刻不然。此差原系方舆,舆荐伯起自代,傅盛等三人,皆方舆所遣。三人归,而伯起不返,可怜!明年三月,以计绐之,送归,得为海上裨将。

筹　　倭

御倭之策甚详,大要曰:御于海,使不得上岸,为最紧着。数其次,曰将、曰兵、曰船、曰器械。然倭之言曰:兵船至,我卧而杀之;兄弟兵至,我立而与敌。兄弟兵者,谓渔船也。盖渔船不畏风涛,胆壮,能识风势、水势，第不敢带铳。若招募编队，给以工食，资以刀、铳，而不废其捕渔之业；又渔人中听其自推择为长，良有司约束，隶于兵道；获级之赏，一如官军；而所谓点闸、团操、迎送、朔望、祗候之类皆免，则人自乐从。故从来海上破倭，多得渔船之力。今登、莱、天津用此法防奴酋绰然，而多用兵者何。

平　　倭

世庙时，南倭北虏并急。其时竭天下之力御虏，南方急时所输于北者，不丝毫减。中间悉力拮据，终得荡平者，胡襄懋力也。事平之后，襄懋中谗死；同志如茅先生鹿门，几至破家；有功秀才蒋洲、陈可愿，至谪戍。生平受襄懋卵翼煦沫者，皆噤而避匿，且讳之，不敢出声。一切战功，惟有鹿门徐海一篇，而最难致者王直，却又不及。间以诘其子孝若曰："尊公与襄懋情谊如何，乃不详录者何？"孝若蹙额曰："并此篇几削去，赖长兄言之，得止。"嗟乎！世有缚一草贼，捕一叛民，因人成事者，尚连篇累牍，震耀以求，必传于世；而公半壁之功，十余年出生入死，辛苦泯泯，至此安用一时文士为！余老矣，每每访求，不可得。间有谭者，年远未可信。近见唐凝庵先生《胡少保传》，极为详赡，喜甚，订录数款。惟王江泾之捷，的系张半洲经、李承庵天宠在事调度，襄懋方为巡按，固不得因之掠美也。

初为益都知县，有贼曰草上飞虎，悍甚，众至数千，据矿为患，久莫能制。公召其父母宗族，谕以利害，示之恩信，群盗解散。择其可用者千人，编为义勇。会有诏，令巡抚曾铣募青齐兵入卫，遂以应焉，一不以扰其民也。

三十三年甲寅，江南倭大至，官兵屡败。南兵书张经带部务总督军务，公为巡按。方至嘉禾，贼自武塘将逼城。公出酒百余瓮，米五十包，毒之。封包如故，载以二小舟，授数健儿，赍冠服文牒，若犒兵者。贼见逐之，健儿浮水遁。贼入舟，见冠服文牒，信为犒兵也。呼类欢饮且醉，复作饭食之，一时流血暴死者七八百。余贼知中计，遂相戒，勿食民间遗物。会雨骤至，又无所得食，淋漓饥困，毙者益众，遂解去。

三十四年乙卯二月，工部侍郎赵文华祭告海神，兼视军情。四月，至松江祭海。是时，倭据川沙洼柘林为巢。涉冬春，新倭复日有至者，地方甚恐。及狼兵至者五千人，众稍安。总兵俞大猷遣游击白泫等稍有斩获，文华因谓狼兵果可用，厚犒之，激使进剿。至曹泾，遇倭数百人，与战不胜，头目钟富、黄维等十四人俱死，失亡甚众。于是贼知狼兵不足畏，复肆掠如故。五月，张经蹙倭于王江泾，大破之。经素贵倨，以文华部民也，藐之，触怒。会倭寇苏州大掠，即奏经畏懦失机，玩寇殃民。上怒，逮经及巡抚李天宠问斩，以应天巡抚周珫代经。寻以珫衰老，黜之，以南侍郎杨宜代超公，佥都御史代天宠。而先四月，公上疏，请宣谕日本，覆允。比得旨，新受事，檄宁波，选委知海情者。得弟子员蒋洲、陈可愿二人，因令充正副使。而先犯海禁系狱朱尚礼、胡节中并释，令各募二十人，辅洲等赍文以往。公密授计，洲以十月壬午行，十一月丙午至日本。从山口、丰后二道宣谕。王直，故为舶主，原徽州人，因令养子毛洌率众，邀洲等至五岛，询以故。洲等奉计诱之，直伻言曰："我本非为乱，因俞总兵图我，拘收家属，遂绝归路。今军门如是宽仁，我将归。然毋用人众也。今闻萨摩岛徐海等，大纠倭众，来春必犯浙、直。吾令毛洌、叶宗满，伴送陈副使、朱尚礼先覆军门，吾与蒋先生宣谕毕日，亦同归顺。但倭国缺丝绵，必须开市，海患乃平。"可愿偕毛洌，以仲冬闰月泊列港，至定海关。已而直剿杀海洋流贼数十级效功，以窥我意。公询得其情，奏闻，且厚犒之。赵文华遂请还京。

三十五年丙辰正月，洌率倭兵百八十人，助卢参将捣舟山贼，斩首三十，余贼奔邵岙山，屯于山巅。公奉旨赍洌等金币，且令回谕直早归顺，洌感激。因送商伴夏正、童华、邵岳报徐海入犯消息，遂留为通事，阴厚遇之，意未尝一日不在直也。是月辛酉，贼数百，自闽连江洪，突犯平阳、仙居等县，趣四明、奉化。合钱仓新至贼，深入上虞，转战千里，官军望风奔溃，海道孙弘轼驰檄告急。甲子，自率标兵渡钱江而东，合诸道兵，及容美土兵皆会。丁卯，贼由上浦潜渡曹娥江，见官兵由对山出海塘，转山阴。壬申，公至江桥，遇贼夹河而行，从马上操小旗，语诸将曰："使此贼见我旗指，不顾而西，胜负未可知；若观望迟疑，即可扑灭也。"贼见旗东西交指，果聚立，公笑曰："贼气夺矣！"麾兵渡河，贼惊，问谍者，知军门自至，遂不敢战。南走后梅村，急麾诸军围之，一昼夜。用火器力攻，贼负伤深匿，战益急。我兵登屋举火，烟焰大起，贼多焚死。已而雷雨大至，公与诸将冒雨立水田中，或劝之少避，不听。明日五鼓，贼乘雾突乡兵，我军四合奋击，俘斩二百五十九，余贼逸走钟村。平明，追及西岭，杀百贼。贼又遁，轻兵追之，少衄。复遣土兵及于蒲岐亭，斩六十级，余贼夜遁入海。先是，居民闻贼至，咸奔避入城。公所至，炊宿无所。薄暮，入山巅小庵，饥甚，道人具酒饼以献。方数酌，哨者至，备询其故。已而问哨者食否，答曰："枵腹两日矣。"公泪下，尽撒酒饼与之。道人进曰："庵中仅有此，愿少留。"公曰："此探卒，吾三军耳目也。不得食，必毙。宁忍饥以食有功。"左右皆感泣。时陈东屯于陶宅，知公悉军而东，复袭败官军。杨宜剿新场倭，又败，罢之，以南侍郎王诰代。而先文华还京，言倭大势已定，余零散者，诸将剿之可立尽。既败，报踵至，上甚疑，以问严嵩。嵩支吾以对，文华大惧。而素与吏部尚书李默有违言，因讦默出题谤讪，欲败国事。初罢杨宜，即当以宗宪代。而专愎自用，推举周珫，珫老悖，致残倭复炽。上大怒，收默下狱，止诰无行。升公兵部侍郎，兼金都总督军务；升阮鹗代巡抚浙江。四月，鹗败于崇德，陷骁将宗礼等，走桐乡被围，公谕解之。文华兼副都复出督视，<small>七月收徐海、陈东，详《鹿门集》。</small>公授计把总张四维，雪夜渡舟山，出贼不意，大破歼之。

　　三十六年丁巳，倭入闽、广，改鹗抚福建，公兼两浙巡抚，不更设。王直忽驾舻舰，拥骁倭，突进舟山涔港住泊，以送蒋洲为名。公遂遣夏正等往觇，而自提兵驻绍兴，且令画工图涔港形势。正还报，直语甚肆，谓必待奏奉明旨，许其宽宥，与以都督职，使得稽压海上开市以息兵，方图归顺，必不效徐海堕牢笼，作俘囚也。而画工所图形势甚险恶，四山哨立，海环其外，入口仅容一舟，别无他道。公览之，谬曰："此绝地也。"乃令直长子澄，述祖母意为书，道制府恩厚，促直早归顺，以全母子之情，遣直中表方大忠偕夏正等持往。直启书，笑骂曰：

"儿呆何至此！汝父在，故厚汝；父归，阖门骈首僇矣。"大忠与正等晓譬百端，直意稍动。遣王㴖、叶宗满，随方大忠、蒋洲至军门输款。公因送监军御史王本固，本固疏其状于朝。公念㴖乃直之养子，用事不还，直且疑而生变，因言于本固送还。将行，公故引之卧内，留共宿，而预为题稿，力乞贷直，并诸将请战书十余篇，置之案间。乃出，饮大醉还，因呼㴖入宿。而公甫入室，大吐，床席俱沾污。侍者皆就寝，㴖闻鼾声满室，窃起，翻案间，见疏稿。回顾公睡益熟，因录其疏，复就榻。久之，公乃作伸欠状，呼茶，且易枕席，而犹哝哝语："我为儿子辈苦心开生路，乃犹迟疑取死耶？"晨起，㴖即于榻前告行。复好言慰之，阴檄文武诸将吏，联络棋布，以防奔逸。又密遣谍饵德阳诸酋长，购直首，使之自疑。直方犹豫，不知所出，㴖等至，出疏稿示之。直犹未决，㴖等力劝之，乃留夏正为质，自挈妻孥稽颡制府。公大喜，摩顶曰："儿来何晚！"时长至前三日也。乃使朱尚礼、童华馆伴至杭，参谒监军。次日，即回军还杭，且述始末，闻于朝。又为书达当事，言兵机忌泄，如上意罪止于直则已，必欲尽其余党，乞密启上，万勿宣之明旨。时倭贼诸奸多在直舟，公将以直为媒，渐致之，不烦甲兵，谈笑以靖祸本。监军疏先至，辄奉旨，悉剿余党矣。然公已逆虑其然，先遣朱尚礼往说诸小酋，释夏正及谕王㴖、叶宗满来杭。㴖等以候旨为辞，而密遣其骁锐吴九、项松、王四等，四散探旨。童华以告，公分遣将吏密擒之。明年二月，本兵檄至，直遂下狱。德阳走浐港，诸酋复叛，朱尚礼先闻，脱身走；夏正遂为所锢。公即移师宁波，调集诸将，水陆攻剿。贼坚壁不出，我师亦不得入。公曰："曩谓兵机不可泄，正虑今日。惟坐困，不忧不全胜也。"时及汛期，新倭续至。或抵普陀，逼乌沙门；或自峒蟭奔东北洋；或自洋中趋舟山，则水兵擒斩之。或犯乐清、金乡、梅头、临海、松门；或攻太平、台州、温州、永嘉、磐石、象山、仙居、平阳，四散流突，则陆兵擒斩之。其追至铁场山者，诸军冒险夺岭，三面奋击。贼从山后奔陷海涂中，长跪受刃，俘斩无遗。大都贼之骁悍，非徐海、陈东比。而我将士久战，胆力益壮，习知贼技，不足畏避。虽不无一二失律，而所至成功，卒无有得与直党合者。其党困甚，闻有贼在朱家尖，遣六百余人，自浐港奔沈家门援之。又从响礁门出碇礌，奔沈家门，皆为我师所邀，俱败入巢。公乃命朱尚礼以先所收抚倭人夷来廷、夷来住等驾艇，伏炮其中，冒为倭船招之。贼不疑，登舟，来廷等佯称还报，易八剌虎先行。炮从舵后发，舟为煨烬，水兵乘之，俘获二十二名，斩级二百五十，沉溺者无算。贼气日挫，因严督诸军，分番攻巢，杀伤甚众。诸贼积恨为夏正所诱，支解之。公闻，躬至海边，望祭恸哭，诸军皆为堕泪。贼自知势孤援绝，焚其余舟，将并力出海。官兵乘势焚栅厂，火光烛天。各贼夜奔柯梅候潮，官军击之，贼乘东仔小舟，遁出浦，水兵击沉其半，斩首九十有七。诸将复统苍船，追之俞山外洋，沉其四舟，生擒贼首汪印山、陈礼，计得脱者不及十一矣。是时，贼至江南者千余，水兵御之，不得登陆，遂扼之于崇明之三沙。江北之贼几七千，北枝据淮安之庙湾，南枝据扬州之如皋。公皆分兵助战，前后斩馘俱尽。三沙贼为官兵所困，不得骋，乃卸屋材为小舟以遁，飘至江北，亦歼焉。三十八年十一月，本兵再驳王直等罪状，下抚按三司详议，枭斩于市，妻子没官。叶宗满免死戍边。加公太子太保左都御史，荫一子锦衣副千户。文武将吏，各加升赏。夏正死事，赠都指挥使，荫一子。与朱尚礼、童华、邵岳俱正千户。

　　先是，处贼万余，盗义乌矿。会令缺，丞尉率乡民逐之。贼易丞尉，列阵而出，戕乡民。民怒，奋力死斗，贼披靡入山。民追破其巢，贼悉战死。公闻之，喜曰："处贼称悍，乌民一战歼之，勇可知已。吾方求其人而不得，傥新尹任事，浙可不征调而强矣。"会江阴赵大河宰义乌，谒制府，即语以故。大河欣然任之，遂令戚继光与之偕，给饷甚厚。继光行，复语曰："江南所以不能战者，以未谙节制耳。吾每思仿六花阵法训练，尔喻之乎？"继光因献鸳鸯阵，公曰："得之矣！"自后义乌兵遂以劲名天下，今所称南兵是也。有事调用，遂以为常。

　　嘉靖三十九年五月，公请定节制礼仪视三边事例。上嘉其任事，加兵部尚书兼右都，悉从所请。闽寇告急，撤其兵往援。行至桐山，邵副使尹参将舟师来会。贼已满载，且闻浙兵至，急遁出海。水兵邀击洋中，犁沉贼舟四十有七，溺死者无数，获贼首严山老等百余名，洪泽珍亦焚巢遁。八闽解严，提督遂以饷乏，令舒兵备撤兵还。贼闻之,复纠众入寇,犯福宁、桐山,闽兵再败。公复发兵攻之,战于桐山、寿宁,追至枫亭,血战于仙游。前后俘斩几二千余,贼遁入海。

四十年九月,讨倭屡捷,加少保。

四十一年十一月,被逮,停其官,不补。升赵炳然兵部侍郎,兼金都,抚浙江。

四十四年,再逮。疏辩,寻卒,上怜其功,免勘。

卷之三十一

鹤

杨子曰："鹤，羽族灵也，而变小大不同。金九火也，而变生焉。七年一小变，十六年再变，百六十年大变，千六百年变极，而与圣人同隐显灵其至矣。"

陈州倅卢某畜二鹤甚驯，一创死，一哀鸣不食，卢勉饲之，乃就食。一旦，鸣绕卢侧，卢曰："尔欲去耶？有天可飞，有林可栖，不尔羁也。"鹤振翮云际，数四徊翔，乃去。卢老病无子，后三年，归卧黄蒲溪上。晚秋萧索，曳杖林间。忽有一鹤盘空，鸣声凄断，卢仰祝曰："若非我陈州侣耶？果尔，即当下。"鹤竟投入怀中，以喙牵衣，旋舞不释。卢抚之，泣曰："我老无血胤，形悲影吊。尔幸留者，当如孤山逋老，共此残年。"遂引之归，为写《溪塘泣鹤图》，中绘己像，置一鹤其旁。后卢殁，鹤亦不食死，家人瘗之墓左。

群鹊招鹳

某氏园亭中有古树，鹊巢其上，伏卵将雏。一日，二鹊徊翔屋上，悲鸣不已。顷之，有数鹊相向鸣，渐益近，百首皆向巢。忽数鹊对喙鸣，若相语状，飏去。少顷，一鹳横空来，阁阁有声，鹊亦尾其后。群鹊向而噪，若有所诉。鹳复作声，若允所请。瞥而上，捣巢衔一赤蛇吞之，群鹊喧舞，若庆且谢者。盖鹊招鹳搏蛇相救也。

徐司训觐，宅近启圣祠。纵奴射鹳，合邑之鹳，无不带箭者。一日，鹳衔火焚祠，有鹳数百，盘旋烈焰之傍，若快心者。徐坐焚祠去官，奴亦喑哑。事在世宗初年。

燕　巢

宋时，淄青一民家，燕巢累年，增广至三尺。燕雏既飞，忽一旦，野禽来集庭除，甚众，驱之不去。已而巢破，有白凤雏，长三尺余，往西南飞去，诸禽皆骇散，其家亦隳。

鸟　之　属

鸟之孝者，名曰戴鹆。

众鸟雄大雌小，惟鸶反是。

众鸟三指向前，一指向后，鹦鹉两指向后。

取鸟之未生毛者，以丹和牛肉使吞，至长，羽毛皆红，今之红鹦鹉或此类也。

乌鹊之掌，缩于腹下。

鸟之雌雄，别其翼。右掩左者雄，左掩右者雌。

云南百夷中产黄鹦鹉，永乐中常贡此，金文靖有《黄鹦鹉赋》。成化间，海南进红鹦鹉，朱衣翠裳，沈启南见而图焉。

隆、万间，缅甸有鸟，四足而肉翅。其大如鹅，其鸣似鹤，能飞，而不能远。其雏胎生，飞行则负雏于背。不践稼穑，不食生虫，杀之，必见不祥。

北方有慈乌，状似大鸡。善啄物，见牛、马、橐驼脊间有疮，辄啄而食之，往往致死。若饥不得食，虽砂石亦食焉。虏人呼为活罗。

秃鹙，似鹤而大，高八尺。善与人斗，尤好啖蛇。万历壬辰春，武宁山中有大鸟，高七八尺，似鹤而苍。顶秃无毛，其喙有觚棱七八痕。所在之处，无物不啖，鱼鸟为之一空，盖秃鹙也。

蜀中山谷间有一种百舌鸟，毛采翠碧，蜀人多蓄之，一名翠碧鸟。善效他禽语，凡数十种，非东方所谓百舌也。往往矜斗，至死不解。桂林有乌凤，如鹊而绀碧。鬐头有冠，尾垂二弱骨，各长一尺四五寸。其末始有毛羽，大略如凤，鸣声清越，又能为百虫之音，生左、右江溪洞中。泽州产石英处，有鸡如雉，体热无毛，腹下毛赤，飞翔不远，常食碎石英。

广西有山凤，状如鹅而凤喙，巢两江深林中。雌伏卵时，雄以木枝杂桃胶，封其巢，仅留一窍取食。子成即发封，不成，则室其窍而杀之。又有大头凤，飞则羽声响若转轮，所止之处，百鸟不敢鸣。

皂雕，一产三卵，内有一卵为犬子，灰色短尾，随母景而走，所逐之禽，无不获者。陶九成云：北方凡皂雕作巢处，官司必穷探之。如一巢而三卵者，其一必狗也。取以饲养，进之于朝。但尾上多毛羽数茎而已。田猎之际，雕则戾天，狗则走陆，所逐同至，名曰鹰背。

海鹘神俊，善辟蛟螭，邺城镇将得而宝爱之。南陂蛟常为害，持鹘往，忽投陂水中，攫一小蛟出，食之且尽。

新宁县有鸟，其大如鹄。其色苍，其鸣自呼曰独足、独足云。

东海有鸟，文身，赤口，而一足。唯食虫豸，不害稻粱。其鸣如人啸声，昼伏夜翔。或时昼出，则群鸟噪之。俗名触触，或曰山噪，疑即商羊也。

木客鸟，大如鹊，千百为群，飞集有度。俗呼其黄白色、有翼有绶、飞独高者为君长，居前正赤者为五伯，正黑者为铃下，绁色杂赤者为功曹，左胁有白带者为主簿，各有章色。庐郡东多有之。

越王鸟出新州，似鸢而勾喙，喙中可受二升，南人以为酒卮。此鸟不践地，不饮江湖，不唼百草虫鱼，唯啖木叶。粪似薰陆香，可治杂疮。

《山经》言鹦鸟如枭，人面四目而有耳，见则大旱。万历壬辰七月初，豫章城中，此鸟来集永宁寺屋上。高二尺许，燕雀从而群噪之。其年五月晦至七月中，酷暑无雨，田禾尽枯。

鹭，《萱录》号碧继翁，陆龟蒙号丝禽，《三辅黄图》号属玉，东坡诗号雪衣儿。所称不同，皆言其白。性畏露，畜之虽驯，至白露，必飞扬而去。

鸟鼠同穴，其鸟为鵌，其鼠为鼵。今咸阳有鸟鼠山，唐诗中往往及之。

成都、福州、贵阳省下多枭，各府亦如之，无一夕不闻枭声。成都学道署,柏树参天,上有枭巢,好事者伐其巢,得九子。福州下令,献一枭赏三十文,无日无献者。贵阳用鸟铳惊之,其声稍远。然铳声昔昔不绝,宦其地者,初至甚恶之,竟亦未必为殃。盖多则不足怪也。

紫荆山无翡翠,或移置其中,辄飞去。汴梁城内无萤火,无蝉声。太湖洞庭山无虎、无蛇、无雉。雁宕山无荆棘,有虎,不伤人。

史载昌邑王求长鸣鸡,夫鸡安得有长鸣者?《滇志》:云南镇沅州有鸡,形矮小,鸣无昼夜,与中国鸡声异,得非长鸣鸡耶?

汉时公膳,日食双鸡,庖人窃易之以鹜,因此知鸡贵而鹜贱。虽然,日食双鹜而易之鸡,不又曰鹜贵鸡贱耶?

工部徐谧,兴化县人。畜一天鹅,徐有往,鹅必从之。或入朝,则鹅盘旋云汉,候退朝乃飞下,人以鹅卜其去住。家有亭曰问鹅。又同县鲍氏雁媒,飞去年许矣。忽闻网中雁声,主人惊曰:"此吾家老黑头来也。"合网得之,则见雁媒将群雏俱丽网中,不怖不惊,而足铜环宛然。

鸟　　田

《吴越春秋》:禹崩之后,天美禹德而劳其功,使百鸟还为民田,大小有差,进退有行,一盛一衰,往来有常。《地理志》:山上有禹井、禹祠,下有群鸟耘田。《水经注》:鸟为之耘,春拔草根,秋啄其秽。是以县官禁民不得妄害此鸟,犯则刑无赦。

白　　鹿

世庙末年,进白鹿甚多。胡梅林在浙,获而进者二,一齐云山,一舟山。舟山在海中,不甚深邃,亦产此,异矣。盖天生以应世主之求,不在山之浅深也。

万历戊申,七月望日,嵩山马峪居民,获一小白鹿,通身如雪,目睛周围如丹砂,而瞳子如漆。献于县官,畜之凡二年。角将生,遂纵于玉柱峰之下。逾月中使来,求之不得乃已。《抱朴子》曰:"鹿千岁白,五百岁黄。"此一说也。今幼鹿而角渐露,可见又有奇生别种,不可以岁年论也。

张鲂,字叔鱼,江曲人,有学行。晋明帝时为合浦令,英敏有惠政。白鹿群游,因鲂所筑城,及南山,皆以白鹿名,志奇政也。因取一以献,诏征为尚书郎。夫白鹿称瑞,而至于群游,则又千古所少。《晋史》中多载奇异小说,而独此不载,何耶?

异　兽

永乐己亥秋,海外忽斯汉等国,各遣使来进麒麟、狮子、天马、文豹、紫象、驼、高七尺。福鹿、似驼而花文可爱。灵羊、长角马哈兽、角长于身。五色鹦鹉。又交趾进白鸟、山凤、三尾龟。

狮　象

成化十九年,西域诸国,若速檀阿黑麻王偕遣使以方物来贡,有狮子,牝牡各一,雄姿诡状,世罕曾睹。《西汉书》谓狮子似虎,正黄有髯耏,尾端茸毛大如斗,与今所贡正同。而梵书谓有青绿色,及五色备者,盖不常有,或夸言也。《轩辕纪》:帝登黄山,于海得白泽神兽,能言语,达于万物之情。《穆天子传》:狻猊日行五百里。《尔雅》:狻猊类虦猫,食虎豹,世谓白泽狻猊。皆即狮子耳。

象,豖类也,张腹而藏毕露者也。今人读豖曰毕,世而不知其义,可乎?

犬

李明道,丰城人,家富于赀。乘乱起兵,附徐寿辉,后附陈友谅。及见获于胡大海,太祖宥之,命为行省参政,令与曾万中等守吉安。两人不相能,明道复叛,附于友谅。及友谅败灭,明道复走归丰城,剪其须发,逃匿武宁山中。有茶客识之,缚送武昌。上数其反覆之罪,明道无以对,遂磔于鲇鱼口沙上。明道尝有所畜犬,为我军所得,携至武昌。犬见明道被戮,嗥鸣踯躅不已,衔聚其肉,跑沙瘗之。上义此犬,因命敛葬明道。

秦邦者,家饶,好货殖。永乐初,年已四十,将往京师。卜之不利,妻许氏苦谏,不听。邦畜一白犬,相随出入,甚有灵性。是日解缆,犬忽呼号踯躅,跃入舟中,衔邦衣裾,若阻行者。邦不悟,遂挈之偕行。舟次张湾,有寇登舟,俱被刺,死于水。惟白犬从后舱跃出,啮一盗手几殒,众持刃来逐,犬赴水遁。贼既去,犬潜尾到家,默认其处,昼则觅食,夜伏水次守邦。如是数月,人皆异之。未几,巡河御史吕希望至,见白犬号呼岸旁,状如泣诉,异之,曰:"此必有冤。"命吏卒从。犬足爬地,果见邦尸,犬嗥叫尸旁不去,希望曰:"此必故主被谋害,但不知凶人何在?犬能指其处乎?"犬摇首,遂行,命吏随之。里许,至一室,贼方会饮,犬径入啮之,吏缚贼至,拷掠未服。忽一人,啼而前诉曰:"某乃秦邦仆也。吾主被劫死,某亦被刺落水,幸而不死,此尸即吾主也。"贼遂伏罪。其仆异主柩还,犬亦随到家,昼夜跧伏柩侧,时或悲号。葬甫毕,犬触树而死。许氏义之,埋犬冢旁。许氏守节终身,被旌。

王日就,字成德,分水县人。少负侠气,夜猎,从骑四出,有畜犬,呜呜衔衣,捶之不却,且道且前,怪之,亟随以归。明日,覆视其处,虎迹纵横。叹曰:"犬,人畜也,犹知爱主。吾奉父母遗体,不自爱,可乎?"散其徒,读书。中年传家政于子,坚坐二十余年。淳熙元年,年六十五,正衣冠,泊然而逝。

杀狗磔县四门,起于秦德公。盖狗别宾主,善守御,故以为禳,以辟盗贼。《月令》曰:"犬者,金属。抑金以毕春气,使不为害,令万物遂成其性。"今惟夷狄行之,中国则否。

狗后有悬爪者曰犬,善警苟食,故目人之卑污者曰狗。古者有田犬,有吠犬,有食犬。记曰:士无故不杀犬、豕,指食犬也。

江口备倭官宋儒,畜一黑犬。至夜,辄逾出,或窃邻肉以归,邻患之,诉于儒。儒因伺之,良是,售之狗屠,得百钱。旦日启扉,犬已逃至,摇尾就儒作乞怜状。儒与犬约,自后勿复窃邻肉,则贷汝一死,仍以原钱归屠。犬即弭耳驯伏,投以骨,一嗅辄去,甘守糠覈,见者咸叹异云。

佘氏有老仆,畜一犬,甚猛。仆怪其啮人,每欲杀之,犬辄遁去,异日复还,啮人如故也。后竟杀之。犬忽凭仆之妻,佯狂而啼,具言:"我前身猎徒也,再世为秀才,今为犬,后身将复为人。我无罪,何妄杀我?始我匿竹中数日,谓汝意已解,故复来归,汝竟杀我,我何罪耶?"啼数日,寻愈,后亦无恙。

虎

昔有人北试,道经彭城,过乡落间,见一义虎桥,询诸父老,曰:"昔有商于齐鲁之墟者,夜归,迷失故道,误堕虎穴,自分必死。虎熟视不加噬,昼则出取物食之,夜归若为之护者。月余,其人稍谙虎性,乃嘱之曰:'吾因失道至此,幸君惠我,不及于难。吾有父母妻子,久客于外,思欲一见。仗君力,能置我于大道中,幸甚!'虎作许诺状,伏地摇尾招之。商喻其意,上虎背,跃而出,置诸道旁,顾而悲跳。分去后,历数载,商偶经此地,见诸猎缚一生虎归,将献之官。熟视,乃前虎也。虎见之,回睥,其人感泣,遂与众具道所以,亟出重赀赎之。众亦义其所为,相与释缚,纵深山之曲,后人于其地为桥,表焉。"

长兴臧进士邻人,薄暮为虎所啮,闻空中呼曰:"业畜莫转牙!"背而行,如风雨声。天明,抛一大寺前,僧百余,曝朝曦补衲,问之,曰:"天台方广寺也。"旁店,老妇人旁端立一子,可五六岁,见而招之曰:"汝久饥,当以粥啖汝。"泣拜谢之,因谓曰:"吾已无夫,止一子,肯留否?"又拜泣,告以思家不能留,笑曰:"去此不知几千万里,家岂可到?"遂大哭求死。老妇沉吟曰:"当令吾子送归。"第命合眼,随而行,风雨声如前。久之,喝曰:"已到,看,看。"其子忽不见。时夜半月明,识其家,扣门,妻子兄弟皆以为鬼,不敢应。比明,人也,乃抱而恸哭,庆更生。时离家已念余日矣。其人至今尚存。

处州蒋姓者,善杀虎,人问其故,答曰:"百兽难杀,惟虎易杀。盖它兽见人奔走,逐之或不能及;虎恃勇,见人,负嵎振威,磨牙掉尾,欲扑人而食之。吾得铁叉，对虎中立，二人执枪旁佐之。叱虎令前，徐以叉接其项，二枪夹进，折而仆之无难者。使其见人即走，吾乌能尽得志！"可为好食人者之戒。世有猛而贪得者，殆此之类也。

正德十年中秋，清河县有虎自梁山而来，逾城，入察院，升大槐枝颠，耽耽下视，咆哮甚厉。知县张纶，用壮民李万等搏杀焉。

小说中，力士尤昌四杀虎，以铁枪为弱，削坚竹，炙以油，未毕而虎至，两手执其膊，一手擎定，一手取竹刺杀之。其说未知果否？而要之，竹刺之可用明矣。丁巳，杭州有虎入城，营军三百尾之，出钱塘门，将官多力者持枪进，辄被拉断。一医生见而笑之，众因就问请计。医士取枪叠试，皆曰："软不可用。"亦削竹如前法，刺虎中之。按竹，奋臂覆转，虎亦随转，就毙。盖难不在刺，而在转。转时铁枪都折，折则虎奋犹能脱枪伤人。惟竹劲不可折，得施全力故也。医士又云："凡虎，蹲定不肯去，作咆哮声攫拿势者，一人以铁叉直立俟之，虎跳而扑，中口，二人持棍击其腰，可以立毙。其曳尾前行，不睨人而睨地，目光反照，见人缓急，因之行止，又不作声势，此殆有神，未可易视。盖虎性燥烈，声势可畏，能怖人，却亦易竭，可擒。惟沉沉迤逦无所恋，不作声势，固自难制。"少年在处州山中曾见其一猎士，数百人随之，一人援矛而前，虎反跃，啮其项，弃之，直冲而驰，仆地者十余人，有死者，竟越山去。

徐恩，山阴人，家贫，不甚知书，而孝友出天性。与兄文，刘薪项里岭。日未午，一虎从丛篆中出，噬文，牙贯肩项。恩急顾，得一木桮，趋击虎数十下，持不可夺。则蹴文足，自后撑之，虎乃释文走。恩度必复来，于是曳文首，前向立，跨尸以待。且大呼曰："天乎！吾于虎何仇，虎杀吾兄。天尚相与杀此虎，复兄仇。"少选，虎迁行，负上势，奔突而下。恩侧身承势，横扼而挤之，虎辄失足，旁逸。若是者凡数四。邻族闻者，或匿林薄间，呼恩弃尸自脱。恩厉声曰："汝能助，助我；不能，无挠我。今日断无弃兄理，我不与虎俱生矣！"虎欲骋不得，复奔突如前。垂至，则人立不动，亦若出奇设疑，意在乘间以逞者。恩直前批之，适中其鼻，虎创甚，始却步徐行而去，然犹数回视焉。既而，救者咸至，共舆尸以归。恩力竭，病累月死。方恩病时，人有以义士誉之者，恩怆然涕曰："吾恨力止此，不能磔此虎以祭吾兄。吾乃以是得众人誉，吾独何心哉！"邑大夫萧鸣凤，传其事而为之赞。

何兆三，山阴人。弟出采薪，虎突至，衔其首，兆三呼号奔救，以篾击虎，虎遽舍之去，弟乃得生。兄弟为樵十余年，稍有所储，兆三曰："我老矣，当为弟娶以延宗祀。若有子，即吾子也。"于是弟遂娶，生子，而弟死。弟妇悍，不能奉事其伯，兆三不免冻饿，亦无悔云。

曹小娥，黄岩人。嘉熙二年二月晦，同其母范及邻居二十人，采笋陆婆坑。范为虎所得，众悉惊溃，娥执母手，推虎而叫。范知不免，瞀瞀然命之去，娥叫执愈疾。亟行数百步，虎掉尾拂娥，踞坐熟视。娥以身翼母，推之下山，尚喘息，会救者至，以布衾裹归。母死而尸得完，里人吊之。娥不能言，徐曰："黄虎也，吾不得代吾母死也。"

夏孝女少，字阿九，亦黄岩人，时年十五。一日，随父与其邻樵于山，父前与虎遇，邻人惧，亟升木避之。女见父陷虎口，噭号直前，执薪鞭虎，且鞭且泣。逾十步，虎弃其父而啖之。

余杭方祥，买山于古城，山主朱氏。既毕事，朱复诬谓未受直，与其徒三人，邀议于山舍。方弗校，即更与之，第指天矢之曰："吾苟负若，出门即死于虎；若负吾，当亦如之。"朱出门，上马，已觉体战栗。转顾，虎突来，攫其骑，咥其臀。方奋呼，举火燎虎，虎乃释去。朱以缊著厚，得不死，乃自讼而语诸人。方又一日黎明，凌霜过潘版桥，桥布木，狭而修，下瞰湍流甚险。行将半，见彼岸缟衣伟男子，大言："梁断矣，勿过！"因即返，候明，桴而渡，视梁果断。霜路无伟人迹，意村叟也。访谢之，通村无此人，而旁有周报王祠，疑神助，每过，必入拜焉。

神考某年梦有豹，掉尾来啮，恶之，令豹房绝食，俱饿死。兽亦遭厄，至惊动圣天子也。

牛

齐河县洪店有盗杀人于王臻户前，众执臻，已诬服久矣。知县赵清过洪店，一牛奔清前，跪而悲鸣，若有所诉。清曰："谁氏之牛？"众曰："王臻牛也。"清曰："臻其有冤乎？"抵邑，即辩释臻父子。后鞫大盗王山,得其杀人状,齐河人称神明,作《义牛记》。清,代州人,成化癸卯乡荐。

生善道

平阳县初筑垂杨埭,屡筑屡圮。官用巫者言,将以牛祭。时有了兴法师在万泉乡,牛径衔刀奔至师前,逐者踵至。师止其杀,解袈裟付之,曰:"若以置埭址下,埭自可固,慎勿用牛。"已而果然,牛放山中。师建塔院,咒牛曰:"汝能练泥乎?"牛俯首受役,塔成七日而牛死。师曰:"此牛已生善道矣。"瘗之,有香气触人,十余日不散。

两牧犊相卫

《桯史》:有牧犊相卫,得免虎患。太祖御制文集,称滁阳亦有此事。唐时,刘彙为歙州刺史,野媪将为虎噬,幼女号呼搏虎,俱免。

相牛法

古之视牛者以耳,病则耳燥,安则温润而泽。《诗》云"尔牛来思,其耳湿湿"是也。旧又云:牛相,壁堂欲阔,膺廷欲广,豪筋欲就,雋骨欲垂,插颈欲高,排胁欲密。尾不用至地,头不用多肉。角欲得细,身欲得圆,眼欲得大。口方易饲,鼻广易牵。倚欲如绊马,行欲如羊,形欲如卷,悬蹄欲如八字。乱睫好触,龙颈突目好跳。毛拳角冷有病,毛少骨多有力。岐胡有寿,常有似鸣有黄。《嘉泰志》:中州烊潼取酥酪,以雍酥为冠。晋王武子指羊酪示陆士衡云:"卿江东何以敌此?"疑当时南方尚未有也。

牛禁

宣武门外多回夷聚居,世以宰牛为业。巡城杨御史四知榜禁之,众皆鼓噪。诸大臣知状，弛其禁，乃定。此戊子年事。盖禁杀牛，自美事，而京师不可行，想各边亦当然。

韩滉以贼非牛酒不啸结，乃禁屠牛，以绝其谋。犯令者诛及邻伍。滉特禁屠，以盗贼为名，可重其罚，此机变也。

猴

汪中丞可受，黄梅人。尝令金华，有丐者作猴戏乞钱，遂饱所欲。旁一丐者，忌且羡之，因醉丐者以酒，诱至破窑内，椎杀之。绳其猴从己，亦作戏乞钱。而汪呼导声至，猴忽啮绳断，脱走车前，作诉冤状。即令人随之，至破窑内，得尸。又令人行捕，得后丐者，鞫问伏辜，杖之死。方焚前丐者尸，烈焰始发，猴又号鸣，赴火抱尸，共为煨烬。

猫

姑苏齐门外陆墓，一小民负官租，出避，家独一猫，催租者持去，卖之阊门铺商。忽小民过其地，跃入怀，为铺中所夺，辄悲鸣顾视不已。至夜，衔一绫帨，内有金五两余，投之而去。

豕

万历初，浒墅关王序三家养一豕，忽衔主衣裾行，异之。随所往，以嘴掀土，出瘗金千两，家遂大饶。自是饲豕以饭，澡以泉，衣锦席毡，凡十年，大可比牛。远近皆来观，称其家金为豕金。

兽 之 属

凡兽，自虎、豺而外，久驰，则血耗而肉不佳，鹿为尤甚。

山中夜静时，无杂兽之声，则必有虎。虎去月余，而后兽稍有至者。山之居人，以此为验。

貀似虎而白，无前两足者。

马八尺为䮲，牛七尺为犉，羊六尺为羬，彘五尺为䝈，狗四尺为獒，鸡三尺为鶤。此皆就绝大而高者名也。

梅圣俞有马，曰铁獭。王元之有奴，曰青猿。曲端有马，曰铁象。

虎、豹一跃六丈，熊十二丈。虎、豹可擒，熊虽追及围守，亦不可擒。盖毛深而滑，受射，若飞沙著冰柱，纷纷堕地，人既难近，枪戟亦无所施。

正德十年十二月，麻城县有熊，飞过县治，获之。此可证飞熊之说。

狨似猿猱而长尾，尾色红，去来林间如飞，能食猿猱。猿猱每出采山核，狨至，莫不俯首帖服，狨择其肥者啖之。

邕宜以西，南丹诸蛮皆居穷崖绝谷间。有兽曰野蹯，黄发椎髻，跣足裹形，上下山谷如飞猱。自腰已下，有皮累垂，盖膝若犊鼻。力敌数壮夫，遇男子必负去，求合。或刺杀之，至死，以手护腰间。剖视，得印方寸，莹若苍玉，字类符篆，不可识。

云贵深山中产一种兽，形类猕猴而白毛，巢于高树之上，其子孙以次巢下枝。老者鲜出，唯居下者出觅果物，传致其上。老者已食，众乃敢食，名曰宗彝。《尚书》传所谓虎蜼也。又有神鹿，生而两头，能食毒草。

西夏有竹牛，重数百斤，角甚长，而黄黑相间。用以制弓，尤健劲。

辽东有驼鹿，重三百斤。彼人能效其声，致而取之。

凉州狗大如驴。汉乐浪郡有果下马，高三尺。日南郡出果下牛，亦高三尺。

松潘出六角羊，土人云：羊与鹿交，故多角。郭青螺在蜀得二只，临行，以送周友山大参。周名思敬。

猿，山家谓之鞠侯，皮、陆俱有诗，见《山川志》。猿好践园蔬，所过狼籍，山间豆、麦、胡麻、莱菔、蔬果、竹萌之类，多被残。天衣寺僧法聪令捕一老猴，被以衣巾，多为细缝，使不得脱。纵之使去，老猴喜得脱逃，跳趋其群，群望而畏之，皆舍去。老猴趋之愈急，相逐，日行数十百里,其害稍息。

猫,一名乌圆。其目睛,旦暮皆圆,子午时即敛如线。鼻极冷,惟夏至一日暖。盖阴类,其应若此。

獐无胆,兔无脾,鳖以眼听。

似马而小者曰驴,驴与马相牝牡而生者曰骡,尤粗健,能负物致远。

唐弘道初,凉州仓有鼠长二尺余,为猫所啮。群鼠数百,少选,聚万余鼠,州发人击之,乃散。

龙

大禹治水,至震泽,斩黑龙以祭天。本朝永乐间,大获龙骨,吴江史鉴为之志云。

龙坟,在今秀水县复礼乡小律原,北距太湖可六、七十里。初由村氓耕田,往往得龙骨而未识也。永乐间,有一渔者始识之,因潜持出,以售于苏州南濠徐氏药肆中,岁以为常。一日,徐问有龙角否?其人曰:"有。"乃以一枝遗徐。有朱永年过徐肆中,见之,惊问:"得之何所?"曰:"适有人来售。"朱问:"其人去远近?"曰:"未远。"因急追及之。盖是时有左珰号李黄子者,方受命求采珍异,朱以买办户,出入珰所,欲以为奇货也。遂偕其人告于珰,珰檄郡县,调夫船,具畚锸,躬往掘之。初入,见有状如浮屠氏所谓金刚神者数辈,俨然如生。众方骇异,及见风,随化尽,惟余骨尔,遂得龙骨、角、齿、牙,凡数十舰,献于朝。窃取者不与焉。时方贵龙角带,自非诸王勋戚不能得,一銙直十余金。及是,价为之顿贱。秀水在当时犹为嘉兴,宣德间始分为秀水。今其田可六十亩许,不加粪治,而收获倍于他田。岁每大风雨,则拔木发屋,而禾稼反无损,耕者犹时时得龙骨田中。意当时已尽取,不应有遗,岂其地为龙所窟,而潜蜕其中欤?至大禹治水,至震泽,斩黑龙以祭天之文,不知出于何书?历考《吴越春秋》、《吴郡志》、《苏州志》,无所经见,不敢强为之说。

刘洞微善画龙。一日,夫妇造门,曰:"龙有雌雄不同,公知之乎？"曰："不知。"其夫笑曰："不知，如何轻自下笔？"洞微怅然曰："子能言之乎？"曰："能。"因请其状。曰："雄者角浪凹峭，目深鼻豁，鬐尖鳞密，上壮下杀，朱火烨烨。雌者角靡凹平，目浅鼻直，鬐圆鳞薄，尾壮于腹。"洞微曰："尔何人，能知之？"其人曰："吾即是也。"化为二龙飞去。

陈容，字公所，长乐人，端平二年进士，官至朝散大夫。善画龙，世称所翁龙者是也。

宋文帝以宜都王自江陵入即位，江中有黑龙负舟，人以为瑞。梁武陵王纪自成都率兵下峡，亦有此异。且江水初尚可揭，及登舟，无雨，骤长六尺，咸以天赞为贺。未几败死，文帝亦终死于元凶之手。瑞乃为祸如此。要知黑龙非瑞，必如大禹神圣，黄龙负舟，乃始为奇耳。然禹视如蝘蜓，原不以为瑞也。

温州府乐清县岭店驿居民，至七月二十日，皆闭户不敢出。其日，必有风雨，满街积有虾、蟹。相传百年前，有女汲于河，龙神见而悦之，化为男，与交，遂有娠。后生二小龙，剖腹而出，龙神即摄女尸，葬于山顶。盖七月之二十日，至今小龙以其日至，若祭墓然，时刻不爽。

嘉靖初，扬州石坝集民家，夜尝有物窃瓮水。主人每伺之，不得。一日，黎明，将秣马远行。忽见中霤火光烨烨，欲腾而上。主人急以田器击之，铿然坠地有声，视之，金龙，首大于五斗釜。乃惊愕，急以布数十裹而瘗之。祷神毕，出之，赤金也，身及尾皆铜钱。其家今富，四纪无过，称金龙邵氏。

嘉靖七年，宝应知县闻人诠虑时旸为患，奏开月河，试筑记工，方类地祇，二龙戏水，鳞角毕露。时四面皆大雨，独不及工所，人咸异之。

广西左州模村有岩淋，入岩二十步，即幽暗，中有野龙潜伏。村妇欲见龙者，则盛饰入岩，唱土歌以动之，龙乃出，蟠村妇怀中，良久乃去。士人游观，则龙伏不出。

葱岭冬夏有雪，又有毒龙，若失其意，则吐毒风雨雪，飞沙砾石。遇此难者，万无一全。

北庭西北沙州有黑河，深可驾舟。其水往往泛滥，荡室庐，坏禾稼，人多远徙。开元中，南阳张嵩为都护，召吏讯其事。云黑河中有巨龙，嗜羔特犬貎，故漂浪腾水，望祀河浒。乃命致牢醴，布筵席，密以弓矢俟其侧。及至河上，有龙长百尺，自波中跃出。俄然升岸，渐近渐缩，至于几筵，才长数尺。嵩发一矢，众矢并集，龙遂死焉。上壮其果断，诏断龙舌，函以赐嵩子孙，且承袭沙州刺史。

隆庆壬申，睢宁大雨，河溢。有五龙见云中，雷火霹雳。乡人言是日有龙为蛛网所挂，不得脱。须臾，火龙焚其网，龙乃脱去，蛛死山中，丝网尚弥山谷，或截取为马鞭。

《长阿含经》云：“真龙十二种，始不为金翅鸟所食。此鸟头尾相去八千由旬，其目明利，有大势力，投龙宫中，搏诸龙唼之。”其说荒唐不可信。考南齐太子长懋与宗人西昌侯萧鸾意好不协，谓竟陵王子良曰：“我意中殊不喜此人，当由其福薄故也。”太子一日卧小殿中，梦见金翅鸟飞下，搏食小龙无数。后鸾专政篡位，太子子孙无遗焉。鸾每先一夕焚香，呜咽流涕，则次日诸王必有诛杀。大约煮药以待最幼者，使保姆抱以入，此鸟乃变为帝王。于族类中行此忍心事，忍而又呜咽流涕，则心固未尝死也。总之，自为子孙计，忍而至此。要之，终不得免，冤冤报复，作业何所底止！岂乘除固然，然亦枉用势力矣。

天地间水下注，气上升，神龙出没其间，为之宣泄，皆有神焉。故所在龙池、潭、洞、穴，处处有之。有神龙，则必有毒龙、怪龙。五台山下有池约二亩余，佛经云：禁五百毒龙之所。禁之中必有所以生而养之法，若杀，便增出许多事来。

龙 凤 名 状

鹿角、牛耳、驼首、鬼目、蛇项、蜃腹、鱼鳞、虎掌、鹰爪，龙之状也；鸿前、麐后、蛇颈、鱼尾、鹳颡、鸳腮、龙文、龟背、燕颔、鸡喙，五色备举，凤之状也；麢首、牛尾、狼头、马足、圆蹄、肉角、麟之状也。有角为虬龙，无角为螭龙，有鳞为蛟龙，有翼为应龙。凤之青曰鹢，赤曰鹑，黄曰焉，白曰鹔，紫曰鹜。麟之青曰耸孤，赤曰炎驹，白曰素冥，黑曰角端,黄曰麒麐。

龙之鳞,八十有一;鲤之鳞,三十有六。麟肉角而不触,凤肉啄而不啄。鱣骨脆,貘骨实,蛟骨青,凤骨黑。龙珠在颔,鲛珠在皮,蛇之珠在口,鱼之珠在目,蚌之珠在腹,鳖之珠在足。蟒目圆,蛟眉连,蜃鳞逆,蝮鼻反,狼肠直,鹬喙曲。羱羊之角重于肉,斫木之舌长于喙。犀体兼五种肉,象体具十二少肉,或云有百兽肉。

神龙所经,盆盎涌焉;海犀所涉,江河圻焉;麒麐之斗,日月食焉;鲸鱼之死,彗星出焉;狸牛之搏,海水沸焉;越睒杀犀,疾雷及焉。

猪 龙

濮阳郡有续生者,身长七、八尺,剪发留二、三寸,不著禅裤,破衫齐膝而已。每四月八日,市场戏处皆有续生,郡人张孝恭疑之。自在戏场对一续生,又遣奴子到诸处,凡戏场果皆有续生。天旱,续生入泥涂,偃展久之,必雨,土人谓之猪龙。夜中有人见北市电火,往视之,有一蟒蛇,身在电里。至晓,见续生拂灰而出,后不知所之。

龟

赵清献入蜀,携一琴、一鹤、一龟。今人都言琴、鹤,不言龟。

广东兴宁县金龟,见长丈余,金光四射,溯河而上,所过田陂皆坏。其年,嘉靖辛丑岁,大稔。

龟首俯者灵。

蛇

有大蛇穴禹门下岩石中,常束尾崖树颠,垂首于河,伺食鱼鳖之类,已而复上入穴,如是者累年。一日,复下食于河,遂不即起,但尾束树端,牢不可脱。每其身一上下,则树为起伏,如弓张弛状。久之,树枝披折,蛇堕水中。数日,蛇浮死水旋隈。竟不知蛇得水物,贪其腥膻，不舍而堕邪？抑蛇为水之怪物所得欲起不能而堕也？是蛇负其险毒，稔其贪婪，以食于河，所恃以安者，尾束于树耳。使树不折，则其生死犹未可知；惟树折身堕，遂死于河。此殆天理，非偶然也。且使蛇得水物，贪其腥膻，不舍而死，固可为怙强贪不知止之戒。使蛇为水之怪物所得而死，亦可谓害物必报之戒。

余家南浔东，去舍数百步，有旧窑，土人冯姓者得之。毁其基，中有蛇千余，俱纵之去。大者数围，长十丈，一角，往东行。未几，冯一子暴死。

万历丙戌，建昌乡民樵于山，逢一巨蛇，头端一角，六足如鸡距，见人不噬，亦不惊。民因呼群往视，亦不敢伤，徐徐入深林去。《华山记》云："蛇六足者，名曰肥蠼，见则千里之内大旱。"戊子、己丑之灾，其兆已先见之矣。

蕲蛇，一名褰鼻蛇，诸蛇鼻向下，独此向上。龙头虎口，黑质白花，背有二十四方胜，尾尖有一佛指甲，腹旁有念珠斑。剖之，置水中，则反尾涤其腹，长尺余。

乳罗山县南三十里，相传一货郎过此山，得青卵，置之箱内，脱壳为蛇。驯畜稍大，复置之故处，名其蛇曰乳罗。其后截道，噬人甚厉。众觅货郎，使禁之，货郎著刃于地，叮咛作念，蛇引颈自刎而死。

蛇一名曰蜀精。

毒　　食

岭南人惯食蛇，云其味肥美。万历间，南海有诸生数十人，聚学宫，见大蛇自梁间坠地，取烹之。将熟，忽报学宪至，未及餐而出。釜中溢汁流地，二犬进饮之，皆死灶旁。诸生归，大骇，埋其肉阶下。数日出一菌，甚嫩，学宫卒误食之，亦毙。余姚毛金事患风疾，觅蕲蛇酒饮之，半月发脑疽，遂不起。晋中有人采菌于木，以为天花菜也，献之某侍御。食之尽一器，已入房卧。次日，不启门，役者倒门视之，仅有白骨在床，肉尽为水矣。因告令，索菌木下，得大蛇数围，焚之，烟触人鼻咸毙。或曰：鳖与蛇同气，凡三足、首无裙者、赤腹者、白目者、腹字者，皆蛇产，食之溃体。潮州有人取一巨鳝食之，腹裂而死。或曰，亦蛇化也。有韩姓者，园产一梨，如斗大。适诸客会饮，剖食之，尽死。一生独不食，得免。使人掘梨下，四蛇盘焉。东海林姓者，园产大瓜，客三人过，食之，入口皆死。主掘瓜下，有蛇如柱。凡物异常者，皆有毒，匪直异物。古人曰：厚味必腊毒。

《山海经》曰：从山上多三足鳖。《左传》曰：三足鳖谓之能，不可食也。山溪间多有之，色赤。

蝮蛇噬人，必落齿舌；虎豹食人，必缺耳角。自来猎户见缺耳之虎，缺不过三人，则何如矣。不落不缺，越做越狠。

鱼

葛原六，海门县人，魁梧豪侠。以布衣诣阙下，献鳓鱼百尾，时国初法严，众为危之。则笑曰："尔不上食父母耶？君犹亲也，庸何伤。"及至，高皇帝大悦，问之曰："鱼美何如？"蒲伏前，顿首对曰："鱼美，但臣未进，不敢尝耳。"又大悦，命大臣赐酒食，仍选一尾还之，曰："劳汝，劳汝。"其后岁贡鱼九十九尾，著为令。

阖闾十年，有东夷人侵逼吴境，吴王大惊，令所司点军，王乃宴会亲行。平明，出城十里顿军，憩歇，今憩桥是也。王曰："进军。"所司奏食时已至，令临顿吴军宴设之处，今临顿是也。夷人闻王亲征，不敢敌，收军入海，据东洲沙上。吴亦入海逐之，据沙洲，相守一月。属时风涛，粮不得度，王焚香祷天。言讫，东风大震，水上见金色逼海而来，绕吴王沙洲百匝。所司捞漉，得鱼，食之美，三军踊跃。夷人一鱼不获，遂献宝物，送降款，吴王亦以礼报之。仍将鱼腹、肠肚，以咸水淹之，送与夷人，因号逐夷，夷亭之名昉此。吴王回军会群臣，思海中所食鱼，问所余何在？所司奏云：并曝干。吴王索之，其味美，因书，"美"下著"鱼"，是为"鲞"字。今从羊，非也。鱼出海中，作金色，不知其名。吴王见脑中有骨如白石，号为石首鱼。

其鱼似黄鱼而稍大，《本草》：和莼作羹，开胃益气。加盐，暴干食之，名为鲞。土人爱重，以为益人，虽产妇在蓐，亦可食。炙食之，主消瓜成水。初出水，能鸣，夜视有光，头中有石如棋子。又野鸭头中有石，云是此鱼所化。

海鱼以三四月间散子，群拥而来，谓之黄鱼，因其色也。渔人以筒测之，其声如雷。初至者为头一水，势汹且猛，不可捕；须让过二水，方下网。簇起，泼以淡水，即定。举之如山，不能尽。水族之利，无大于此者。盖散子既有时，必近海多山，气稍暖，可倚以育。若在溟浮中无所著，如何生得？此造化自然之奇。而或谓内水冲出，故鱼至，未必然。

汉水中，鳊鱼甚美，常禁人捕，以槎头断水，因谓之槎头鳊。宋张敬儿为刺史，齐高帝求此鱼，敬儿作六橹船，置鱼而献曰："奉槎头缩项鳊一千八百头。"我郡有此鱼，以碧浪湖灰色者为上。盖深潜土中，得气厚。其它，形相似而色白，去之远矣。

冰井鱼

卧冰得鱼，此王太保通神之孝。乃王梅溪大父病，思得鲫，方盛暑，不易致。子钓于井，得巨鳞。梅溪年十一，亲见，又奇矣。

神鱼

金山神鱼，每岁庙神诞日，有鱼名黑鲢，大者如山，群引海族来朝，率午方退。

周平二年，十旬不雨，遣祭天神。俄而泉涌，金鱼跃出，遂雨。

进鲊

湖广进鱼鲊，始于成化七年镇守太监。其初止二千五百斤；十七年以后，增至三万斤，用船十二只，皆布政司进献。弘治二年四月，始命内官造办，如七年数，船止二只。神庙三十年，以进鲊粗恶，夺布政使程正谊官，则又属之有司。而数之加增，不必言矣。

杂　　物

有物如小龟，土色，杂灰土以居，蠕动而步速。好居柱础下或墙壁下，钻软土下入，畏鸡食之。生育亦蕃。至冬时，穴土取验之，始见。三时散居。不知食何物，人传能食白蚁至尽。有李辅者，经抚州金溪，宿饶泉大姓郭氏堂中。地未洁，乃遣从者净扫之。方设榻，主人再三戒，且告以前物形状曰："吾家新创室屋，不意岁被白蚁伤食，梁栋内空，无如之何。有人教以往川中求此物，置于础下灰土中。今数年来，白蚁皆尽，叩栋柱逢逢然，了无一蚁存。若令人扫地上，遇此物，幸为保全，勿伤之。"夫能食白蚁，必奇物也。亦虫类，大不盈寸，块然不动，能钻土而出，名曰蚁虎。

余祖月溪翁云："蟋蟀瞿瞿叫，宣德皇帝要。"盖宣庙有此好，采之江南者。苏太守况钟被敕索千个，不许违误。此宣德九年七月事也。

沮洳之区，素多蚊虻。五、六月间，舟中蚊盛，不可宿。但每至高邮，望见泰山，则蚊悉自舟中飞出，无留影者。相传吕祖有炼阳庵，在泰山之阳，或有仙气驱之，故如此，盖屡验云。

凡蜂聚人家者多不和，其采蜜者不与焉。王莽时，九江连率贾萌守郡不降，有飞蜂附萌车，为汉兵所诛。晋陶侃表袁谦为高凉太守，未至百余里，浦中有蜂蔽日，下谦船，已而皆不利。近则南中黄侍郎，见第十二卷。

杨邃庵致政归，一日，游镇江北固山。偶见群蜂拥蜂王出游，遇鸷鸟攫蜂王杀之，群蜂环守不去，数日俱死之，邃庵瘗焉。表其封曰义蜂冢，亲作文祭之。未几，有蜂十余队，约可数万，绕公厅事，首皆内向，飞鸣良久始去。盖蜂王之族，感而来谢也。

蜗蜒，即今俗语所谓沿油也，一名托胎虫，能制蜈蚣。

蝌　蚪

绍兴郡丞张公佐治擢金华守，去郡至一处，见蝌蚪无数，夹道鸣噪,皆昂首若有诉,异之。下舆步视,而蝌蚪皆跳踯为前导,至田间,三尸叠焉。公有力,手挈二尸起,其下一尸微动,汤灌之,逡巡间复活。曰:"我商也。道见二人肩两筐适市,皆蝌蚪也,意伤之。购以放生,二人复曰:'此皆浅水,虽放,人必复获。前有清渊,乃放生池也。'我从之至此,不虞挥斧,遂被害。二仆随后尚远,有腰缠,必诱至此,并杀而夺金也。"丞命急捕之,人金皆得,以属其守石公昆玉。一讯皆吐实,抵死,腰缠归商。张,闽人;石,楚人,皆有清名。石之子有恒,己未进士,自淳安调长兴,苏人请之,调常熟,父原苏州太守。长兴人又争之,得止。

物　　理

麻败酒,蟹败漆。金得伯劳之血则昏,铁得鹨鹈之膏则莹。石得鹊髓则化,银得雉粪则枯。风生兽得菖蒲则死,鳖得苋则活。蜈蚣得蜘蛛溺则腐,鸱鸦得桑椹则醉。猫得薄荷则醉,虎得狗则醉。橘得糯则烂,芙蕖得油则败。番蕉得铁则茂,金得翡翠则粉。犀得人气则破,人食矾石则死,蚕食之则不饥。鱼食巴豆则死,鼠食之则肥。萱草忘忧,合欢蠲忿。仓庚已妒,鹘鸼治魇,橐茞治畏。金刚石遇羚羊角则碎,水怪遇犀则不隐。石鼓遇桐材则鸣,龙漦遇烟煤则不散。

狼倒草以卜,虎圻地以筮。鹳禹步,鸳画印。獭祭圆,豺祭方。蛇蟠向壬,鹊巢面岁。燕伏戊巳,蝠伏庚申,虎奋冲破。仓庚知春分,伯劳知夏至。虔鹊知来,猩猩知往,狒狒自知死生。虎识字。角端知四夷之语。象知地之虚实,橐驼知泉脉之所在。鱼伯识水旱之气,蜉蝣晓潜泉之地。鹊知风之高下,獬廌知人之邪正。鹔鹕向日而飞,玄鳢向斗以游。兔恒向月而息,鹊髡于七夕。海扇见乎上巳,鹖鴠羸于孟冬。短狐上弩于孟夏之朝,蜉蝣群死于白露之朝。数丸之虫,丸土三百而潮至;移风之鸡,当潮至而辄鸣。乌凤晓百虫之音,反舌解百鸟之语。风貍遇风则行空,橐驼遇疠风则埋其鼻。狆将风则踊,鼍将雨则鸣,鹬将风则啼,商羊将雨则起舞。鸠暮鸣则雨,鸢朝鸣则风。蛤晕随潮以数其文,獭肝随月以生叶。

食品以鹅为重，故祖制：御史不许食鹅。今东南大家以鹅乃发气之物，俱斥不用。唐制御史不许食肉。

蟹入海，至春散子，即枯瘠死矣。

蚌无牝牡，为雀鸽所化，故久者生珠，专一于阴也。

卷之三十二

陈三将军

湖广兴国州，南接江西瑞昌县。陈友谅袭其地，改为路，封子陈三将军守之。国初平汉，其遗孽改姓柯氏，与部曲谈、吴、王三家通居。兴、瑞连界之所，子孙蕃衍，跋扈不轨，劫略占夺，逋负钱粮，莫敢如何。都御史赵贤题请立为兴瑞里，择各姓子可教者教之，冥顽自如。又议立界首堡，以卫官统军弹压，狎视如婴儿。尝劫罗继万家，极惨毒；又劫罗继淳家，杀九人，反缚继淳兄弟，献瑞昌县，谓为阵获强盗，请赏。

谕贼

伍骖，安福人，景泰中以御史往福建。时汀贼方炽，公单骑趋上杭，询贼出没。时俘贼妇女，械系苦楚，悉纵之。一致仕教官，耄且病，不能从贼，独家居。公选二老卒自随，造其家。教官猝见公至，拜且泣曰："家属皆为贼驱，吾以病在此奈何？"公曰："若可召亲戚来，吾谕之。"因留宿。明日，自寨来者十数人，公谕以利害，仍给以帖，来归者万余人。乘势驱兵，破其强梗据寨者。镇守内臣欲上其功，公耻之，力辞得免，还朝，卒。

正统中闽寇起。有老人言贼在尤溪山中欲降，宜遣人往，可抚而有。众疑惮，莫敢往。惟儒士周铸与千户龚遂奇毅然请行，率数骑入深山中，可五六十里，至老人家。或言老人亦贼也，遂奇恐，欲起去。周不为动，徐呼老人，谕以祸福。老人阖家叩头谢亡有，且设草具。周饮食，意气扬扬如平时。食竟，徐起就马，抵巢穴，尽降其众而还。是日遂奇食已，不能正匕箸，道谢曰："某生长行伍，身经战者，亡虑十数。常自谓天下健儿，今日乃为儒者服矣。"盖初发难时，凡不从贼者皆死。老人先从贼，屡败，乃请降尔。又贼将张留孙，勇而健斗，自茂七起事死，伯孙继逆，尤倚仗之。周乃寓书留孙，告之逆顺，许其自新。使谍伴若误者，传致之伯孙。伯孙果疑留孙，杀之，由是贼将人人自疑，弃伯孙来降。伯孙竟败，被执，贼众遂散，闽地悉平。

县令讨贼

鄱阳刘公禄以进士为浙之平阳令，时矿贼杀吏僭号，重兵讨之不克。公请却兵，独任其责。有土民叶光，家蓄死士，能制贼。公抵其家谕之，光感激用命，遂平之。有海寇十七艘将登岸，公亲御之，挽弓命中，殪一人，又一矢贯篙工手，贼骇遁去，而公初未尝习射也。后终工部主事。子洵，南宫第二人，三甲第一。

流贼

成化二十一年，大盗席英先为达官指挥使，犯法，避罪达舍。王永者亦杀人亡命，以骁勇善射，相结，行劫于固安、霸州诸处，从之者复数人。一日，忽骑马露刃，白昼入京城，寻其仇，不得，去而愈肆。锦衣指挥陈玺令正千户赵承章捕之，二人皆无谋，率众遽往，旗校二人为所杀。上怒，降承章为副千户，令玺等戴罪追捕；继又降玺职，命指挥同知刘良代领其事。谕中外悬赏购捕，二贼欲走出关，不果。其党渐获，势亦孤，乃遁去，久之不获。后东厂太监罗祥缉知在河南，差千户王英往迹之。二贼匿新乡县人唐庆、唐恕家，庆、恕以报宁山卫指挥臧纶、知县王素，合兵擒之。适隰川王逊熮亦遣校尉王彪至，苦斗就擒，槛车械至，命廷鞫。上以其罪恶深重，非他盗比，磔于西市。

张茂者，文安县大盗也。家有高楼列屋，深墙窨室，招集亡命，刘宸，即刘六。刘宠、即刘七。齐彦名、李隆、李锐、杨虎、朱千户，皆其徒也。茂又纳赂，交通豹房诸近侍。太监张忠者，号北坟张，居与茂迩，茂结之为兄，因得遍赂马永成、于经、谷大用辈，遂出入禁中。尝侍上蹴鞠，倚是益无忌惮。庚午春夏间，河间参将袁彪数败茂及诸贼，茂窘，乃求救于忠。忠置酒私第，招彪与茂东西坐，举酒属彪，字茂曰："此彦实，吾弟也，尔今后好相看，无相厄。"又举酒属茂曰："袁参将今日与尔有一面之好，尔今后无寇河间。"彪畏忠，不敢谁何。既而都御史甯杲欲擒贼立功，有巡捕主簿李姓者，承杲意，伪作弹琵琶优人，入茂家，具知乡道。杲率骁勇者数十人，乘其不备，入擒之。斧折茂股，车载以归。余贼相率至京，谋出首逭罪。忠与永成为之请于上，且曰："必献银一万，乃赦之。"宠、宸计无所出，潜令杨虎劫近境，冀以足所献。会虎焚官署，宠、宸知事败，乃四散逃去。其徒日多，参将桑玉又受其赂，不肯尽力以攻。尝相遇于文安村中，宠、宸匿民家楼上，欲自到，玉故缓之。有顷，齐彦名持大刀，胁官军，败衄者数十人。至楼下，彦名曰："呼！"诸败军皆呼。彦名曰："救至矣，无恐也。"宠、宸遂弯弓注矢以出，射殪数人，玉大败引还，时辛未六月也。及都御史马中锡奉命讨之，中锡家在故城，惧贼残其坟墓，乃为招抚之计。尝与贼会饮于桑园，时已有诏旨："刘六等不赦。"又悬赏格，募能擒斩者即与。中锡酒中云云，宸曰："无多言，吾已知朝廷不赦我辈矣。"中锡曰："无之。"宸乃出诏旨于袖中，拂衣挺刃而去。凡京师动静，悉先知之，以貂珰为之奥主也。自是数盗横行中原，杀人满野，村市为墟，久之方平。丧乱之惨，乃百十年所未有者。

蒋恭靖按畿内时，刘六自山东败后，潜归治垣屋，将谋自脱。公与巡抚李舫斋议招抚，遣固安典史谕降。刘六闻言，罗拜典史，令其姊自首乞命。遂连疏其事，乞赦不报。会坝上贼劫团营军器，太监张永疑为刘，发军围其家。敌杀指挥，官军围解，与乡里恸哭别去，祸遂半天下矣。六初匿天津王长治指挥家，追捕甚急。王，故钱宁腹心，告急于钱。遂迁舫斋为兵部侍郎，蒋亦得代去，刘始出柙，不可制。今人能说刘六事，而蒋公在事，初未之及。

正德七年，磔反贼赵鐩等于市。鐩，即赵风子，少为文安学生，每大言自负。杨虎、刘惠等作乱，鐩与其弟镭、镐以五百人从之于河间。虎死，立惠为首，惠即刘三也，僭号奉天征讨大元帅。鐩改名怀忠，称副元帅。有陈翰者，常从计画，称侍谋长史。又伪授其党以都督指挥等官，分为二十八营，统众至十三万，分掠州县。鐩说惠，尽返虎所为，禁焚掠屠戮。尝附奏言群奸在朝，浊乱海内，以古所闻，未有不亡者。请枭群奸首以谢天下，然后斩臣首以谢群奸。屡攻南阳不克，获舞阳僧德静者，诈指为唐王宫人所生，置诸营中，欲资以为名号。又攻泌阳，欲执焦芳戮之，芳走匿，乃毁其居，掘其先墓而去。鐩每叹曰："恨不得为天下诛此贼！"及兵败，鐩、翰与前后所获贾勉儿、庞文宣、郭汉、宋禄、孙玉、朱仓、孙隆、张富、李隆、孙虎等共三十七人，传诣阙下，诏皆处死，剥为魁者六人皮。法司奏祖训有禁，上不听。寻以皮制鞍鞯，上每骑乘出入。

刘六等攻河南，西平知县王佐，使义民贾得山督城中兵御之。得山骁勇，战三日夜，杀贼数百人。会城陷，得山与佐俱没于贼，一门遇害者三十七人。嘉靖二十四年，有司上其事，赠本县主簿，仍从祀王佐祠。

刘六过赵州，有炊儿年十八九岁，与母妹同居。贼三人至其家，欲犯其妹。炊儿怒，乘不备，提刀尽杀之。

振武兵变

嘉靖中，倭寇起，南京募兵三千营曰振武，三十九年庚申二月二十五日，杀侍郎黄懋官。懋官，福建晋江人，乡举时，梦千余人持梃相向。官府尹。以严辩称，改前官。署中多聚蜂，结巢甚盛，谓为吉征。变之前数日，遍体皆栗，写一神牌祈禳，无故自焚。家人见一绯袍者坐堂上，懋官至，徐徐引去，曰："是我家先人也。"卒不察是何祥。既以苛刻失众心，有数十卒哄于院门。亲戚多请自便，不听。然内惧，出其眷属匿抚台署中，而密以帖邀内厂何绶、督府徐鹏举、李廷竹、大司马张鏊、少司马李遂至。懋官出迎，诸卒随入。懋官以金帛布地饵之，不退，益大集。绶等皇恐，将往估计厅俟变。而懋官自后逾垣，体魁壮，不能上，一家僮自下推之，仆地，气息仅属。抵一民家罗姓者，口出语，不可辨。但曰："马石渚、方员外误我。"马为前尚书坤，方则名攸跻，赞其事者。第中劫掠一空，截其故妻之柩，迹懋官，得其处。

时绶、鹏举等亦至，懋官牵鹏举衣，呼诸卒为爷，曰："发廪，发廪。"鹏举稍谕止之，骂曰："草包何为！"张鏊呼曰："幸为我贯懋官。"不听。数卒翻屋上木，飞瓦及鹏举冠。乃各弃去，曰："力不能保公矣。"然犹抱鹏举足，不肯舍。一侍者手拨之，乃脱。卒持梃乱下，其家僮卧腹上，受捶无数，面决眼突。梃及懋官身，一卒持铳击脑后，垂死。拽至大中桥，以绳裸悬坊上，纽不解结，每一县辄掷下。初犹作呻吟声，数掷，绝矣。刘世延后赎其尸，殡而归之。

郧阳兵变

万历十五年，李见罗材抚郧阳，改参将公署为书院，十月初二起工。是日，参将方印已解任去，米万春继之，会于离城六十里之远河铺。方有忿言，米激军士梅林、王所、熊伯万、何继，持传牌令旗与杜鹤等，鼓躁而入，毁学牌，抢掠，围逼军门。凡诸不便事宜文卷，逼取军门外烧毁。又勒饷银四千二百两充赏。次日，米尚次城外十里，李飞柬速之。又次日，米入城，鼓吹铳炮，过军门履任，释戎服晋见。仍勒上疏，归罪道府生员。疏必经米验过，追改者再，仍收城门锁钥，李隐忍从之。复阅操行赏，哨官杨世华云："乘此冒赏，近于劫库。"米佯怒而心是之，即讽军士，告加月粮，旧折三分，增至四分。适副使丁惟宁入城，一见米，即云："各官兵将拥汝为主帅。"米大怒，拥众喧乱。守备王鸣鹤仗剑大喝曰："杀副使是反，谁敢，谁敢！"丁仅得免，李避走襄樊。裴淡泉应章代之，好言慰米。仍杖杀梅林、王所，事得定，而讹言传数年不息。

黄梅盗

万历十六年三月，黄梅贼首梅堂、詹三汉、刘汝国（一曰刘少溪）、余孟新四人创首，凡七十余人，拥入蔡永季家抢掠。事闻抚按，蕲州守徐希明虑左右皆盗党，致居民能干曰潘案者，托以擒盗。案设计与吏目萧芬，于宿松县古车岭擒堂父子，并获刘汝国之妻，具知各盗踪迹。次年正月,烧停前驿,往来长溪山、二郎河等处,又往玉树观朱元三家,杀人,开仓放谷。复到宿松廖佳贤家,近二百人。楚抚约南操江合兵剿之,都司周弘谟进兵至竹麻尖,战败,州判陈策死之。于是集兵,分路并进,贼焚营而逃,获陈策尸,身中二枪,逾旬余,面如生。太湖县乡兵张惟忠生擒余孟新及刘汝国,余党悉平。

哱贼先兆

哱拜未反前一年,有雀集拜之左肩,旋右绕者三匝,凌云而翔。拜喜曰:"烟霄遐举,此其征乎?"及宁夏军乱,众欲推拜父子,拜因其日乃先岁雀翔之日也,遂从之,据城称王,抗官军。未几,败灭。凡自来帝王真正成事者,必有奇应;草窃者,亦必有异,如吴曦所见,乃天夺其魄而送之死也。

盗徼讹传

嘉靖末,倭虏交徼,中原皆震。又加以水旱,各处盗贼蜂起。河南人讹传倭至,凤泗又言开封府没于黄河。于是林虑县有贼,聚且数千;睢州亦有贼百余,突犯南关。比知前言非实,乃始解散。当时景象如此,危矣,危矣!

妖人物

宋绍熙时,河南邳徐间多妖民惑众,而陈靖宝者为之魁,虏立赏格捕之。下邳樵夫蔡五采薪于野,衣食不给,叹于道曰:"使我捉得陈靖宝,便有官有钱。"逢一白衣人荷担,上系苇席,从后呼曰:"我识陈靖宝,恨独力不能胜耳。"蔡大惊,释担以问,白衣取苇席铺于破垣之侧,促坐共议。斯须顾蔡,厉声一喝,蔡为席卷起,腾入云霄,溯空而飞,直去八百里,堕于益都府庭下。府帅震骇,谓为巨妖,命武士执缚,荷械狱犴,穷讯所由,蔡不知置辞,而靖宝竟亡命,疑白衣者是其人云。

　　韩伩在桂州时,有妖贼封盈,能为数里雾。尝行野外,见黄蛱蝶数十,因逐之,至一大树下,忽灭。掘之,得石函书数卷,遂成左道,百姓归之如市。乃声言"某日将收桂州,有紫气者,我必胜"。至期,果紫气如匹帛,自山亘于州城。白气直冲之,紫气遂散。天忽大雾,至午稍霁。州宅诸树滴下小铜佛,大如麦,不可胜数。是年韩卒。

　　唐元和三年,党超元隐居华山罗敷水南。冬夜,有一女子来,容色绝代,谓超元曰:"妾,南冢妖狐也。学道多年,遂成仙业。今者业满愿足,须从凡例,祈君活之耳。"超元唯唯。又曰:"妾命后日当死于伍坊箭下。来晚,猎徒过者,宜备酒食待之。彼必问所欲,即云亲爱有疾,思一猎狐。"因出束素与党,曰:"得妾之尸,请夜送旧穴。"乃拜泣而去。至明,鬻束素,以市酒食,为待宾之具。其夕,果有伍坊猎骑十人来求宿,遂厚遇之。十人问所欲,超元如前云云,乃许诺而去。南行百余步,有狐突走,绕大冢走。作围围之,一箭而毙,持与超元,超元奉之五素。既去,超元洗其血,卧于寝床,覆以衣衾。至夜分,潜送穴中,以土封之。后七日,女子复来泣谢,因致药金五十斤,再拜而去。且曰:"金乌未分,青云出冢上,妾去之候也。"超元明晨专视如前云云。后胡客酬金价每两四十缗。

　　会稽有物方长,如一尺胾,飞空中,映日作金色,数鹰绕逐之。时系狱者名刘朝忠,见之,祝曰:"如祥也,则堕此。"已而渐近,果堕狱中,则吴之草席也。禁卒持白于官,知县古文炳命祝禳之。

　　汪直立西厂之日,妖狐出见,朝房倾倒,贻士林之祸甚烈。后虽废逐南京,至弘治十四年尚存。营谋复用,孝宗怜而许之,与王越同召。噫!恶根之难断如此。

　　成化中,山西崞县民王良,学佛法于弥陀寺僧李金华,见人辄为好言劝谕之。忻州民李钺闻而悦之,愿为弟子。所谈皆虚幻事,从之者至数百人,遂谋不轨。相与言曰:"吾佛法既为人信服,由是而取天下,亦不难。但边兵密迩,虑或相挠阻。若遇鞑房通谋,令其犯边,因与官军出御,乘间而起,事可济也。"于是良与钺撰妖言数十篇,谓皆梦中佛所授者,众皆跪拜争观。良曰:"干戈炒,不得水,不得了。"有一人解曰："水居北方，鞑虏是也。必鞑虏犯边，方能了事。"良即撰表，欲上迤北小王子，请犯边，当为内应。令何志海等四人驰马负表，具旗号器械以行。至朔州胡浪庄，失道，为守墩者所获。良等知事败，即集众，欲攻崞县。适巡抚翟瑄等遣兵剿捕，良等率五百人奔定襄县洪泉寨山间，啸聚剽掠，州县官招抚之不服，乃督民兵入山攻之。会大雾，贼不为备。兵至，仓卒不能敌，皆奔窜，获良于五峰山。搜各山，获百二十三人，及妖书、器械、衣服、马匹颇多。瑄会太监刘政，及参将王昇、御史吴裕等遣人械良等五十四人至京师，命法司会官廷鞫，得其情，悉斩之。瑄、政等各赐敕奖励。于是左都李秉等奏："锦衣卫镇抚司累问妖言罪人所追妖书图本，举皆妄诞不经之言，小民无知，往往被其幻惑。乞备录其妖书名目，榜示天下，使乡民咸知此等书籍决无证验，传习者必有刑诛，不至再犯。"奏可。其书有《番天揭地搜神纪经》、《金龙八宝混天机神经》、《安天定世绣莹关》、《九龙战江神图》、《天宫知贤变迁神图经》、《镇天降妖铁板达》、《通天混海图》、《定天定国水晶珠经》、《金锁洪阳大策》、《金锋都天玉镜》、《六甲明天》、《九关夜海金船经》、《九关七返纂天经》、《八宝擎天白玉柱》、《夫子金地历》、《刘太保泄漏天机伍公经》、《夺天册》、《收门纂经》、《佛手记》、《三煞截鬼经》、《金锁拦天记》、《紧关周天烈火图》、《玉盆经》、《换天图》、《飞历神工》、《九转王瓮金灯记》、《天形图》、《天髓灵经》、《定世混天神珠》、《通玄济世鸳鸯经》、《锦珊瑚》、《通天立世滚云裘》、《银城论》、《显明历》、《金璋紫绶经》、《玉贤镜》、《四门记》、《收燕破国经》、《通天无价锦包袱》、《三圣争功聚宝经》、《金历地经》、《夺天策》、《海底金经》、《九曜飞光历》、《土伞金华盖水鉴书》、《照贤金灵镜经》、《朱砂符式坐坛记》、《普济定天经》、《周天烈火图》、《六甲天书》、《三灾救苦经》、《轮经》、《智锁天关书》、《惑天迷化经》、《变化经》、《镇国定三世阳历》、《玄元宝玉》、《镜伞锦华盖》、《换海图》、《转天图》、《推背书》、《九曜飞天历》、《弥勒颂》、《通天玩海珠》、《照天镜》、《玄天宝镜经》、《上天梯等经》、《龙女引道经》、《穿珠偈》、《天形图》、《应劫经》、《天图形》、《首妙经》、《玉贤镜》、《透天关》、《尽天历》、《玄娘圣母亲书》、《大上玄元宝镜》、《降妖断怪伍家经》、《金光妙品》、《夺日金灯》、《红尘三略》、《照天镜》、《九关番天揭地神图》、《金锋都天玉镜》、《玉树金蝉经》、《玄娘圣母经》、《七返无价紫金船》、《银城图样》、《龙凤勘合》。

　　李子龙，本侯姓，名得权，保定易州民。幼名立柱儿，为狼山广寿寺僧，更名明果。稍长，游方，至河南少林寺。遇术士江朝，推其命，后当极贵。又遇道人田道真，传与妖书。有云陕西长安县曲江村金盆李家，有母孕十四月，生男名子龙，有红光满室、白蛇盘绕之异。得权得其说，遂更名子龙。蓄发，往来真定间，交结不逞之徒。又有术士黑山者推其命，若遇猴鸡凤凰交之语，得权以与朝所言符，信之。又遇道士方守真者引至京，寓军匠杨道仙家。先是，道仙有伪朝章勘合并勾筹符印，散与内使鲍石、崔宏、长随郑忠、王鉴、常浩、左少监宋亮、右副使穆敬，得权乃得夤缘出入内府。石、忠等皆为所诳，敬信之。时引至万岁山观望，羽林卫百户朱广素与石、忠相识，密言其事，广遂同小旗王原访得权，称有贵相，乃传于亮等。日久情稔往还，各遗以鞍马、服用等物。石尝报织染局内官韦寒设馔，每得入内府。石、忠称为上师，北面拜，得权不为礼。势日张大，为锦衣官校所发，执得权等下狱。将送都察院，出卫门，忽报曰："韦寒死矣。"鞫实，得权及道仙、广、石皆伏诛，余党俱发充军。已而，都给事中雷泽等言："得权、鲍石等内外交通，阴谋不轨，酝酿祸乱，死有余辜。乃止将得权等五名处死，余党王原等九名俱获宥免，刑罚太纵，恐无以谢神人之怒，彰朝廷之法，乞追究，悉诛之。"上以事既行，不听。兵部言："锦衣官校孙贤等俱都指挥，袁彬提督能捕获妖贼，例应升赏。"诏命升彬俸一级，赏白银十两，彩段二表；襄、贤等各升一级。同时有陈广平，山东济宁州民，假以黄冠，私习兵法，遍历秦、汴、楚、蜀间。伪为星象、阵图惑人，交结不逞之徒，潜谋不轨。至南京，为都督府都事卜马翊诱获之，执至京，下都察院狱，鞫之，恐有隐匿，奏请差官勘实。上命太监汪直、锦衣指挥陈玺会南京守备内外官，拘事干证佐者械至京，并鞫得其奸恶罪状，坐死。以上皆成化年间事也。时方士业已用事，故妖书盛行。

　　成化十七年，有妖见于晋府宁河王宫中。或为神像，或为王侯，需索酒食。时时举火将焚宫，罗拜求请，妖叱嗟甚震，且曰："还我故地。"至明年冬夜，火大发，居第、冠服、器用皆烬，妖亦随绝。

王满堂者，霸州民王智女，美艳。正德初，尝与选入内，既而罢归，耻不肯适人。数感梦，谓必有万兴者来聘，乃许，其人贵不可言。一游僧出入智家，知其梦，间以语人。道士段钊挟妖术，因潜易姓名，且赂僧，使谓智曰："尔家明日当有大贵人至。"明日，钊至。问其姓名，与梦协，智家欢呼罗拜之，即妻以满堂。钊乃出妖书，转相煽惑。乡民神其梦，从之者日益众。钊恐事觉，携满堂逃山东。峄县儒生潘依道、孙爵策杖从之，时称臣主。钊遂僭号，改元大顺平定，往来牛兰、神仙二山。久之，钊为新城人所获，并得其妖书。抚按官以闻，诏释其诱从者，钊及依道、爵皆斩于市。满堂有中旨，特令全之，乃送浣衣局。寻入侍豹房，上晏驾，始复出云。

嘉靖初年，乾州有狂人樊仲者，多赀而诞，方士集其门，谀曰当大贵。于是传播远近，集无赖子部署，又以照水法惑之，阴相结者近万人。乙酉秋，寇乾州，远近震动。立营铁炉庵，候诸部并发，不至，盖皆为邻县及土人所擒而逸者。又二日，于敖等兵至，悉缚斩之。

妖僧行果者，术能使人出神而成仙，郎中刘景寅、某员外、吴维新鼎信之。其法扃室，守以童子。景寅得所指授，眩甚，有盈寸小人自口出，歌如蝇声，语刘曰："吾君之元神也。"童子见而骇呼，小人忽亡，刘遂僵仆，悸病而卒。维新故折足，行之，亦眩，忽绝叫："八仙至矣！"起，步趋若不跛者。俄闻空中语曰："将采凤膏龙髓续尔筋。"时家中百怪朋作，犬登灶嗥，儿反接啼。会行果至，维新骂曰："汝刓任氏二稚为幻，将诉杀汝矣。"果惊走，维新亦病悸，未几卒。两家亦日衰。

嘉靖十七年，昌平州古佛寺僧田园造妖言惑众，入京师千户陈赟家，伪授赟安国公，杀其庶祖母刘善秀，及欲举首人曾广以灭口，东厂捕获，并赟俱伏诛。仍命行保甲法，榜谕中外禁止。

四十三年，京中白莲教有逆谋。其党执伪告身二卷，省粮药一包，首之，首揆徐存斋闻之兵部杨虞坡，以兵往。北人皆奉此教，传有飞刀、飞枪之法，无敢前者。徐之家人与原首人挺身往，乃就缚。

四十五年，马道人为妖，远近大哄。各户多悬"籲䪨籲䪨"四字以压之，三四月方息。

万历庚辰年，余馆于沈氏阡步之墅。薄暮，觉五里外汹汹人声，如捕贼者。稍冥，声益近而厉，如数千人水战状，大呼击撞。主人惧，以小舟遁去。余步墙外，火光四合，焰在树端，与人声震动天地，渐渐近在隔河，而墅之左右竟不能逼。余心知妖术，不为动，夜半方熄。次日归家，知浔中亦尔，盖广袤且百里矣，此妖术所为。捕兵遇一舟，有人方剪纸人马，仅寸许，擒送官治之，后不复作。

雷峰塔相传镇青鱼、白蛇之妖。嘉靖时，塔烟抟羊角而上，便谓两妖吐毒，迫视之，聚虻耳。隆庆庚午孟夏，流福沟甃石忽动，抉起，见鳖如大车轮，红白色，龟头而三尾，作马鸣。屠者举悬肉钩曳投市鱼筒中，击之，锯牙啮人，市众聚观竟日。恶妨其业，磔焉。胡孝廉文宪竹园在金沙滩门东，有三足蟾，气冲人辄死。一日，园丁报蟾出，从牖窥之，皂色如覆釜，张口如丹漆盘盂，红光盈尺，金目烁烁。与龙舌嘴曳链之猴，满觉弄遮道之蟒，并蟾为三害。地不知何故多蟾，其伏井厕者，中其气立死，肤色如蜡。有方士捕得蟾，如三斗盎，笼之月下，吐光接月。一日，忽秽气不可近，倏失之。巫迎邑神周宣灵王，必先见翠蟾三足如芝，每跃入神袍袖而没。或曰，此月路也。

黄鹤楼雄峙武昌，万历丁酉，一日，无故自火，延烧千家。黄鹤之矶，民淘瘗井者，一人入不出，一人继之曰："如有他虞，我撼绳铃，急上我。"其人入，见前人死，旁有大穴，有火光。俄一人，冠方山冠，着绛袍，持刃来逐之。其人大呼撼铃，起，骇几死，苏，为人言如是。闻之监司，欲夷其井，一夜自满。有狐从汉阳门入，阴雨，作人哭，寻之，无有。民间见龟、蛇大斗，后龟、蛇俱死。自此以后，水旱饥馑相仍逾年。税使至，破坏全楚，如虎傅翼，择人而食，为捶死及逼死者不可计，其后民杀其党与几千人。明年，诸宗攫金之变起，杀一大臣，王子伏斧锧者数人。

潮州城西有湖山，上多怪石，民岁罹患。宣德间，知府王源命除之。至下，果获石骷髅。复掘丈余，又得石刻"回风"二字。先是，郡有挽回淳风之谣，今果应之。源字启泽，福建龙溪人，进士。

扬州掘港场，沙中露一船桅，几二丈许，相传为大业中征辽所遗。

每阴雨，辄闻其下有鼓吹声。万历丁酉，守备翟绍先命军士发之。锸几及船，骤雨如注，旋为土塞，已，再发，又再塞。翟惧而止。近为雷击其桅粉碎，鼓吹声亦渐稀。又，李新泰有庄在立发河，近岁庄户浚河，深三尺许，得一船，舱甚大。随掘随陷入土，船形制特异，其长未可竟也。众共骇异，下土实之，不复敢窥。

江西人最喜溺女。民有连生四女者，皆溺之，瘗于寝室。最后溺一女，瘗已月余，忽见女手出地上，疑为猫犬所发，以土覆之。次日，两手皆见，又深瘗之。次日，两手两足皆见，乃怪而焚焉。近丙辰冬，龙游河南民妇有产得巨蛇者，蟠踞屋栋一昼夜，犹连声呼妈妈索乳，径投母怀。母惊而殒，蛇亦自毙。旁人讯之，则此妇先产七女，皆溺死。巨蛇之报，宜其及己。

假　番　物

成化中，京城外有军民叶玘、靳鸾等，与番僧谋发人墓。取髑髅及顶骨为葛巴剌碗，并数珠，假以为西番所产，竞市之，献中官曰转世妙法，得利甚厚，前后所发墓无算。至是，缉事者闻于朝，番僧皆遁去，获玘等送刑部鞫治，得其党，俱坐罪如律。上曰："律载发墓，其罪皆死。况此辈取人髑髅，市于左道，以邀厚利。其视支解之罪，相去几何！宜即诛之。"锦衣卫仍严加缉捕。

丐　贩

弘治中，山陕人孙腾霄等三十人，三五为群，道遇丐者，以衣食诱之为佣，随其所至，令守舍，给炊爨。腾霄等游行市间，视有富商巨家，辄持货与之贸易。论直高卑，则以言激其怒，相殴骂，随号咷而去。夜则杀丐者，舁至其门，群哭之，扬言欲讼于官。其人惧，出财物求解，乃复舁去，焚之，名曰贩苦恼子，前后杀数十人。事闻，上曰："人命至重，此曹乃以为货殖，奸巧横出，所杀者至数十人，罪难轻贷。其为首者凌迟处死，为从者斩，并枭首示众。"仍榜谕天下知之。

近日浙西丐子密为群，散各处，抱人幼女逸去，剔其眼，令行乞于市，日责钱若干。夜则行淫，积财甚富。事发捕治，有一人利而居间，众大哄。丐者适械过市，众捶杀之，乃散。

长至警报

万历丙午冬，余为南司业。长至，当诣孝陵上香。将出门，兵部忽传城外有反贼万余人乘上陵，杀诸司官，据城僭号。已闭九门，毋得出，阖城汹惧。余往聚宝门，报谒所亲，从者皆无人色。往返三十里，并不见街市一人。次日云：已擒得四十九人，付应天狱矣。为首者刘天叙，断指挑膝筋，内外守备会鞫。拟磔者七人，余皆斩。奏闻，一得旨，不时取决。是时，句容道上行人，长江中行舟，绝且三日矣。细访之，天叙，凤阳人，与其党三人，抬一小佛像，历各乡村缘，募得少钱米若鞋线之类，至南京，妄言有法术，能画地地陷，指天天开，且知人三生事，有纳钱者，来生为指挥等官。一妇人哭于陌上，呼而视之，曰："来生当为后妃。"遂携与俱去，行淫，如是而已。卫军某者颇黠，欲诱而取之，礼为师，请试其术，不可。固请，则曰："宜斋戒择日方可。"如是者数四。军逼之愈甚，计穷，乃谬曰："南中有奇变，天地昏黑者四十九日。此际大乱，相杀且尽，各宜躲过，何暇试法。"盖借此将乘间逸去也。军得其情，即告之操江丰城侯李某。李遣人告之内守备太监邢隆、外守备抚宁侯朱某、尚书参赞孙某，俱会守备府。既内惧，且色动，并告者执之，攘以为功。丰城侯忿甚来争，拒不纳，更闷迹，张大其事，陈兵出入，谓"俄顷间发觉，定此大难，封侯不足道"。其实天叙等数人皆庸流下贱，余四十人，则南都菜佣、踏面人也。渐有觉者，藉藉耦语。时丁敬宇方为操江都御史兼掌刑部大理事，知其详。既得旨，下法司，则丁为政。守备、参赞盛气来言："谋逆大夥不可纵。"丁素和煦，众恐有所怵，不能坚持，而丁更以婉行之。曰："某不才，事既在我，轻重、祸福独当之，不以累诸公。诸公且毋动，某不难屈膝以谢。"皆愕不能对，而军士乘机胁诈者无算。诉者近千人，悉缄其词，致之参赞。乃改拟磔一人，斩一人，余悉充戍。时天叙已死，如法枭示。而故事，戍者必立枷。时方霉雨，枷大中桥，不一夕，已有死者。沙壅其尸，俟满日方埋。丁闻亟往视，召锦衣若兵马官语曰："如此十日必尽死。朝廷开以生，而我辈乃欲死之，且以骨戍乎？以鬼戍乎？天日在上，鬼神难欺，此等事必殃及子孙。"亟搭席盖，坐以蒲团，汤沐饮食之，四十七人者皆得免。时余已转谕德，自家北上，抵滁告归。密过南中，宿旧署，亲得其事，私记如此。

方　　士

宪宗信用方士李孜省等，世宗信方士陶典真等，故一时妖党最盛，所在见告，并宫禁中亦不得安静。说者谓方士能役鬼，并挟五雷法，取信人主，且惑人耳目也。一时气运如此，英明之主，且落其中，倾府库甘为之役，何况其他？因思我太祖信佛，归并寺院，虽征名僧，建醮追荐，而终不溺其说，别为崇重。文皇亦如之，惟待法王稍过。然旋即送归，撤其殿。而于道教，惟太和山一役，则因默祐之功，竭两朝物力表其巅。至今奔走四海，似是天开地辟，大圣人因而成之，有莫知其然而然者。至我神宗皇帝，与两皇太后，各于城外建寺颂经，督以内臣。又开经厂，颁赐诸名山殆遍，遣去僧人，使人俱另给路费，不由驿递达。和尚驻城外三年，虽御札亲问，答有"御汗一点，万世津梁"之语，然终不大加赏赐。又百计欲开戒坛，中贵人日夕怂恿，竟不许。而所谓张真人者，其术益衰，入朝建醮，只了进香故事。独持大柄，享国长久，圣谟渊远矣。

僧 道 之 妖

家居以来，惟平日父老相识者来扣，始一见，余无至者，至亦不见。僧道亦如之。然此辈浸淫日盛，踪迹诡秘。只据所闻僧某，来自江北，领其徒二十余人，所至倾动。自缙绅以下，无不纳交。即富翁素称悭吝者，亦迎至其家，谓之供养，资赠甚厚。僧有闭关一二年者，亦潜出谒见。凡见者，勿论男女大小，皆有所献。多者始得其解颐一言，执笔作数字，余领之而已。凡收数千金归，此僧妖也。一道士来自江西，同里某生，母子俱病，邀之再三，始至。博衣大带，亦领二十余徒，至门传呼，禹步而入。入即危坐，茶至，含而四噀，顾盼若有所见，若有所指挥，张筵甚盛。次日延入，令病人东首卧，仗剑选数处，下橛加钉，议建醮四十九日，索千金为谢。其家疑惧而止，此道妖也。

妖　党

近年妖徒，以余所见，庚子年，有徐州赵古元一事。余同年郭一阳光复，以参政饬兵，请于总督，调淮营三千虞变。总督则余师刘晋川先生东星也，调凡四十日，深以为非。郭闭门求归，而撤军之牌遽下。余典闽试还京，适在署中。郭见牌，恚甚，问计，余曰："将隐忍守此官乎？抑权宜稍全宪臣体貌也？总之，一去，要去得有些气概耳。"郭曰："为我筹之。"曰："非徒筹之，且将为君断之。"命停牌毋发，亟出视事。谕将士已申文撤军，束装待命。至第三日，郭曰："时久且奈何？"余曰："未也。"至第四日之夕，余曰："可矣。"下令，明日具威仪巡城，各庙拈香告庆，抵戏马台宴赏。方始悬牌，上下帖然。余至济宁，刘师已知状，迎曰："子乃为郭参政军师耶？总督牌可擅停，且抹改日子否？"余曰："事有之。郭参政初欲击碎此牌，挂冠单骑出城去，幸门生劝解，乃得止。且此等举动，吾师实性急失体。宁本道请兵，已许已行，且久驻而不使之请撤，径自下牌者乎？上下不和，生出是非，如何干事？"师喜，且拊曰："子可谓秀才进步者矣。"郭亦竟解官归。后起原秩为左辖，改抚辽东，劳瘁没于任，可惜！至癸卯妖书事发，若从归德之言，星星之火，勺水可灭。乃震惊宫府，扰动朝野，以一无赖子皦生光偿抵，真是可笑！此际月月报内库进奉之银，时时允内臣参劾之奏。宗室杀巡抚，刑戮于汤沐之乡；宰相被恶声，赶逐于端门之下。大水几压都城，大计几于留用，则祟乃移之朝廷矣。然犹曰乾纲独揽，未尽下移也。丙辰以后，一切纵横，都不忍言。而祟乃自上及下，自大及小，遍移于山林。然则今之在在蠢动，以妖变告者，谁实积之、贻之也？古云：妖由人兴，此语到今，其根最远，其祸最大、最烈。

若人心上妖孽不除,反使之弄唇舌,逞干矛,而欲禁其末流,必不可得。

除　妖

《文中子》云:"止谤莫若自修,息争莫若无辩。"此二句,可与诸葛武侯"宁静淡泊"句并传。一则立身之法,一则处世之法。即尼父闻之,亦当首肯。盖皆深于易道,就中体贴出来。余谓守此四句,天下无难事,无变事。惟妖党盛行,当用何法除之?兵刑二字,自不可已。其他正人心、厚风俗等语,又迂远,非救病急法。余谓莫要于择守令。守令得人,协以缙绅之贤者,一切镇以安静,狱勿轻准,谷勿轻罚,民间自然宁帖。即有妖人,密密访而驱之,又甚者摘而擒之,亦非难事。况人心不甚相远,彼见上官如此,乡士大夫又如此,即有不肖之心,自然潜消默夺。古言:"得良二千石一人,可当精兵三万;良县官一人,可当精兵三千。"意正如此。余谓良县官一人,可当精兵十万,缙绅互相砥砺,亦在在之干城也。

吴　建

瓯宁吴建之乱,初亦以幻术诱众,妄言世界将乱,令人照水,现出富贵冠服动其心,人皆信之。久之,徒众益多,遂欲于谢屯举事。施欧两秀才发之,建宁道行府捕焉。或为之请曰:"此斋徒耳,何能为?"遂释不问。建乃益聚众,恨两生,欲杀之。两生逃之顺昌,则迹之顺昌,顺昌戒严。当事者不得已,遣瓯令谕散建众。建以客礼见,谓令曰:"汝是好官,姑出,不然吾众不可犯也。"令与从者皆失魄去。建遂欲焚其村,村有为巡检者多智,遣人谓建:"焚村无益,幸听吾言,缓而兵。我醵诸富人,得数千金以犒,是实利也。且使各村闻之,不兵而服,不亦可乎?"建许之。巡检阴集乡兵以待。是时官府方发兵捕建,兵观望不敢前。会江西有侠者,许以五十人投建,说建曰:"公众未练,未可用。吾为公练。"则分调其众于他所,乘间缢杀建而跳身走。

建死，众乱，巡检乡兵适至，围杀之，投溪水几尽。其脱者又歼于顺昌，建祸始息。巡检超三级，侠竟逃其名去，莫知为谁。或曰：建，潘枢党也。其众虽歼，有脱而蔓世藏山海间者。今福宁之泰屿、兴化之某所、连江之徐台、长乐之种墩，往往奉温州教主，其咒诅君父，有非臣子所忍闻者。种墩马全十实衍其教，浸于闽之嘉登里，倡而奉之者，郑七也。其幻术与建类，令人尽卖其产业以供众，曰："乱且至，彼蛊蛊者业，皆汝业也。"禁人祀祖先神祇，以预绝其心，惟祀教主，号曰无为。昏夜则聚男女于密室，息烛而坐，不知其所为，至有误认袂服者。子耻其母，兄苦其弟，赤沙李氏之门尤甚。许七妻，李氏女也。初从其教，见其弟妇兄弟之女淫秽，耻之，吐其事。或曰：吴建初教亦不如是。全十尝谓："入吾教，初有小难，后乃大福。今年三月，有大船迎汝去也，迟则八月。"其众日夜望不至，地方首之。闻捕，笑曰："我且缚而去，篝而归耳。"指其傍人曰："汝他日跪求我救，我不汝救也。"居狱中，狱中人又信之。谓其众曰："今难已过，无虑。"盖自投死地如此。大约太平已久，人情愈伪，千态万状，劫运承之，圣人亦救不得。

小 匡

余暇日行旷野，不觉十余里。忽父执陆呐斋翁棹小舟至，同入古庙中。翁素谨默，不轻发一语。忽谭及地方妖异事，慨曰："司成公即隐，尚善论事。试问今为有司官者，当用何术可以致治，潜消此变？"余举数端，皆笑，不尽谓然。翁曰："'大道为公'四字，今不可见，亦不可行矣。惟有'小匡'二字，尽可做得。"余竦然问状，徐曰："假如今各镇市中必有魁猾，领袖无赖子，开赌博，张骗局。僧道念佛，则挨入司香火；社节出会，则奋身酿金钱。甚至贩盐窝盐，兴讹造言，无所不至。黠者又结衣冠人为助，杷柄在手，头绪甚多。流棍异说可疑之人，因而附丽。显为民害，暗酿乱端。若有司官于此等人访得的确，指名捕至，数其罪，锢于狱，从中时加纵操，开以生路，勿破其家，勿牵累其妻子，许以改过自新，使之颠倒出入于吾掌股上，而又未即轻释，则彼既有生望，又内顾重，自然震慑，不生他计，其党亦且潜伏惊散。每处将一二人弄到一二年，然后度其罪之轻重，方与发遣。根虽未除，焰自顿熄，地方便帖然有数年安静。总计前后五六年间，一任官平平过去，再无意外之儆，而良民享福亦如之，非小匦而何？"余曰："此言极简当，极新发。抑自悟中得来乎？从读书中得来乎？"曰："天下事那一件书中不有？那一件不自书中悟得？既读矣，有遇，有不遇。遇矣，觉得另有一番作用，一番精神。平日所读，似都忘却，悟于何有？"时翁方谓野次之语，可以放胆，乃又有于垣之耳谓嘱余，有所中伤。翁复对余一笑，静持之，久乃得解。要之，一日小匦即一日太平，一家小匦即一家太平，一方小匦即一方太平。推之天下皆然，宁论大小耶？

跋

　　是编起己酉之春,至辛酉冬月,积可三十余册。凡经史稗海诸书所载行于世者,都不敢录。然耄而忘,随汰随忘,又不可胜计。要以见意澹宕,自喜而已。生平原无文,又绝无著作。间举笔,并其稿失去,以为常。即此亦时有散佚,而存者尚多。会赴召,检出,节为三十二卷,付之梓。历年山居工夫,上不用之道德,下不用之文章,而仅仅得此。子不云乎:"博弈犹贤乎已。"夫圣人之所轻,后人之所习。曰手谈,曰坐隐,何等自在。余此好故自不减。奈老去,仅可终三局。一切紧关事皆愦愦不理,而反耽此不足纪之语,不足传之事,积此不足有无之牍。虽于心思初无所费,可免枯木蛛丝之诮,要以少费纸墨,重为梨枣灾,又或者更因此取笑、取憎于人,岂非一生拙计,垂老而更甚者乎?方割裂时,如蜂采花,亦自有味;既成阅之,等于嚼蜡,又几欲毁去。夫人心亦何常之有,喜则茹之,厌则吐之。天下事皆如此,并付之流云逝水可矣。壬戌年九月,题于西郊之映月轩。

历代笔记小说大观总目

汉魏六朝
西京杂记(外五种) ［汉］刘歆 等撰　王根林 校点
博物志(外七种) ［晋］张华 等撰　王根林 等校点
拾遗记(外三种) ［前秦］王嘉 等撰　王根林 等校点
搜神记·搜神后记 ［晋］干宝 陶潜 撰　曹光甫 王根林 校点
世说新语 ［南朝宋］刘义庆 撰　［梁］刘孝标注　王根林 标点

唐五代
朝野佥载·云溪友议 ［唐］张鷟 范摅 撰　恒鹤 阳羡生 校点
教坊记(外七种) ［唐］崔令钦 等撰　曹中孚 等校点
大唐新语(外五种) ［唐］刘肃 等撰　恒鹤 等校点
玄怪录·续玄怪录 ［唐］牛僧孺 李复言 撰　田松青 校点
次柳氏旧闻(外七种) ［唐］李德裕 等撰　丁如明 等校点
酉阳杂俎 ［唐］段成式 撰　曹中孚 校点
宣室志·裴铏传奇 ［唐］张读 裴铏 撰　萧逸 田松青 校点
唐摭言 ［五代］王定保 撰　阳羡生 校点
开元天宝遗事(外七种) ［五代］王仁裕 等撰　丁如明 等校点
北梦琐言 ［五代］孙光宪 撰　林艾园 校点

宋元
清异录·江淮异人录 ［宋］陶穀 吴淑 撰　孔一 校点
稽神录·睽车志 ［宋］徐铉 郭彖 撰　傅成 李梦生 校点

贾氏谭录·涑水记闻　［宋］张洎 司马光 撰　孔一 王根林 校点
南部新书·茅亭客话　［宋］钱易 黄休复 撰　尚成 李梦生 校点
杨文公谈苑·后山谈丛　［宋］杨亿口述、黄鉴笔录、宋庠整理　陈
　　师道 撰　李裕民 李伟国 校点
归田录（外五种）　［宋］欧阳修 等撰　韩谷 等校点
春明退朝录（外四种）　［宋］宋敏求 等撰　尚成 等校点
青琐高议　［宋］刘斧 撰　施林良 校点
渑水燕谈录·西塘集耆旧续闻　［宋］王辟之 陈鹄 撰　韩谷 郑世刚
　　校点
梦溪笔谈　［宋］沈括 撰　施适 校点
麈史·侯鲭录　［宋］王得臣 赵令畤 撰　俞宗宪 傅成 校点
湘山野录·续录·玉壶清话　［宋］文莹 撰　黄益元 校点
青箱杂记·春渚纪闻　［宋］吴处厚 何薳 撰　尚成 钟振振 校点
邵氏闻见录·邵氏闻见后录　［宋］邵伯温 邵博 撰　王根林 校点
冷斋夜话·梁溪漫志　［宋］惠洪 费衮 撰　李保民 金圆 校点
容斋随笔　［宋］洪迈 撰　穆公 校点
萍洲可谈·老学庵笔记　［宋］朱彧 陆游 撰　李伟国 高克勤 校点
石林燕语·避暑录话　［宋］叶梦得 撰　田松青 徐时仪 校点
东轩笔录·孋真子录　［宋］魏泰 马永卿 撰　田松青 校点
中吴纪闻·曲洧旧闻　［宋］龚明之 朱弁 撰　孙菊园 王根林 校点
铁围山丛谈·独醒杂志　［宋］蔡絛 曾敏行 撰　李梦生 朱杰人 校点
挥麈录　［宋］王明清 撰　田松青 校点
投辖录·玉照新志　［宋］王明清 撰　朱菊如 汪新森 校点
鸡肋编·贵耳集　［宋］庄绰 张端义 撰　李保民 校点
宾退录·却扫编　［宋］赵与时 徐度 撰　傅成 尚成 校点
桯史·默记　［宋］岳珂 王铚 撰　黄益元 孔一 校点
燕翼诒谋录·墨庄漫录　［宋］王栐 张邦基 撰　孔一 丁如明 校点
枫窗小牍·清波杂志　［宋］袁褧 周煇 撰　尚成 秦克 校点
四朝闻见录·随隐漫录　［宋］叶少蕴 陈世崇 撰　尚成 郭明道 校点
鹤林玉露　［宋］罗大经 撰　孙雪霄 校点

困学纪闻　〔宋〕王应麟 撰　栾保群 田松青 校点
齐东野语　〔宋〕周密 撰　黄益元 校点
癸辛杂识　〔宋〕周密 撰　王根林 校点
归潜志·乐郊私语　〔金〕刘祁　〔元〕姚桐寿 撰　黄益元 李梦生
　　校点
山居新语·至正直记　〔元〕杨瑀 孔齐 撰　李梦生 庄葳 郭群一
　　校点
南村辍耕录　〔元〕陶宗仪 撰　李梦生 校点

明代
草木子(外三种)　〔明〕叶子奇 等撰　吴东昆 等校点
双槐岁钞　〔明〕黄瑜 撰　王岚 校点
菽园杂记　〔明〕陆容 撰　李健莉 校点
庚巳编·今言类编　〔明〕陆粲 郑晓 撰　马镛 杨晓波 校点
四友斋丛说　〔明〕何良俊 撰　李剑雄 校点
客座赘语　〔明〕顾起元 撰　孔一 校点
五杂组　〔明〕谢肇淛 撰　傅成 校点
万历野获编　〔明〕沈德符 撰　杨万里 校点
涌幢小品　〔明〕朱国祯 撰　王根林 校点

清代
筠廊偶笔 二笔·在园杂志　〔清〕宋荦 刘廷玑 撰　蒋文仙 吴法源
　　校点
虞初新志　〔清〕张潮 辑　王根林 校点
坚瓠集　〔清〕褚人获 辑撰　李梦生 校点
柳南随笔 续笔　〔清〕王应奎 撰　以柔 校点
子不语　〔清〕袁枚 撰　申孟 甘林 校点
阅微草堂笔记　〔清〕纪昀 撰　汪贤度 校点
茶余客话　〔清〕阮葵生 撰　李保民 校点

檐曝杂记·秦淮画舫录　〔清〕赵翼 捧花生 撰　曹光甫 赵丽琰
　　校点
履园丛话　〔清〕钱泳 撰　孟斐 校点
归田琐记　〔清〕梁章钜 撰　阳羡生 校点
浪迹丛谈 续谈 三谈　〔清〕梁章钜 撰　吴蒙 校点
啸亭杂录 续录　〔清〕昭梿 撰　冬青 校点
竹叶亭杂记·今世说　〔清〕姚元之 王晫 撰　曹光甫 陈大康 校点
冷庐杂识　〔清〕陆以湉 撰　冬青 校点
两般秋雨盦随笔　〔清〕梁绍壬 撰　庄葳 校点